# NÜRNBERGER STADTSAGEN UND LEGENDEN

# Nürnberger Stadtsagen und Legenden

gesammelt und
herausgegeben
von EMMI BÖCK

illustriert mit
alter Grafik

HOFMANN VERLAG NÜRNBERG

Gefördert von der
Bayerischen Landesstiftung,
dem Bezirk Mittelfranken
und der
Hermann-Gutmann-Stiftung,
Weißenburg

Gedruckt auf LuxoSamtoffset in 115 g/m².
Produziert durch m-real Biberist, Schweiz.
Geliefert von Schneidersöhne.

Gesamtherstellung:
Hofmann Druck Nürnberg
Umschlaggestaltung: Helmut Bauer

ISBN 3-87191-310-3
Auslieferung an den Buchhandel:
Edelmann, Nürnberg

Für Prof. Dr. Arno Borst

„Neronberger wöllent nit
gehalten werden für
Baiern noch für Franken,
sonder ein drittail“
(Meisterlin)

# INHALT

## SAGENTEXTE

Stadtgründung und Frühzeit .......... 9
Heilige .......... 19
Kaiser und Könige .......... 39
Fürsten und Grafen .......... 51
Ritter und Räuber .......... 59
Bürger .......... 69
Außenseiter .......... 75
Kirchen und Klöster .......... 89
Türme und Tore .......... 101
Wahrzeichen .......... 105
Geister und Gespenster .......... 117
Teufel und Hexen .......... 145
Zeichen und Zeiten .......... 185
Varia .......... 203

## ANHANG

Grundsätzliches .......... 215
Quellen und Literatur .......... 217
A) Archivalien .......... 217
B) Literatur .......... 219
C) Periodika .......... 225
Inhalts- und Herkunftsangaben .......... 226
Anmerkungen .......... 236
Stichwörter .......... 260
Personen .......... 266
Orte .......... 272
Bildnachweis .......... 281
Dank .......... 283

# STADTGRÜNDUNG und FRÜHZEIT

# 1 NÜRNBERG – EINE GRÜNDUNG VON NORIX?

Die Chronikschreiber sind einhellig und sagen, daß die Bayern ihren Ursprung genommen haben aus dem Land Armenien. Da sind sie ausgezogen mit großer Macht und sind in das Land kommen und haben darin Bauernvolk gefunden, das sich nährte von Fischen und von der Jagd wilder Tiere. Sie ließen sich da nieder und nannten das Land nach ihrem Fürsten und Heerführer Bavaria. Nach diesem bezwang dasselbe Land Norix, der Sohn des starken Herkules. Und er fing an zu bauen eine Stadt und menschliche Wohnung und nennt die Stadt und das Land nach seinem Namen „Norcoa“ [= Nordgau], so wie es noch heutigentags genannt wird. Einige sagen, er habe eine Burg auf einem Berg gebaut und die sei nach ihm Norixperg genannt worden, „itz genant Nürmberg“.

## 2 ZU NOREMBERG

In der Stadt an der alten „vest“ stehen noch alte, aus Stein gehauene Bilder, schreibt Conrad Celtis, der kaiserliche Poet, in dem Buch, das er von der Stadt Nürnberg geschrieben hat. Es sei dies das Bildnus von Herkules.

## 3 DEM PTOLEMAEUS SEIN SEGODUNUM?

Diejenigen, welche die Reichsstadt Nürnberg älter machen wollen als sie ist, sagen, sie sei dem Ptolemaeus sein Segodunum; andere, Kaiser Nero sei der erste Stifter derselben. Aventin gibt vor, die Stadt sei von Noricus, einem Sohn des angeblich deutschen Königs Herkules Alemannicus gegründet worden. Sofern dies wahr ist, so wäre diese freilich ziemlich alt . . .

## 4 ETLICHE MEINEN . . .

Nürnberg ist im ganzen deutschen Land und auch bei „eußern“ Völkern eine sehr namhafte und weitberühmte Stadt ... Eine königliche sehr alte Burg „fürscheint“ auf einem Berg oberhalb der Stadt. Etliche meinen, daß die Stadt ihren Namen von dieser Burg habe . . . So sprechen etliche, daß sie von Tiberius Nero, dem Kaiser, nach Regensburg gebaut und von Drusus, seinem Bruder, der die Deutschen bestritten hat, Neroberg genannt worden sei.

## 5 VOM URSPRUNG NÜRNBERGS oder DRUSUS NERO

Als nun Drusus Nero in Deutschland ankam und die abgefallenen Städte am Rhein und an der Donau wieder zum Gehorsam gebracht hatte und in den Norkhau (Nordgau) und ins Ries kam, in der Absicht, den König in Thüringen auch heimzusuchen, da übereilte ihn der Winter, so daß er diesmal nichts mehr schaffen konnte. Und kam gleich an den Bach, der jetzt die Pegnitz genannt ist und zu

dem Berg, wo jetzt Nürnberg steht. Und die Gegend gefiel Nero sehr wohl zu einem Winterlager, vielleicht aus Vorsehung Gottes. Denn da hatte er gutes, süßes Wasser und Holz, auch den Berg zu seiner Hut und Wacht und den Proviant aus dem Ries.
Also fing er an und baute einen Turm zu seiner Hut und Wacht an den Ort, wo jetzt der St.-Margareten-Chor noch steht: beim Schloß. (Daß aber dieser Turm bis jetzt noch steht, ist nicht zu glauben: Vielmehr ist der jetzige, der sogenannte Heidenturm, an den zwei übereinandergebaute Kapellen, die St.-Margareten- und die Kaiserkapelle, anstoßen, erst hernach gebaut worden.) Damit wird angezeigt, daß dieser Drusus Nero Stifter und erster Baumeister der Stadt Nürnberg gewesen ist.
Und als der Winter vorüber war, führte Nero sein Heer von dannen gegen den König in Thüringen, den er auch zu dem Reich brachte. Und da er den Wachtturm samt den Hütten, in denen er „gewintert" hatte, stehen ließ, kamen die Bayern in die Nähe zu diesem Wachtturm, nahmen ihn ein samt den „gelegern", die noch dastanden. Und fingen an, eine Zeitlang da zu wohnen, und sie nutzten diesen Turm als Wache und Befestigung und nannten ihn nach Nero „Neroberg". Sie hauten den Wald drumherum ab und machten Äcker daraus. Und es kam täglich viel Volk dahin.

## 6 ALS EINE JUNGFRAU GEBAR oder ZWÖLF JAHRE ZUVOR

Und also ist diese Stadt gegründet und angefangen worden und ist allzeit unter den Flügeln des Adlers gewesen. Geschehen sind diese „ding“ 12 Jahr vor der Geburt, als eine Jungfrau gebar . . .

## 7 NÜRNBERG, DIE HAUPTSTADT DER NORIKER

Einige meinen, die Gründung von Nürnberg sei zur Zeit nicht Neros, sondern Attilas geschehen, um welche Zeit auch die Stadt Venedig erbaut worden sei. Und ebenso sagen sie, Nürnberg habe den Namen von den Norikern als deren Hauptstadt erhalten und nicht von den „Neronibus“, die jemals weder hierher noch nach Thüringen gekommen sein sollen.

## 8 DER ERSTE ANFANG . . .

Der erste Anfang wird in den Zeiten der Hunnen gesucht, die in das Noricum einfielen. Dessen Inwohner, die meistenteils Waffen- und Sensenschmiede waren, zogen sich an Pegnitz und Regnitz zurück, „von welchen die Namen Castrum Noricum, Magistratus Noricus und Patricius Noricus entstanden“.

## 9 MÖRDEREI UM NÜRNBERG

Zu Nürnberg erhebt sich aus dem Sand „von natur" ein Bühel oder Berglein, mit Felsen befestigt. Darauf haben vorzeiten die Nordgauer eine Burg gebaut, als sie von den Hunnen genötigt wurden, damit sie in „ihren noehten" dorthin ihre Zuflucht nehmen und da ihre Hantierung mit Eisenschmelzen und Schmieden treiben könnten.

Danach, als sie sich mehrten, haben sie zu der Burg „ein Flecken" [= Ort] gemacht. Und dahin kamen allerlei Handwerksleut und mancherlei Menschen, die beieinander ohne Herrschaft und „Gesatz" lebten. Und sie fingen an, zum größeren Teil sich mit Morden und Rauben zu ernähren. Und da sie so dem „Teutschen Landt" großen Schaden taten, wurden sie durch Kaiser Conrad Anno Christi 911 und auch von Kaiser „Henrich" bezwungen und unter das Römische Reich gebracht. Da wurde die Stadt erweitert und mit Mauern umgeben.

Es machte sich auch der Kaiser eine starke Veste „dareyn", da, wo vorher die alte Burg gestanden war. Und er befahl den alten und verständigen Männern die Stadt zu regieren und daß sie „die Wäld darumb purgierten" und sauber hielten von Räuberei und Mörderei, damit man die Gewerb des Kaufens und Verkaufs frei treiben möchte. Und diesem Befehl kommen sie noch zu unsern Zeiten fleißig nach …

## 10 WO KÖNIG ADELGER GEHAUST HAT

Der bayerische König Adelger zog den Schwaben auf den Fußstapfen nach in seine und der Bayern alte Heimat: den Nordgau. Da ließ er sich nieder ...
König Adelger hauste auf der Veste Nürnberg und nicht weit davon in dem Dorf Roßtal und zu „Hilboldstein", das Adelgersburg von ihm in alten Briefen genannt wird, auch zu Lauterhofen bei Kastl und Ammerthal zwischen Kastl und Amberg, zu Cham und Nabburg. Das sind die alten Häuser der alten bayerischen Fürsten.

## 11 NÜRNBERG EINE KARLSGRÜNDUNG?

Kaiser Karl der Große soll ungefähr ums Jahr Christi „790 bis 800" Nürnberg zur Stadt angelegt haben, damals, als er aus dem Land Schwaben durch „das Nordgaw" nach Böhmen zog und diese Provinz mit Gewalt angegriffen hat. Und eine Meile von Nürnberg weg, gegen Aufgang der Sonne, soll er bei einem Ort, der Furt oder Überfahrt genannt wurde, eine sonderbare, noch bis auf den heutigen Tage stehende Kapelle in Form seines damals gebrauchten Zelts aufgerichtet haben.

## 12 NÜRNBERG EINE GRÜNDUNG DER ROSSTALER? oder DIE GROSSE GLOCKE

Nach der Sage soll die Stadt Nürnberg von Roßtaler Bürgern gegründet worden sein. Entfernt von ihrem Heimatort, plagte sie die Sehnsucht nach dem vertrauten Klang ihrer großen Glocke. Und so ließen sie nichts unversucht, um sie in ihren Besitz zu bringen. Schließlich bot der Rat der Stadt so viel Geld, daß man mit ihm die Straße zwischen beiden Städten in einer Reihe hintereinander mit harten Talern hätte belegen können. Doch den Roßtalern war ihre Glocke mehr wert als alles Geld. Sie lehnten das Angebot dankend ab und behielten lieber ihre Glocke.

## 13 VOM HARZWALD

Nürnberg, die mächtige und reiche Stadt, liegt ganz und gar auf einem ungeschlachten und sandigen Boden, aber hat desto sinnreichere Werkmeister und Kaufherren. Denn wenn sie mit dem Erdreich nichts anzufangen mögen, schlagen sie ihre spitzige Vernunft desto fleißiger auf subtile Werk und Künst. Aber das Bauernvolk, das heraus um die Stadt wohnt, muß die Natur des ungeschlachten Erdreichs gleich zwingen mit großer Arbeit und durch etliche Mittel treiben, damit sie es in eine Feistigkeit bringen und der eingeworfene Samen Kraft empfange und Frucht bringe.

Es hat vorzeiten der Harzwald diese Hofstatt ganz verschlagen, ist aber zum guten Teil ausgereutet worden, „wiewohl des noch ein gut theil gerings herumb gespürt wird“ zu Sommer- und auch Winterzeiten. Denn „da grünet es allwegen und legt nimmer von ihm [= sich?] dieweil er auffrechtig steht/sein grünes Kleid“.

# HEILIGE

## 14 WUNDER DES HL. SEBALD

Zu den ältesten Sagen [richtig: Legenden] Nürnbergs gehören die Wunder des hl. Sebald, die als Relief an seinem Grab in der Sebaldskirche angebracht sind: wie er einem Blinden gute Augen einsetzt, wie er aus Stein Käse macht, wie er aus Eiszapfen Flammen lockt zum Wärmfeuer und wie er einen Lästerer in den Boden sinken macht.

## 15 ST. SEBALD VON KÖNIGLICHEM STAMM oder EIN BAUER?

St. Sebald ist die älteste Kirche Nürnbergs, hat anfangs St. Peter geheißen und ist erbaut worden, nachdem diese Stadt den christlichen Glauben angenommen hat, um das Jahr 740. Ihren Namen hat sie erhalten, als St. Sebald, von vornehmen königlichem Stamm aus Dänemark, dahin gekommen ist und gepredigt hat. Er liegt auch da begraben.

Andere aber wollen, St. Sebald sei anfangs nur ein Bauer gewesen, der den Wald gesät und die Leute habe säen lernen und dabei ein heilig Leben geführt habe.

## 16 SEBALD VERSCHMÄHT DIE EHE oder MANCHES ABENTEUER MIT DEM TEUFEL

Seine Eltern gaben ihm eine wunderschöne Prinzessin aus Frankreich zur Gemahlin, aber siehe, da die Nacht des Beilagers herankam, fand diese an ihm nicht einen Gemahl, sondern einen vollkommenen Behüter und Beschirmer ihrer jungfräulichen Reinheit. Er hielt ihr eine sehr erbauliche Standrede von den Vorzügen des ehelosen und geistlichen Standes vor dem Ehestand und endete damit, daß er noch in derselben Nacht davon und in einen Wald ging. Hier lebte er denn als Einsiedler, zerfastete und zerbetete sich jämmerlich und hatte auch manches Abenteuer mit dem Teufel zu bestehen.

## 17 ES WAR EIN KÖNIG ZU DÄNEMARK

Es war ein König zu Dänemark, der war tugendlich und fromm und weis „und götlich" und hatte eine göttliche fromme Frau. Die hatten lang keinen Erben. Da gab ihnen Gott St. Sebolt, das lieb Kindelein; des dankten sie Gott und Unserer Lieben Frau mit großem Ernst und ließen das Kind zur Schul. Da lernt er gar wohl und war tugendlich. Und als er nun groß wurde, da sandte ihn sein Vater nach „pareiß" [= Paris] an die große Schul. Da lernte er gar wohl und war tugendlich. Und als er nun wohlgelehrt war, da ging er in sich und erkannte die Unsicherheit dieser Welt und die Unstetigkeit unseres Lebens und erkannte auch, daß man Gott nit wohl dienen kann in dieser Welt.
Und als er achtzehn Jahr alt war, da nahm ihn sein Vater von der Schul und gelobte ihn eines Königs Tochter von Frankreich ... Und als er bei ihr „an dem pett" lag, da sprach er zu der Jungfrau: „Du bist mein Gemahel. Darum sollen wir die heilige Ehe miteinander halten. So will ich Gott für dich bitten, dieweil ich lebe, und so sollst

du Gott auch für mich bitten, denn die Ehe hat Unser Herr gemacht, und die Ehe hielten Joachim und Anna und auch Unsere Frau und Joseph in der heiligen Ehe." Danach segnete er sein „gemahel" und verbot ihr, jemand etwas davon zu sagen, was sie tun wollten. Und zu Mitternacht ging er von ihr und ließ all seine Freunde und groß Gut und alle leibliche Wollust und gab die Welt auf . . .

Und ging heimlich in einen Wald; darin diente er Unserem Herrn mit großer Armut, suchte mit seinen Händen nach seiner Nahrung und aß nit müßiges Brot. Unser Herr, der wirkte große Wunder mit ihm, denn er lebte in großem Ernst und wachte und fastete viel und hatte viel gute Übungen. Und als er 15 Jahr in dem Wald ein Einsiedel gewesen war, da gedachte er an das Evangelium, daß Unser Herr spricht: „Wer ein Licht anzündet, der soll es nit verbergen unter einem Metzen [sonst: Scheffel]. Er soll es herfür setzen, daß die Leut es sehen." Und er dachte sich: „Also ist mein Leben hier niemand nütz als mir allein. Darum will ich ausgehn zu anderen Menschen, daß sie sich ein Bild von mir nehmen [heute: ein Beispiel nehmen an mir] und will sie lernen mit Worten und mit Werken, daß mein Leben mehr Früchte bringe als zuvor."

Und ging zu dem Papst; der gab ihm volle Gewalt, daß er das Gotteswort predigen sollt, wann er wollt. Das tat er, wo er hinkam. So lehret er die Menschen, daß sie davon gebessert würden, und wallet von einem Heiligen zu dem anderen. Und ging allzeit barfuß wie Unser Herr Christus und trug einen Stab, denn er war ein Pilgrim.

## 18 DANACH KAM ER NACH NÜRNBERG oder FEUER AUS EISZAPFEN

Danach kam er nach Nürnberg und „setzet" sich in den Wald. Das war um Weihnachten, und es war gar kalt.

Und einmal ging er in die Stadt und kam in das Haus eines Wagners. Und er war krank und bat den Wagner, daß er ihm ein Feuer mache, denn ihn fror gar übel. Da sprach der: „Ich hab kein Holz", denn er wollte ihm kein Feuer machen lassen. Da bat St. Sebolt die Frau, sie solle ihren Mann bitten, daß er ihr vergönne, ihm ein Feuer zu machen. Das tat sie. Da wollt ihr's der Mann nit erlauben. Da

sprach St. Sebolt: „Liebe Frau, bringt mir Eiszapfen von dem Dach, daß ich ein Feuer mache!“ Da sprach die Frau: „Hörst du, lieber Mann, der Mann ist krank, er redet irr!“ Da sprach St. Sebolt aber zu ihr: „Tu, wie ich dich gebeten hab!“ Da brachte ihm die Frau Eiszapfen von dem Dach. Da legt sie St. Sebolt auf die Kohlen und bat Unsern Herrn, daß er seine Gnad erzeige und sein Wunder sehen ließe.
Da erhörte ihn Unser Herr, und es wurde sogleich ein gut Feuer aus dem Eis. Als der Mann das sah und andere Leut auch, da lobten sie Gott und erkannten daran seine Heiligkeit. Und der Mann bat ihn, daß er ihm vergebe, weil er ihm kein Feuer gemacht hatte.

## 19 DER WAGNER ALS FISCHKÄUFER oder DIE AUGEN AUSGESTOCHEN

Da vergab ihm St. Sebolt und sprach zu ihm: „Geh auf den Markt und kauf mir Fisch!“ Da sprach er: „Das will ich gern tun, was mir deswegen auch geschieht!“ Denn es waren „des selbn mals“ Herrn auf der Burg, die hatten bei den Augen [soviel wie: beim Augenausstechen] verboten, daß jemand Fisch kaufen sollte, bevor sie selbst gekauft hätten.
Dennoch ging der Mann auf den Markt und kaufte Fisch. Das wurde dem Herrn gesagt. Da stach man ihm die Augen aus und führte ihn danach in sein Haus. Da schrie er und sprach: „Du Schalk, das hab ich dir zu verdanken!“ Da sprach St. Sebolt: „Es hat Gott an dir gerächt, was du mir getan hast! Nun geh mit mir in die Stadt, wo man dir die Augen ausstach!“ Das tut der blinde Mann. Da hob St. Sebolt die Augen auf von der Erd und setzt sie dem Mann wieder ein und macht ihn wohlsehend mit der Hilfe Gottes. Da wurde er gar froh und bekannte, daß er ein heiliger Mann sei.
Da sprach St. Sebolt zu ihm: „Geh nochmal hin und kauf Fisch!“ Da sprach er: „Das will ich gern tun, was mir deswegen auch geschieht!“ und ging wieder auf den Markt. Da sprachen die Menschen zu ihm: „Bist du nit der Mann, dem man die Augen ausstach?“ Da sprach er: „Ja, ich bin's!“ Da sprachen sie: „Wer hat dich gesund gemacht und warum bist du so töricht, daß du wieder herkommst?“ Da sprach er: „Der mich gesund gemacht hat, der hat mich wieder hergesandt“ und sagt da den Leuten, wie heilig er war.

## 20 DIE VERLORENEN OCHSEN oder LICHT AUS BRENNENDEN FINGERN

Der liebe Heilige ging alle Tag 1 Meil in den Wald, wie alt und wie krank er auch war. Und ging in Dorn und in Distel, bis er sein Blut vergoß; das mußte er alltag sehen.
Einmal war er in dem Wald, da kam ein armer Bauer zu ihm und klagte ihm, er hätte 2 Ochsen verloren und sprach: „Ich weiß nit, womit ich mein Feld bauen soll!" Da tröstet ihn St. Sebolt und sprach zu ihm: „Gehab dich wohl. Du findest deine Ochsen!"
Da weint der arme Mann jämmerlich und sprach: „Ich weiß nit, wie ich meinen Dingen tun soll!" Und als ihn St. Sebolt weinen sah, da bekam er Mitleid mit ihm. Und der Bauer bat ihn, daß er ihm seine Gnad erzeige und ihm helfe, seine Ochsen zu finden. Da erhörte ihn Unser Herr. Danach sprach St. Sebolt zu dem Bauern: „Geh und such deine Ochsen, so wirst du sie finden!" Da sprach der arme Mann: „Nun ist es Nacht, und ich weiß nit, wo ich hin soll!" Da sprach St. Sebolt: „Nun richt deine Hand auf zu Unserm Herrn und such dann deine Ochsen!"
Der arme Mann tat, wie es ihm St. Sebolt hieß und reckte seine Hand zum Himmel. Da brannten ihm seine Finger alle und gaben lichten Schein wie die Fackeln. Das tat ihm nit weh. Da sieht der Mann die Ochsen mit dem Licht und fand sie. Da wurde er gar froh und lobte Gott und St. Sebolt.

## 21 UND ALS IHM DER TOD NAHTE oder GESPANNWUNDER

Und da ihn Gott von dieser Welt nehmen wollt, da wurde er siech. Und als ihm der Tod nahte, da sprach er zu etlichen Menschen: „Wenn ich sterbe, so stellet wilde Ochsen an mich! Wohin mich die von selber hinziehen, da begrabt mich!" Und er starb bald.
Danach da fuhr seine Seele zu den Ewigen Freuden. Da erwirbt er nun allen Menschen, die ihn anrufen, Gnade „umb got".
Danach legte man seinen heiligen Leichnam auf einen Wagen und stellte zwei wilde Ochsen daran. Die zogen ihn von selber an den Platz, wo er noch liegt, und man konnte sie nicht weiter bringen. Da bereitete man ihm ein würdiges Grab.

in deinem reich vnd trost sy hie
in diser zeit Vnd er hör sy wes
sy mich pitten in deinem namen
Do kom ain stymme von himel die
sprach güter knecht vnd getrewer
kim vnd gee in die fraud deines
herrn wan alles des du gepeten hast
des solt du gewert sein Das hör-
ten die Ritter vnd erschracken vn
vorchten sich vnd namen ire swert
vnd zü taulten sant magnu vn mach
ten claine stuck auß sein allen seine
gelider vnd liessen in also ligen
do für sein sel zü den ewigen frev
den Da frewet er sich mit got
vnd rüet mit im ewigklichen
Do kom sant patricius vnd nam
sein hailigen leichnam vnd pant
den in weisse tücher vnd salbet
in mit güter salben vnd leget in
ain marmelstainen sarch vnd ließ
in den sarch graben Hie ligt be-
graben der erwirdig marterer vnd
der edel pischoff sant Magnus groß
von dem namen vnd von den wer-
ken vnd der selb patricius schraib
sant magnus leben vnd sein mar
ter an ainen brieff vnd leget
den brieff in den sarch zü im
Das was do man zalt von cristi
gepurd zway hundert vnd sechtz
iar Vnd an dem vierzehenden
tag des monatz Septembris
Nu helff vns der hailig pischof
sant magnus vmb got erwerben
das wir von im noch von seiner
werden müter Maria ymmer
geschaiden werden Amen
Von sant Sebolt ic.

Es was ain künig zü
Tenmarck der was
tugentlich vnd frum
vnd weiß vnd götlich Vnd hett
ain götliche frume frawen die
hette lang nit erben Do gab in
got sant Sebolt das lieb kinde
lein des dancketen sy got vnd vn-
ser lieben frawen mit grossem ernst
vnd liessen das kint zü schül do
lernet es gar wol vnd was tug-
entlich Vnd do er nü groß ward
do sandt in sein vater zü pareiß
zü der grossen schül do lernet
er gar wol vnd was tugent-
lich Vnd er nü wol gelert ward
do gieng er in sich selber vn er
kant die vnsicherhait diser welt
vnd die vnstetikait vnsers lebens
vnd erkant auch das man got
nit wol gedienen mag in der
welt Vnd do er achtzehen iar
alt was do nam in sein vater
vo der schül vnd gelobt im
aines künges tochter vo franck

## 22 DIE FRAU MIT DEM EISERNEN REIF

Da kam eine selige Frau zu seiner „grebnuß“ [hier: Grab, Grabstätte], die hatte einen eisernen Reif um ihren Arm. Den trug sie in rechter Andacht, daß ihr Gott ihre Sünd vergeb.
Die Frau betete mit großer Andacht bei dem Leichnam und lobte den hl. Herrn St. Sebolt. Da fiel eine der Kerzen, die bei dem Grab steckten, herab. Da bückte sie sich und hob die Kerze wieder auf. Da zersprang der starke eiserne Reif und sprang ihr mit einem großen „Prasteln“ vom Arm. Das hörten alle, die dabei waren.

## 23 DAS HÖLZERNE KIRCHLEIN oder DAS WILD FEUER

Und also bestatteten sie den hl. Leichnam mit großer Würde und mit Andacht und machten für‘s erste ein kleines „hülczins kirchlin“ über ihm. Das stand zwanzig Jahr. Da verbrannte es das wild Feuer. Da „flechnet“ [von: flüchten; brachte] man St. Sebolt zu St. Egidien [Schottenkloster].

## 24 MISSACHTUNG IM SCHOTTENKLOSTER oder „EJA, IHR GRÜSSIGER!“

Da ging ein junger Mönch zu ihm und spottete seiner und zog ihn beim Bart und sprach: „Eja, Ihr Grüssiger [= Hej, Ihr Graubart]! Wieviel Menschen habt Ihr Euer Lebtag schon betrogen?“
Da hob St. Sebolt seine Hand auf und schlug ihm unter sein Gesicht, daß ihm ein Aug aussprang. Da schrie der Mönch und erschrak gar sehr. Da liefen die Mönche alle herzu und riefen St. Sebolt mit großem Ernst an und baten ihn, daß er dem Mönch seine Gnad tät, so wollten sie ihn allezeit ehren.
Da nahm St. Sebolt das Aug und setzte ihm’s wieder ein und machte ihn wohl gesund.

## 25 EIN SCHLUCK FÜR DEN TOTEN oder DIE VERDIENTE MAULSCHELLE

Einmal kam ein Soldat an dem Grab vom hl. Sebald vorbei. Er schüttete ihm einen Schluck Wein hinein und rief: „Über den mußt du gleich gehen, Heiliger, sonst verdirbt er dir; er ist jetzt schon sauer!"
Da streckte Sebald seine Totenhand aus dem Sarg heraus und gab ihm eine solche Maulschelle, daß man heute noch die Finger auf seiner Backe sehen könnte, wenn er noch lebte.

## 26 EIN SARABAITA oder SCHMÄHUNG AN DER TOTENBAHRE

I
Wunder folgen auf Wunder, und zwar noch wunderbarere.
Es handelt sich um einen gewissen Sarabaita [sonst: Sarabarita, herumvagierender Mönch; ein Mönch, der sich immer außerhalb der Klostermauern herumtreibt] aus der Schar derer, die Heiligkeit heucheln, indem sie über gute Sitten sprechen, aber im Geheimen ihren Ausschweifungen leben und die sich selbst Gesetz und Regel sind. Die breite Masse nennt sie Lollarden.
Von denen welche brachten damals auf dem Hügel nahe der Burg und der Kirche St. Peter [kl. Vorläufer, um 1050, der 1273 vollendeten St.-Sebalds-Kirche] unter bleischwer-drückender Regel als Verworfene ihr Leben hin. Dort wurde dann auch nach einiger Zeit ein reguliertes Kloster gegründet zu Ehren des hl. Egidius, der Zeitgenosse des hl. Sebald war; und wiederum nach langer Zeit [1140] wurde es den Schottenmönchen, die zuerst durch Frömmigkeit sich hervortaten, zugewiesen. Und schließlich, nachdem diese das Joch des Gelübdes abgeworfen hatten, wurde in unserer Zeit das Kloster den Unseren [quasi: einem einheimischen Orden, den einheimischen Benediktinern] zurückgegeben und ist berühmt durch seine leuchtende Frömmigkeit.
Ein Sarabaita [= Herumstreuner] und Heuchler aus dieser [Lollarden] Brüderschar, der den lebenden Heiligen haßte und ihn als

einen triefäugigen, lichtscheuen Wiedehopf verspottet hatte, näherte sich der Bahre, auf der der entseelte Leichnam lag und fing an, den bereits stillen und gefühllosen Heiligen zu schmälern, indem er ihm seine Laster vorwarf und sagte: „Viele hast du durch deine Verstellung hinters Licht geführt und dich als Hascher nach der Volksgunst erniedrigt, uralter Greis!“ Indem er dies zu ihm sagte, zupfte er ihn am Bart. Der aber, der gefestigt auf dem Weg der Verdienste, vieles geduldig für Christus ertragen hatte, wurde jetzt entsprechend seinen Verdiensten belohnt. Er wollte nicht unter dem Scheffel des irdischen Todes verborgen bleiben [d. h. wohl: wenn er kein Wunder gewirkt hätte, wäre er dem Tod verfallen wie jeder andere, und seine Heiligkeit wäre geschmälert worden]: Er hob seine Hand von der Bahre und strafte den Lollarden für seine Herzensblindheit mit der Beraubung seines Augenlichts. Nachdem er ihm ein Auge ausgeschlagen hatte, machte er ihn allen kenntlich als Einäugigen und Entstellten. Ungeheure Furcht befiel die Leute, nachdem diese zwei Wunder geschehen waren [„zwei“ muß sich auf ein nicht in diesem Text berichtetes Wunder beziehen].
Und unter gewaltigem Schrecken aller, des Klerus und des Volkes, das von hier und dort damals aus den Hainen zusammengeströmt war, wird das Leichenbegräbnis gefeiert und Sebald der Erde übergeben . . .

II

Ein gewisser Sarabayta [= herumstreunender Mönch] wollte den Leichnam des Dahingegangenen verspotten, und er behauptete, dieser Heuchler habe manche Menschen getäuscht. Als er so, auch durch Berühren des Barts, seinen Spott trieb, hat der entseelte Leib mit erhobener Hand ihm ein Auge ausgerissen und ihn zu einem Einäugigen gemacht.
Es war einer von jenen Straßenstreunern – gewöhnlich Lollarden oder Lopeschiten geheißen –, die, durch Sorgen abgemagert, heucheln und in Ausschweifungen leben.
Aber der hl. Sebald, der sich geduldig im Leben verhalten hat, nachdem er entsprechend seinen Verdiensten empfangen, gab auch diesem entsprechend seinen Untaten.

## 27 ST. SEBOLT WILL NIT ZU ST. EGIDIEN BLEIBEN oder NIEMAND ALS DIE ENGEL

I

Nicht lang danach, als man ihn zu St. Egidien gebracht hatte, da fand man ihn wieder bei dem Grab. Und er war ohne jegliche menschliche Hilfe dahin gekommen. Daher ist wohl zu glauben, daß das niemand tat als die Engel; die waren ihm bereit zu dienen auf das Geheiß Gottes hin, der seine Wunder sehen lassen wollte. Danach trug man ihn wieder zu St. Egidien. Und sie meinten, sie wollten ihn da lassen, bis man ihm eine neue Kirche gebaut hätte. Da fanden sie ihn aber bald bei dem Grab, denn er wollte nur da sein. Und sooft man ihn zu St. Egidien hintrug, so fanden sie ihn immer wieder bei dem Grab.

II

Nit lang, als der heilig Körper in dieselbe Kapelle [im Schottenkloster St. Egidien] gebracht worden war, wollte er – vielleicht wegen dieser erzeigten Unehre oder wegen besonderer göttlicher Schickung – seine Wohnung daselbst nit mehr haben, sondern auf wunderbare Weise und ohne Zweifel durch die englischen Geister wurde der hl. Leichnam St. Sebalds wiederum an die vorige Stätte gebracht, wohin er von den wilden, ungezähmten Ochsen geführt worden war und wo er etlich Jahr gelegen hatte.
Und obwohl ihn das Volk zu Nürnberg mehr als einmal in das Kloster brachte, wurde er doch jedesmal wieder am vorigen Platz gefunden. Da fing man an, ihm ein herrliches, schönes Münster zu bauen, das auch ehrwürdig fertiggestellt wurde.

## 28 DIE BÄUERIN VON POPPENREUTH oder DER VERSTEINERTE KÄS

Eine Bäuerin von Poppenreuth die sandte durch eine andre Bäuerin einen Käs zu St. Sebolt. Die „verwechselt“ den Käs [= tauschte ihn aus] und brachte ihm einen kleinern Käs. Und als sie ihn auf das Grab legte, da wurde er zu einem Stein, der noch jetzt bei dem Grab ist.

## 29 DIE FRAU AUS ERLBACH oder FEIERTAGSFREVEL

Es wohnte eine ehrbare Frau zu Erlbach. Die zog samt ihrem Hause nach Nürnberg. Und am St. Seboltstag fing sie früh zu arbeiten an, wie an einem andren Tag. Darum tadelten sie die Leute und sprachen, es wär der Tag des löblichen Heiligen St. Sebolt, des Herrn, der große Zeichen tät. Den sollte sie feiern. Da sprach sie: „Zu Erlbach weiß man nit, wer St. Sebolt ist! Drum will ich arbeiten!" Und was man sie auch tadelte, so kehrte sie sich nicht daran. Da strafte sie unser Herr schwer und „erplendet sy", daß sie einen Sack nit sehen konnte. Da wurde sie sehr betrübt und weinte und klagte jämmerlich.

Da sprachen die Leut zu ihr, sie solle den hl. Herrn St. Sebolt anrufen, den sie erzürnt hätte. Da rief sie ihn mit Ernst an und gelobte ihm, seinen Tag zu feiern und seinen Abend zu rasten, ihm zu Lob und zu Ehren, solang sie lebe.

Da erhörte sie St. Sebolt, und sie konnte sogleich wieder sehen. Nun dankte sie Gott und ihm mit großem Ernst und vollbrachte ihr Gelübde.

## 30 DIE ROMPILGER oder ST. SEBOLT STRITT SELBER MIT

Einmal waren sechs Pilgrim, die wollten nach Rom gehn, was sie auch taten. Und als sie nach Nürnberg kamen, da gelobten sie dem lieben Herrn St. Sebolt, daß er ihnen um Gott erwerb, daß sie vor allen ihren Feinden behütet würden; so wollten sie, wenn sie auf dem Rückweg noch einen Tag bis nach Nürnberg hätten, barfuß zu seinem Grab kommen.

Und sie gingen hin. Und als sie in die Nähe von Rom kommen waren, da kamen die Räuber über sie und wollten sie berauben. Da wehrten sich die Pilgrim mit ihren Stecken und überwanden sie und fingen sie mit der Hilfe St. Sebolts und führten sie gefangen bis nah vor Rom. Und da sie nun sicher vor ihnen waren, da lobten sie Gott und St. Sebolt und setzten ihre Fahrt fort.

Als sie nun wieder bis nach Roth kommen, vier Meilen von Nürnberg in einem Holz, da kommen zwei Räuber über sie. Der eine

hatte eine gespannte Armbrust und der andere ein „pößes" Schwert. Und hießen sie auslegen. Da sagten sie: „Wir haben auf dem Weg nach Rom und zurück das verzehrt, was wir hatten." Da wollten sie sich nicht dran kehren und zwangen sie, die Pilgerstäbe vor sich niederzulegen und wollten sie durchsuchen.

Da gewannen die Pilgrim eine große Hoffnung zu St. Sebolt, und sie hoben die Stäbe auf und schlugen auf die Räuber ein. Ich glaub, St. Sebolt stritt fest mit. Und schlugen die Pferd „als lang über die kopf", daß diesem die Armbrust entfiel und jenem das Schwert. Da hoben es die Pilgrim auf, und die Räuber flohen vor ihnen. Da zogen die Pilgrim ihre Schuh ab und leisteten ihr Gelübde. Und kamen zu St. Sebolt und brachten die Armbrust und das Schwert zu seinem Grab und sagten öffentlich, wie ihnen geschehen war und wie ihnen St. Sebolt „zwir" [= zweimal] gnädig geholfen hätt von ihren Feinden. Da lud sie der Pfarrer Herr Albrecht der Krauter ein, und da predigte man das Wunder öffentlich.

## 31 DIE AHNFRAU UND IHR ENKEL oder MIT WACHS AUFGEWOGEN

Eine ehrbare Frau hatte ein kleines Knäblein bei sich, das war ihr „enklin", und hatte es gar lieb. Dem waren Vater und Mutter tot. Das Kind wurde siech und „mocht gar übel". Und eines Tages, als sie und andere Leut bei ihm waren, da lag es wie tot da und rührte keine Ader.

Da sagten die Menschen, es wär tot und meinten, man sollt es begraben. Nun hatt des Kindes Ahnfrau St. Sebolt gar lieb und hat ihm mit Fleiß gedient und hatte eine große Hoffnung zu ihm und rief ihn an in ihrem Leid und bat ihn, daß er ihr Gnade um Gott erwerbe, daß das Kind wieder lebendig würde. Und sie gelobte ihm, sie wollt es mit Wachs aufwiegen und wollt das zu seinem Grab bringen.

Da erhörte St. Sebolt seine Dienerin, und es regte sich das Kind und wurde lebendig und wohl gesund. Da wurde sie gar froh und vollbrachte ihr Gelübde.

## 32 DIE FRAU AUS DER SUTTEN oder AUF ALLEN VIEREN

Einmal lag eine Frau in dem neuen Spital in der Sutten [= Krankenstube]. Die führte ein tugendliches Leben und war wohl sechs Jahre lahm an Händen und an Füßen und konnte nicht gehn ohne Hilfe.

Und sie war des Pfarrers Krauter Beichttochter. Der ging oft zu ihr. Die Frau hatte St. Sebolt „sunderlichen" lieb. Da gedachte sie eines Tages, sie wollt zu seinem Grab kommen, so helfe er ihr, daß sie gesund würde. Und sprach zu dem Pfarrer, sie wollt auf allen Vieren zu seinem Grab kriechen. Das wehrte er ihr. Sie aber wollt ihr Vorhaben nicht aufgeben [= „do wolt sy sein nit lassen"] und „hub sich auf" und kroch und „hoschet" auf allen Vieren und kam zu dem Grab und rief den lieben Herrn St. Sebolt mit großer Andacht an und bat ihn, daß er ihr ein gnädiger Bot zu Gott wär und ihr um Gott erwerbe, daß sie gesund würde. Und sie lag eine gute Weil in ihrer Andacht, voller Vertrauen zu St. Sebolt. Da erhörte er sie, denn sie wurde wohl gesund und stand „zuhant“ auf ihren Füß und ging, „wa sy wolt“ und lobte den Allmächtigen Gott und St. Sebolt und sagte vielen Menschen das (Wunder-)Zeichen, das er getan hatte, und daß sie in sechs Jahren nur wenig Tritt je gemacht hätte. Und ging da „aines schlechten ganges haim in das spital“.

## 33 SIECH oder EIN VIERDUNG WACHS

Eine andre ehrbare Frau die hatte St. Sebolt gar lieb. Die hatte eine Tochter, die war an die vierzig Wochen siech gewesen, und es konnte ihr niemand helfen. Da ruft die Mutter St. Sebolt an mit großem Ernst und bat ihn, daß er ihr „umb got erwürb“, daß ihre Tochter gesund würde und gelobte ihm, sie wollt ihm ein Vierdung Wachs [s. Schmeller 1, Sp. 845 f.: ein gewisser Teil des Pfundes] bringen zu seinem Grab.
Da wurde ihre Tochter „zu hant“ gesund. Da vollbrachte sie ihr Gelübde und dankte Gott und St. Sebolt für die Gnade.

## 34 EIN PRIESTER VON ST. LORENZ

Es ist nit lang her, daß ein Priester zu St. Lorenz war, der widersprach seiner Heiligkeit. Deshalb wurde er schwerlich „gepüsset von St. Sebolt“. Da wurde er ein geistlicher Mann und beging ihm seinen Tag löblich und schön. Und kam immer an seinem Festtag nach Nürnberg und las eine Messe und bekannte in der Wahrheit, daß er ein großer Heiliger vor Gott ist.

## 35 EIN NÜRNBERGER ZU SCHIFF oder ST. SEBALD WEHRT DEN WINDEN

Ein Nürnberger wird zusammen mit anderen in einem Schiff von einem entsetzlichen Sturm hin und her geworfen. Während er St. Sebald anruft und den anderen rät, ihn – wenn er ihnen auch un-

bekannt sei – anzurufen, ist der Heilige in Gestalt eines Pilgers gegenwärtig und beschwichtigt mit seinem Stab den Ansturm der Winde.

## 36 EIN KÜRSCHNERGESELL WIRD VON EINER NADEL IM HALS BEFREIT

Ein Handwerksknecht des Kürschnerhandwerks, als der einmal bei seiner Arbeit war und eine Nadel in seinem Mund hielt, begab es sich, daß er diese Nadel durch einen jähen starken Atemzug bis in den Hals verschlang. So, daß sich „menigklich" mehr auf sein Sterben als auf sein Leben einstellte.
Der Kürschnergesell eilte auf den Rat und den Hinweis etlicher Menschen zu dem Grab des Heiligen und rief ihn andächtig um seine Gesundheit an, mit dem Versprechen, daß er ihm alle Jahr eine besondere Dankbarkeit erzeigen wolle.
Alsbald, nachdem er das Gebet vollbracht und wieder heimgekehrt war, wurde er durch ein „starck außspürtzen oder räyspern" auf wunderbare Weise von der Nadel befreit. Sogleich ist er wieder vor St. Sebalds Grab niedergefallen und hat das, das er zuvor gelobt hatte, wiederum und öffentlich „vor menigklich" verheißen.

## 37 EIN RAISIGKNECHT oder VOM PFERD GESCHLAGEN

Ein Raisigknecht [= berittener Kriegsknecht] nahm von den Herren zu Nürnberg Urlaub. Als er nun nit viel Tagesreisen von der Stadt Nürnberg kommen war, wurde er abgeworfen von seinem Pferd und in den Leib getreten, daß er von allen Umstehenden mehr für tot als für lebendig gehalten und nichts anderes als von seinem Begräbnis gehandelt wurde.

In diesen Todesnöten gelobte der Raisigknecht dem hl. Nothelfer St. Sebald ein Opfer mit etlichen Pfund Wachs. Alsbald, und ohne Zweifel durch Fürbitt des hl. Patrons, wurde er gesund. Dafür dankte er Gott und St. Sebald und leistete auch sein Gelübde mit besonderem Fleiß.

Geschehen im 1513. Jahr nach der Geburt Christi.

## 38 NOTHELFER DER SCHWANGEREN FRAUEN oder KOPFRELIQUIAR

Dieser heilige große Patron und Fürbitter St. Sebald ist auch ein besonders treuer Nothelfer der schwangeren Frauen, denen er bei ihrer Geburt wunderbar geholfen hat, wie das „bey unserm gedenken“ an vielen Orten bewiesen worden ist und noch täglich geschieht: Wenn diese Frauen in Kindsnöten gelegen sind und man bei ihnen mehr des Todes als des Lebens gewärtig sein mußte, so ist ihnen das Haupt dieses hl. Patrons gebracht worden, das „in sonderhait“ bei seinem Gotteshaus in Nürnberg aufbewahrt wird. Und wenn sie damit berührt werden, sind sie von Gott dem Allmächtigen durch Fürbitt des hl. St. Sebald „wunderbarlich erledigt“.

## 39 AM SEBALDSTAG oder NÜRNBERGS AUFSTIEG

Wegen diesen großen Wunderwerken und öffentlichen Zeichen wurde dieser hl. Mann St. Sebald als ein Heiliger von dem Stuhl zu Rom kanonisiert und „menigklich geboten“, ihn als einen Heiligen zu ehren. Deshalb ist er auch von den Bürgern und Bewohnern der

Stadt Nürnberg als ihr besonderer Patron und Hauptherr angenommen worden. Sein Tag wird auch daselbst zu Nürnberg ehrwürdig gefeiert und gehalten am 19. Tag des Monats August. An diesem Tag und Fest wird dann sein hl. Leichnam durch die Bürger des Rats und der ehrwürdigen Priesterschaft unter dem Nachfolgen einer großen Volksmenge in einem „Silbrin grab“ oder Sarg öffentlich und mit besonderer Andacht getragen. Und er wird als ein besonderer Fürbitter und Schützer der Stadt Nürnberg geehrt.
Und es soll niemand daran zweifeln, daß „auffnehmen, wolfart und Regiment“ der Stadt Nürnberg – die anfangs ja bei geringem Stand und Vermögen gewesen – durch die Gegenwart des hl. Leichnams und die besonders treue Fürbitt ihres Patrons, Haupt- und Schutzherrn, St. Sebald, von Gott dem Allmächtigen kommen und groß gemehrt worden sei.

## 40 DIE HL. ACHAHILDIS ALS GRÜNDERIN VOM KLÖSTERLE?

Nach einer anderen Sage soll die rätselhafte Lokalheilige der Wendelsteiner Kirche, die hl. Achahildis, die Gründerin des Pillenreuther Klosters gewesen sein.

## 41 DAS WILLIBALDSBRÜNNLEIN

In nächster Nähe zum „Goldhügel“ bei der Kleinweidenmühl – beim Schulhaus Reutersbrunnenstraße – befand sich ehedem das Reutersbrünnlein oder, wie ältere Leute es noch gewußt haben, das Willibaldsbrünnlein. Von ihm wurde erzählt, daß hier der hl. Willibald getauft habe.

# KAISER und KÖNIGE

## 42 KARL DER GROSSE IM TIEFEN BRUNNEN

I

Die Sage erzählt, daß Kaiser Karl der Große sich in den 50 Klafter oder 300 Nürnberger Fuß tiefen Brunnen der Burg zu Nürnberg verflucht habe und in diesem Hause, wo ihn dann ein Verbrecher, den die Nürnberger Herren in den Brunnen hinabgelassen haben, um der Sache auf den Grund zu kommen, leibhaftig gesehen haben soll, und zwar an einem Tisch sitzend, um den ihm der Bart schon zweimal herumgewachsen war.

II

Unter einem kleinen Sandhügel bei Schniegling, zwischen Nürnberg und Fürth, sitzt Kaiser Karl. Eine Sandgrube bildet den Eingang zu ihm.
Auf der Burg zu Nürnberg ist aber ein tiefer Brunnen, ganz unergründlich. Unten am Grund öffnet sich in der Walburgisnacht das eiserne Tor, und Kaiser Karl kommt von Schniegling durch den unterirdischen Gang hierher, um seine Rosse zu tränken.
Ein Verbrecher, der sich als Lohn das Leben bedungen, war in der Nacht hinabgestiegen und hatte es gesehen und dem Hohen Rat berichtet.

## 43 DIE KUNIGUNDENLINDE IM BURGHOF

Kaiser Heinrich jagte eines Tages in den Nürnberger Wäldern. Sehnsüchtig harrte seine treue Gemahlin Kunigunde des Heimkehrenden. Als es aber schon Abend wurde und der Kaiser noch immer nicht kommen wollte, da wurde sie bekümmert in ihrem Herzen und schaute ein um das andere Mal sorgenvoll vom Söller [= hier wohl: offner Dachumgang] der Burg in die Weite. Endlich verkün-

deten das Gebell der Hunde und der Hufschlag der Rosse die Ankunft des teuren Herrn. Voll Freude ging ihm die Kaiserin entgegen und fragte ihn, warum er heute viel später als sonst von der Jagd zurückkehre.
Darauf entgegnete ihr Heinrich, wie er vor allem Gott danken müsse für die wunderbare Erhaltung seines Lebens. Denn als er in pfeilschnellem Ritt einer Hindin [= Hirschkuh] nachsetzte, habe sich nur wenige Schritte vor ihm ein Abgrund aufgetan, in den er mit seinem Rappen unaufhaltsam hinabgestürzt wäre, wenn nicht ein uralter, schwarzer, vom Blitzstrahl halb verkohlter Lindenstamm am Rand der Schlucht das Roß zurückgeschreckt hätte. Zum Andenken habe er sich von den wenigen grünen Zweiglein der Linde eins mitgenommen, um es Kunigunde zu verehren.

Dankbar soll die Kaiserin das Zweiglein empfangen und sogleich im Hof der Burg in frischen Boden gepflanzt haben, wo es dann zu einem herrlichen Baum emporwuchs.

## 44 WARUM NÜRNBERG RÜDENBERG GENANNT WORDEN IST oder DER RÜDE, EIN SCHWARZKÜNSTLER

Unter dem Kaiser Heinrich IV. empörte sich wider ihn sein Sohn Heinrich V. und griff ihm nach Krone und Szepter. Er verfolgte auch den Vater von einem Ort zum andern und bedrohte diejenigen, die dem Kaiser geschworene Treue unverbrüchlich zu halten gewillt waren . . . Das mußte dann die dem Kaiser Heinrich IV. äußerst getreue Stadt Nürnberg auf das bitterste kosten. Denn weil sie Heinrich V. die Tore nicht öffnen wollte, ließ sich dieser über die abschlägige Antwort äußerst erbitterte Prinz zu Fürth nieder und schickte sich dort zur Belagerung Nürnbergs an.
Es hielt sich aber damals um Fürth ein landbekannter Schwarzkünstler, der Rüde genannt, auf. Diesen befragte Heinrich V., ob er

die Stadt Nürnberg durch die geplante Belagerung erobern und ihrer Herr werden würde. Dieser Bösewicht steifte [= bestärkte] ihn in seinem Vorhaben und in seiner Hoffnung. Er sagte ihm, wenn er einen schwarzen Bock und eine weiße Geiß mit goldenen und silbernen Halsbändern über die Mauern jagen und an 13 Orten – andere melden: an 31 Orten – stürmen würde, würde die Stadt dieser Gewalt unterliegen und sich ergeben müssen. Dies ist dann auch leider erfolgt, und diese getreue Stadt ist mit stürmender Hand erobert, ausgeplündert, eingeäschert und völlig verheert worden. Und nach der Zerstörung ist ihr von dem Überwinder Heinrich V. der Name des Zauberers beigelegt und sie ist „der Rüdenberg" genannt worden.

## 45 WO DER NAME WÖHRD HERKOMMEN SOLL

Nachmals, als die beiden Kaiser Heinrich IV. und Heinrich V., Vater und Sohn, gegeneinander kriegten und es Nürnberg mit dem Vater hielt, hat es der Sohn um das Jahr 1106 belagert. Und nach 31 Stürmen, die er zuvor verloren, hat er sie endlich über das Wasser herein an dem Ort erobert, den man wegen der großen Gegenwehr, die da geschehen, noch heutigentags im „Obern- und Untern Weehr / nahe bey dem Dendelmarck" [= Tändelmarkt] nennt. Und er hat – „wie theils wollen" – alles, jung und alt, in der Stadt erstochen, auch die Kinder in der Wiegen schleifen und verbrennen lassen.
Es wurde Nürnberg hernach Rudenberg genannt und lag 33 oder 34 Jahr öd. Und obwohl manche meinen, es sei damals auch das Schloß erobert worden, so findet es sich doch aus den Jahrbüchern, daß dieses eine Jungfrau geblieben und von einem tapferen Mann namens Gottfried erhalten worden ist.

## 46 DER KAISER UND DER FREIHARTSBUB

. . . zu dieser Zeit starb der Burggraf zu Nürnberg. Da fiel das Burggrafentum dem Kaiser und dem Reich zu.

Einmal ging der Kaiser vom Schloß herab nach St. Sebald in die Kirchen. Da kam ein Freihartsbub [= Gaukler, Vagabund]. Der redet den Kaiser an. „Kaiser", sagt er, „ich bin dein Bruder. Darum teile das Erbe mit mir!" Der Kaiser sagte: „Wer bist du und warum?" Er antwortete: „Adam ist unser Vater und Eva unsere Mutter gewesen. Deshalb bist du mein Bruder." Der Kaiser antwortete: „Wohlan, so geh hin und bring einen Sack, und wenn ich aus der Kirchen gehe, so will ich mit dir teilen." Der Lotter [= liederlicher Mensch] war froh und besorgte einen Sack. Und als der Kaiser aus der Kirchen ging, legte er ihm einen Heller [= ehem. Münze] hinein und sprach: „Nun geh hin und heiß einen jeden, dir so viel zu geben, so wird dein Sack voll." Da mußte der Lotter mit Spott abziehen.

## 47 UNHEILSZEICHEN oder BRAND WÄHREND DER TAUFE

I

Wenceslaus VI. verdiente mit allem Recht den griechischen Zunamen „Copronymus" [= der Mist-, der Kotnamige]: Denn als er Anno 1361 getauft ward, so besudelte er das Taufwasser, und als er im andern Jahr seines Alters zum Böhmischen König gekrönt wurde, so ließ er auch etwas auf dem Altar liegen, das man eben nicht gern nennt.

Er wurde zu Nürnberg geboren, und die Mutter kriegte nicht allein einen ungesunden Leib darüber, daß sie bald danach starb, sondern – als man das Taufwasser warm machen wollte –, so brannte des Priesters Haus darüber ab: welches alles gleichsam Vorboten seines bösen Regiments waren.

II

Anno domini 1361 da wurde des Kaisers Sohn zu Nürnberg geboren und wurde genannt „Wentzellaus". Und das Kind blieb 5 Wochen ungetauft, so lang, bis alle sieben Kurfürsten nach Nürnberg kamen. Und am St.-Veits-Abend da geleitete man die Kaiserin unter einem goldenen Himmel von der Veste bis nach St. Sebald. Und während man das Wasser wärmen wollte [für die Taufe], da fing der Pfarrhof an zu brennen.

## 48 KINDERTAUSCH oder KÖNIG WENZEL, EIN SCHUSTERSSOHN?

1482 erzählt ein Sporenmacher, genannt der Koeler – er war an die 90 Jahr alt und Torschließer des Tiergärtnertors –, dem Bartholomäus Hirschvogel folgendes:
Als König Karls Weib eine Tochter gebar, gab sie die nämliche Tochter einem Schuster, genannt der Stengel, und nahm an der Tochter Statt des Schusters Sohn, „kunig Wentzlaw“. Und die Tochter starb, als sie „zu 15 Jahrn kom“. Und die Königin tat der Stengel-Schusterin viel Gutes. Wenn man von dieser Sache redet, „so wainet und seuftzet sie“.

## 49 KÖNIG WENZEL IN NÜRNBERG oder SPAN VOM HEILIGEN KREUZ

Niklaus Muffel, Schultheiß zu Nürnberg, erfreute sich der vorzüglichen Gunst des Königs Wenzel so, daß der sich öfter in seinem Haus auf St. Egidienhof aufhielt. Als er einst um Ostern des Jahres 1370 bei ihm zur Herberg lag, verlangte er von der Frau Barbara Kolerin, des Muffels eheliche Hausfrau, daß sie ihm das Haupt zwage [= den Kopf wasche], „dazu sie willig war“. Danach sagte der König: „Liebe Wirtin, jeder Arbeiter ist seines Lohnes würdig. Und was begehrt Ihr, das wir Euch zu Lohn geben?“ Sagt sie mit ehrsamen Worten, sie begehre nichts. Da wollte der König, daß sie fordere, und was sie fordere, das woll er ihr geben.

Nach kurzem Bedenken, währenddem sie sich mit

ihrem Hauswirt Niklas Muffel unterredete, bat sie den König um einen bewährten Span von dem Heiligen Kreuz. Da hätt sie große Liebe dazu. Also sagt der König, er wollt ihr viel mehr geben; denn das Heilig Kreuz, das er an seinem Hals trage, das hätt ihm sein Vater, Kaiser Karl, geben und wär gar lang von seinen Eltern, den Königen zu Böhmen und dem Haus Luxemburg, herkommen.
Er schickt nach einem Priester und einem Goldschmied und ließ Kerzen anzünden. Und sie knieten nieder und taten das Kreuzlein, das golden war und worin der Span lag, von seinem Hals und brachen es auf und taten den Span heraus. Dann schickten sie nach glühenden Kohlen in die Kuchen, und die bracht man in einem silbernen Wasserbecken. Nun legt der Priester den Span in die glühenden Kohlen. Also sprang der Span des Heiligen Kreuzes, das viel Leut sahen, „kräftiglich" heraus aus dem Feuer, einem Ritter auf seinen Mantel, als sie dann um das Kreuz knieten. Der Ritter hieß Herr Christian von Blumeratz, war gar ein mächtiger, frommer, gottesfürchtiger Mann und des Königs Hofmeister. Und nachdem sagt der König dem Priester in böhmischer Sprach, er sollt ihm ein wenig von dem Span geben. Der Span lag auf einem neuen, weißen Leinentuch. Da nahm der Priester ein Messer und sah den heiligen Span an und wollte, nach des Königs Gebot, ein wenig davon nehmen. Und indem er das Messer noch einen Spann hoch über dem heiligen Span hält, da spaltete sich der heilige Span ganz gleich voneinander. Da erschrak der Priester und sah den König an. Da sagt der König: „Liebe Wirtin, wir wollen Euch recht beichten: Wir haben dem Priester insgeheim in Böhmisch gesagt, er soll Euch ein klein Teil davon geben. Also seht Ihr das große Wunder Gottes; der Span ist aus dem Feuer gesprungen und nun ohne alle menschliche Hilfe sogar gleich auseinander gesprungen, daß kein Mensch sehen kann, welches Teil größer sei. Also will Gott der Herr, daß das Heilige Kreuz von Euch geehrt werden soll, mehr als von uns. Darum so nehmt, welches Teil Ihr wollt!"
Der Priester wendet die zwei Stücke um, und niemand konnte was anderes sehen, als daß sie gleich voneinander geteilt wären. Also nahm sie und ihr Hauswirt das eine Stück mit großen Freuden, und der König gab ihr dazu 30 Schock [Schock = 60 Stück] Böhmische Groschen. Daraus machten sie ein silbernes Kreuz. In dem wurde das Stück des Heiligen Kreuzes verschlossen.

## 50 DIE AUERBACHER MESSE oder VERKAUFT AN DIE NÜRNBERGER

In Auerbach [Opf.] hielt sich Kaiser Wenzel öfters auf. Er hat, um den damals blühenden Handel noch mehr in die Höhe zu bringen, 1397 den Auerbachern das Recht verliehen, eine vierzehntägige Herbstmesse vom 1. bis 15. September abzuhalten. Diese Messe ging aber später wieder ein. Zur Erinnerung daran wird heute noch am 1. September nach zwölf Uhr mit der Großen Glocke eine viertel bis eine halbe Stunde die Messe eingeläutet.
Die Leute aber sagen, es werde aus Trauer geläutet, weil die Auerbacher die Messe um schnödes Geld an die Nürnberger verkauft hätten. Der Volkswitz wieder sagt: Solange die Glocke läutet, darf jede Ehefrau ihren Mann prügeln, weil die Männer die Dummheit begingen, ihre Messe zu verkaufen.

## 51 EINE GROSSE KINDERVERSAMMLUNG IM STADTGRABEN oder „DIE KAISERLEIN"

. . . Um sich „den Unmut zu vertreiben", wird berichtet, stellte der Kaiser [Friedrich III.] in der Karwoche 1487 an den Rat das Verlangen, daß sämtliche Kinder der Stadt, „so schon zu gehen vermochten", in Prozession durch die Stadt ziehen und sich unter dem Schloß im Graben versammeln sollten. Obgleich eine ziemliche Anzahl Eltern diesem der kaiserlichen Laune entsprungenen Gebot nicht nachkam, weil sie die Besorgnis hegten, es möchten ihre Kinder in dem voraussichtlichen Gemenge und Gedränge, das dieser seltene Aufzug bei der Schaulust des Volkes veranlassen mußte, zu Schaden kommen, versammelten sich doch einige tausend Kinder im Schloßgraben. Über diese hielt der Kaiser zu seiner Kurzweil Revue und ließ dann jedem einzelnen Kind ein Honig- oder Lebküchlein reichen, das in länglich-viereckiger Form gebacken und auf seiner gerauteten Oberfläche mit dem Bildnis des Kaisers geziert war. Der gutmütige Kaiser hatte großes Vergnügen an der Freude der Kinder, von denen die meisten ihr Küchlein schon vor dem Nachhausegehen mit großem Wohlbehagen verzehrten.

Die ehrsame Zunft der Lebküchner in Nürnberg verfehlte nicht, zum Andenken an diese kaiserliche Huld, alljährlich zur Osterzeit solche Lebküchlein zu backen, die man „Kaiserlein" nannte. Es soll sich diese Sitte bis ins 18. Jahrhundert erhalten haben ...

## 52 GUSTAV ADOLF UND SEIN LEDERKOLLER

Als Gustav Adolf während des Dreißigjährigen Kriegs nach Nürnberg kam, nahm er die Sehenswürdigkeiten der Stadt in Augenschein und besichtigte u. a. auch das Zeughaus. Er befand sich in seiner gewöhnlichen Kleidung, wie er sie stets im Felde trug: Spuren an seinem Lederkoller ließen darauf schließen, daß es schon mehrmals von Kugeln durchlöchert worden war ...
Beim Besehen der Waffen, Rüstungen, Harnische und der kriegsgemäßen Ausrüstung und Feldkleidungen der Ritter und Landsknechte, von denen manches Stück seine Bewunderung erregte, erlaubte sich der Direktor des Museums die Anspielung: „Wir haben hier so manche Rüstung, in der tüchtige und mutige Ritter und Helden gekämpft haben. Doch ist in keiner ein so großer Feldherr und Held gesteckt wie in Eurer Majestät zerschossenem Lederkoller." Der König lächelte, sagte jedoch nichts. Am Abend desselben Tages

sandte er aber dem darüber hocherfreuten Direktor sein durchlöchertes Wams für das Zeughaus als Andenken. Noch heute zeigt man dort dem Besucher diese Reliquie des ruhmreichen Königs.

## 53 DER „SCHÜSSELESSTEIN“ oder NAPOLEON

Wenn man vom Pellerschlößchen in Fischbach die Straße nach Norden geht, dann kommt man nach etwa einer halben Stunde zum sogenannten Schüsselesstein.
Von ihm erzählt man sich, daß auf einer oben auf der Felsplatte eingetieften Mulde (Schüssel), von der er seinen Namen hat, Napoleon gesessen haben soll, als er 1812, von Rußland heimkehrend, durch den Reichswald zog.

# FÜRSTEN und GRAFEN

. . . Auf der Reise nach Deutschland erfuhr Herzog Ernst, daß der Kaiser [Otto I.] einen Reichstag in Nürnberg abhalten wollte. Er machte sich mit seinem Genossen [und Vetter] Wetzel dahin auf den Weg und ritt mit den Seinigen in die Stadt ein, wo ihn keiner erkannte. Die seltsamen Leute hatte er in zwei verdeckte Wagen versteckt, so daß sie niemand auffielen. Später kam der Kaiser mit seiner Gemahlin [Adelheid] und all seinen Herren in die Stadt. An einem Christtag wurde eine feierliche Messe in der Kirche gehalten. Auch die Kaiserin fuhr mit etlichen Jungfrauen zur Kirche. Unbekannt trat Herzog Ernst zu ihr hin, bat sie um ein Almosen und gab sich endlich zu erkennen. Die Mutter zitterte vor Freude und sagte schließlich: „Wir haben nicht Zeit, jetzt miteinander zu reden; aber morgen in der Kirche falle mit deinem Freund Wetzel dem Kaiser zu Füßen und bitte ihn, dir um Christi Willen zu verzeihen. Ich will heute den Bischof und andere Herren ersuchen, daß sie sich bei deinem [Stief-] Vater für dich verwenden; so hoffe ich des Kaisers Herz zu erweichen.“ Der Bischof versprach der Kaiserin, so zu tun, wie sie wünschte.

Am anderen Tag trat Herzog Ernst mit seinem Freund Wetzel in die Kirche. Herzog Ernst blieb an der Tür stehen, Wetzel aber trat hinter den Altar; denn wenn der Kaiser seinen Sohn nicht begnadigt, sondern ihm nach dem Leben getrachtet hätte, würde er den Kaiser erstochen haben.

Da saß der Kaiser auf seinem Stuhle, ganz herrlich, und die Kaiserin neben ihm. Der Bischof von Bamberg hub an, das Evangelium mit lauter Stimme zu singen. Als das Amen aus war, verzog er etwas mit der Predigt, wie er es mit der Kaiserin verabredet hatte.

Da ging Herzog Ernst mit großem Mut vor den Kaiser, fiel vor ihm nieder und sprach: „Allergnädigster Kaiser und Herr, ich bitte Ew. Majestät, daß Ihr einem Sünder verzeihen wollt, der sich vor langer Zeit wider Euch vergangen hat, aber, wie Gott weiß, in der Hauptsache unschuldig ist!" Der Kaiser sprach: „Je nach der Übeltat, wegen der du dich entschuldigst, kann ich dir verzeihen." Da verwandten sich die Kaiserin, der Bischof und viele andere Fürsten und Herren für ihn, bis der Kaiser sprach: „Seine Sünden sollen ihm verziehen sein, doch will ich wissen, wer er ist."
Nun warf Herzog Ernst den Mantel von seinem Angesicht zurück, der Kaiser erkannte ihn und entfärbte sich vor Zorn. Herzog Ernst sah das, erschrak sehr und winkte seinem Gesellen Wetzel am Altar, daß er achthaben sollte. Als der Kaiser sah, daß alle Herren so eifrige Bitte für seinen Sohn einlegten, beruhigte er sich, erkundigte sich nach Wetzel und gab seinem Sohn und dessen Freund den Kuß des Friedens. Alle waren sehr erfreut und gingen mit großer Freude heim.
Herzog Ernst fragte seinen Vater, warum er ihn denn verfolgt hätte, und dieser erzählte ihm, er, Herzog Ernst, habe ihm gemäß der Mitteilung des Pfalzgrafen [Heinrich] nach dem Leben getrachtet, um das Reich selber zu erhalten. Als Herzog Ernst ihm nun versicherte, daß er niemals solche Worte wider ihn geredet hätte, verwunderte sich der Kaiser nicht wenig über des Pfalzgrafen Verräterei.
Bei dem Mahl führte Herzog Ernst auch seine wunderlichen Leute vor und erzählte von seinen Gefahren und Abenteuern, vor allen Dingen aber von dem Stein [von einem wie Feuer leuchtenden Fels] und sagte zum Kaiser: „Unter manchen anderen Merkwürdigkeiten [einem Riesen, Leuten mit ungewöhnlich großen Ohren, Einfüßlern, Pygmäen . . .] habe ich diesen seltsamen Stein mitgebracht, der wie eine Flamme glänzt, Karfunkel heißt und mit seltenen Wunderkräften versehen ist. Nehmt ihn hin als Merkzeichen meiner Dankbarkeit und Ehrfurcht!" Mit diesen Worten reichte Herzog Ernst den Karfunkelstein seinem Vater dar. Dieser konnte des Staunens nicht müde werden und sprach endlich zum Herzog Ernst: „Nun, lieber Sohn, vor diesen Herren verspreche ich dir, daß du alles Land wiederhaben sollst, und noch mehr Städte will ich dir dazu schenken!" Das tat der Kaiser, und alle schieden fröhlich voneinander. Die Kaiserin lobte Gott in ihrem Herzen.

Herzog Ernst mit seinem treuen Freund, dem Grafen Wetzel, ritt in sein Land und regierte dort in guter Ruh. Der Kaiser zog nach Speyer auf den Reichstag und hielt einen herrlichen Hof, weil sein Sohn in das Land zurückgekommen war. Die Kaiserin aber, Ernstens Mutter, bestellte Bauleute nach Salza und ließ Gott zum Dank ein herrliches Münster errichten, in dem sie später begraben wurde.

## 55 DIE SÖHNE DES BURGGRAFEN oder DIE RACHE DER SENSENSCHMIEDE

I

Nicht weit vom „Deutschen Haus“ auf dem sogenannten Moos, sieht man noch in dem Wirtshaus „Zum Mondschein“, hinten im Hof, das Denkmal einer traurigen Begebenheit.

Als zwischen 1251 und 1262 [ !? ] zwei junge Burggrafen aus ihrem Jagdhaus – damals vor der Stadt gelegen –, das noch jetzt das „Schlößchen“ heißt und am Eck der Engelhardsgasse hinter dem Bräuhaus zu sehen ist, um Michaelis frühmorgens auf die Jagd reiten wollten, ergriffen die Jagdhunde das Kind eines Sensenschmieds und rissen es in Stücke. Die Sensenschmiede rotteten sich zusammen, fielen über die beiden Prinzen her, schlugen den einen mit seinem Pferd sogleich tot, den andern töteten sie hinter dem „Deutschen Haus“ in einer Lache. Die Prinzen wurden nachher in der St.-Jakobs-Kirche, unter dem Altar in der Kapelle zu rechten Hand, begraben.

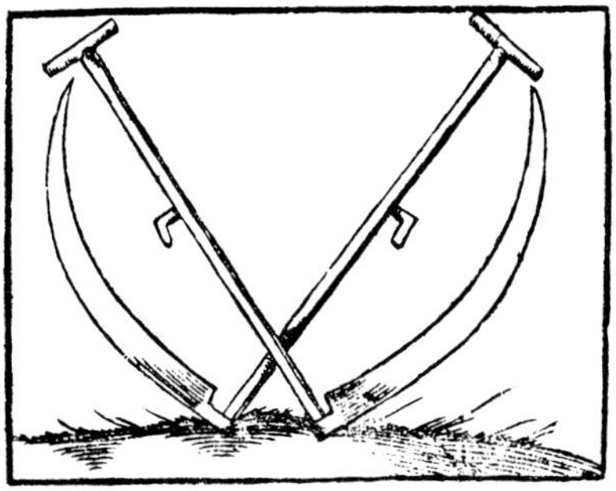

Die Sensenschmiede, welche in dieser Gegend wohnten, flohen hierauf nach Donauwörth und brachten den damals großen Sensen- und Sichelhandel mit sich aus der Stadt. Der Burggraf legte, „mit Genehmhaltung des Raths“, allen Bürgern und Bürgerinnen in der Vorstadt auf, um Michaelis sieben Heller von jedem Haus zu bezahlen. Dieses Opfergeld hat Burggraf Friedrich V. 1386 der Stadt Nürnberg wieder zu lösen gegeben.

Daß diese Geschichte keine Fabel ist, beweist das im Hof des Wirtshauses „Zum Mondschein“ befindliche dreifache Gemälde auf nassem Kalk, in drei Nischen, welche vor etwa 50 Jahren wieder renoviert wurden. In der Mitte reiten die beiden Prinzen mit ihrem Gefolge auf die Jagd. In dem Gemälde zur Rechten zerreißt ein Jagdhund das Sensenschmiedskind; in dem zur Linken wird der eine Prinz umgebracht. Unten steht eine sogenannte Martersäule, in deren Nische oben der Heiland am Kreuz auf Kupfer gemalt ist.

II

Im Gasthaus „Zum Mondschein“ in Nürnberg befindet sich ein altes Wandgemälde. Es stellt eine Geschichte vor Augen, von der das Volk noch heutigentags zu erzählen weiß.

Zu Zeiten des Burggrafen Friedrich, da noch dichte Wälder die Markung der Stadt Nürnberg umgrenzten, sollen zahlreiche Wölfe in der Gegend gehaust haben. Nun war der Nürnberger Wald damals von vielen Zeidlern (= Bienenzüchtern) in verstreuten Hütten bewohnt. Diese wurden von den raubgierigen Tieren gar sehr beunruhigt und schwebten sowohl in ihren ärmlichen Wohnungen als auf dem Gang zur Stadt in ständiger Lebensgefahr.

Als nun in einem Jahr die Zahl der Wölfe so sehr überhandnahm, daß viele Menschen von ihnen zerrissen wurden und die Kunde davon zu den Ohren des Burggrafen gedrungen war, beschloß dieser, große Jagden zur Vertilgung der Raubtiere abhalten zu lassen. Sogleich erklärten sich die Söhne des Burggrafen, zwei mutige Jünglinge, bereit, in den Kampf mit den Wölfen auszuziehen.

Eine große Anzahl Jäger wurde aufgeboten, auch ein gewaltiger Troß starker Wolfshunde zusammengebracht. So zogen die Söhne des Burggrafen eines Morgens mit zahlreichem Gefolge durch die Tore Nürnbergs zur Wolfsjagd aus.

Als sie nun an den Hütten der Sensenschmiede vorüberkamen, spielte zufällig ein Knabe, in Wolfspelz gekleidet, vor der Tür eines Hauses. Kaum sahen die Rüden das Kind, als sie wütend drauflosfuhren und es im Nu in Stücke zerrissen. Auf das herzzerreißende Jammergeschrei der Mutter stürzte der Vater aus seiner Hütte. Sprachlos vor Schmerz und Wut starrte er auf den am Boden liegenden zerfleischten Knaben.

In demselben Augenblick waren alle Sensenschmiede der Nachbarschaft zusammengelaufen und entsetzten sich ob des grauenhaften Anblicks. Ein Schrei der Rache ging durch die Haufen des versammelten Volks. In wenigen Minuten hatten die Männer Sensen und Beile zur Hand und wandten sich nun ergrimmt gegen die Prinzen und ihr Gefolge. Es kam zu einem wütenden Gemetzel: bald lagen die Söhne des Burggrafen ermordet am Boden.

Als die Kund davon zu den Ohren des Burggrafen drang, soll er nichts geredet, sondern in stillem Schmerz sich aufgezehrt haben. Die Sensenschmiede aber wurden von den Mannen Friedrichs geschlagen. Auch sollen viele von ihnen damals Nürnberg verlassen und sich in Dinkelsbühl und Donauwörth angesiedelt haben.

## 56 VERHÄNGNISVOLLE LIEBE ZUM BURGGRAFEN oder DIE GRÄFIN VON ORLAMÜNDE

Otto, Graf zu Orlamünde, starb 1340 (nach andern 1275, 1280, 1289) mit Hinterlassung seiner jungen Witwe Agnes, einer geborenen Herzogin von Meran, von der er zwei Kinder, ein Söhnlein von drei und ein Töchterlein von zwei Jahren hatte. Die Witwe saß auf der Plassenburg und dachte daran, sich wieder zu vermählen. Einstens wurde ihr die Rede Albrechts des Schönen, Burggrafen zu Nürnberg, hinterbracht, der gesagt hatte: „Gern wollte ich dem schönen Weib meinen Leib zuwenden, wo nicht vier Augen wären!" Die Gräfin glaubte, er meinte damit ihre zwei Kinder und sie ständen der neuen Ehe im Wege.

Blind von ihrer Leidenschaft, trug sie einem Dienstmann Hayder oder Hager auf und gewann ihn mit reichen Gaben, daß er die beiden Kindlein umbringen möchte. Nun haben die Kinder diesem Meuchelmörder geschmeichelt und ihn ängstlich gebeten:

*„Lieber Hayder, laß mich leben,*
*ich will dir Orlamünden geben,*
*auch Plassenburg des neuen,*
*es soll dich nicht gereuen!"*
*sprach das Knäblein; das Töchterlein*
*aber sagte:*
*„Lieber Hayder, laß mich leben,*
*ich will dir alle mein Docken geben!"*

Der Mörder wurde hierdurch aber nicht gerührt und vollbrachte die Untat. Als er später noch andere Bubenstücke ausgerichtet hatte und gefangen auf der Folter lag, bekannte er, so sehr ihn der Mord des jungen Herrn reute, der in seinem Anbieten doch schon gewußt hätte, daß er Herrschaften auszuteilen gehabt hätte, so gereute ihn noch hundertmal mehr, wenn er der unschuldigen Kinderworte des Mädleins gedächte. Die Leichname der beiden Kinder wurden im Kloster Himmelkron beigesetzt und den Pilgrimen zum ewigen Andenken der Begebenheit als ein Heiligtum gewiesen.

## 57 WIE EIN GELÄUFIGES NÜRNBERGER SPRICHWORT ENTSTANDEN IST

Als im Jahre 1449 der Markgraf Albrecht Achilles der Stadt Nürnberg Fehde angesagt hatte und die Nürnberger das markgräfliche Heideck belagern wollten, verschanzte sich Achilles in Spalt. Die Reichsstädter hatten davon keine Kenntnis, zogen vor Spalt, wollten es besetzen, fanden aber bereits den Markgrafen im Neste. Also richteten sie sich, die Stadt zu belagern. Bald kam die Nachricht, daß ein Trupp Markgräflicher zuziehe. Da überkam die Nürnberger der Schrecken, und sie hoben in einer Nacht ihr Lager so schleunig auf, daß man des andern Morgens noch die umgeschütteten Kessel gekochten Hirses [sic!] fand. Darum sagt man: „Die Nürnberger haben vor Spalt den Hirs verschüttet."

# RITTER und RÄUBER

# 58 EIN ERFAHRENER NÜRNBERGER KRIEGER oder JEDEM MANN EIN EI . . .

Der wichtigste Mann im Heer war Seyfried Schweppermann, ein erfahrener Nürnberger Krieger, dem Ludwig die ganze Leitung des Feldzuges überlassen hatte. Unter seiner Oberanführung begann die Schlacht [von Mühldorf/Inn, 1322]. König Ludwig befand sich in der Rüstung eines gemeinen Soldaten im Mitteltreffen bei der Sturmfahne. Sein Gegner Friedrich aber prangte an der Spitze seiner Leibwehr auf stolzem Roß in vergoldeter Rüstung, mit einem Helm geschmückt, auf dem sich der Reichsadler erhob. Schweppermann bemerkte ihn, zeigte ihn seinen Reitern und gebot ihnen, diesen goldenen Ritter nicht aus den Augen zu verlieren. Während der Schlacht machte Schweppermann mit dem ganzen Heer eine unerwartete Wendung, so daß die Feinde Sonne, Wind und Staub ins Gesicht bekamen. Zugleich brach auch der Graf von Nürnberg auf des Oberanführers Geheiß aus einem Hinterhalt hervor; er führte österreichische Fähnlein, um den Feind zu täuschen. Schon jubelte man in den wankenden Reihen der Österreicher in dem Glauben, der sehnlichst erwartete Leopold von Österreich sei es, der Hilfe bringe. Aber welcher Schrecken ergriff sie, als sie sahen, daß es Feinde waren.

Nach der Schlacht, als man Friedrich den Schönen gefangengenommen und den Feind gewaltig geschlagen hatte, setzten sich die ermüdeten Sieger zu einem dürftigen Mahl an die Tafel. Es war nichts zu haben als Brot und eine Schüssel voll Eier, und zwar von letzteren nur so viel, daß auf jeden Mann ein Ei kam, aber doch noch ein einziges übrigblieb. Da legte es Ludwig seinem Feldhauptmann auf den Teller mit den Worten: „Jedem Mann ein Ei, dem frommen Schweppermann aber zwei!"

Auf den frommen Ritter Seyfried Schweppermann hatte der König einige Tage gewartet, denn er wollte ohne ihn nicht anfangen zu streiten. Als nun Schweppermann kam und die Feinde überschaute, wurde ihm so angst, daß die Füße in den Stegreifen zitterten und die Sporen klangen. Viele junge Ritter und Knechte hatten ihren Spott darüber, weil der König gerade auf diesen Mann seine Hoffnung gesetzt hatte, und sie meinten, er würde dem Herzog von Österreich nicht viel Schaden tun können. König Ludwig aber fing den Streit nach Rat und Weisung des frommen Ritters an und gewann ihn.

## 59 EPPELE UND DIE BAUERSFRAU oder „KA GALING Z'HOCH"

Einstmals hatte Eppele – wie schon so oft – mit seinen vierzehn berüchtigten Spießgesellen einen Nürnberger Warenzug überfallen und reiche Beute gemacht. Nicht zufrieden damit, beraubte er seine Opfer auch des Gewands, so daß die Armen barfuß und im Hemd dem nächsten Ort zuflüchteten.

Die Kunde von diesem neuesten Stücklein verbreitete sich mit Windeseile über das ganze Gebirg. Während die einen sich darüber ergötzten, schüttelten die anderen bedenklich den Kopf über die verwegenen Einfälle des tollen Buschkleppers. Dieser selbst empfand unbändige Freude, seinen lieben Nürnbergern wieder einmal tüchtig mitgespielt zu haben.

Wenige Tage drauf bat der Ritter die Bäuerin eines Juragehöfts um einen Trunk Wasser. Die Frau stand eben am Herdfeuer und kochte Butterschmalz aus. Eppele ließ sich mit ihr in ein Gespräch ein und fragte, ob sie schon von dem neuesten Streich gehört habe, den der „Tramausler" den Nürnberger Pfeffersäcken gespielt.

„Ei freilich hab ich von dem Schandwerk ghört", erwiderte das zungenfertige Weib, das den Ritter nicht erkannte. „Dieser Eppele is a nasser Bursch. Für den wär ka Galing [= Galgen] z'hoch. Aber der verdient ja net amal an solchn, aa net die Schnur, an der er dran aufzknüpfn wär. Den muß amal der Schinder mit seim Karrn holn! Ich bi froh, daß ich noch nichts mit ihm z'tun ghabt hab. Ich hab den Kranketskerl überhaupt noch net amal z'Gsicht kriegt!"

„So . . . du hast den Eppele noch gar net gsehn?" entgegnete dieser, dem bei den frechen Worten des Weibes die Zornesröte zu Gesicht gestiegen war. „Da sollst ihn gleich kennenlernen!“ Damit ergriff er die rechte Hand der Bäuerin und steckte sie in das siedende Schmalz, so daß die zu Tode Erschrockene ein gellendes Schmerzensgeschrei ausstieß. Darauf entfernte sich der Ritter, indem er ihr zurief: „Fragt dich irgendwer, so sagst, der Eppele hat’s getan. Verzähl aber auch, warum!“

## 60 DER DUMME SCHMIED UND DER RAUBRITTER

Einst ritt Eppelein als Ratsherr verkleidet vor das Haus eines Schmieds zu Nürnberg. Er ließ sich von dem Meister sein Roß gut beschlagen. Als der Schmied mit der Arbeit fertig war, verlangte er 4 Kreuzer für seine Mühe. Der Eppele aber entgegnete ihm: „Das ist viel zu wenig! Du mußt 4 Goldgulden verlangen!“ Da grinste der Schmied und hielt die Hand hin, um das Geld in Empfang zu nehmen. Eppelein lachte und sagte: „Siehst du denn nicht, daß ich ein Ratsherr bin? Du mußt schon hinauf zu den andern Ratsherrn in die Losungerstube [soviel wie Stadtkasse] gehen und dir dort das Geld auszahlen lassen!“ Damit ritt der Eppelein seines Weges weiter.
Als aber der Schmied ins Rathaus kam und seine Forderung stellte, da lachten sie alle über den dummen Kerl, weil sie sogleich ahnten, daß ihm der Epple einen Streich gespielt hatte. Mit Spottreden schickten sie ihn davon und zahlten ihn reichlich aus, aber nicht mit Goldgulden, sondern mit schlechten Witzen.

## 61 DER RETTENDE SPRUNG oder „DIE NÜRNBERGER HÄNGEN KEINEN…“

Im Weinmonat des Jahres 1385 gab es in Nürnberg große Aufregung. Der Raubritter Eppelin von Gailingen hatte den Einwohnern als Wegelagerer wieder einmal großen Schaden zugefügt, war aber samt dreizehn Helfershelfern in einem fürchterlichen Treffen bei Lauf besiegt worden und befand sich als Gefangener in den Händen der Nürnberger Stadtknechte. In Nürnberg war er nicht nur wegen seiner Räubereien verhaßt; er hatte es einmal verstanden, die Bürger jämmerlich zum besten zu haben:
In einem Zimmer der sogenannten Peunt [= Bauhof] hatte der Rat allerlei Seltsamkeiten bewahrt, darunter als größtes Kleinod einen goldenen Käfig mit einem schönen Vogel von Gold und Edelsteinen darin. Unerkannt stolzierte einmal der Ritter Eppelin von Gailingen in das Zimmer, ließ durch drei verkleidete Knechte im Nebenraum einen Lärm verursachen, so daß die Aufmerksamkeit der Besucher und der Diener abgelenkt wurde, und nahm dann die Gelegenheit wahr, das kostbare Vogelhaus samt seinem Inhalt unter den Mantel zu nehmen und damit fortzueilen. Als man den Diebstahl merkte, war Eppelin längst über alle Berge.
Jetzt hatte man ihn bei Lauf fest gefaßt. Er sollte den Lohn für alle seine Schandtaten erhalten, und das war der Galgen. Als Gnade bat er sich vor seinem Ende aus, man möchte ihm nochmals erlauben, sein herrliches Roß zu besteigen. Der Rat erfüllte seine Bitte, und Eppelin wurde von einem Gefühl der Rührung ergriffen, als er sein Roß erblickte. Er lief hinzu und schlang die Arme um den Hals des treuen Tieres, das, laut aufwiehernd, seinen Herrn erkannte. Als er sich ein wenig mit dem Roß beschäftigte, nahm er einen günstigen Augenblick wahr, saß mit raschem Sprung im Sattel, packte die Zügel mit kräftiger Faust und drückte dem Tier mit Macht die Sporen in die Flanken, so daß es zwei ungeheure Sätze bis zur Brüstung machte und bei dem dritten samt seinem Reiter verschwunden war. Im Burggraben erhob sich daß Roß wieder, sprang an der anderen Seite die schräge Böschung hinauf und führte seinen Herrn ins Weite. Die Nürnberger hatten das Nachsehen, und darum sagt man von ihnen: „Die Nürnberger hängen keinen, sie hätten ihn denn zuvor!“

## 62 DER KÜHNE RAUBRITTER

Auf der Mauerbrüstung unweit des alten Fünfeckigen Turms sind die Spuren mehrerer Paare von Pferdehufeisen eingehauen. Der Raubritter Eppelein von Gailingen, meldet die Sage, sei in Nürnberg als Gefangener gesessen und habe sich's eines Tags ausgebeten, ein Roß im Schloßhof tummeln zu dürfen. Die gestrengen Herren erlaubten's ihm und, einen günstigen Augenblick erspähend, drängte der kühne Raubritter das Pferd zur Mauerbrüstung und forcierte es zum Staunen aller Anwesenden über den Stadtgraben hinüber ins Gebiet der Freiheit.

## 63 APELLE VOCALES oder HEPPELE VON GALEN

An einem Ort der Brustwehr auf der Burg zeigt man im Stein die Eindrücke von drei nebeneinander in einer Linie stehenden Hufeisen. Man zeigt sie als ein Denkmal, daß „einsmals" ein Hexenmeister, Apelle Vocales, woraus das gemeine Volk Heppele von Galen macht, von hier mit seinem Pferd, das nach dem eingedruckten Zeichen drei Füße nebeneinander gehabt haben muß, über den mehr als 20 Ruten [= früheres Längenmaß] breiten Graben gesetzt haben soll.

## 64 EPPELEIN ZÜNDET NÜRNBERG AN

Die Nürnberger boten nun viel Kriegsvolk auf und zogen mit einer Kanone vor die Burg Drameusel [= Trainmeusel], belagerten sie, schossen das Tor in Trümmer und eroberten die Feste. Einige Knechte waren da, aber Eppelein mit seinen Kindern war nicht drinnen. Das ärgerte die Nürnberger. Die Burg wurde niedergebrannt und die Mauern dem Boden gleichgemacht. Wenn man heute den Platz aufsucht, wo die Burg gestanden hat, findet man nur noch Spuren vom alten Graben. So gründlich ist es damals zerstört worden. Der Eppelein war aber unterdessen bei seinem Neffen Wolf von Wurmstein untergeschlüpft. Als er davon hörte, daß seine Hei-

mat verbrannt worden sei, machte er sich auf nach Nürnberg zu und warf eine brennende Fackel über die Mauer in die Stadt. Die Fackel soll auf das Kohlerhaus am Heumarkt gefallen sein. Das Haus brannte nach kurzer Zeit in hellen Flammen, und damals sollen 460 Häuser und Wohnstätten niedergebrannt sein.
So nahm der Ritter Eppelein von Gailingen Rache für die Zerstörung seiner Burg.

## 65 DIE HINRICHTUNG

Vor nicht lang sangen die Nürnberger Gassenbuben noch diesen alten Reim:

*„Eppela Gaila von Dramaus,*
*reit allzeit zu vierzehnt aus“ und*
*„Da reit der Nürnberger Feind aus,*
*Eppela Gaila von Dramaus.“*

In alten Zeiten wohnte im Bayreuthischen bei Drameysel [= Trainmeusel], einem kleinen, nach Muggendorf eingepfarrten Dörfchen, Eppelin von Gailing, ein kühner Ritter. Der raubte und heerte dort herum, und sonderlich aufgesessen war er den Nürnbergern. Denen schadete er, wo er mochte. Er verstand aber das Zaubern, und er hatte ein Rößlein, das konnte wohl reiten und traben. Damit setzte er in hohen Sprüngen über Felsen und Riffe und sprengte es über den Fluß Wiesent, ohne das Wasser zu rühren; und über Heuwagen auf der Wiese ritt er, daß seines Rosses Huf kein Hälmlein verletzte. Zu Gailenreuth [= Burggaillenreuth?] lag sein Hauptsitz, aber ringsherum hatte er noch andere Burgen, und im Nu wie der Wind flog er von einer zur andern. Von einer Bergseite war er flugs an der gegenüberstehenden und ritt oftmals nach St. Lorenz in Muggendorf. Zu Nürnberg hielten ihn weder Burgmauern auf noch der breite Stadtgraben, und viele andere Abenteuer hat er ausgeübt. Endlich aber fingen ihn die Nürnberger, und zu Neumarkt ward er mit seinen Helfershelfern an den Galgen gehängt. In der Nürnberger Burg stehen noch seine Waffen zur Schau, und an der Mauer ist noch die Spur vom Huf seines Pferdes zu sehen, die sich eingedrückt hatte, als er darübersprang.

## 66 EIN GREULICHER FEIND DER NÜRNBERGER oder KUNZ SCHOTT

Anno 1499 hatten die Nürnberger einen greulichen Feind an Kunz Schott, Pfleger zu Rothenberg, der sich auf dem Schloß Brunn, zwei Stunden von Neustadt, aufhielt, an welchem Ort damals die Straße von Nürnberg nach Neustadt ging. Nicht leicht durfte sich ein Nürnberger blicken lassen, sonst wurde er von Schott und seinen Helfern ausgeraubt.

Er bekam einmal einen Nürnberger namens Wilhelm Dörrer im Wald hinter Erlenstegen, hieb ihm die linke Hand auf einem Baumstock ab, stieß sie ihm in den Busen und ließ ihn laufen. So trieb er's lange Zeit.

Weil er sich aber oft in der festen Burg Streitberg aufhielt, schrieb der Schwäbische Bund 1523 an Markgraf Kasimir, er solle den Schott vom Brot tun. Der Markgraf ließ ihn nach Cadolzburg kommen, es solle ihm was angedeutet werden. Als nun Schott erschien, sagte der Markgraf zu ihm: „Es ist besser, du stirbst, als daß ich und mein Land verderben."

Hierauf erschien der heimlich bestellte Scharfrichter, ließ Kunz auf einen Teppich niederknien, und er mußte den Kopf hergeben. Das Schloß Brunn aber wurde von den Nürnbergern erstürmt und ausgebrannt.

## 67 WIE GÖTZ VON BERLICHINGEN DURCH DIE NÜRNBERGER SEINE HAND VERLOR

„Mit meiner Verwundung hat es folgende Bewandtnis gehabt. (Ich benahm mich wie ein junger Gesell, der gern und fröhlich lebt, und ich war der Meinung, als ich jung war, man müsse mich auch einen guten und braven Kerl sein lassen.) Als wir nämlich am Sonntag, wie ich oben erzählt habe, vor Landshut wieder scharmützelten, da richteten die Nürnberger ihr Geschütz gegen Freund und Feind. Die Feinde hatten eine vorteilhafte Stellung an einem Graben eingenommen, und ich hätte gern einen Speer mit ihrer einem gebrochen. Wie ich nun so stillhalte und nach einer Gelegenheit ausschaue, da richten die Nürnberger das Geschütz gegen uns, und einer schießt mir mit einer Feldschlange den Schwertknopf entzwei, daß mir die Hälfte davon in den Arm ging und drei Armschienen dazu; der Schwertknopf lag in den Armschienen, daß man ihn nicht sehen konnte; es wundert mich jetzt noch, daß ich nicht vom Pferde herabgestürzt bin; die Armschienen blieben ganz, nur die Ecken, welche sich verbogen hatten, standen ein wenig hervor. Der andere Teil des Schwertknopfes und die Stange hatten sich verbogen, waren aber nicht entzwei, und ich glaube, diese haben mir zwischen dem Handschuh und dem Armrüstzeug die Hand abgerissen; der Arm war hinten und vorn zerschmettert. Als ich bemerkte, daß die Hand nur noch lose an der Haut hing und mein Spieß unter meines Pferdes Füßen lag, tat ich, als wäre mir nichts geschehen, wandte das Pferd ganz gemach um und kam dennoch unbehelligt von den Feinden zu meinen Leuten . . .“

# BÜRGER

## 68 DAS SPITAL „ZUM HEILIGEN GEIST“ oder DER „GRINDIGE HAINZ“

I

Das Geschlecht der Hainzen war schon im 14. Jahrhundert eines der angesehensten in Nürnberg. Konrad Hainz wurde wegen seines großen Reichtums „der Groß“ genannt, welchen Namen das Geschlecht später als Familiennamen annahm. Das Volk bezeichnete ihn aber noch mit einem anderen Namen, es hieß ihn nämlich den „Grindigen Hainz“, weil er von Kindheit an mit einem Aussatz behaftet war, den er trotz aller ärztlicher Hilfe nicht loswerden konnte.

In der Geschichte der Stadt Nürnberg nimmt dieser Konrad Hainz der Groß einen ehrenvollen Platz ein, denn er ist der Stifter des noch bestehenden Spitals „Zum Heiligen Geist“. An diese Stiftung knüpft sich eine Sage, die noch heute im Volk lebt.

Konrad Hainz besaß einen großen Garten vor der Stadt, wo er einst unter einer Linde träumte, daß eine Stelle seines Gartens von zauberhaftem Licht bestrahlt war, und als er sich dem Platz näherte, war ihm, als sehe er einen Schatz von Perlen und Edelgestein, von Gold und Silber schimmern, Doch konnte er ihn nicht erfassen, denn er schwand vor seinen Blicken, sobald er die Hand nach den Herrlichkeiten ausstreckte. Da glaubte er, in dieser wunderbaren Erscheinung eine Mahnung zu erkennen, an dieser Stelle nachzugraben, um den Schatz zu heben, der hier verborgen liegen mußte. Um die Stelle wiederzufinden, nahm er eine Handvoll Lindenblätter und streute sie über den Platz, dann ging er, um Werkzeuge aus dem Gartenhaus zu holen. Darüber aber erwachte er, fand sich unter dem Lindenbaum und erinnerte sich der lieblichen Bilder, die ihm der Traum vorgeführt. Er legte das stille Gelöbnis ab, falls dieser Traum zur Wahrheit würde, den Schatz zur Ausführung eines gottgefälligen Werkes zu benützen, zu welchem er den Plan längst in seiner Seele trug. Im Garten fand er zu seinem Erstaunen ein Häuflein Lindenblätter dicht an der Mauer beisammenliegen, und damit schwand ihm jeder Zweifel, ob dieser Traum ein leeres Phantasiegebilde gewesen sei. Ohne Zögern machte er sich an die Arbeit und warf mit dem Spaten an der von den Lindenblättern bezeichneten Stelle die Erde aus. Hainz wollte keinen der Diener herbeirufen

und doch auch nicht einen Augenblick säumen, das Werk zu vollbringen. Nach mehrstündigem Mühen sah er endlich sein Vertrauen belohnt und sich im Besitz eines überaus reichen Schatzes an Kleinodien und Gold- und Silbermünzen, wie er ihn im Traum gesehen.
Wie nun der Herr Konrad Hainz nicht gesäumt hatte, den Schatz zu heben, so hatte er auch nicht Ruhe noch Rast, bis er zur Erfüllung seines Gelöbnisses gelangte. Die Stadt Nürnberg hatte zu jener Zeit nur das St.-Elisabethen-Spital im Deutschen Haus, das schon 1290 gestiftet worden war, aber bald dem gesteigerten Bedürfnis, gebrechliche arme Leute in geeignete Pflege zu bringen, nicht mehr genügen konnte. Das beschwerliche Übel, an dem der „Grindige Hainz" litt, und das ihn, trotz seines Reichtums, des Lebens nicht froh werden ließ, mochte ihm die Betrachtung aufgedrängt haben, wie unendlich mehr wohl jene Leute zu erdulden hätten, welche zu den Qualen und Beschwerden eines Siechtums auch noch die Bedrängnis der Armut zu tragen haben. Daran reihte sich der Gedanke, ein Spital für arme Leute zu gründen. Die Auffindung des Schatzes machte das möglich; 1331 fertigte Konrad Hainz die Stiftungsurkunde über das „neue Spital" aus – zum Unterschied von dem älteren Elisabethenspital so genannt – und übergab sie dem Rat der Stadt. Er weihte das Spital und die damit verbundene Kirche dem Heiligen Geist.
Schon bald sollte dem „Grindigen Hainz" der Lohn für seine menschenfreundliche Gesinnung werden. Bisher hatte der bösartige Hautausschlag, an dem er litt, allen Bemühungen der damaligen Heilkunde gespottet. Da traf es sich, daß die erste Pfründnerin, welche in das neue Spital aufgenommen wurde, eine jener „weisen Frauen" war, die heutzutag, trotz der Anfeindungen der Wissenschaft, ihr gläubiges und vertrauendes Publikum finden. Von ihr erhielt der gute Hainz eine Salbe, die ihn in wenigen Monaten von einem Übel befreite, von dem er zeit seines Lebens nicht mehr loszukommen gedachte. Ein neues Leben blühte ihm auf; er suchte die Gesellschaft der Menschen wieder und nahm auch bald am Regiment der Stadt teil. Kaiser Ludwig der Bayer, der Nürnberg von allen Reichsstädten am meisten liebte und oft seinen Hofstaat dort hielt, schenkte Hainz „dem Großen" seine besondere Gunst und soll selbst sein Absteigequartier bei ihm im „Plobenhof" genommen haben.

Das Wappen, welches der Kaiser dem Konrad Groß verlieh, zeigt zum Gedächtnis des wunderbaren Traumes einen grünen Lindenzweig in silbernem Feld, aus grünem Dreiberg wachsend, und trägt als Kleinod zwei silberne Büffelhörner mit Lindenblättern besteckt.

II

Im Jahre 1320 war zu Nürnberg einer vom Geschlecht der Hainzen, den man den „Grindigen Hainz" nannte, da er in seiner Jugend mit dem Grind behaftet gewesen war. Sein Vor- oder Taufname ist Konrad gewesen. Dieser Mann besaß großen Reichtum und hatte seine Wohnung in einem Garten vor der Stadt.

Einmal, da er in seinem Garten sich zu schaffen gemacht hatte und von der großen Sonnenhitze ermüdet war, legte er sich unter das Schattendach einer Linde, die auf einer kleinen Anhöhe stand. Als er nun eingeschlafen war, träumte ihm, wie er in seinem Garten einen großen Schatz fände, aber leider kein Werkzeug bei sich hätte, um nachgraben und den Schatz heben zu können, weshalb er eine Handvoll Lindenblätter auf die Stelle streute und so den Ort, wo der Schatz läge, bezeichnete.

Als er nun aus diesem Traum erwachte, ging er sogleich im Garten herum und kam wunderbarerweise an einen Ort, der mit Blättern bezeichnet war. Weil aber diese Blätter rechte und natürliche Blätter waren, so dachte Hainz, das sei doch kein bloßer Traum, sondern göttliche Eingebung gewesen. Er faßte auch sogleich den Entschluß, falls sich der Traum bewährte, wollte er den ganzen Schatz den Armen zukommen lassen. Hierauf legte er mit den Seinigen Hand an, und siehe, als man eine Weile fortgegraben hatte, fand sich wirklich der Schatz. Nun stattete der Hainz dem Rat Bericht ab, wie er gesonnen sei, sein Gelübde zu vollbringen. Dazu kaufte er das Jungfrauenklösterlein „Zum Himmelthron", ließ es abtragen und ein Spital dahin bauen. Die Nonnen wanderten nach Gründlach [Vorlage hat irrig: Grundbach]. Der Stifter des Spitals hat auch zwölf Chorschüler verordnet, die täglich zu gewissen Stunden in dem Spital psallieren sollten.

Später wurde aber der „Grindige Hainz" Konrad Groß geheißen und führte die dreiundzwanzig Blättlein, die zum Zeichen des Schatzes auf dem Platz gelegen waren, samt dem Hügel, auf dem er geschlafen hatte, zum ewigen Gedächtnis in seinem Wappen, das ihm Kaiser Ludwig bestätigte.

## 69 ANTON TETZELS VERRAT

Im Jahre 1541 wurde, wie in einer alten Chronik berichtet wird, Herr Anton Tetzel, ein Losunger [= Verwalter der städtischen Gelder] der Stadt Nürnberg, aus dem Rat gesetzt und in strengen Gewahrsam in den „alten Nürnberger Turm“ gelegt. Der Zugang zu seiner Zelle ist vermauert worden, um eine Flucht unmöglich zu machen. In dieser Zelle hat der alte Mann noch 3 Jahre und 10 Wochen zugebracht. Die Ursache für seine Verhaftung aber war folgende:

Er hatte mit dem Markgrafen Casimir ein heimliches Einverständnis und wollte diesem die Stadt verraten. Zu diesem Zwecke soll er das Tiergärtnertor zur Nachtzeit geöffnet haben, um den Markgrafen mit seiner Mannschaft einzulassen.

Dieses böse Vorhaben ist ihm aber mit Gottes Hilfe vereitelt worden. Ein Bäckerjunge, der in der Nähe des Tores bei einem Meister in der Lehre stand, wollte just in derselben Nacht für einen seiner Gesellen einen Trunk Wasser holen. Von ungefähr läuft des Meisters Hund mit ihm hinaus. Als er nun in sein Haus zurückkehren wollte, fehlte ihm der Hund. Alles Rufen und Locken ist umsonst: der Hund bleibt verschwunden. Nun macht er sich auf die Suche. Er hat ihn auf das Tor zuspringen sehen. Als er dahin kommt, bemerkt er, daß das Tor nicht, wie sonst, verschlossen ist. Das fällt ihm auf. Schnell eilt er heim zu seinem Meister und berichtet ihm, was er gesehen hat. Dieser läuft sogleich mit zwei Nachbarn zum regierenden Bürgermeister und macht von dieser befremdenden Tatsache Anzeige. Darüber erschrickt dieser heftig und gibt den Befehl, das Tor augenblicklich zu verschließen. Noch in der derselben Nacht ließ er dann den Rat zu einer Sitzung zusammenberufen, und hier stellte sich bald die Schuld Tetzels heraus.

# AUSSENSEITER

## 70 PONTIUS PILATUS IN NÜRNBERG

Der römische Landpfleger Pontius Pilatus, der als Junge wegen seiner ungemeinen Fähigkeiten zu schönen Hoffnungen berechtigte, wurde – der Sage nach – in die Lehre nach Nürnberg gebracht und von da erst als Gesandter nach Jerusalem geschickt. Hier erwarb er sich so großen Reichtum, daß er in der Nähe von seinem Geburtsort Hausen (bei Forchheim) eine Stadt baute, der er seinen Namen gab.

## 71 WOHER DER NAME „JUDENBÜHL" GEKOMMEN SEIN SOLL

Maxfeld wurde früher „Judenbühl" genannt, da hier angeblich 1348 die Juden der Stadt Nürnberg verbrannt worden sind.

## 72 AUFRUHR oder JUDENPOGROM 1348

Nach dem Tod Kaiser Ludwigs leistete der Rat von Nürnberg Karl IV. den Treueschwur und nicht Günther von Schwarzburg. Das erbitterte die Bürgerschaft. Sie war ohnehin unzufrieden mit der Regierung der Stadt, die ganz in den Händen vornehmer Geschlechter und Patrizier lag und an der sie keinen Anteil hatte. Die Zünfte sahen ihre Privilegien gefährdet; sie rotteten sich in den Zunfthäusern und Trinkstuben zusammen. Anführer der aufgebrachten Handwerker waren ein Harnischmacher, den man wegen seines langen spitzen Bartes „Geisbart" nannte, und sein Helfershelfer „Pfauentritt" (der diesen Namen seinem langsamen, stolzen Gang verdankte). Sie wollten einen neuen Rat aus ihrer Mitte wählen, und der sollte dafür sorgen, daß die Bürger von Steuern und Abgaben befreit würden. Die Erbitterung wuchs. Bei einer Versammlung im Dominikanerkloster führten Geisbart und Pfauentritt das Wort, und es wurde beschlossen, am Mittwoch nach Pfingsten das Rathaus zu stürmen und die dort versammelten Ratsherren zu töten. Gleichzeitig sollten den Juden die Häuser verwüstet und sie selbst erschlagen werden. Als Zeichen für den Angriff wurde das

Läuten der Ratsglocke verabredet, welche die Ratssitzungen einzuläuten pflegte.
Diesen Mordplan hörte der Jude Abraham Ben Ismael aus einem Versteck mit an. Er wurde aber entdeckt, und der Pater Guardian [richtig: Prior] ließ ihn in den Keller des Klosters sperren. Kurz vor dem geplanten Sturm aufs Rathaus gelang es Abraham zu fliehen und den ihm gewogenen Rat von Grundherr zu warnen.
Das Läuten der Ratsglocke, das Signal zum Blutbad, wurde verhindert, und der Rat trat nicht zusammen. Aber die Rotten setzten sich dennoch in Bewegung. Unter schrecklichem Gebrüll rannten sie zum Rathaus und verwüsteten oder raubten, was ihnen in die Hände fiel. In den Wohnungen der Patrizier wurde alles zerschlagen oder weggetragen, was von Wert schien. Keller und Böden wurden nach entflohenen Ratsherren durchsucht, und obwohl viele verkleidet auf Mistwagen oder als vermeintliche Leichen aus der Stadt entkamen, so fielen doch etliche der Grausamkeit zum Opfer. Einigen gelang es, das Fleischhaus zu erreichen, wo die Fleischerzunft ihnen Schutz bot. Diese wie auch die Messerschmiede hatten sich den empörten Zünften nicht angeschlossen, sie hielten zum Rat.
Es dauerte nicht lange, bis das neue Regiment in Schwierigkeiten kam. Die Schatzkammer war ausgeplündert, aber den Bürgern mußte Wort gehalten werden; keine Steuer, keine Auflage durfte die

Freien bedrücken. Die Reichsten und Angesehensten hatten sich aus der Stadt geflüchtet, und es war nicht abzusehen, wovon die dringendsten Ausgaben bestritten werden sollten. Als die Geldmittel immer knapper und die Verlegenheit der Aufrührer immer größer wurde, verbreitete man die Geschichte von vergifteten Brunnen und Mißhandlung der Hostien und gab so die Juden der Verfolgung preis. In ihrer Synagoge, in ihren Häusern wurden sie überfallen. Abraham starb als einer der ersten unter den Mißhandlungen; nur seine junge Frau und der kleine Sohn wurden gerettet.
Die Herrschaft der Aufrührer nahte ihrem Ende. Den Rest gab ihr die Nachricht, daß sich Kaiser Günther mit Kaiser Karl versöhnt hatte und bald darauf gestorben war. In strenger Ordnung rückte das kaiserliche Heer in die Stadt und nahm Tore und öffentliche Gebäude in Besitz. Der Kaiser hielt seinen Einzug mit großem Gefolge, unter ihm auch die vertriebenen Räte. Seine ersten Handlungen waren, daß er den Rat der Aufrührer absetzte, die den Gewerben bewilligten Freiheiten aufhob, die ihm treu ergebenen Patrizier wieder in ihre alten Rechte einsetzte und alle Aufwiegler hinter Schloß und Riegel brachte.
Sieben der Rädelsführer, unter ihnen Geisbart und Pfauentritt, wurden hingerichtet, die übrigen ausgepeitscht, an den Pranger gestellt und des Landes verwiesen. Den abgefallenen Zünften wurde eine so harte Geldstrafe auferlegt, daß Kleider, Hausgerät und selbst Handwerkszeug weggenommen und verkauft wurden. Die treu gebliebenen Messerer und Metzger erhielten wertvolle Privilegien und die ehrenvolle Belohnung, jährlich einen öffentlichen Umzug in Masken, mit Tänzen und anderen Lustbarkeiten veranstalten zu dürfen.
Der schönen Witwe des Abraham ließ der Kaiser eines der neuerbauten Häuser in der Judengasse einrichten und aus seinem Schatz hundert Pfund Heller auszahlen.

## 73 EIN „PROPHET" IN NÜRNBERG

Anno 1562 kam ein seltsamer Prophet, Hanns Vetter [richtig: Vatter] genannt, mit auf den Rücken gebundenen Händen gen Nürnberg vor das Laufer Tor und vermahnte das Volk zu der Buß und gab vor, der Böse Feind hätt ihn so gebunden. Und er kniete oft nieder und bat Gott um Entledigung von den Banden des Satans. Aber es war nur lauter Betrug mit ihm, und am 9. Mai wurde er eine halbe Stunde an den Pranger gestellt, mit Ruten ausgestrichen und ihm die Stadt verboten.

Dieser Hanns Vetter war von Mellingen [Vorlage hat: Möllingen] gebürtig und wußte durch einen besonderen Vorteil mit gewissen dazu verfertigten Bändern die Hände sich selbst so fest auf den Rücken zu binden, daß sie von niemand aufgelöst werden konnten, ohne sie zu zerschneiden. Er gab vor, daß ihn der Teufel schon einmal weggeführt habe, daß er auf eine wunderbare Weise befreit worden sei und nun vom Satan durch „Gottes Zulassung" so gebunden und geplagt werde.

Als er eine Zeitlang in Nürnberg gewesen war, verlangte er mit den Geistlichen zu reden, die sich auch mit einigen Ratsherren zu ihm begaben. Diesen eröffnete er gleichfalls mit gar wehmütigen Gebärden, wie grausam er vom Teufel geplagt werde und daß er von Gott gesandt sei, um einigen Städten Buße zu predigen. Der Magistrat zu Nürnberg, der gewohnt war, ganz andre Gesandte zu empfangen, und die Geistlichkeit, die überzeugt war, daß sie es selbst nicht am Predigen und Ermahnen zur Buße fehlen lasse, nahmen die Sache etwas genauer, als es an anderen Orten geschehen war. Man ließ dem „Herrn Gesandten" die Satansbande abnehmen und ihn in seiner Herberge mehrere Tage lang genau beobachten, daß er nicht die mindeste Gelegenheit hatte, sich neue Bänder zu verschaffen. Vetter versicherte nun, daß der Satan ihn an jedem Ort nicht mehr als einmal binde und daß überdies die Stadt – wegen des ihm zugefügten Unrechts – nicht wert sei, das Wunder anzusehen.

Ein Bürger in Nürnberg, von Beruf ein Rotschmied, machte der Untersuchung ein Ende. Dieser hatte die Kunst, sich die Hände à la Vetter auf den Rücken zu binden, auf seiner Wanderschaft von einem geschickten Kuhhirten erlernt. Er zeigte dies dem Magistrat an und machte in Gegenwart der Gerichte und des „Propheten" davon verschiedene Proben. Vetter wurde nun ernstlicher angegriffen und bekannte die ganze Spitzbüberei. Nach seiner Ausweisung aus Nürnberg zog er noch an verschiedenen Orten in Sachsen herum und wurde endlich in Weimar enthauptet.

Der Magistrat zu Nürnberg machte die Untersuchungsgeschichte in Druck bekannt.

## 74 EIN RIESE

Im Jahre 1575, am Samstag, dem 7. September, ist zu Nürnberg ein gar langer Mann gewesen, mit Namen Antoni Frank von Gellern [= Geldern?]. Der hat dem Bischof von Trier zugehört. Seine Läng ist $3^1/_2$ Ellen gewesen; so ist er dann bei dem „Pitterholz“ [= Gasthof Bitterholz?] in seiner Läng und in seiner Kleidung abgemalt worden, die er damals getragen hat.

## 75 BRUNST IN ALMOSHOF oder EIN FÜRTHER JUDE ALS FEUERBANNER

I

Wolf Friedrich Stromer hatte zum Fest [1615] Freunde eingeladen und führte ihnen auf seinem Hof ein Schießen mit seiner kleinen Kanone, einem „Falconetlein“, vor. Einer der Bauern kam und bat, das Schießen einzustellen: bei der Trockenheit könnte ein Brand auskommen. Stromer antwortete ihm deftig. Er schoß weiter und stopfte, da es sich ja nur um Zielmunition handelte, diesmal besonders viel alte Lumpen ins Rohr. Und schon steckte der Schuß ein Nachbardach in Brand, und daraus wurde dann ein ausgedehntes Großfeuer, das den Stromer hinterher 1000 fl. Schadenersatz kostete.

Ganz Almoshof hätte draufgehen können, wenn nicht ein Fürther Jude von weitem das Feuer gesehen hätte. Er eilte sofort herüber und half so: auf einen Laib Brot schrieb er einige hebräische Buchstaben, warf ihn ins Feuer, drang selber durch die Flammen hin-

durch und schrieb auch an die Türen und Läden der noch stehenden nächsten Häuser hebräische Buchstaben. Dann „verpfändete“ er sich und sagte, wenn jetzt das Feuer doch noch weiter um sich greife, sollten sie ihn selber hineinwerfen. Es ist aber nicht weitergegangen.

II

Anno 1615, am zweiten Pfingsttag, dem 29. Mai, um den Mittag, hat sich in dem Dorf „Malmeßhoff“ [= Almoshof], eine halbe Meile von Nürnberg, bei dem Kraftshof gelegen, eine Brunst begeben, die bis auf den Abend gewährt hat. Ist ein groß, schrecklich Feuer gewesen und hat an die 20000 Gulden Schaden getan. Dabei sind 38 Zimmer „zu grundt hinweg“, zwei Schweine und viel Fahrnis [= Mobilien] verbrunnen. Diese Brunst ist so entstanden und mutwilliger Weis verursacht worden:
Wolf Friedrich Stromer, ein Geschlechter und Witwer zu Nürnberg, war ein Aderlasser. Darum hat er seinen Schwager Herrn Ludwig Rieter vom hiesigen Rat mit seinem Weib, welche beide auch Aderlasser waren, zu sich in seinen Sitz zum „Malmeßhoff“ geladen, damit sie beide auch gefahren kommen, um miteinander Aderlaß zu halten. Zu Mittag haben sie miteinander gegessen. Wie sie nun wohlbezecht waren, hat der Stromer eine sonderliche Lust und Kurzweil angefangen: ist mit seinem Herrn Schwager und Christoph „von Orth“, einem Monatsreuter, der ihnen aufgewartet, hinauf auf den Boden gangen und hat angefangen, aus einem Feldschlänglein [= kl. Geschütz] zu schießen. Und wie der erste Schuß geschehen, hat ein altes Bäuerlein gebeten, sie wollen nicht mehr schießen, sie möchten „etwann“ einen Menschen oder Vieh auf dem Felde treffen. Darauf hat sich der Stromer weiß nicht wo lecken heißen und den anderen Schuß wieder hinaus ins Feld gehen lassen. Darauf haben die Nachbarn wiederum gebeten, nicht mehr zu schießen, sie möchten, weil es alles dürr und die Häuser mit Stroh gedeckt seien, Schaden tun und anzünden. Darauf hat der Stromer geflucht und gesagt, was es wär: wenn er gleich anzünde! Er könne freilich einen solchen Saustall wohl bezahlen, und hat das Schlänglein, das zuvor mit Heu geladen gewesen, mit Lumpen geladen und im guten den Monatsreuter, welcher sich etwas gewidert [= geweigert], genötigt, den dritten Schuß zu tun.

Von demselben ist ein glimmender Lumpen auf ein Städelein [= kl. Stadel] gefallen. Und weil dasselbe mit Stroh gedeckt gewesen, ist das Strohdach von dem glimmenden Lumpen angegangen und „brinnendt“ worden und hat der starke Wind das Feuer immer von einem Zimmer auf das ander getrieben. Das Feuer ist auch gar geschwind über den Weg geloffen und hat „angezündt“. Und alles ist ein grausames Fressen des Feuers worden, und nichts hat, auch weil wenig Wasser vorhanden gewesen, helfen und ersprießen wollen; man hat auch vor dem grausamen laufenden und wütenden Feuer nicht hinzukommen noch löschen können. So hat man es eben müssen brennen lassen, daß in solcher „schröcklichen“ Brunst 38 Zimmer, nämlich 13 Wohnhäuser, 9 Städel und 16 Schupfen und Schweineställein innerhalb von 6 Stunden in die Aschen gelegt worden sind, ganz zu schweigen von dem, was an Futter, Getreide, Geld, Hausrat, Leinen, Weißzeug [= „dinglich“] und anderer Fahrnis „verbrunnen“, verfallen und verdorben ist.

Endlich ist ein Jude, der Süßler genannt, „vonn sich selbst“ von Fürth gelaufen kommen. Denn wenn derselbe ein Feuer ansprechen und dämpfen will, darf er weder reiten noch fahren, sondern muß zu Fuß gehen. Er hat einen Laib Brot genommen, etliche hebräische Buchstaben darauf geschrieben und den Laib dann hinein ins Feuer geworfen. Auch ist er durch das Feuer gedrungen und hat an die Türen und Läden der noch stehenden nächsten Zimmer auch etliche hebräische Buchstaben geschrieben und sich verpfändet und gesagt: Wenn nach seinem Anschreiben das Feuer weiter und darüber fahren und anzünden würde, sollten sie ihn nehmen und ins Feuer werfen. Aber das Feuer hat diesmal nicht weiter um sich gefressen und auch nicht angezündet. Aber was vorher gebrannt hat, hat – ohne Löschen – alles zugrunde „verbrinnen“ müssen ...

Der Signor Stromer aber, nachdem er solchen Jammer vorsätzlich angerichtet, hat sich vor Leid in seinem Garten im Gras umgewälzt wie ein unvernünftiges Vieh. Die Hände ineinandergewunden, beweinte er bitterlich den unwiederbringlichen Schaden der armen Leute.

Doch ist er eilig auf seinen Klepper aufgesessen, hat den Sitz und alles offenstehen lassen und ist mit dem Monatsreuter davongesprengt und so selbander [= zu zweit] den Bauern entritten, die ihm im Grimm geflucht haben und wenn sie ihn erwischt, übel geschlagen oder gar ins Feuer geworfen hätten. Hat die armen Leute im Jammer stecken und den größeren Teil derselben zu Bettlern werden lassen.
Der Herr Ludwig Rieter aber ist „verharret" [= geblieben], hat selbst Wasser zugetragen, arbeiten und löschen helfen, soviel ihm möglich, daß also das große gräßliche Feuer gegen den Abend zu gestillt war und weiter und über des Juden Schrift nicht hat anzünden können, obwohl es auf den „hoffstadten" nachgeglüht und noch etliche Tage hernach einen Rauch in die Höhe geben hat . . .

## 76 WOHER DIE REDENSART „NÄRRISCHER WALLENSTEIN" KOMMT

Als Wallenstein im Juni 1630 bei Christoph Martin Peller auf dem Weinmarkt wohnte, wollte er nicht leiden, daß man bei St. Sebald eine Glocke läutete. Auf den Kutscher eines vorüberfahrenden Bierwagens wollte er schießen, worauf die Brauknechte noch geräuschvoller fuhren.
Es wohnte „sonsten" (= auch noch) Junker Christoph Martin Peller im Haus, bei dem ein Kind weinte. Da sagte er, wenn er den Teufel (dieses Kind) hätte, wollte er ihn an die Wand schmeißen.
Daher ist die Redensart entstanden: „Närrischer Wallenstein".

## 77 DER DUDELSACKPFEIFER

In einem Haus am „Färbersbrücklein", der Weinschenke zum „Schwarzen Adler" gegenüber, war früher eine Freskomalerei, die einen Mann mit einem Dudelsack darstellte. Sie ist längst unter dem modernen Anstrich verschwunden, aber die Sage, die sich an sie knüpfte, hat sie überdauert.
Zu Anfang des 15. Jahrhunderts wütete in ganz Europa die orientalische Pest, die man in Deutschland „Schwarzen Tod" nannte, da sie

mit schwarzen Flecken auf der Haut der Erkrankten begann, die bald zu fauligen, eiternden Beulen wurden, worauf der Tod in wenigen Tagen, ja oft in wenigen Stunden erfolgte.
Die Ärzte, deren es überhaupt in jener Zeit nach unserem Sinn nur wenige gab, kämpften vergebens mit dem furchtbaren Übel, das sich ungeheuer rasch verbreitete und besonders in den Städten tausende von Opfern in kurzer Zeit hinraffte. Auch in Nürnberg starben ganze Straßen aus. So soll eine Bäuerin, die – nachdem die Epidemie ausgewütet hatte – Milch zur Stadt trug, in einer Gassen der damaligen östlichen Vorstadt keine menschliche Seele getroffen und ausgerufen haben: „O elende Gasse!", welcher Namen dieser Gasse bis in die neueste Zeit verblieb.
Zu dieser Zeit des Schreckens und der allgemeinen Not lebte ein Musikant in Nürnberg, der es in seiner Kunst nicht weiter als bis zum Dudelsackpfeifer, dagegen in der des Trinkens zur Virtuosität gebracht hatte. Unser Sackpfeifer dudelte und trank vom frühen Morgen an bis in die späte Nacht, und selbst das Wüten des Würgeengels brachte ihn nicht zur Besinnung, ja, er trieb es womöglich noch ärger als zuvor. „Solange wir", sagte er oft zu seinen lustigen Zechbrüdern, „den Dudelsack zum Totentanz spielen, solange tanzen wir nicht selber mit. Also nur immer lustig und frisch drauflos!" Aber es fehlte nicht viel, so hätte ihn der Sensenmann doch bald zum Salto mortale aufgefordert. Übervoll, wie sein aufgeblasener Dudelsack, blieb er eines Nachts mitten auf der Straße neben seiner Sackpfeife liegen. Kurz nachdem er sich so sanft gebettet hatte, fuhr der Pestwagen, der die tagsüber Gestorbenen aus der Stadt brachte, an dem total Betrunkenen vorüber, und da man ihn, der wie leblos dalag, für einen von der Pest Getöteten hielt, wurde er mitsamt seinem Instrument, das er umhängen hatte, ohne viele Umstände zu den Toten auf den Wagen geladen.
Das Rütteln und Stoßen des Wagens weckte endlich unsern Musikanten aus seinem Todesschlaf. Aber welches Entsetzen erfaßte den völlig nüchtern Gewordenen, als er sich auf diesem Wagen erblickte, dem alle Menschen, wenn sie ihn nur von fern sahen, straßenweit auswichen! Und nun fand er sich in dieser grauenhaften Gesellschaft, die zur letzten Ruhestätte geführt wurde! Er wollte schreien, aber der Schrecken hatte seine Zunge gelähmt, er wollte vom Wagen springen, aber zentnerschwer lag es ihm in den Gliedern. In dieser

Herzensangst erschien ihm sein Dudelsack als ein treuer Gefährte und Helfer in der Not. Wie noch niemals paukte der dem Grab lebendig zufahrende Tonkünstler mit dem rechten Arm auf seinen Dudelsack los und blies in die Pfeife, als wollte er seine ganze Reisegesellschaft zum Jüngsten Gericht erwecken. Es waren aber keine lustigen Tanzweisen, wie er sie sonst aufspielte, sondern ein frommes, geistliches Lied, dessen Melodie auf dem Pestwagen erklang.
Anfänglich achtete der Fuhrmann nicht auf die Jammertöne, von denen er glaubte, daß sie aus irgendeinem Haus kämen, wo man damit vielleicht wieder einen Verstorbenen beklagte. Als aber die Pfeife immer greller und schriller durch die stille Nacht tönte, stieg er doch endlich mit geheimem Grauen vom Pferd und sah den Dudelsackpfeifer quer über den Haufen der Toten sitzen. Als der Dudelsackpfeifer den sich bekreuzigenden Fuhrmann erblickte, schwor er mit flehend aufgehobenen Händen bei allen Heiligen, daß er kein Gespenst, sondern ein lebendiger Mensch sei, der nicht wisse, wie er auf diesen Wagen gekommen. Der Fuhrmann, der dies am besten wußte, half dem armen Dudelsackvirtuosen von seinem grausigen Ruhesitz herab und fuhr seines Weges weiter, wahrscheinlich denkend, sein Blinder Passagier werde über kurz oder lang doch die Reise machen müssen, vor deren unfreiwilliger Fortsetzung ihn sein Dudelsack gerettet hatte.
Aber der lustige Musikant soll gesund und frisch geblieben und den ganzen Pestjammer glücklich überstanden haben. Doch das übermäßige Trinken hat er sich abgewöhnt, soweit es bei dem Betrieb seines Geschäfts nur immer möglich war, wenigstens soll er keine Straßenrinne mehr zu seinem Nachtlager erwählt haben.

# KIRCHEN und KLÖSTER

## 78 DIE KAPELLE IN ALTENFURT

I

In der Gegend des Castrum Noricum, wo heutigentags Nürnberg steht, soll sich Karl [der Große] einstmals aufgehalten und die meiste Zeit mit Jagen zugebracht haben. Dabei soll er „ganze Nächte“ in den Wäldern um Nürnberg geblieben sein und unter seinem Zelt geschlafen haben, in dem er immer das Heiltum des hl. Dionysius und die Chorkappe von St. Martin hatte. Daher hielt man den Ort, wo sein Zelt gestanden ist, für heilig, weswegen er an die Stätte seines „Gezelts“ eine Kapelle habe erbauen lassen. Die widmete hernach Papst Leo III. der Märtyrerin Katharina und befahl den Schottenmönchen an, sie zu gewissen Jahreszeiten „zu besingen“.
Diese Kapelle soll – nach einer Nürnbergischen Chronik – noch heutigentags vorhanden sein und die rechte Form eines Zelts, aber kein Fenster haben [doch! 4 Fensterchen], so daß das Licht nur zu der Tür hineinscheinen kann. Das Gebäude soll noch sehr fest und nicht die geringste Ritze daran zu sehen sein.
Der Ort liegt in dem Nürnbergischen Wald, an der Feuchter Straße, da, wo ehedem ein Einsiedler gewohnt hat, „und wird zum Alten-Fürth genannt“.

II

Als Carolus hier zu Nürnberg lag, „da übt er sich nach seiner natur sitten“ und jagt in dem Reichswald und übernachtet „zu zeiten in zelten und tabernakeln“.

Nun war es seine Gewohnheit, daß er St. Dionysius' Heiltum und St. Martins Chorkappe oder Mantel mit sich führte. Darum kümmerten sich die Priester. Die nannte man wegen der Kappe „sant Merteins caplan“. Zu dem allen hatte er ein besonderes Zelt und darunter auch die heiligen Sakramente.

Als er aber abziehen wollte, da sprach er: „Res semel deo consecrate in humanos usus retorqueri non debent“ (= Was Gott einmal geweiht ist, soll nit wieder gebraucht werden zu menschlichem Nutzen). Also ließ er zuhand [= sogleich, sofort] das herzutragen und errichtete zu St. Katharinas Ehre eine Kapelle in Form eines Zeltes. Sie steht noch in dem Wald. Man sagt glaubhaft, sie sei von einem Papst namens Leo geweiht worden . . .

Etliche meinen, daß Carolus auch um diese Zeit die St.-Martins-Kapelle auf dem Bühel in der Stadt gebaut und da sein Heiltum mit der Kappen, „das wir auf diese zeit nennen ein kormantel“, gelassen habe, auch einen Altar da gesetzt habe zur Ehre St. Katharinas; „das laß ich sten [quasi: da rüttle ich nicht dran], denn das ist war, daß gar vor lang ee sant Egidien kloster gestift ist, die vor gewesen seind . . .“

## 79 WIEDERGUTMACHUNG DES GEBANNTEN oder KRUZIFIX AM HIMMEL

Anno 1341 hat ein Kaiser regiert, Ludwig, ein Herr von Bayern, der ist ein Anfänger unseres Klosters . . . Waren auch dazumal „zween Bäpst“; der eine krönte Ludwig, der ander Papst bannte ihn . . .

Danach, im 1341. Jahr, war Kaiser Ludwig mit seiner Hausfrau und den Jungfrauen zu Nürnberg. Da wurde er von seiner Hausfrau und den Jungfrauen seines „Frauenzimmers“ vermahnt, er sollte Gott, dem Herrn, „eine Wiederlegung thun“, weil Gott viel Gottesdienst abgegangen wär, während er im Bann gewesen sei.

Und eines Tages reitet er von Nürnberg aus Jagen um Kornberg herum. Da war nur Wald und Wüstung. Da hörte er Vogelsingen,

wie er seiner Lebtag nie besseren Vogelsang gehört hatte. Und er sah sich in der Höhe um und sah an dem Himmel ein Kruzifix. Da stieg er selbst vom Pferd und hieb den ersten Baum ab und erkannte, daß dies der geeignete Ort wär, an dem man billig Gott dient.
Und er kauft einen Hof, der in der Nähe stand, einem Großen [einem vom Geschlecht der Groß] ab. War ein Bauernhof. Ging „von dem kayser zu lehen, und aigenden den hof zu dem kloster", und gab dazu zwei Dörflein, Worzeldorf und Herpersdorf mitsamt dem Gericht.
Und an der Statt, wo der Kaiser das Kruzifix gesehen und er den ersten Baum abgehauen hatte, da ließ er die erste Meß halten am St.-Lukas-Tag auf einer Kufen [= Art Trog, Faß]. Da steht jetzt unser Schöpfbrunnen. Danach wurde ein „hülzern" Kirchlein dahin gebaut . . .

## 80 DER BAUM MIT DEM KRUZIFIX oder „BILDENREUTH"

Als Anno 1345 Kaiser Ludwig V. [richtig: IV.] in Nürnberg war, sollen ihn fünf Jungfrauen aus dem „Frauen-Zimmer" seiner Gemahlin, namentlich Elisabetha Fischbeckin, Adelheid Zollnerin, Christina Jägerin [= Venatrice], Kunigunde von Ottensoos [auch Schweppermann] und Osanna Oesterreicherin von „Deckendorf", gebeten haben, der Kaiser möchte ihnen ein Klösterlein im Nürnberger Wald bauen. Durch diese Bitte haben sie ihn dazu bewogen, daß er sich in den Wald begab, um selbst einen Platz dafür auszusuchen. Anfänglich soll geplant gewesen sein, das Kloster in Kornburg zu stiften und zu bauen.
Und als er durch den Wald dahin gehen wollte, soll er durch einen lieblichen Gesang, den er im Walde hörte, veranlaßt worden sein, „in demselben zu reiten". Da sah er auf einem Baum ein Kruzifix. Bei diesem Anblick stieg er sogleich vom Pferd, nahm ein Beil in die Hand und fing an, diesen Baum niederzuhauen.
Wie dann beschlossen wurde, die Klosterkirche an diesem Ort aufzubauen, soll auf diese Stelle, wo der Baum mit dem Kruzifix gestanden, der hohe Altar gesetzt und das Klösterl entweder von dem wilden Ort und dessen Ausreutung Wildenreuth oder von dem gesehenen Bild Bildenreuth genannt worden sein.

## 81 EIN ALTER BLINDER MANN oder WEISSAGUNG

1356 da fingen die Klausnerinnen an, eine steinerne Kirche zu bauen . . . Und als sie diese steinerne Kirche anfingen zu bauen, da haben die Leut gesagt, sie würden es nicht schaffen, eine steinerne Kirche zu bauen.

Da war ein frommer alter blinder Mann aus dem nächsten Dörflein da gewesen, der hatte gesagt: „Nein, schweigt still! Sie werden's mit Gottes Hilf wohl vollbringen!" Und sagte: „Nach etlichen Jahren werden sie noch eine Kirche bauen an dieser Statt" und stopft mit seinem Stecken an den Platz, wo jetzt unsere Kirche steht.

Und so, wie es dieser blinde Mann vorhergesagt hatte, wurde – über 50 Jahre nachher – die dritte Kirch an diesem Fleck gebaut. Wer hat's diesem alten frommen Mann so vor viel Jahren gesagt?

## 82 VOM URSPRUNG DER KARTAUSE ZU NÜRNBERG oder UNFALL IN ROM

Als der Stifter Marquard Mendel in der Osterwoche Anno 1380 von Rom schied, da nahm er Urlaub von einer seligen Klausnerin. Die hieß Elßspießin (Elisabeth piesin, Spießin) und war an die 17 Jahre zu Rom zu St. Michel in einer Klausen „in Gottesdienst" gewesen. Und er bat sie, daß sie Gott für ihn bitte, „wann er ir vor lang heimlich was gewesen". Da segnete sie ihn und sprach: „Fahr hin! Gott wird ‚groslich' seine Wunder mit dir wirken"...

Also schied er von ihr. Und zu Rom in der Stadt fiel er neben einem steinernen Kreuz mit dem Pferde und mit allem darnieder, auch mit einer Armbrust an der Seite, so daß das Pferd mit allen vier Füßen

auf ihm lag. Und es war ein ebener Weg! Da gab Gott seine grundlose Barmherzigkeit kund, daß er von dem Fall nit beschädigt wurde an seinem Leib. Und auch einer seiner Gesellen, der zunächst hinter ihm ritt, sprach, er wüßte nit, wie es kommen wär, daß er ihn nit gesehen hätte unter dem Pferd.
Alsbald ihm Gott aufhalf, gab er ihm in seinen Sinn, wie er möchte „anheben“ ein Kartäuserkloster [= Marienzell] zu Nürnberg. Also war er darauf bedacht und meinte, „daß ihms dieselb Clausnerin umb Gott erworben habe“.

## 83 DIE DREI BAUMEISTER VON ST. LORENZ oder DER „ALTE“

Zu St. Lorenz heißt ein Turm „der Alte“. Als dieser alte Turm im Bau begriffen war, hatten zwei Meister dran zu schaffen, und sie hatten vorerst schon einem anderen Meister die Arbeit abgejagt. Nachdem nun der beseitigt war, loderte in ihnen beiden grimmiger Haß und Zorn empor, und sie beschlossen, sich gegenseitig zu verderben. Damit es aber niemand ahne, taten beide so, als wären sie sich überaus geneigt.
Darüber verlief etliche Zeit, bis sie eines Tages hinaufsteigen mußten, so weit der Turm gebaut war. Als nun der eine ans Fenster trat und hinausschaute, packte ihn der andere und wollte ihn hinabschleudern. Der erste aber, der ein Gleiches vorgehabt hatte, hielt sich fest an ihn und riß ihn mit sich hinaus. Also stürzten sie beide hinab und zerschmetterten sich alle Knochen.
Dabei stand der dritte unten, nicht eine Handbreit entfernt, denn er hatte nah am Turm hinaufgeschaut. Als das der Rat erfuhr und der Baumeister, der am Leben geblieben war, erzählte, wie sie ihm mitgespielt hatten, da er ihnen doch nie etwas zuleide getan, war des Rats Bescheid: Des Werkes weiterer Bau gebühre ihm, denn gleich wundersam habe Gott die zwei Bösen vernichtet und ihn aus Todesgefahr errettet; es stehe ihm auch frei, ein Wahrzeichen zu setzen. Darauf sagte der Baumeister: „Das sei fern von mir! Eher will ich der argen Tat Spur ganz verwischen!“ Darauf war sein erstes, daß er das Fenster zumauerte.
Die Sage aber konnte er nicht vertilgen.

# 84 DER GOLDENE BECHER oder UNSCHULDIG HINGERICHTET

I

An der nördlichen Seite der Lorenzerkirche befindet sich ein Seitenaltar, links vom Hauptaltar, der in einem vergitterten Gehäuse ins Kreuz gelegte Menschengebeine verwahrt. In früherer Zeit war unter diesen Beinknochen ein goldener Becher sichtbar, der jetzt nicht mehr in der Kirche vorhanden ist. Die Geschichte, welche sich an diesen Becher knüpft, hat sich folgendermaßen zugetragen:
Gegenüber der Lorenzerkirche war das Haus der Imhoff (oder Im Hof), eines in Nürnberg und Augsburg blühenden Patriziergeschlechts. Einer dieser Herren „Im Hof" gab aus Anlaß eines Familienfestes einen fröhlichen Abendschmaus in seinem Haus, an dem das ganze Patriziat der Stadt teilnahm. Bei dergleichen Festen ging es in den alten deutschen Reichsstädten nicht eben zimperlich her. Es wurde da wacker getafelt und noch wackerer gezecht. Was das Haus vermochte an goldenen und silbernen Geschirren aller Art wurde zur Schau gestellt, und wenn man des Ausspruchs früherer Kulturhistoriker gedenkt, daß die Könige von Norwegen nicht besser dazumal wohnten als ein mittelmäßig begüterter Bürger Nürnbergs, so wird man diese Schilderung gerechtfertigt finden.
Das Gelage dauerte bis tief in die Nacht, und während der Herr des Hauses und seine Gäste der Ruhe pflegten, räumte Veit, der alte treue Diener des Hauses, dessen Obhut das Tafelgerät besonders anvertraut war, im Speisesaal auf, um das Gold- und Silberzeug wieder an Ort und Stelle zu bringen. Da wurde er zu seinem größten Schrecken gewahr, daß der große goldene Becher, ein altes Familienstück, auf der Tafel fehlte. Er hatte ihn oft gefüllt an jenem Abend, und noch gegen Morgen, ehe die Gäste aufbrachen, hatte der Hausherr den Valettrunk oder sogenannten Johannissegen den Scheidenden daraus zugetrunken. Der Herr wird ihn selbst wieder aufbewahrt haben, tröstete sich Veit, nachdem der erste Schrecken vorüber war.
Die Glocken von St. Lorenz verkündeten bereits die Mittagsstunde, als Herr Im Hof sich, ziemlich verstört von den Folgen des schwelgerischen Gelages, von seinem Lager erhob. In der übelsten Laune

hörte er den Bericht des alten Veit über das Verschwinden des goldenen Bechers an und befahl sogleich, das ganze Haus nach dem fehlenden Prachtstück zu durchsuchen.
Der Hausherr konnte sich auf die Vorgänge des gestrigen Abend nur sehr dunkel besinnen. Mit dem trostlosen Bewußtsein vergeblichen Suchens durchforschte Veit nochmals die Räume des Hauses, während sein Herr alle Dienstleute dazu aufbot, in den Wandschränken des Saales nachzusehen, aber nirgends war der vermißte Becher zu finden. Sein Unmut steigerte sich zum gewaltigen Zorn, als alles Suchen vergebens war und auch Veit ihm wiederholt berichtete, daß der Becher nirgends zu finden sei. „Solange der Becher nicht zum Vorschein kommt“, zürnte sein Herr, „bist du dafür haftbar; dir ist die Obhut für mein Tafelgeschirr übergeben; sorge, daß dein graues Haupt nicht mit Schande bedeckt wird.“ Der alte Diener verlor über dem Gedanken, daß man ihn für einen Dieb halten könnte, fast die Besinnung.
Die Anzeige von dem Verschwinden des Bechers wurde gemacht und Veit noch am gleichen Tag in das Gefängnis abgeführt. Aber was half es ihm, daß er unter den heiligsten Beteuerungen versicherte, nichts von dem abhandengekommenen Becher zu wissen, daß er auf seine lange Dienstzeit im Haus der Im Hof hinwies, während der auch nicht der leiseste Zweifel an seine Treue und Hingebung für die Herrschaft aufkommen konnte? Was half es, daß ihm sein strenger Gebieter, die übereilte Kundgebung seines Verdachts gegen ihn vielleicht bereuend, das beste Zeugnis gab – das Gericht hielt sein Opfer bereits fest umklammert, der Verdacht konnte sich gegen niemand richten als gegen Veit.
Da er beharrlich „leugnete“, wurde nun die Folter in ihrer ganzen Scheußlichkeit gegen den armen Veit angewandt. So besiegten die unerhörten Schmerzen die Willenskraft, und der Gemarterte bekannte, den Becher entwendet zu haben. Damit schienen die Richter zufriedengestellt, denn sie fragten nicht weiter danach, wohin der gestohlene Becher gekommen, sondern sie verurteilten den alten Veit zum Galgen, an dem er, bis zum letzten Augenblick seine Unschuld beteuernd, gottergeben starb.
Kurze Zeit nach seinem Tod wurde der vermißte Becher in einem geheimen Wandschrank gefunden, und zwar, wie die Sage hinzusetzt, bis zum Rand mit Blut gefüllt.

Der von Gewissensbissen über seine Voreiligkeit gequälte Besitzer des Kleinods brachte den Fund zur Anzeige und überlieferte sich dadurch einer für seinen Stolz sehr empfindlichen Strafe. Er soll nämlich verurteilt worden sein, zeit seines Lebens einen Strick um den Hals zu tragen, auch wurde an seiner Haustür ein Strick von Henkershand als Zeichen des verdienten Todes aufgehängt. Durch viele Fürbitten wurde diese Strafe später dahin abgeändert, daß man ihm erlaubte, statt des Strickes eine seidene Schnur, und zwar unter der Krause um den Hals zu tragen. Zugleich auch wurde gestattet, den Strick an der Haustür hinter derselben aufhängen zu dürfen.
Für die Richter, die diesen Justizmord doch am schwersten auf ihrer Seele hatten, gab es keinen Strick, weder für den Hals noch für die Haustür. Sie schützte der Buchstabe des Gesetzes, das peinliche Recht, das den Gebrauch der Folter als das untrügliche Mittel zur Erforschung der Wahrheit nicht nur erlaubte, sondern vorschrieb. Dagegen wurde das Andenken des unschuldig Gemordeten glänzend zu Ehren gebracht. Die Familie der Im Hof ließ seine Gebeine ausgraben, vergolden und unter großen kirchlichen Feierlichkeiten samt dem Becher in dem eingangs erwähnten, von der Im Hof'schen Familie gestifteten Altar aufbewahren.

II

Eine andere Sage ist die von einem goldenen Becher, der von einem Knecht der Imhoffschen Familie gestohlen worden sein soll. Der Knecht wurde hingerichtet. Nach der Hinrichtung fand sich der Becher wieder. Deshalb wurden die Knochen des unschuldigen Knechtes mit Gold beschlagen und auf dem Imhoffschen Altar in der Lorenzkirche aufbewahrt. Dort sind sie heute noch zu finden.

## 85 DER „SILBERNE HERRGOTT“ oder DIE HERRGOTTSCHWÄRZER

Zwischen den beiden Türmen am Mittelfenster der Löffelholzischen Kapelle in der Sebaldus-Kirche zu Nürnberg oder dem sogenannten „Engelschörlein“ hängt ein Kruzifix von Messing, das vor Jahren der „Starken“ Frömmigkeit durch die Brüder Johann und Georg Starck errichtet und 1625 wieder erneuert wurde.

Dieses Kruzifix ist eines der ältesten noch vorhandenen Werke der Nürnberger Kunstgießer; der Meister ist leider unbekannt. Sonst trugen sich die Nürnberger Bürger mit der Sage, daß dieses Kruzifix einst aus Silber in der nämlichen Größe da gehangen habe oder auch noch aus Silber sei; daher nannten sie es auch den „Silbernen Herrgott". Als es 1625 renoviert wurde, was auch im Juli 1689 geschah, soll der Rat es schwarz anzustreichen befohlen haben, damit die durchziehenden Soldaten nicht die Lust anwandeln möge, es herabzunehmen, und von dieser Zeit soll sich auch der Name „Herrgottschwärzer" herschreiben, mit dem Auswärtige – z. B. Altdorfer, Fürther, Laufer, Schwabacher – gern die Nürnberger zu necken pflegen.

## 86 SPUK IM KLARAKLOSTER

In einem Teil des früheren Klaraklosters ist jetzt das städtische Leihhaus untergebracht [von 1618 an, 1899 Umzug ins Unschlitthaus]. Einer der früheren Leihhausverwalter, der in Zeiten, wenn der Andrang des Publikums besonders lebhaft war, oft bis Mitter-

nacht in seinem Büro arbeitete, hat hier besonders um die Weihnachtszeit allerlei geheimnisvolle Vorgänge erlebt: So wurde ihm mehrmals sein neben ihm stehender Stuhl – wenn er nämlich stehend schrieb – mit Geräusch von unsichtbaren Händen nach hinten gezogen. Ein andermal wurde in seinem Schlafzimmer die Tür von unsichtbaren Händen geöffnet, worauf er jemand mit schleichendem Schritt eintreten und das Zimmer durchschreiten hörte. Das Merkwürdigste aber war, daß er bei seiner Nachtarbeit im Beisein seiner Frau und Tochter mehrmals in den Klosterräumen einen feierlichen, choralähnlichen Gesang von weiblichen Stimmen in klagender Weise hörte.

Die Sage läßt dieses Frauenkloster durch einen unterirdischen geheimen Gang mit dem Kartäuserkloster in Verbindung stehen. In einer Nische des Klaraklosters soll eine Nonne mit einem Kind eingemauert sein und der Gesang wohl eine Totenklage für die Gefallene bedeuten.

# TÜRME und TORE

## 87 SOVIEL TÜRME WIE DAS JAHR TAGE HAT

I

Von der Doppelmauer der Nürnberger Stadtbewehrung erzählt eine alte Sage, sie wäre mit 365 Türmen besetzt gewesen.

II

Der Nürnberger Stadtarzt Hartmann Schedel gibt in seiner Weltchronik die Zahl der Türme mit 365 an, für jeden Tag einen, wie die Reliquien [Sammelleidenschaft!] des ungetreuen Losungers Niklas Muffel.

## 88 EIN SCHLAUES GESCHENK oder VOM „SINBELN TURN“

Und im selben Jahr [1387] war König Wenzel zu Nürnberg auf der Burg, und er bat einen Rat „hie“, daß er ihm den „sinbeln turn“ [= Sinwellturm] auf der Veste verleihen sollte. Da gab ihm ein Rat zur Antwort: Wenn er ihnen auch eine Bitte wollte gewähren, worum sie ihn bäten. Da sprach König Wenzel, er wolle dies tun. Sie verliehen ihm den Turm. Doch nach kurzer Zeit schickten sie nach

dem Schlüssel zu demselben „sinbeln turn“, und das war wiederum ihre Bitte. Er konnte ihnen die Bitte nicht versagen; er wurde gar zornig und schlug dem Ratsherrn mit der Hand ins Gesicht und warf die „krem“ [= Krambuden; s. Schmeller 2, Sp. 367 f.] auf der Veste am St.-Margarethen-Tag um und ritt im Zorn von hinnen nach dem Rothenberg.

## 89 DAS HEIMLICHE GERICHT oder DIE EISERNE JUNGFRAU

Im Fröschturm am Schwabenberg soll früher das Heimliche Gericht oder die Eiserne Jungfrau aufgerichtet worden sein, welche die Übeltäter mit breiten Handsäbeln zu kleinen Stücken gehauen hat.

## 90 „HORCH, DA KLINGT'S HOHL!“

Der Fünfeckige Turm ist der letzte Rest von der großen Burggrafenwohnung. Auf der anderen Seite steht noch die Walpurgiskapelle und eine große dicke Mauer gegen die Kaiserburg zu.
Wer heute zur Kaiserburg hinaufgeht, muß neben dem Fünfeckigen Turm durch einen Hohlweg gehen, der rechts und links mit Mauern verkleidet ist. In den Hügeln hinter diesen Mauern zu beiden Seiten des Hohlweges liegen die Trümmer der zerstörten Burggrafenburg. Die Nürnberger Buben steigen immer wieder einmal auf die Burg hinauf und gehen über die Schütthügel neben dem Hohlweg. Dabei stampfen sie mit den Füßen auf und bleiben stehen; dann heben sie den Finger und sagen: „Horch, da klingt's hohl!“

## 91 ALTE JUNGFERN oder DEN WEISSEN TURM FEGEN

Zu alten Jungfern, die keine Männer bekommen oder verlangen, sagt man, sie müssen den Weißen Turm fegen, worauf sie öfters erbittert antworten: „Ja, mit Bürsten von Barthaaren junger Gesellen, welche keine Weiber bekommen und verlangen.“

# WAHRZEICHEN

## 92 DIE RATTE

I

In der Ecke neben der eisernen Tür, die zur ersten Emporkirche bei St. Lorenz führt, findet sich eine Ratte mit einer Wurst abgebildet. Davon erzählen die Leute noch heutigentags:

Es war einmal ein böser Pfarrer bei St. Lorenz, der viel Arges getan und sich schwerer Strafe schuldig gemacht hatte. Endlich kam die Stunde des Gerichts über ihn, und er wurde verurteilt, in der Kirche vermauert des Hungertodes zu sterben. Als dieses Urteil vollzogen war, hat seine Magd heimlich ein Loch in die Mauer der Kirche gebrochen, dem Armen Sünder alltäglich Speise gereicht und so eine Zeitlang das Leben ihres Herrn gefristet.

Nun wurde aber einmal eine Ratte mit einer Wurst in der Kirche laufen gesehen. Darüber verwundert, spürte man nach und entdeckte ein Loch in der Mauer, vor dem sich ein Teller mit dem Bratwurstgericht fand. So wurde die List der getreuen Magd verraten.

Als man darauf die Mauer öffnete, war der unglückliche Mann noch am Leben, obwohl eher einem Gespenst als einem Menschen gleich. Er wurde freigelassen.

II

In der Lorenzkirche sieht man unter einer verschlossenen Tür in einer Pfeilernische Ratten mit einer Wurst im Maul in Stein ausgehauen. Die Sage läßt hinter dieser Tür einen Mönch eingeschlossen gewesen sein, dem die Ratten Würste zugetragen hätten.

## 93 DER „SCHUSSERBUB“ und „TEUFELSBRÜNNLEIN“

I

Mit dem Teufel ist kein Scherz zu treiben, und wenn sich einer gar auf ihn beruft, ist er gleich so frei und kommt. Das war vorzeiten zu Nürnberg der Fall. Da war just die Predigt zu St. Lorenz aus, und der Pfarrer hatte gegen das Fluchen gesprochen. Drauf spielten zwei Chorschüler unfern der Kirche mit Schussern und gerieten in Streit

über weniger oder mehr. Der eine aber, der die Schusser in der Hand hielt, stritt zumeist und rief: „Hol mich der Teufel, ich hab recht!“ Er hatte aber den anderen betrogen.
Kaum war das Wort aus seinem Mund, kam der Teufel, drehte dem Gesellen den Hals um und fuhr durch die Luft mit ihm davon.
Nun sieht man den Hut des Schülers noch auf der Stange über dem Dach des Chors, den verkehrten Kopf zum ewigen Andenken am Tragstein St. Lorenz. Die Würfel [?] waren früher auch zu sehen; es soll sie aber vor fünfzig Jahren der Teufel geholt haben. Und vom Mantel des Chorschülers, der hinter dem Altar aufgewahrt wurde, ist auch nichts mehr zu finden. Wer weiß, was da geschehen ist!

II

An der Nordseite der Lorenzkirche steht ein 1888 errichteter Brunnen. An ihm ist der Teufel zu sehen, wie er ein Kind am Genick gepackt hat, um es davonzutragen.
Die Sage weiß zu berichten, gegenüber habe früher [bis 1914] das Schulhaus gestanden. Einer der Schulbuben war ein wahrer Meister im Pfuschen [= Schwindeln?], aber auch im Schimpfen und Fluchen. Eines Tages wurde er beim Pfuschen ertappt, stritt aber alles ab und schwor, der Teufel soll ihn holen, wenn er nicht die Wahrheit sage. Sofort kam der Teufel mit lautem Brausen durch die Luft gefahren, packte den Jungen am Kragen und nahm ihn mit sich fort.

## 94 DAS „LAUSBUBENKÄPPLE“

I

Wie ihn der Teufel durch die Luft fortgetragen hat, verlor der Kleine seine Kappe, die dann an der Blitzableiterstange des Chordaches hängenblieb und noch heute als „Lausbubenkäpple“ dort zu sehen ist.

II

An dem protestantischen Schulhaus [bis 1914] auf dem Lorenzer Platz ist auf dem Postament der Statuette des hl. Lorenz eine Figur mit verschränktem Kopf abgebildet. Diese Figur soll einen Schüler vorstellen, der einstmals mit anderen auf dem Platz mit Steinkügel-

chen gespielt und, nachdem er viele davon verloren, den Teufel angerufen habe. Dieser sei sofort erschienen und habe dem Schüler den Hals umgedreht.
Der Teufel sei darauf durch die Luft geflogen und habe auf dem Dach der Lorenzkirche das Barett des Schülers gelassen, wo es noch heute zu sehen ist, jedoch in Blech verwandelt.

## 95 SCHEINTOT oder PFERDEKÖPFE ALS WAHRZEICHEN

In der „Vaflouchtn Jungfer" ereignete sich einst folgendes: Eine scheintote Frau wurde in den Sarg gelegt und ins Grab gesenkt. Sie erwachte, schob den Sargdeckel weg, lehnte ihn an die Wand des Grabes, stieg heraus und ging – es war Mitternacht – nach Hause. Sie klopfte an die Haustür. Sah die Magd vom Fenster herab und meldete voll Schrecken: „Herr! die Frau ist unten im Hof." Dieser glaubte es nicht und sagte: „Eher könnten meine zwei Pferde im Stall auf der Stiege nach dem Speicherboden gehen und zur Dachluke herausschauen." Da wurde auf der Speichertreppe Pferdegetrappel gehört, und zwei Pferde streckten die Köpfe zur Dachluke heraus.
Früher waren, als Wahrzeichen, die zwei Pferdeköpfe an den Laden gemalt.

## 96 EINE KLEINE FIGUR oder TOTGEWORFEN MIT DEM STÖSSEL

I

Wenn man von der Kaiserstraße nach der Karlsbrücke hinabgeht, sieht man am Eckhaus links eine kleine Figur, die einen Stößer mit Mörser [= schalenförmiges Gefäß zum Zerkleinern] und Stößel [= Stoßgerät] darstellt. Diese Figur kann bewegt werden, was alle Jahre geschieht, wenn die Findelkinder am St.-Johannis-Tag vorbeigeführt werden. Das soll auf die Tatsache hinweisen, daß einmal ein Stößer von seinem Prinzipal mit dem Stößel „todt geworfen worden sey", weil er, um dem Zug der Findelkinder zuzusehen, die Arbeit einige Augenblicke eingestellt habe.

II

In dem Haus an der Ecke Kaiserstraße – Karlstraße war ein schönes Steinbild angebracht. Da stand unter einem gemeißelten Überdach ein Bub vor einem großen Mörser; den Stößel hatte er in der Hand, und man sah, wie eifrig und aufmerksam er bei seiner Arbeit war.
Das Bild soll angebracht worden sein nach einem schrecklichen Ereignis: Es war einmal ein Junge im Findelhaus gewesen, hatte dort

fröhlich aufwachsen dürfen und war ein gescheiter und aufmerksamer Bursch geworden. Als er das nötige Alter erreicht hatte, gab man ihn zu einem Apotheker in die Lehre, der in jenem Haus wohnte. Der Bub war fleißig und willig und jeder, auch sein Herr, war mit ihm zufrieden. Nur ein wenig neugierig war er immer.
Einmal hatten sie es in der Apotheke sehr notwendig. Eine wichtige Bestellung mußte ausgeführt werden, und alles im Haus mußte mit zugreifen, auch der Lehrling. Er mußte in einem großen Mörser Pulver stoßen. Und wie er so arbeitete, hörte er draußen singen. Die Findelkinder, seine Kameraden, zogen vorbei. Der Junge lief an die Tür, da sah er sie alle daherkommen in ihren roten Röcklein und mit ihren weißen Halstüchern; die Mädchen in ihren weißen Schürzen und mit ihren Rosenkränzlein! Da vergaß er alle Arbeit, lief hinaus und mit durch die Stadt, sang die alten Lieder mit und kam erst spät zu seinem Herrn zurück.
Der Apotheker war im größten Zorn. Er packte den Jungen, nimmt die Mörserkeule und schlägt auf ihn ein, um ihm einen Denkzettel zu geben. Er trifft aber den Kopf, und augenblicklich fällt der Junge tot um. Da kommt der Herr zur Besinnung, geht selbst zum Gericht und zeigt sich an. Er mußte eine schwere Strafe erleiden.
Dem Apothekerlehrling aber, der für seine Neugier so schwer gestraft worden war, hat man das kleine Denkmal an die Hausecke gesetzt.

## 97 DER KUNSTSCHMIED oder GLÜCKSBRINGER

I

Der Sage nach war der junge Kunstschmied [Paulus Kuhn], der das Gitter für den Schönen Brunnen in Arbeit hatte [1587], in die Tochter seines Meisters verliebt.
Sein Antrag wurde jedoch von diesem abgelehnt, da er zu arm, zu jung und in seinem Handwerk noch nicht geschickt genug sei, um an Heirat denken zu können. Der Abgewiesene verließ am nächsten Tag für immer die Stadt. Zuvor aber schmiedete er innerhalb einer Nacht den drehbaren, nur in vier Ösen gehaltenen Ring, der heute noch am Schönen Brunnen zu sehen ist und Glück bringen soll.

II
Man erzählt sich auch, daß der Teufel seine Hand im Spiel gehabt habe, als man den Ring eingefügt hat.

## 98 VOM RING AM SCHÖNEN BRUNNEN oder KINDERWUNSCH

Der Ring am Schönen Brunnen ist in der weiten Welt bekannt geworden. Wenn früher jemand erzählte, daß er in Nürnberg gewesen sei, dann mußte er auch diesen Ring gesehen haben, sonst glaubte man ihm nicht.
Auch wird behauptet, dieser Ring besäße geheime Kräfte: Wenn eine Frau sich ein Kind wünscht und doch keins kriegt, dann müßte sie nur an dem Ring drehen, dann würde das Glück sie heimsuchen.

## 99 VOM SCHÖNEN BRUNNEN oder WO IN FRANKEN DIE KLEINEN KINDER HERKOMMEN

I
Der Schöne Brunnen in Nürnberg ist ein Wunderbrunnen. Denn nach der in ganz Franken bekannten und beliebten Sage kommen aus demselben die lieben kleinen Kinder, die sonst anderwärts in Deutschland der „Storch“ bringt.

II
Seltsam ist es, daß selbst die Kinder in der Ansbacher Gegend, ja sogar in Schweinshaupten im Landkreis Hofheim [heute: Landkreis Haßberge] behaupten, daß die kleinen Erdenbürger aus dem „Goldenen Brunnen zu Nürnberg“ stammen und vom Storch so weite Strecken getragen werden.

III
In Nürnberg steht auf dem Grünen oder Hauptmarkt ein mit einem schönen eisernen Gitter umgebener Röhrenbrunnen.
Kleinen, einfältigen Kindern macht man scherzend weis, daß sie in demselben vorhin herumgeschwommen und von der Hebamme mit einem Hamen [= Fangnetz] herausgefischt worden seien.

IV
In Nürnberg und ringsherum im Land weiß jeder, daß der Storch aus dem klaren Wasser des Schönen Brunnens auf dem Marktplatz die kleinen Kinder holt. Die Väter können sich dort bestellen, was sie wollen: einen Buben oder ein Mädchen. Aber sie müssen sich's zuvor genau überlegen, denn einen Umtausch gibt es nicht mehr.
Auf der Nordseite sieht man auch den Storch, in Stein ausgehauen: er trägt ein kleines Kind, schön gewickelt, im Schnabel.

## 100 „ZUM SCHWEDENKRUG"

Beim Einzug Gustav Adolfs in Nürnberg war die ganze Bevölkerung, alt und jung, hoch und niedrig, auf den Beinen, und die Begeisterung für ihn zeigte sich in dem Empfang, bei welchem das Hoch- und Vivatrufen gar kein Ende nehmen wollte. Der König, tiefgerührt, dankte nach allen Seiten und bemerkte bei dieser Gelegenheit den Wirt „Zur Goldenen Ente", der in Polen unter ihm gedient hatte und den er gleich wieder erkannte. Er ritt auf ihn zu, reichte

ihm die Hand, fragte ihn nach seinem Befinden und lud ihn ein, sich bei ihm vorzustellen.
Bei dieser Gelegenheit dann forderte Gustav Adolf den Wirt auf, sich eine Gnade auszubitten. Der alte Krieger erbat sich die Ehre, daß der König ihn in seiner Wirtschaft besuche. Nach ein paar Tagen fand sich dieser in Begleitung einiger seiner Offiziere wirklich in der Schenke ein und ließ sich ein Frühstück servieren, daß ihm anscheinend vortrefflich mundete, da sich der Wirt ganz gut auf die schwedische Küche verstand.
Damit diese Begebenheit nicht aus dem Gedächtnis der Nürnberger verschwinde, ließ der Wirt zwei Gemälde an der äußeren Wand seines Hauses aufführen. Das eine stellte eine Seeschlacht, das andere eine Feldschlacht zwischen den Schweden und den Polen vor, an denen er einst unter Führung des Königs teilgenommen hatte . . . Das eine dieser Gemälde, das die Seeschlacht darstellte, ist nun verschwunden. Das andere wurde öfters restauriert, das letztemal in den siebziger Jahren [des 19. Jhs.].
Um das Wirtshausschild mit der auf dem Haus ruhenden Sage in Einklang zu bringen, entschloß sich im Jahre 1829 der Besitzer der alten Schenke „Zur Goldenen Ente", Wilhelm Weiß, sie „Zum Schwedenkrug" zu nennen. War doch damals gleichsam als Beweisstück und Wahrzeichen noch der zinnerne Krug vorhanden, aus dem Gustav Adolf getrunken haben soll, ebenso auch ein von ihm genütztes Schachspiel, aus dem Blei von Schwedenkugeln gegossen. Diese Schenke befand sich an der unteren Ecke Pfarrgasse/Oberer Bergauerplatz.

## 101 IM „KREUZLE" oder DER SCHUSS NACH DEM EISERNEN HERRGOTT

Vor dem Neutor, neben der Kapelle „Zum Heiligen Kreuz", die im letzten Krieg zerstört wurde, stand ein Wirtshaus, das im Nürnberger Volksmund nur das „Kreuzle" hieß.
Dort wurden einmal im Schwedenkrieg neue Söldner angeworben, die zur Besatzung für die benachbarten Schanzen bestimmt waren. Sie saßen dort und tranken und würfelten, fluchten und prahlten, daß es laut über die Straßen schallte. Jeder erzählte, was für Hel-

dentaten er schon getan hatte. Der größte Prahler aber war ein Riesenkerl. Der schrie immer wieder: „Ich nehm's mit jedem auf! Mir ist kein Franzose, kein Schwed, kein Bayer zu stark!"
Um neun Uhr abends kamen die Streifen und geboten das Ende der Zeche. Das Wirtshaus wurde geräumt, und die angeheiterten Soldaten zogen miteinander die Straße entlang, der Schanze zu. Dabei mußte man am Johanniskirchhof vorbei. Der nächste Weg wäre mitten durch den Friedhof gegangen. Die Kameraden aber wollten einen weiten Bogen außenherum machen. Da rief der Riesenkerl: „Ihr Feiglinge, Ihr fürchtet Euch sogar noch vor den Toten! Auch vor dem Herrgott fürcht ich mich nicht! . . . Seht Ihr dort den gekreuzigten Christus? Ich habe keine Angst, ich schieß auf ihn und, daß ich ihn treff, das weiß ich!". . . Und schon hob er seine Pistole, richtete sie auf die Stirn des Heilands und schoß.
Ein donnernder Hall gellte von den nahen Häusern zurück. Es war, als ob die ganze Stadt erbebte. Eine dicke Rauchwolke bedeckte die Erde. Als sie verflogen war, lag der Schütze tot am Boden. Die Kugel war von dem Eisen abgeprallt. Sie hatte das Haupt des Heilands verfehlt, aber die Stirn des Frevlers um so sicherer getroffen.
Leider ist das alte Steinkreuz am Osteingang des Johannisfriedhofs während der Bombennächte des letzten Weltkrieges völlig zertrümmert worden und mit ihm die eiserne Tafel samt dem kleinen Loch, das die Kugel aus der Pistole des Gotteslästerers hineingeschlagen hatte.

## 102 DER NAGEL IM TOTENSCHÄDEL

I

Der Grabstein des 1679 verstorbenen Andreas Georg Paumgartner im Johannisfriedhof – 10 m links (östlich) dės Chors der Johanniskirche – zeigt einen Totenkopf in natürlicher Größe, in dessen Schädeldecke ein Nagel eingenietet ist.

Dieser Nagel gab Veranlassung zur Sage, seine junge Frau habe ihren sehr viel älteren Ehemann, der plötzlich verstorben war, auf solch grausige Art ermordet, um einen anderen heiraten zu können.

II

Auf einem Grabstein, nicht weit von der Johanniskirche nach Osten zu gelegen, ist, wie auf vielen andern, ein Bild aus Erz befestigt: ein Totenkopf auf zwei über Kreuz gelegten Knochen. Der Unterkiefer kann hin- und herbewegt werden, und in der Schädeldecke sieht man einen eingeschlagenen Nagel.

Vor vielen Jahren wohnte einmal in Nürnberg ein reicher alter Mann, der eine junge Frau geheiratet hatte. Viele fröhliche Menschen kamen in sein Haus, darunter auch ein feiner junger Herr. Plötzlich starb der alte Mann in einer Nacht ganz rasch und unvermutet, ohne daß er zuvor krank gewesen war. Seine junge Frau zeigte sich am Grab voller Schmerz und Kummer und wollte sich nicht trösten lassen. Bald darauf aber heiratete sie den jungen feinen Herrn.

Jahre und Jahrzehnte waren vergangen. Niemand dachte mehr an den plötzlichen Tod des alten Herrn. Da war wieder einmal ein Glied der Familie gestorben, und die Familiengruft mußte geöffnet werden. Da sahen die Totengräber in der Gruft einen noch ganz wohlerhaltenen Totenschädel liegen: Aber er lag nicht ruhig da, sondern sein Unterkiefer bewegte sich immer hin und her. Sie schauten nach und fanden, daß Ungeziefer und Würmer dort in Mengen saßen. Als sie den Schädel schon wieder hineinlegen wollten, bemerkte einer den langen Nagel, der in dem Schädel steckte. Da konnte man sehen, warum der alte Herr so plötzlich gestorben war. Das Gericht erfuhr davon. Eine Untersuchung wurde geführt, aber man konnte nichts herausbringen, denn die Frau des Ermordeten, die man gleich verdächtigt hatte, war mit ihrem zweiten Mann weggezogen, und niemand wußte, wohin.

# GEISTER und GESPENSTER

## 103 DIE „VERFLUCHTEN JUNGFERN“ oder FREMDE PILGER ANGELOCKT

In der Nähe von Nürnberg ist ein Holz, davon heißt ein Teil „Bei den Verfluchten Jungfern“. Die Sage erzählt, daß hier vorzeiten drei Jungfrauen lebten, die jedoch keinen sittsamen Lebenswandel geführt, vielmehr die fremden Pilger angelockt und oft um Gut und Leben gebracht hätten. Die wurden zur gerechten Vergeltung alle drei vom Blitz erschlagen, und ihre Hütte wurde von den Flammen verzehrt. Ihre Seelen aber sind in drei große Bäume gefahren. Sooft nun einer dieser Bäume gefällt wird, muß die gebannte Seele in einen anderen wandern. Nach dem Gebetläuten wird dieser Ort gemieden, denn die Leute hören die lockenden Stimmen der Jungfrauen aus den Wipfeln der uralten Bäume herab. Zuweilen erschallt schadenfrohes Gelächter. Auch will man mitunter auf den Bäumen zuwinkende Gestalten gesehen haben.

## 104 DER SPUK IM SPITAL oder DIE „NÄRRSCH GUSTERTI“

Die erste Köchin des Spitals war eine alte Witfrau aus Wöhrd. Die zeigte sich anfänglich arbeitsam und anstellig. Aber bald änderte sie ihr Wesen und wurde eine so wunderliche Person, daß die Pfründner sie kurzweg die „närrsch Gusterti“ nannten. Sie keifte im Haus wie ein böses Wesen, schimpfte tagsüber treppauf und treppab und geriet bei jeder Kleinigkeit mit den alten Leuten in schlimme Händel. Sie war überaus geizig und gönnte, wie man so sagt, den andern die Luft nicht. Für das Geld, das ihr zur Hauswirtschaft überlassen wurde, kaufte sie faules Gemüse und schlechtes, stinkiges Fleisch. Man hatte ihr auch einen Löffel übergeben. Mit dem sollte sie die Suppe, den Brei und andere Speisen aus den großen Kesseln in die Teller schöpfen. Sie ließ sich aber heimlich einen ähnlichen, viel kleineren Löffel machen und gab den Alten und Kranken wenig zur Zehrung.
Da murrten die Leute vom Heilig-Geist-Spital, weil sie oft hungrig vom Tisch aufstehen mußten. Ihre Klage kam auch vor den Rat. Darum erschien eines Tages ein Stadtpfleger in der Küche. Obgleich

die Gusterti ihn mit bösen Reden empfing, ließ der gerechte Mann sich nicht abweisen. Bald hatte er auch in einer versteckten Schublade den zweiten, den kleineren Löffel gefunden. Im Zorn packte er ihn, warf ihn zum Fenster hinaus und sagte: „Der ist des Teufels!" – „Und i a!" schrie die Gusterti und sprang dem Löffel nach, hinab in die Pegnitz. Das Hochwasser verschlang sie. Niemand hat die Alte seitdem mehr gesehen.
Doch wer glaubt, daß sie nun den Pfründnern die wohlverdiente Ruhe ließ, der täuscht sich. Nein, jetzt peinigte sie die Kranken noch mehr als zu Lebzeiten. Sie erschien ihnen des Nachts im Traum als Gespenst und stand händeringend an ihren Betten. Oft schlurfte sie durch die Säle und Gänge und schrie: „Nehmt in groußn Löffl und loußt in klahn liegn!"

## 105 WIE DIE GUSTERTI GEBANNT WURDE

Als sie aber eines Nachts dem Spitalmeister auf der Treppe erschien und als der vor Schreck fast rücklings die Stufen hinabgefallen wäre, da wurde endlich beschlossen, den Geist der Gusterti zu bannen.
Damals gab es in Nürnberg keinen besseren Geisterbanner als den Henker. Der stand eines Nachts mit seinen Gehilfen in der Küche des Spitals und hatte einen großen Huckelkorb auf den Herd gestellt. Als die Kirchenglocke drüben zwölf Uhr schlug, fuhr die Gusterti mit Donnern und Blitzen durch den Rauchfang herein. Doch da hatte sie der Henker schon in seinen Korb gebannt. Flugs warfen die Gesellen ein Tuch darüber, schnürten es fest zu und trugen die leichte Last hinaus in den Sebalder Forst. Dort kletterte der Flinkste von ihnen mitsamt dem Korb auf einen Baum und ließ den Geist frei. Seit dieser Zeit war Ruhe im Spital.

## 106 DIE GUSTERTI IM WALD

Aber nun ging die Gusterti im Wald um. Die Schwarzbeerpflücker sahen sie oft am hellichten Tag. Da tanzte sie in wilden Sprüngen um die Bäume . . .

Die Gusterti haßte die Menschen, nur mit den Wöhrdern meinte sie es gut. Traf sie einen Wanderer, dann fragte sie ihm zuweilen, ob er aus Wöhrd sei. Und wenn der schlau war und mit „ja“ antwortete, wies sie ihm gleich den kürzesten Weg durch den dichtesten Wald. Auch zeigte sie ihren Wöhrdern die Waldplätze, wo die meisten Beeren und Pilze wuchsen, und von den Bäumen schüttelte sie ihnen das morsche Geäst herab. Deshalb gewannen die Wöhrder allmählich Vertrauen zu diesem Gespenst, und es kam oft vor, daß sie Rat und Hilfe bei der Gusterti suchten. Hatte sich ein Kind im Wald verlaufen, dann rief es nur ins Laubwerk hinauf: „Wou is mei Mutter?“ Und gleich antwortete dann eine Stimme: „Am Kreizwegla! Öitz göihst erscht zwanzg Schriet grodaus und nou böigst rechts ab, und dann kummst hie!“ Und wirklich, das Kind fand bald hernach seine Mutter wieder.

## 107 GEISTERMESSE oder „WAHRHAFTIGE GESCHICHT“

I

So hat sich auch eine wunderbare, doch wahrhaftige Geschicht in der Lorenz-Kirchen und auf dem Kirchhof dort zugetragen [s. unbedingt Anm.].

Als eine andächtige alte fromme Matron ihrer Gewohnheit nach einmal frühmorgens vor Tag hinaus gen St. Lorenz in die Engelmeß [= Messe, in der Adventzeit am frühen Morgen gesungen] gehen wollte – in der Meinung, es sei rechte Zeit – und um Mitternacht vor das Obere Tor kommt, findet sie dasselbe offen. Sie geht also hinaus in die Kirchen, wo sie einen alten unbekannten Pfaffen die Meß vor dem Altar verrichten sieht. Viel Leut, meistens unbekannte, sitzen „hin und wieder“ in den Stühlen zu beiden Seiten; auch ein Teil ohne Kopf, und unter denselben etliche, die unlängst erst gestorben waren und die sie in ihrem Leben wohlgekannt hatte.

Das Weib setzt sich mit großer Furcht und Schrecken in einen der Stühle. Und weil sie nichts als verstorbene Leut sieht, bekannte und unbekannte, meint sie, es wären die Seelen der Verstorbenen.

Sie weiß auch nicht, ob sie wieder aus der Kirche gehen oder drinnen bleiben soll, weil sie viel zu früh gekommen war und ihr auch

Haut und Haar „gen berg“ gestanden sind. Da geht eine aus dem Haufen, welche zu Lebzeiten (wie sie meinte) ihre Gevatterin gewesen und vor drei Wochen gestorben war – ohne Zweifel ein guter Engel Gottes –, hin zu ihr, zupft sie bei der „Kurßen“ [= Pelzwerk, s. Schmeller 1, Sp. 1295 f.], bietet ihr einen guten Morgen und spricht: „Ei, liebe Gevatterin, behüt uns der Allmächtige Gott, wie kommt Ihr daher? Ich bitt Euch um Gottes und seiner lieben Mutter willen habt eben acht auf mich: Wenn der Priester wandelt oder konsekriert, so lauft, was Ihr laufen könnt und seht Euch nur nicht um, es kostet Euch sonst Euer Leben!“ Darauf ist sie, als der Priester wandeln will, aus der Kirche geeilt, so schnell sie konnte und hat hinter sich ein gewaltiges Geprassel, als wenn die ganze Kirche einfiele, gehört. Ist ihr auch „alles gespenst“ aus der Kirchen nachgelaufen und hat sie noch auf dem Kirchhof erwischt, ihr auch die „kurßen“ (wie sie die Weiber damals getragen) vom Hals gerissen. Die hat sie dann zurückgelassen und ist so unversehrt davongekommen und entronnen. Hat auch, sobald sie vom Kirchhof rausgekommen ist, nichts Weiteres vermerkt.

Aber: als sie nun wiederum zum Obern Tor kommt und herein in die Stadt gehen will, findet sie das Tor verschlossen, denn es war etwa um 1 Uhr nach Mitternacht. Sie muß deswegen wohl 3 Stunden in einem Haus verharren, bis das Tor geöffnet wird. Und sie kann daraus merken, daß kein guter Geist ihr zuvor durch das Tor geholfen hab und daß die Schweine (die sie anfangs vor dem Tor gesehen und gehört, als wenn es Zeit wäre, das Vieh auszutreiben) nichts anderes als der leidige Teufel gewesen. Doch weil es ein beherztes Weib war und dem Unglück entgangen ist, „hat sie sich des dings so heftig nicht mehr angenommen“, sondern ist nach Haus gangen und am Leben unbeschädigt geblieben, obwohl sie wegen des ausgestandenen Schreckens zwei Tag zu Bett hat liegen müssen.

Am gleichen Morgen aber, als ihr solches zugestoßen, hat sie, als es nun Tag geworden, auf den Kirchhof hinaus geschickt und nach ihrer „kurßen“ suchen lassen, ob dieselbe noch vorhanden sei. Da ist diese zu kleinen Stücken zerrissen gefunden worden: auf einem jeden Grab ist ein Stücklein davon gelegen. Darüber verwunderten sich die Leut, die haufenweis deshalb heraus auf den Kirchhof liefen, nicht wenig.

Diese Geschicht ist unsern Eltern sehr wohl bekannt gewesen, da man nicht allein hier in der Stadt, sondern auch auf dem Land in den benachbarten Orten und Flecken davon zu erzählen wußte. Wie denn noch heutigentags Leut gefunden werden, die es vor der Zeit von ihren Eltern gehört und vernommen haben.

II

Anno 1430 soll es sich begeben haben, daß „eine geborne Mendlin und damalen verwittibte Imhöfin" ihrer Gewohnheit nach, wie alle Frühmessen so auch die am Allerseelentag besuchen wollte.

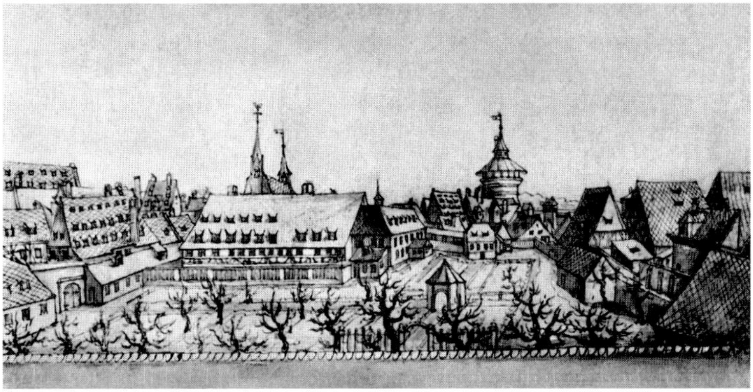

„Am andern Nov." [= 2. November] wurde sie im Schlagen und Läuten [der Glocken] irre, stand auf und ging in die Kirche. Sie fand dieselbe offen und sah sie voller Leute, Lichter und Lampen, doch alles sehr dunkel. Als sie sich in ihren Kirchenstuhl setzte, kam es ihr vor, als wären diese Leute samt den Pfaffen, die die Messe hielten, vor langen Jahren schon gestorben. Zufällig sah sie eine ihrer Gevatterinnen und Gespielinnen, die unlängst verstorben war. Die sagte zu ihr: „Liebe Gevatterin, wenn man zu Unserm Herrgott läutet und die Wandlung geschieht, so macht Euch geschwind aus der Kirche, sonst kommt ihr um Euer Leben!" Diesen Rat befolgte die verwitwete Imhöfin und verließ „zur gedachten Zeit" die Kirche. Es sind ihr aber bei ihrem Hinauseilen diese Leute, die sie gesehen hatte, mit großem Gepolter nachgelaufen und haben sie hart bedrängt, bis sie auf den Kirchhof gekommen ist. Dabei verlor sie den Mantel, den sie umhatte.

Auf diesen Schrecken hin ist sie sehr krank geworden, so daß sie vor Schwachheit kaum „zu Hause gehen kunte“.
Am nächsten Morgen hat sie einen Pfarrer holen lassen und ihm alles erzählt. Der hat sie getröstet. Und als sie ihren Mantel suchen wollte, fand man ihn in viele Stücke zerrissen auf dem Friedhof und bei jedem Grabstein ein Stücklein.
Als die Imhofin von dieser Krankheit genesen war, ist sie in das Kloster St. Klara gekommen und in diesem Orden gestorben.

III

Zu Nürnberg war eine Jungfrau namens Gertraud Stromer, die war einem reichen Patrizier wohl geneigt, so daß ihr ganzes Herz an ihm hing. Weil sie's aber verhehlte, heiratete den ihre beste Freundin. Darüber brach der Gertraud aller Lebensmut. Der Patrizier starb auch nach kurzer Ehe, und die Gertraud überlebte ihn nicht lange.
Als man nun 1430 zählte, machte sich am Allerseelensonntag des Patriziers junge Witwe, Frau Imhoff, früh auf und wollte zu St. Lorenz die Frühmesse hören. Da sie in die Kirche kam und eine Weile in ihrem Kirchenstuhl saß, wurde ihr plötzlich ganz sonderlich zumute. Denn wo sie hinsah, dünkte ihr, daß sie keine heutigen Gesichter erblicke und alle Menschen und die Geistlichen an den Altären seien vor langer Zeit verstorben.
Wie sie nun darüber in tausend Zweifeln war, gedachte sie sich zu erkundigen, trat zitternd aus dem Kirchenstuhl, wandte sich an eine Jungfrau, die einem Altar zugewandt war, und klopfte ihr leise auf die Schulter. Als sich diese gegen sie kehrte, erkannte die Imhoff ihre beste Freundin, die vor drei Wochen gestorben war. Da trat ihr's eiskalt ans Herz. Die Verstorbene aber sagte: „Gevatterin, wenn man zur Wandlung läutet, hebt Euch ehest aus der Kirche, sonst ist's auch um Euer Leben geschehen. Ihr habt mir wohl das Herz gebrochen, ich aber hab Euch verziehen.“
Hierauf eilte Frau Imhoff sogleich hinaus. Es dünkte ihr aber, als eilte ihr eine ganze Menge Menschen nach und als hielten sie etliche am Mantel fest. Da ließ sie ihn im Stich und floh nach Hause und wurde sterbenskrank, daß sie schon die heilige Wegzehrung bekam. Doch kam sie wieder davon, hatte aber alle Lust zur Welt verloren und ging in das St.-Klara-Kloster. Da lebte sie noch etliche Jahre. Dann starb sie früh am Allerseelentag.

# 108 DAS WEIBLEIN MIT DEN GOLDENEN NÜSSEN

In der Oberen Söldnersgasse wohnte eine arme Witwe, deren Mann in dem blutigen Treffen bei St. Peter [1502] von den Markgräflichen erschlagen worden war. Um sich und ihre drei Kinder zu ernähren, arbeitete die Frau früh und spät und diente in verschiedenen Häusern als sogenannte Zuspringerin.

Einmal, an einem heiligen Weihnachtsabend, hatte sie bis spät im Hause des Jobst Ketzel am Tiergärtnertor gescheuert und geputzt und eilte nun zu ihren Kinder nach Hause. Um den Weg zu kürzen, schlug sie unter der Burg den sogenannten Geisweg ein, welcher sonst abends gemieden wurde; denn es war da nicht recht geheuer. Plötzlich schrak sie zusammen. Bei einer Laterne saß ein altes Weiblein, vor sich einen Zuckerkorb mit Nüssen.

„Nehmt Euch um ein paar Heller Nüsse mit“, redete es die Witwe an. Doch diese verneinte; sie sei zu arm: ihr weniges Geld reiche kaum für Brot, sagte sie. „Nun, so nehmt Euch so einige mit! Ich schenke Euch die Nüsse für Eure Kinder.“

Zaghaft griff die Frau in den Korb und nahm sich eine Handvoll. Daheim im kalten Stübchen schliefen die Kinder schon. Die Mutter legte die Nüsse auf den Tisch, um sie morgens schnell zu vergolden, daß die Kinder eine rechte Freude daran hätten. Dann legte sie sich schlafen.

Am heiligen Christtag morgens wollte sie die Nüsse vergolden: Aber die lagen schon hell glänzend auf dem Tisch, strahlend wie Gold. Neugierig nahm sie eine davon: „Hilf Himmel, die ist schwer, als wäre sie eitel Gold!“ Bestürzt eilte sie zum Nachbar Goldschmied und zeigte ihm eine solche Nuß. „Frau“, rief der verwundert aus, „wo habt Ihr die Nuß her? Die ist echtes, echtes Gold!“

Nun erzählte die Frau ihr nächtliches Abenteuer, und nun gab es ein Geschrei, Gelaufe und Gesuche auf dem Geisweg nach der Nußfrau. Aber niemand war mehr zu finden.

## 109 SPUK IM TUCHERSCHEN HAUS IN DER JUDENGASSE

1515 spukte es im Tucherschen Haus in der Judengasse. Der Spuk wurde beschworen, und die Sache hat sogar den Rat beschäftigt; so lesen wir im Ratsbuch: Es hätten sich etliche Priester, auch Laienpersonen mehrmals in jenem Haus unterstanden, einen Geist oder Seel zu beschwören, so den Inwohnern desselben Hauses davor lange Zeit viel Unruhe und Schrecken gemacht haben soll; davon in dieser Stadt viel und mancherlei Red und Sagen erschollen sind, „in Zweifel, ob solches ein büßende Seel oder sonst ein böser Geist oder Trugnus sein mög".

## 110 DIE GEBEINE AUS DER GEMEINGRUBE

1569 hat ein reicher Garkoch auf „eines Ehrbaren Rats Vergünstigung" hin die Garküche in dem aufgelassenen Kirchhof von St. Lorenz abgebrochen und erweitern wollen. Als er aber einen Keller graben wollte und auf eine alte Gemeingrube (= Massengräber für arme Leute) stieß, hat er die Gebeine vors Frauentor führen lassen. Darüber ist ein seltsames Gemurmel in der Gemeinde aufgekommen, und es ging die Sage, es kämen des Nachts die Gebeine wieder. Weil aber auch Johann Schelhammer, Prediger von St. Lorenz, dagegen predigte, daß man neben ein Gotteshaus ein solches Nest bauen wolle, in dem sich dann allerlei loses Gesindel aufhielte, ist dieser Bau abgeschafft und mit Erdreich eingeebnet worden und nachher die Garküche an das Eck vom Lorenzer Graben, der Neuen Waag gegenüber, gesetzt worden.

## 111 IN DER JUDENGASSE oder DIE HAUSGLOCKE BEIM PRÜNSTERER

Am 28. Oktober 1603, am Tag Simonis und Judä, kam in der ganzen Stadt das Geschrei aus, daß in der Judengasse, in des [Kandelgießers] Leonhard Prünsterers Behausung, die Hausglocke etliche Male „von ihr selbsten" angefangen hätte zu läuten.

Das haben viel hundert Personen gesehen und gehört. Man meinte, es wär ein „gethanes ding gewesen". Aber wenngleich man die Glocke verband und endlich gar den Schwengel herausnahm, half es doch nichts, bis man die Glocke gar hinwegtat, denn es machte den Hausleuten Furcht und Schrecken.

## 112 JÄMMERLICH GEHEULT oder EIN GESPENST

Anno 1608, am 6. und 7. November, soll hier ein Gespenst umgegangen sein, das wie eine Leich weiß eingenäht war und jämmerlich geheult und wehklagt hat, welches etliche Leute gesehen und gehört haben.

## 113 GESPENSTER BEI ST. SEBALD oder EIN GROSSER FALL

1609, im Monat Januar, hat man des Nachts hier etliche Gespenster, „gleich wie als eine Leich [hier soviel wie: Leichprozession] oder Laid" aus der Kirchen zu St. Sebald gehen sehen. Und sind andere Gespenster mehr gesehen worden. Auch wurde in dieser Nacht in der St.-Sebalds-Kirche ein großer Fall gehört. Und beim Tag hat man nichts gesehen!

## 114 BLÖKT WIE EIN KALB

Am 12. Januar 1609 hat sich ein Metzgerssohn im Frauengäßlein in einem Stadel erhängt. Er hatte seinem Herrn gar viel abgestohlen. Aber als sein Herr das erfahren, ist er furchtsam worden. Noch heutigentags soll man das Gespenst merken: Es blökt wie ein Kalb.

## 115 EIN PREDIGER GEHT UM oder VERSCHWOREN IN DIE LACHEN HINTERM DUTZENDTEICH

Am 05. [richtig: 1.] Februar 1628 starb der ehrwürdige Herr Magister Johann [richtig: Paul!] Pickel, Prediger bei St. Lorenz, im Pfarrhof. Man sagte, daß er nach seinem Tod umging und in das Tuchmacher-Kapellein verschworen worden sei. Lange hernach wurde er hinaus in die Lachen hinterm Dutzendteich verschworen. Man sah ihn um die Mittagszeit: er hatte keinen Kopf und ein Buch in den Händen.

## 116 DAS „JUNGFR. KETHERRLEIN“

Um diese Zeit herum [1651] zeigte sich bei hiesiger Stadt ein feuriges Gespenst in Gestalt einer Jungfrau, die die Bauern das „Jungfr. Ketherrlein“ nannten. Ehedem, vor dem beschwerlichen Kriegswesen, ist solches „auch gar mein gewest“ und ist viel von ihm vermeldet worden. Wie es die Leut verführte und sich in unterschiedliche Gestalt verwandelte, das läßt sich leicht denken.

## 117 GESPENST BEI DER EGIDIENKIRCHE

In diesem Monat [Januar 1662] hat sich in der „St. Egyd Kirch“ ein Gespenst sehen lassen, welches bei der Frühmeß auf die Geistlichen und andere Leut mit Steinen geworfen hat. Man hat die Türen versperrt und fleißig nachgesucht, aber hinter nichts kommen können. Endlich hat es sich verloren.

## 118 EIN KLEINES MÄNNLEIN IN DER GLOCKEN

Neben der Fleischbrucken in dem Haus am Wasser – gleich gegenüber jener Stelle, wo die Übeltäter gebrandmarkt und ihnen die Hände abgehauen werden [also beim „Ohrenstock“] – hat sich 1662

die fleishbrucke samt dem Prospect gegen dem Herrn Marck.

ein Läuten an der Hausglocke in dem Zimmer erhoben, in dem eine Hebamme gewohnt hat. Und man hat doch keinen Menschen an der Glocke gesehen.

Es hat an der Stube angeklopft, ist gar „einsmals“ in die Stuben hineingekommen und hat, im Beisein der Leute, als sie essen wollten, einen Kopf [Trinkgefäß, -geschirr] mit Kohlen auf [sic!] das Tischtuch gerissen. Darüber sind alle Anwesenden heftig erschrocken. Und als ein „Posirer“ [= Bossierer] den Kopf wieder herunterreißen wollte, ist es gleich verschwunden.

Man hat die Amme in die Kanzlei beordert. Dort hat sie auf Nachfragen bekannt, daß sie ein Stück von einer Hirnschale habe und diese bei den Kreißenden zusammen mit anderen Mitteln und Arzneien gebrauche. Es ist vermutet worden, daß derjene Mensch, „dessen die Hirnschale gewesen“, nicht ruhen könne, bis die Gebeine wieder an ihren Ort gebracht werden. Man hat die Hirnschale in der Kanzlei behalten, um zu sehen, ob sich etwas ereignet. Allein, der Spuk ist im Haus blieben: Wenn man auch das Stricklein von der Hausglocke nicht gelöst hat, so hat's doch gelitten [= geläutet].
Und einst soll ein Müllerknecht, der angeblich ein [am Rande: gulden] Sonntagskind gewesen ist, dahin „gefordert“ worden sein. Der gab vor, es sitze ein kleines Männlein in der Glocken und läute immer, wenn dieses auch von etlichen nicht bejaht wurde. Man hat die Glocken weggetan; da hat's angefangen zu poltern und hat etliche Wochen gewährt.

## 119 DAS SPUKHAUS IN ZIPPELESHOF

I

Immer am 19. [Januar] hat sich in Zippeleshof [= Zerzabelshof], hinter St. Peter am Wald – in einem Bauernhaus, dem Rohrkasten gegenüber –, so an die 6 Jahre lang ein Ungetüm sehen lassen, doch nur um die Heilige Zeit: ohne Rumor, in Gestalt eines Geistlichen, ein Barett auf und einen weißen Chorrock um, in einer Hand einen Kelch, in der andern ein Kännlein.
Diesmal [1663] aber mit großem Rumor: Ist Tag und Nacht erschienen. Hat die Kinder erschreckt, daß sie krank geworden sind. Und hat den Bauern selbst zum Bett hinauswerfen wollen. Daraufhin ist beim Rat beschlossen worden, dieses Haus abzubrechen und ein anderes aufzubauen. Deshalb [Vorlage: „deroweg dato“] hat der Bauer mit einem Büchsenmann in der Stadt für einen solchen Bau gesammelt.

II

1663, im Maien-Monat, hat ein Löffelholzscher Untertan, Leonhard Dümler, im Zabelshof sein Wohnhaus, welches er eines Poltergeistes wegen 13 Jahre mit großer Angst, Qual und Pein besessen, auf

gnädige Einwilligung der Eigenherrschaft [= der Gutsherrschaft Löffelholz] abgerissen und auf eine andere Stell gebaut.
Zu diesem Bau hat er – mit Fürbittschreiben an verschiedene Pfarrer – vor den Kirchentüren eine Steuer eingesammelt.

## 120 MASSFREVEL? oder DIE PFRAGNERIN ALS POLTERGEIST

Am 26. Oktober 1666 hat sich eine Frau, eine Pfragnerin [= Krämerin, Kleinhändlerin], die Etlin genannt, unweit des Frauentors in ihrem Hausbrunnen ertränkt.
Diese ertränkte Pfragnerin hat hernach in ihrem Haus sich überall als ein rechter Poltergeist gezeigt. Und niemand konnte vor ihr Ruhe haben. Deshalb ist sie von da hinaus in den Wald beschworen worden. Von wem es aber geschehen ist, darüber ist kein groß Geschrei gemacht worden.
Die Inwohner des Hauses hatten nun zwar ihren Frieden, aber allerorten machte sich die Furcht breit. Denn wie sie im Leben war, so ist sie nun vielen begegnet: Einen Metzen und ein Streichholz [nicht im Sinn von Zündholz, vielmehr: Strichholz zum Abmessen eines kl. Getreidemaßes] in den Händen haltend. Sie tat aber niemand nichts, „als was der große Schrecken verursacht“.

## 121 DIE BÖSE WIRTIN VON SCHWEINAU

In Schweinau lag eines Wirtes Weib, der auch nebenbei Metzger und Milchmann war, in den letzten Zügen. Die Frau war ihr Lebtag habsüchtig und geizig gewesen, und so ließ ihr der Mammon selbst auf dem Sterbelager noch nicht Ruhe. Anstatt an den Tod zu denken, hatte sie noch dieses und jenes von allerhand Hausgeschäften mit ihrem Gesinde zu reden. Als nun eben gemolken war und die Milch zum Bäcker getragen werden sollte, rief die Frau mit Anstrengung ihrer letzten Kräfte: „Bub, in die Maß Bäckenmilch gehört jederzeit ein Glas Wasser!“ Nach diesen Worten verschied die Frau.
Bald darauf ging’s im Haus um. Die Dienstboten sahen die Frau, nur ihr Mann nicht, obwohl er es wünschte. Endlich wurde er ein-

mal nachts durch leises Stöhnen und Heulen aus dem Schlaf geweckt, und als er aufstand, sah er sein Weib, wie es leibte und lebte, im großen Lehnstuhl hinter dem Ofen sitzen. Die Frau hatte ein großes Tuch in der Hand, womit sie beständig ihre vom Weinen nassen Augen trocknete.

„Liebes Weib", begann der Mann, „was ist es, daß du der ewigen Ruhe entbehrst?" Darauf entgegnete die Frau: „An der Fleischwaage ist ein Haken, der ist zu schwer. Was deinen Kindern gehört, nimm aus der Truhen und gib es den Vormundskindern. Das kannst du noch gutmachen; daß ich aber beim Milchschank den Daumen ins Maßblech gehalten habe, kannst du nimmer gutmachen, und deswegen hab ich keine Ruhe im Grab."

Und so muß es wohl sein, denn noch immer will man das Jammern und Wimmern der Verstorbenen hören.

## 122 SCHRECKGESPENST oder TOD AUF DEM FISCHMARKT

Am 7. Dezember 1666 hat der Jakob Ammon, ein Bauernjunge, von „Claußhof" [= heute: Klaushof] gebürtig, von Farrnbach Fisch hereingeführt. Unterwegs ist ihm ein Gespenst begegnet. Als er aber auf den Fischmarkt gekommen ist, ist er zu Boden gefallen und eines jähen Todes gestorben.

## 123 NACH DEM TOD VOM „VICKES" und WARUM ER UMGEHEN HAT MÜSSEN

In diesem Jahr (1669/70) starb in der Vorstadt Wöhrd ein Wirt von der „Roten Rose" beim Wollentor, am Schöpfbrunnen, welchen man den „Vickes" nannte. Dieser ging nach seinem Tode um, ließ sich in seinem Haus sehen und hören; auch hackte er, als wenn er Wurst hackte. Zum Bannen des Gespenstes fand sich ein Schütz von Hersbruck. Dieser sollte vom Mutterleib geschnitten worden sein; der wollte ihn in den Wald verbannen. Darauf tobte der Geist noch härter. Sein hinterlassenes Weib und die Kinder fanden keine Ruhe. Der Schütz forderte 30 Taler. Man gab ihm nur 8 Taler. Der Schütz fing den Geist, schob ihn in einen Sack und in einen Korb, warf ihn über den Zaun in das Nachbarhaus, wo auch eine Witfrau war. Aber der Geist kam doch wieder herüber zu seiner Frau.

*Der Schütz hat es mit Fleiß getan,*
*damit er noch mehr Geld bekam.*

. . . Zum zweiten Mal begehrte der Schütz noch 20 Taler. Der Geist machte einen Tumult im Haus und pflegte zwei Finger in die Höhe zu recken; viele Leute bestätigten dies. Der Schütz gab vor, der Wirt müßte einen falschen Eid geschworen haben . . . Als Anno 1647 die Schwedischen die Kaiserlichen sehr stark verfolgten und bei Nürnberg vorbeimarschierten und die armen Soldaten ihre Kinder nicht fortbringen konnten, habe ein kaiserlicher Soldat ihm ein Mägdlein, das er angenommen hatte, mit einem Trühlein Geld und Geschmeide dazu anvertraut. Als die Kaiserlichen und Schweden bei Augsburg eine Schlacht kämpften und die Kaiserlichen geschlagen wurden und des Mägdleins Eltern nicht wieder kamen, wurde unterdessen das Mägdlein mannbar und verheiratete sich. Das Mägdlein – das jetzt ein Weib war – forderte vom „Rosenwirt" oder „Vickes" das Trühlein, in dem „Mobilien" gewesen sein sollen. Das soll aber der „Rosenwirt" nichts davon haben wissen wollen und sich daraufhin losgeschworen haben.

Nun, der Geist fing an, noch übler zu regieren. Da kamen von Schwabach zwei Schäfer, die forderten 12 Reichstaler, das Gespenst zu vertreiben. Die Wittib berief sich auf den Schützen, der werde es

tun. Die Schäfer sagten, s i e hätten es dem Schützen gelernt, und doch nicht recht.
Die Wirtin versprach ihnen 20 Taler. Sie bestimmten einen Tag, da wollten sie im Haus bleiben. Sie setzten vier Lichter auf den Tisch, steckten eins in die Laterne; sie bohrten etliche Löcher in die Türschwellen im ganzen Haus und steckten brennende Lichter darein und streuten Mehl im ganzen Haus. Sie aber aßen und tranken. Anderen Leuten aber, die dabei waren, geboten sie, zu schweigen. Sie aber plauderten fort und fort und paßten also auf den Teufel. Der eine Schäfer hatte seinen Fuß vor die Tür hinausgesetzt, der Geist hatte ihn dabei gehalten. Er schrie um Hilfe; der Teufel wollte ihn nicht gehen lassen. Darauf erhob sich ein Gerassel. Der andere sagte: „Hör!“ und läuft mit der Laterne hinter ihm her und jagte das Gespenst im Haus herum, auf den Boden und wieder in den Stall. Da setzte der Geist sich auf eine Kuh, die er dermaßen „bebrämset“ [= berührt?], daß sie sehr geschwitzt hat. In dem ausgestreuten Mehl sah man Geißfüße. Da sagten sie zu ihm: „Finden wir dich da, du Teufel! Halt, wir wollen dich kriegen!“ Sie hatten einen Sack, schieben ihn hinein. Der eine Schäfer faßte den Sack auf den Rücken. Da liefen etliche Leute mit ihnen. Da wurden sie zum Wassertor hinausgelassen. Vor dem Tor schütteten sie – mit einer Beschwörung – den Sack aus auf die Erden und sagten, der Teufel sollte sich nicht gelüsten lassen, wegzugehen, sondern er sollte in der Mitte gehen. Damit ging der eine Schäfer voran, der Teufel in der Mitte, der andere Schäfer hintennach. So führten sie den Geist zweieinhalb Meilen hinter Schwabach an einen Ort, wo schon sechs Geister gebannt sind, und ihn dazu.

Der eine Schäfer sagte zu der Witfrau, sie sollte sich besser halten, sonst würde sie nach ihrem Tod auch so umgehen.
NB: Merke: Der Schütz und ein Steinmetz haben auf der Gassen einen Knaben gesehen, der hatte ein böses Aug. Der Schütz sagte: „Der Teufel hat ihn angeblasen“ und ging mit dem Knaben in das Haus. Er blies ihn an, da wurde der Knabe heil.

NB: Das sind Gesellen! Der Schütz forderte 30 Reichstaler, man gab ihm nur 8; darum warf er den Geist nur über den Zaun. Der Schäfer konnte sich nicht losmachen, als ihn der Teufel beim Fuß hielt, und soll ihn hernach in den Sack geschoben haben!

## 124 DIE DREI WIEDERGÄNGER ZU WÖHRD

„Sonsten" (1670) geschah es, daß zu Wöhrd drei Verstorbene, eine Manns- und zwei Weibspersonen, bei Nachtzeit die Leut sehr ängstigten und erschreckten. Vielen haben sie sich präsentiert in Häusern und auf den Gassen. Sie wurden durch einen Beschwörer hinweggetrieben.

Der dortige Pfarrer, M. Eschenbach, hat sich der Dinge heftig angenommen, besonders der einen Weibsperson, der Weberin. Die ist – allem Ansehen nach – eine christliche, gottselige Matron gewesen und hat sich so verhalten, daß sie ein unsterblich Lob hinterlassen, den Armen und Dürftigen viel Gutes erzeigt, auch sonst in allen christlichen Tugenden sich erwiesen hat.

„Derowegen über solchem Vorgehen [Spuk] große Verwunderung geschehen." Allein Gott verhängt zu Zeiten dem Satan, daß der, wenn er den Menschen im Leben nicht ankann, denselben nach dem Tod einen Schandfleck anzuhängen vermeint.

Der Pfarrer hat die Weberin verteidigt, außerdem der anderen Frau, die eine Beckin bei dem Weinstock gewesen ist, gedacht, wie auch des Mannes, des sogenannten Függesen. Dieser aber hat nicht allein die Bewohner seines Hauses sehr geplagt, sondern auch die auf den Gassen Gehenden.

Dessen ungeachtet, brachte der Herr Pfarrer so viel zuweg, daß man den Werkmeister (der eines Henkers Sohn war und eng befreundet mit dem „derer Zeit" bestellten Scharfrichter) in das Lochgefängnis gelegt hat. Wie er sich aber „aus der Sachen gewickelt", ist nicht allen kundbar geworden. Hat sich sonst seiner Kunst gerühmt und sich vernehmen lassen, „wer deßen in Abred seyn wolle" und solches nit glauben, dem wolle er den obengenannten Függes erkennbar vorstellen: so wie er im Leben in leiblicher Gestalt, jedoch in der abscheulichen Form, wie er sich jetzt präsentiere.

## 125 EIN FAMILIARGEIST BEIM GOLDSCHMIED

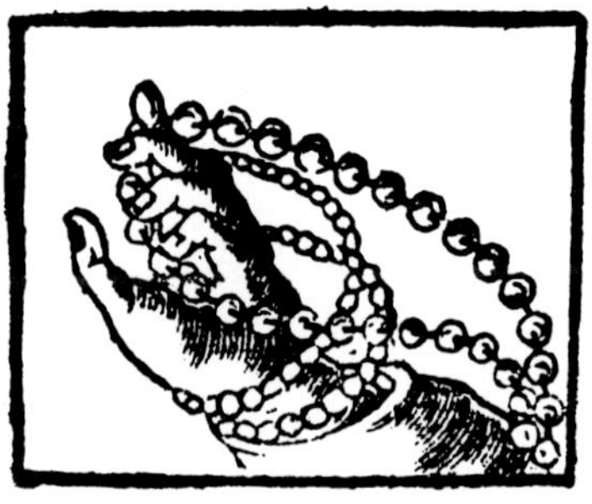

Gegen das Jahr 1672 lebte in Nürnberg ein Goldschmied mit seiner Frau und sechs Kindern. Diese Frau hatte einen Familiargeist, der immer um sie war und ihr vorhersagte, was ihr begegnen würde. Er zeigte sich ihr in Gestalt eines weißgekleideten Kindes, das eine Sanduhr in der Hand trug. Einmal sprach er zu ihr: „Frau, Ihr wäret tot gewesen, hätte nicht ein Sandkörnchen, das ein Loch in diesem Gläschen gestopft hat, Euch geholfen." Eine Woche danach fiel sie in ein gefährliches Fieber, entkam diesem aber glücklich.

Ein anderes Mal warnte er sie, nicht aus dem Haus zu gehen, denn sonst stürze sie sich in große Gefahr. Gern wäre sie dem Rat gefolgt, doch drängten ihre häuslichen Geschäfte zu sehr, und sie hatte in der Tat ein großes Unglück.

Bei Nacht sprach sie häufig mit dem Geist, sang mit ihm sehr schöne andächtige Lieder und Psalmen, was ihr Mann am Tag nie an ihr bemerkte. Einmal bekam sie Lust, den Geist, der gewöhnlich unsichtbar um sie war, zu sehen, und sie bat ihn so lange darum, bis er es ihr zugestand. Doch warnte er sie dabei und sprach, ihre Neugier werde sie zu spät bereuen. Als sie nun wenige Tage später in ihrer Kammer etwas zu tun hatte, sah sie an der Mauer wie im Schatten ein Kind von derselben Gestalt, wie oben erzählt, das aber gleich darauf verschwand. Kurz darauf fiel sie in eine schwere Krankheit, und – der Geist hatte sie verlassen.

## 126 DER APOTHEKER ZU GOSTENHOF

Der Apotheker zu Gostenhof wurde „durch einen Beschwerer" [= Beschwörer] in eine Wildnis gebracht. Und dies, obwohl er nach all seinem Tun und Vorhaben allen Menschen dienlich war, ein Liebhaber der Predigt und des Wortes Gottes, und für untadelig

gehalten wurde. Nach seinem Tod hat der Böse Geist seine Person in seinem Haus präsentiert, wo er sich meistens in dem Keller bemerkbar machte.
Gott ist in seinen Werken wunderbar und verhängt zuweilen dem Bösen Geist, seine Bosheit zu vollbringen (1673).

## 127 MEHLFÜHRERIN ALS BÖSER GEIST

Denkwürdig ist auch, wie die Bäcken beim Ankommen der Kaiserlichen Armee auf ihren eigenen Nutzen aus waren, so unter andern in der Schmiedgasse beim Spittlertor die sogenannte Mehlführerin. Sie hat den Notleidenden alles Brot vorenthalten und hat sie spöttlich abgewiesen. Allein, durch Gottes Fügung wurde es bald wieder besser.
Die Mehlführerin aber starb kurz danach. Nach ihrem Tod hat kein Mensch in ihrer Behausung Ruhe oder Fried haben können. Und weil niemand dort verweilen konnte, wurde dieser böse Geist aus der Stadt in den Wald beschworen (1673).

## 128 DAS MÄGDLEIN VON WÖHRD oder BEGEGNUNG MIT EINEM GESPENST

Am 3. Pfingsttag [1675] hat sich folgende merkwürdige Geschichte mit einem Mägdlein von Wöhrd, das 9 Jahr alt war, begeben: Sein Vater, N. Rab, zu Wöhrd wohnhaft, ein Bierbrauersknecht und Zieglersgesell auf der Hallerhütte, ist mit seiner Frau und dem Mägdlein auf „gemeldte Hütten" hinausgegangen. Da begegnet ihnen ein Gespenst in Gestalt eines großen Mannes, mit weißem Fleck und ganz schwarzem Gesicht und einer Pfeife im Mund.
Der reichte dem Mägdlein eine Münze in der Größe eines Talers, „worauf ein Männlein stunde". Allein, das Mägdlein nahm sie nicht an. Darauf zog er ihm ein messingnes Jesus-Ringelein vom Finger und gab ihm dafür schwarze „Baterlein" [= Glasperlen]. Die hat das Mägdlein aber bald wieder verloren. Beim Heimgehen hat das Mägdlein trutzige Gesichter gemacht, hat auch bald darauf das Unkraut [= Fallsucht, Epilepsie] bekommen . . .

## 129 EINER VERUNTREUT EINEN KIRCHENSTEIN oder SPUK „BEIM LINDWURM“

Der Kirchenpfleger [Gabriel] Nützel hatte 1684 zur Ausbesserung eines Troges in seinem Haus („beim Lindwurm“) einen Stein von der [1671] abgebrannten Barfüßerkirche holen lassen. Allein, man hat Tag und Nacht gehört, als hauten ihrer drei an diesen Stein, und es ist doch niemand gesehen worden, und auch vom Stein ist nichts abgehauen gewesen. Jedoch hörte man es alle Tag. Die Mieter im Haus trauten sich nicht mehr aus ihren Zimmern. Nützel ließ den Stein zur Kirche zurückschaffen, und der Spuk hörte auf.

## 130 UNERKLÄRLICHES LÄUTEN oder DER ROTE SAND

Zu Ende des Jahres 1686 hat in einem Haus, „Bei dem Geharnischten Rößlein“ in der Egidiengasse, die Hausglocke immer geläutet. Da hat man eine Wach vor das Haus gestellt; es hat aber mit dem Läuten nicht aufhören wollen. Da hat man endlich die Glocke herab und in die Kanzlei getan. Auch da hat sie noch geläutet, bis endlich der Hauswirt sich daran erinnert, daß er kürzlich aus einer Ecken einen roten Sand genommen und ihn in den Keller geräumt. Und das müßte die Ursach sein. Und in der Tat: Als der Sand wieder an den gehörigen Ort gekommen, ist es wieder still geworden.

## 131 DAS GESPENST IM OBEREN WÖHRD

Am 8. September 1691 hat sich im Obern Wöhrd, in der Behausung von Johann Ulrich Endres, eine Stimme hören lassen, welche der Magd mit Namen gerufen hat. Als aber die Magd der Stimme nachgegangen bis auf den Boden, da ist ein Gespenst in Mannsgestalt gestanden. Das Gespenst hat ihr ein Messer in die Hand gegeben. Darüber hat sie sich entsetzt und um Hilfe gerufen und ist daraufhin krank geworden.

## 132 DER OHNEKOPF

Eine mir in Ehren bekannte, wiewohl nunmehr schon längst begrabene Witwe ist einstmals abends „kurtz vor der Feuer-Glocken“ in dieser Stadt mit einer ihr bekannten Magd an einem gewissen Ort vorübergegangen. Da ist bei hellem Mondschein ein Gespenst an der Mauer gestanden in Gestalt eines Weibsbildes ohne Kopf, den es vorn in den Händen hielt, sonst aber wie ein Weib gekleidet.

Die Magd, die damals auswendig saubrer als inwendig gewesen und noch als Jungfrau geachtet sein wollte, weist der neben ihr gehenden Frau das Gespenst und spricht: „Seht! Was steht dort für ein schönes Müsterlein?“ Die Frau fürchtet sich bei dem Anblick und antwortet: „Laßt uns geschwind unsres Weges gehen! Es ist nicht viel Guts!“

Das kühne Mensch fing darüber spöttisch zu lachen an, rollt auch endlich, mit lautem Gelächter davon und treibt ihre Schelmerei und Kurzweil damit, als sie von ihrer Begleiterin vernimmt, das Gespenst habe eben einen so geblümten Schurz und auch solch ein Oberröcklein angehabt wie sie, die Magd.

Nicht lange Zeit hernach begeht diese Dirne an der in heimlichen Unehren erzielten Frucht ihres Leibes nach der Geburt einen Mord, damit ihr eheliches Verlöbnis durch das Kind nicht rückgängig gemacht werden möchte: Sie hatte sich nämlich „allbereit“ einem Handwerksgesellen, welcher zwar um selbige Zeit an einem fremden Ort arbeitete, versprochen. Und durch solch „mördliche Verthuung“ [= Abtreibung] ihres Kindes meinte sie, ihre Untreu zu verbergen.

Weil aber die Stätte, wo sie das umgebrachte Kind eingescharrt hatte, von jemand wohlgemerkt wurde, ist die Tat dadurch an den Tag und dem Gericht zu Ohren gekommen. Darauf ist ihr durch Urteil und Recht das Leben abgesprochen und auch wirklich an der Öffentlichen Richtstatt mit dem Schwert genommen worden.

Dieser gespenstische Ohnekopf ist ohne Zweifel eben derselbe Mordgeist gewesen, der ihr vorher die Unzucht und dann auch den grausamen Kindsmord eingegeben und damit den Weg zum Rabenstein gebahnt hat.

## 133 INZEST oder DER GEIST DES ZIRKELSCHMIEDS

Am 20. Oktober [?!/1721] hat man hier eine Zirkelschmieds-Tochter „in die Eisen" [= Gefängnis für bürgerliche Personen geringeren Standes] geführt. Die ist schwanger gewesen; sie hat den Vater nicht offenbaren wollen. Endlich ist's auf ihren Bruder kommen. Der ist nicht hier gewesen. Da ist ein Gesell auf Augsburg gereist; der hat ihn dort angetroffen und zu ihm gesagt: „Die Leute sagen in Nürnberg, du hättest deine Schwester geschwängert!"
Derselbe hat sich dann gleich aufgemacht und ist nach Nürnberg gelaufen und hat sich verantworten wollen. Aber man hat ihn gleich „in die Eisen" geführt und ihr unter die Augen gestellt. Darauf hat sie ihren leiblichen Vater angegeben; so hat man den gleich ins Lochgefängnis [= Kriminal-] geführt, und der Bruder ist wieder herausgekommen. Die Tochter hat man auch ins Lochgefängnis geführt. Da hat sie wieder bekannt, daß Vater und Bruder mit ihr zu tun gehabt hätten. Jetzt ist auch der Bruder in das Lochgefängnis gebracht worden und hat lange darin gelegen. Der Vater hat nichts gestehen wollen. Schließlich hat sich der Vater am 26. November im Loch in seinem Kämmerlein erhängt. Abends um eins „gegen Nacht" ist er auf dem Karren durch den Löwen [= Gehilfe des Scharfrichters bei Exekutionen, Schmeller 1, Sp. 1544] und Bettelrichter hinausgeführt und in den Galgen [= Ziehbrunnen?, s. Schmeller 1, Sp. 359 und 902] geworfen worden. Er hat aber nicht ruhen können: ist seiner Tochter im Loch erschienen, wie auch in seinem Haus.

Die Tochter ist in dem Loch ins Kindbett kommen und hat am 19. September [sic!] ein Mägdlein geboren; die Lochhüters-Tochter hat das Kind gehoben. Das Kind ist in die Findel [= Findelhaus] kommen, aber gleich wieder gestorben.

Sie sind über 30 Wochen eingelegen. Danach, am 30. Dezember, hat man die Tochter mit dem Schwert hingerichtet. Sie liegt zu St. Peter und Paul begraben. Die Schwester ist darauf gestorben, daß ihr Bruder mit ihr zu tun gehabt. Es haben die Herrn Geistlichen unterwegs [auf dem Weg zur Richtstätte] sie bis zwei- oder dreimal gefragt, ob ihr Bruder etwas mit ihr zu tun gehabt. Sie hat geantwortet: „Ja, so ist es!“ . . . Und der Bruder hat doch nichts gestehen können. Darum haben die Leute gesagt, sie hat nicht ruhen können, weil sie ihren Bruder fälschlich angegeben hab.
Den Bruder hat man Samstag, den 10. Januar 1722, wieder freigelassen. Der Vater hat geheißen Georg Hamer, die Tochter Margaretha Barbara Hamerin, der Bruder . . .

## 134 DIE SCHWEDENWACHT

Zwischen dem Spittlertor und dem Hallertörchen in Nürnberg hat man oftmals um Mitternacht einen schwarzen Hund, hinter diesem einen Kriegsmann in Schwedentracht gesehen, der einen Kanonenlauf auf den Schultern trug. Die Wachtposten kannten und fürchteten ihn, weil er allzeit Lärm schlug, wenn er eine Wache schlafend antraf. Da ist es dann geschehen, daß der Geist das Schilderhaus mit Kot beworfen oder gar umgeworfen hat. Einmal soll er sogar das

Schilderhaus mitsamt dem schlafenden Soldaten tief unten in den Stadtgraben hingestellt haben.
Dieser Geist soll ein schwedischer Kanonier gewesen sein, der auf seinem Posten bei der Kanone geschlafen und so großes Unglück über seine Landsleute gebracht habe.

## 135 DER SPUK UNTER DER STIEGE IM „SCHWARZEN BÄREN“

Es ist in Nürnberg Sitte, das Jahr wenigstens einmal das Haus von oben bis unten zu reinigen. Das heißt man „Stöbern“, „das Haus stöbern“.
Im „Schwarzen Bären“ in der Laufer Gasse wollten sie es auch tun. Da aber Herr und Frau verreisten, gaben sie dem Hühnermädl den Auftrag, alles recht fleißig durchzustöbern. „Aber die Kammer unter der Stiege“, sprach der Herr, „laß du nur zu! Denn dort muß alles bleiben, wie es ist.“

Als sie fort waren, plagte das Mädchen die Neugierde. An der Kammertür hing ein großes altes Schloß, worauf mit Ölfarbe drei weiße Kreuz gemalt waren. Das Mädchen probierte alle Schlüssel; endlich fand es einen ganz verrosteten, der Schloß und Tür öffnete. Es war eine dreieckige, finstere Kammer, daß sich die Dirne (= Mädchen) nicht getraute hineinzugehen. In der Mitte lag ein großer Pelz, der sich zu regen begann und dann immer größer wurde. Sie lief davon. Hinter ihr ertönte aber ein so grelles Gelächter, daß sie vor Furcht beinahe gestorben wäre.

Als der Herr zurückkam, erzählte sie den Vorgang. Er jagte sie aus dem Dienst; denn der Geist war von einem Franziskaner in diese Kammer gebannt worden und hatte durch diese Unvorsichtigkeit seine Freiheit wieder erhalten, die er überall im Hause durch freudiges Lachen zu erkennen gab. Nachts im Stall, im Keller und auf dem Boden ließ er es erschallen, daß die Leute angstvoll zusammenschraken; selbst bis in die Gastzimmer und in den Speisesaal drang er. Auf diese Weise kam das Gasthaus mehr und mehr herab, und niemand mochte dort wohnen.
Und noch jetzt ist in Nürnberg das Sprichwort gang und gäbe, wenn jemand in einer Gesellschaft recht grell und störend auflacht: „Der lacht wie der Geist im Schwarzen Bären."

## 136 DER GEIST IN DER KANNE

Beim *wirt nächst dem Frauentor zu Nürnberg soll eine zinnerne Kanne im Hausplatz eingemauert sein. Die Kanne hält zur Stunde einen Geist in Gewahrsam, der in diesem Haus vormals abscheulichen Unfug getrieben hat, endlich durch einen Kaminkehrer und Geisterbanner in die Kanne gebracht worden ist. Die Leute sagen, daß man ihn deutlich rumoren höre, wenn man des Nachts das Ohr an den Pfeiler halte, in dem die Kanne sich eingemauert befindet.

## 137 „DAS LIEGENDE KREUZ" oder „DAS GRÜNE ENGELEIN"

Vor der Südseite der Rangierbahnhof-Unterführung in der [heutigen] Ketteler-Siedlung war früher eine Waldwiese: „Das Grüne Ängerlein". Am nördlichen Rand dieses kleinen Angers stand bis 1938 am Ostrand der Straße ein mächtiges Sandsteinkreuz, das „Liegende Kreuz". Auch „Grünes" oder „Geschabtes Engelein" (von „Ängerlein") hat man die Stelle geheißen.
Es wurde erzählt, daß da eine Postkutsche umgefallen ist und einige Leute dabei erschlagen wurden. Hier soll es in den Zwölf Nächten umgehen, und das Wilde Heer hört man hier jagen: Es kommt von Süden und eilt nach Norden, genau wie die alte Heerstraße verläuft.

# TEUFEL und HEXEN

## 138 DIE TEUFELSWETTE oder DER RING UM DIE SÄULE

I

Als die Burg gebaut wurde, verzögerte sich die Fertigstellung der Kaiserkapelle. Der erste Gottesdienst war schon anberaumt – aber noch fehlten vier Säulen, die von weither geholt werden mußten. Da erschien dem zuständigen Pater Cyrill der Teufel und bot ihm an, aus einer Kirche in Rom die benötigten Säulen innerhalb der Zeit herbeizuschaffen, die der Pater brauche, um eine Messe zu lesen; stehe die letzte Säule, bevor die Messe zu Ende sei, dann sei Cyrills Seele dem Bösen verfallen. Der Pater ging auf diese Wette ein. Doch noch ehe er die Messe halb gelesen hatte, befanden sich schon drei Säulen im Kapellenraum. Der Pater beeilte sich und konnte gerade noch die Schlußworte „Ite missa est“ sprechen, als der Teufel mit der vierten Säule kam. Voller Zorn über die verlorene Wette, schleuderte er sie auf den Boden, wo sie zerbrach. Später wurde die Säule zusammengeflickt und mit einem stützenden Ring versehen, der noch heute zu sehen ist.

II

Bei dem Bau der oberen Burgkapelle wettete der Teufel der Sage nach mit dem Burgpfaffen um dessen Seele, daß er eher die vier das Deckgewölbe [sic!] stützenden Säulen zur Stelle schaffen würde, als jener die Messe zu Ende lesen könne. Der Teufel verlor die Wette: Bei dem „Ite missa est“ brachte er die vierte Säule, und im Zorn über die verlorene Seele warf er sie zu Boden, daß sie dröhnend entzweibrach.

An der Säule sieht man heutzutag noch einen Ring an der Stelle, wo sie wieder zusammengefügt worden sei. Und über dem Bogen vor dem Hauptaltar der Kapelle befindet sich ein ausgehauenes bemaltes Menschenantlitz, welches das Gesicht des Burgpfaffen darstellen soll.

## 139 „TROCKEN-" oder „TRUDENSTEG"

Der „Trockensteg" war ein hölzerner, mit einem Holzdach versehener langer Steg, der sich in zwei Schwüngen über die beiden Pegnitzarme zwischen dem Hallertörlein und der Kreuzgasse spannte. In seiner Mitte befand sich ein in Fachwerk aufgeführtes spitzdachiges Häuslein.

Das Volk sah hier einen unheimlichen Platz, an dem es geisterte und wo sich nachts Hexen und Druden herumtrieben, weswegen der „Trockensteg" mitunter auch „Trudensteg" genannt wurde. Man erzählte sich von ihm allerlei Schauergeschichten.

## 140 DER TEUFEL IM KATHARINENKLOSTER

1428 hat es im Katharinenkloster gespukt: der Teufel, hieß es, treibe dort mit gräßlichen Geräuschen sein Umwesen und ängstige so die armen Nonnen ...

## 141 SCHATZHEBUNG IM TURMHOF OBERHALB DER BLEICHE

I

Anno 1530 – etliche setzen: 1529 – war ein Pfaff, der wollte einem Schatz im Turmhof oberhalb der Bleiche bei Wöhrd beikommen. Weiß nit, wie er damit umging. Jedenfalls, der Pfaff stand in der Gruben, und zufällig hat einer seiner Mithelfer eine schwarze Katze gesehen, die er auf dem [wörtlich: an dem] Arm gehabt haben soll, und ein Wort gesagt. Da ist die Grube zusammengefallen und hat den Pfaffen erstickt und umgebracht. Danach nahmen ihn die Buben, legten ihm einen Strick um den Hals, zogen in heraus auf die Straßen, hin und her, daß es erschrecklich und zugleich zum Erbarmen war.

II

Vor wenigen Jahren – und noch bei gutem Menschengedenken –, nämlich im Jahr 1530, hat ein „Cacodemon" oder böser Geist einem Pfaffen zu Nürnberg etliche Schätz „in einer Cristall" [= Glaskugel] gezeigt. Als nun das gute Herrlein nicht weit von der Stadt an einem gewissen Ort nach demselben gräbt und schon so weit gekommen war, daß er in einer Hülle [= Höhlung im Boden, Loch] eine Truhe sah und einen schwarzen Hund dabeiliegen, als ob der ihn hüte, hat er sich freventlich hineingewagt. Da ist die Hülle alsbald eingefallen, und er hat sein Leben „darob" verloren.
Dies hat einer von seinen besten Freunden, den er mit sich genommen hatte, mit seinen eigenen Augen gesehen und auch dann „außgebracht" [= herumerzählt].

## 142 LIEBESZAUBER oder UNSINNIG GEWORDEN

Am 17. Februar 1544 hat man hier zwei junge Dirnen mit Ruten ausgehauen und ihnen hernach die Stadt verboten. Sie haben den jungen Burschen etwas zu essen gegeben, daß man sie hat müssen liebhaben. Aber einige sind davon unsinnig geworden.

## 143 MITTEL GEGEN DEN TEUFEL oder „SÄUDRECK“

Der Schafdieb Georg Fischer gab 1551 an, er könne den Teufel vertreiben mit einem Segensspruch, den ihm sein Vater gelehrt habe und der „Säudreck, Säudreck“ laute.

## 144 EIN NÜRNBERGER REFORMATOR oder OSIANDERS GRAB

In der Altstädtischen Kirche zu Königsberg befindet sich auf der Erde, unweit des Altares, der Grabstein des Doktors der Theologie Andreas Osiander, welcher zu Königsberg am 17. Oktober 1552 verstorben ist. Derselbe war in seinem Leben ein großer Irrlehrer gewesen und hatte in vielerlei Streit gelebt mit den Gottesgelehrten seiner Zeit. Deshalb, obgleich er bei großer Versammlung des Volks und unter Begleitung des Markgrafen Albrecht und dessen ganzem Hofstaat begraben wurde, hörte man doch einige Tage nach seinem Begräbnis, der Teufel habe ihm den Hals umgedreht und seinen Körper ganz zerrissen. Daher der Herzog durch solch Gerücht be-

wogen ward, den Körper durch das Altstädtische Gericht besichtigen zu lassen, um die Plauderer Lügen zu strafen. Aber als der Sarg geöffnet wurde, fand man die Leiche Osianders nicht darin, dagegen den Leichnam eines anderen Menschen, welcher im Leben Nickel Balthasar geheißen. Darüber entsetzten sich alle. Aber den Stein deckte man wieder über die Gruft.

## 145 DER STADTKNECHT IM GOSTENHOF

1562, am 1. Juni, hat der Teufel im Gostenhof einen Stadtknecht holen wollen und hatte ihn schon gefaßt. Aber sein Weib, welches bei ihm gelegen, das schrie „Christie gesegen". Zuhand [= sogleich] hat ihn der Teufel fallen lassen. Doch hat er ihm einen solchen Grief [= Stoß] gegeben, daß man meinte, er würde sterben. Der Grund dafür war dies: Es hatte ihm ein Mann 10 Kreuzer gegeben, damit er auf dem Land für ihn einen vor den Pfleger bitten sollt. Der Stadtknecht war voll und wußte am Morgen nichts mehr davon. Als nun der Mann, der ihm die 10 Kreuzer gegeben hatte, fragte, ob er seinem „wider thaill gebotten", hat er davon nichts wissen wollen. Der Mann verklagte den Stadtknecht vor dem Pfleger. Der Pfleger „zornett" den Stadtknecht an. Da sprach der Stadtknecht, wenn er ihm auch nur einen Heller gegeben hätt, sollt ihn der Teufel holen. Danach in der Nacht wär ihm solches leicht widerfahren, wenn nicht Gott es verhütet hätte. Das sei jedermann eine Warnung.

## 146 EIN FLECK AUS SEINER HOSEN oder ALS SIE WEINTE ...

1572 wurde Catharina Strelsin in einem Hexenprozeß angeklagt und bekannte, daß sie das Meiste von der Moritzin zu Almspach (vermutlich Malmsbach b. Schwaig), „welches umb Nürnberg ligt", gelernt habe.

Einmal habe zu Laufamholz ein Bauer namens Connen Sch. sie beim Heimgang aus dem Rocken [= Rockenstube, Spinnstube] mit einer Stang geworfen; habs nit gern getan. Aber weil er sie, als sie weinte, verspottete, habe sie einen Fleck [= kl. Stück Stoff] aus seiner Hosen, den ihr ein Maidl um 1 Pf. verkauft hatte, 5 Tag aufgehangen und dann wieder abgetan. Er sei 8 Wochen gelegen, habe sich wohlgemut aber wieder aufgerichtet.

## 147 DER TEUFEL SCHLÄGT ZU oder MILCH VON EINER ROTEN KUH

Catharina Strelsin bekennt (1572): Der Teufel habe sie drei- oder viermal geschlagen, weil sie ihm zu heiße Speis, „als warme mülch" geben. Die Milch muß von einer schwarzen „Khüa" sein. Denn von einer roten zündet er das Haus an.
Man setze ihm die Speis in einem alten Scherben vor. Daraus nasche er wie ein junges Ferkel; aber wenn er beschrien werde, so verbrenne er alles.

## 148 WIE MAN DEN TEUFEL BANNT

Man muß ein „Venedigisch glaß" [= venezianisches Glas] hernehmen, das oben eng ist und ein Kutterrüffen (?) sei, wie mans kaufen kann, und in Teufels Namen und heimlich sagen:
„Da kauff ich dich in den Namen, Das ich dich will darin pannen frue und spat, wann ich dich haben wil Und beguer Dein / weiteres dann ich bedarf / Und niemands nichts thue denn es beguer es aines." Wer es tun will, der muß schwören bei seinem höchsten Eid, daß er sich Gottes und aller seiner „Fürmanmenth" und Heiligen „verzeihen" [= verweigern] und mit dem Teufel hausen will.
Solches muß unter einem unfruchtbaren Baum geschehen und dreimal gesprochen werden. Sodann kreucht er nach der dritten „verzeichnung" in das Glas und bleibt 13 Stunden drinnen. Hernach, wenn man einem etwas stiehlt, kann mans, wenn er einem wohl will, bringen. Aber der Teufel sagt die Wahrheit nit gern. Und so er sich spreizt und nit sagen will, so nehme man das Glas, lehne es auf die Seiten, so kreucht er heraus. Dann muß man ihn mit einem Birkengertlein abschmieren und fragen, bis er es sagt. „Von diesem gertlein ein Zweiglein genommen, und gewuntten, so kreucht er hinnach wieder Ins Glaß."

Dies hab sie [die Catharina Strelsin] von einer Wittib, die zu Almspach gewesen und die Moritzin genannt worden ist, gesehen und gelernt.

## 149 DIE AURHOLTIN oder EINEN DURCHGEBRANNTEN MANN WIEDER HERZAUBERN

Einmal wohnte die Elisabeth Aurholt († 1598) in Nürnberg im gleichen Haus mit einer adeligen Dame, der Rehebergerin. Der sollte sie ihren durchgebrannten Mann wieder herzaubern. Dazu zog sie einen ihrer Freunde, den Haußleib, bei.
Sie habe neben demselben in des Bösen Feindes Namen ein Feuer auf dem Herd angeschürt, habe alsdann ein neues Häfelein und des Rehebergers Schuh genommen, dieselben zerschnitten und samt einer Totennadel im Häfelein bei dem Feuer in des Bösen Feindes Namen gesotten. So habe der Haußleib, welchem die Rehebergerin „ein gulden Ring“ geschenkt, auf jeder Spitzen am Herd ein Kreuz gemacht und den Reheberger beschworen, daß er in dieses oder jenes Namen wiederkommen sollte. Es habe aber nichts geholfen (doch soll es dann einer Ansbacher Zauberin gelungen sein).

## 150 DER TEUFEL AUF DEM ABORT

1577 verspürte ein Lehrling von einem Rotschmiedsdrechsler heftige Schmerzen in einem Daumen. Da hat er „im Tennen“ [= Vorplatz] vor dem Haus seines Meisters ein Hackmesser genommen, ist auf das heimliche Gemach [= Abort] bei der Fischergasse vorn beim Steg gangen und hat sich selbst den linken Daumen abgehauen. Als man ihn aber deswegen zur Rede gestellt hat, warum er es getan hab, hat er gesagt, es sei ein langer Mann in einem Ehrrock zu ihm aufs heimliche Gemach gekommen und hab gesagt: Weil er ihm so weh tu, so sollte er ihn rabhauen, so werde er ihm nimmer wehtun. Auf solches Geheiß hin hab er es getan.
Daraus ist nun gut zu argumentieren, daß es der Teufel gewesen ist, der ihn dazu getrieben hat.

# 151 AUSBRUCH AUS DEM „LOCH“ oder ER HAT MEHR KÖNNEN ALS BROTESSEN

I

Anno 1578, am Freitag, dem 20. Juni „zu nachts“, ist zu Nürnberg ein Dieb, der Hans Reinle genannt von Kirchensittenbach – seines Handwerks ein Maurer, Steinmetz, Tüncher und halber Schreiner –, welcher im „Loch“ gefangenlag, auf wunderbare und listige Weise aus dem Lochgefängnis durch einen Gang ausgebrochen und davonkommen. Am Samstag danach – wie er also am Morgen desselben Tags auskommen war – wollte man ihm einen Rechtstag setzen und ihm das Leben absagen.

Man hatte diesem Dieb, wie damals üblich, einen Wächter verordnet. War ein alter Mann, Hans Kab genannt, der zuvor ein Fronbote [= Gerichtsbote] gewesen. Der sollte seiner warten und Acht auf ihn haben. Wie nun derselbige gute alte Mann „deß Freytags zu abents“ sich anschickte, den Dieb zu bewachen, hatte er noch etwas getrunken gehabt. Das bemerkte der Dieb an ihm.

Der gute alte Mann wurde also etwas schläfrig, und das Licht erlosch ihm. (Vielleicht hat es der Dieb selbst ausgelöscht). Da wollte es der alte Mann wieder anzünden. Darauf sprach der Dieb: er sollte nur „zu Ruhe sein und bleiben“ und das Licht nicht wieder anzünden, sondern er sollte einstweilen ruhen und schlafen. Desgleichen wollte er auch tun, bis der Morgen anbreche und die Magd aufstehe. Alsdann sollte er das Licht wieder anzünden. Der gute alte Mann traute seinen Worten und schlief also in der Finstern dahin.

Wie nun der Dieb sah, daß er schlief, machte er sich was ledig, nahm das „abgelöscht Liecht“ zu sich, ging zu der Presaun [= Gefängnis] hinaus und schloß die Türe der Presaun zu, so daß der alte Mann ganz in der Presaun eingeschlossen war. Wie er nun heraus war, zündete er sein Licht an, „bei einem landern“ [= Laterne].

Nun gab es aber einen Gang in dem „Loch“, welcher vor etlichen Jahren gemacht worden war. Derselbe ging oder geht unter dem Erdreich durch das Rathaus und von dort über den St.-Sebalds-Kirchhof, weiter über den Alten Milchmarkt [heute: Albrecht-Dürer-Platz] bis hinan zum Tiergärtnertor. Darinnen liegen die Röhren für den Brunnen im Rathaus. Dieser Gang, den er selbst hat

machen helfen, hatte im „Loch“ eine eiserne Tür. Die stand zufällig diesmal offen, weil es eine heiße, „geschwüllige“ Zeit war und es unten im „Loch“ sehr dumpfig ist. Diese Tür hatte der Lochhüter aufgetan, damit die Luft desto besser ins „Loch“ ginge.
Als der Dieb diesen Gang offen sah – der dann seine Gelegenheit erkannte, „dieweil er daran hatt helffen pauen“–, ist er hineingegangen und hat sich umgesehen, ob er nichts für sein Vorhaben finden könnte. Hat „ohn alles geverde“ [= von ungefähr] ein eisernes Hebeisen gefunden, das darinnen gelehnt ist. Er hat es genommen und damit zuerst eine eiserne Tür „entlediget“. Mit ihr ist er im Gang vorwärts gegangen. Und wie er . . . nach Überschlagung der Schritt, die er gezählt haben wird, seiner Rechnung und Meinung nach vermeint hat, unter den St.-Sebalds-Kirchhof, zwischen dem Pfarrhof und der St.-Moritz-Kapelle, kommen zu sein, hat er sich mit der eisernen Tür in dem Gang einen Stand gemacht, damit er das Gewölbe des Gangs hat können mit dem eisernen Hebeisen erreichen.
Und hat damit angefangen, über sich an dem Gewölb zu arbeiten, zu stoßen und zu stechen, so lang, bis er ein Loch da durch gemacht und sich etliche Mauersteine bewegt haben und in den Gang herab gefallen sind, in Summa so viel daran gestoßen, daß das Erdreich und „plasterstein“ hernach auch hinab in den Gang gefallen sind

und „heruff“ durch das Gewölbe. Bis auf die Gassen hat er ein solches Loch gemacht, daß er daraus hat entkommen können. Und ist so davongekommen ungefähr zwischen 2 und 1 gen Tag. Denn der Wächter, der die Uhr ausschreit, ist um 3 gen Tag über den Friedhof und wo er ausgebrochen ist, gegangen. Aber diesmal ist noch kein Loch vorhanden gewesen.

Wie nun der alte Mann, der Wächter, erwacht, ist er seinen Gefangenen irr gangen [= hat ihn vermißt] und sehr darüber erschrocken. Zudem war er in der Presaun verschlossen und hat nicht eher herauskönnen und solches anzeigen, bis des Lochhüters Gesinde aufstand. Da wurde es dem Lochhüter kundgetan. Der zeigt's einem Ehrbaren Rat an. Wie nun solches ein Ehrbarer Rat inne wurde, ließ er – nicht mit geringem Mißfallen – den alten Mann, seinen Wächter, gefänglich an seine Statt legen, bis man den rechten Grund erführe, ob er, der alte Mann, ihn nicht hätte versteckt und Hilf dazu getan. Aber das traf nicht zu. Deshalb wurde er wiederum – ohne jegliches Entgelt – „ledig außgelassen“.

Man vermutete, daß dieser Dieb mehr als Brotessen könnte und was gekonnt hat, denn alle anderen Gefangenen in dem „Loch“ haben gesagt, daß sie keine Nacht, solang sie innen gelegen, so stark und sanft geschlafen hätten wie eben diese Nacht, als er ausgebrochen war.

Er soll zuvor an einem andern Ort auch aus einem Gefängnis ausgebrochen sein. Und zu Kirchensittenbach war er in die Kirchen eingebrochen und hatte daraus gestohlen und ist auch davonkommen. In Summa: Er war ein listiger und verschmitzter Dieb.

II

. . . Man hätte ihn gerne längst gerichtet. Es war aber der Stadtrichter nicht vorhanden, sondern im Wildbad, so daß man warten mußte. Man stellte ihm wieder heftig nach, aber er wurde nimmer ergriffen. Und am Samstag machte man das Loch, durch das der Reinle herausgekommen war, bald wieder zu. Es war bei der St.-Moritz-

Kapelle am Eck, wo zuerst ein „hulzerner stockh“, jetzt aber – zum Gedächtnis – ein hoher vierecketer harter Kornburger Stein gegen den Pfarrhof hin steht. Man ließ niemand durch das Loch hinab in den Gang sehen. Das ausgebrochene Loch war nicht sehr groß, aber das Gewölb innen ziemlich hoch.

## 152 DER DIEB VOM GALGEN oder AUS GALGENKETTE RINGE GEMACHT

Anno 1582, am 17. Oktober, hat man zu Nürnberg einen mit Ruten ausgehauen, weil er einen Dieb vom Galgen herab getan, etliche Glieder von der Ketten genommen und nachher den Dieb selbst wieder an den Galgen hinan gehängt hat.

Aus den Kettengliedern hat er Ringe machen lassen und mit solchen Ringen drei Weiber genommen. Und als man ihn ausgehauen hatte, führte man ihn wiederum zurück herein „in die Eisen“...

## 153 EIN WILDSCHÜTZ ZUM GLEISS-HÄMMERLEIN oder MAN KONNTE IHN WEDER SCHIESSEN NOCH VERWUNDEN

Anno 1582, am 27. Oktober, ist ein Wildschütz, „ein Schneider zum Gleißhämmerlein“, nächtlicherweil von 36 Märkischen zu Roß und zu Fuß in Beisein des Amtmanns von Cadolzburg gefangen und zuerst gen Ansbach, dann gen Cadolzburg geführt worden.

Dieser Schneider ist von seinem Mitgesellen, der ihm das Wild hat helfen schießen und vertragen, verraten worden. Und als er auf Kundschaft war und sie ihn lang nicht finden konnten, weil er oben auf einem Boden gelegen und voll Weins gewesen, ist ihm das Hemd durch die „Klumsen“ [= Spalte, Ritze] herabhängt. Da sind sie hinaufgestiegen, haben ihn gefunden, gefangen und gebunden und mit sich geführt. Man hatte ihm lange Zeit nachgestellt und viel nach ihm gestreift. Und wenn er von seinem Mitgesellen, dem er alles vertraut gehabt und sich diesmal mit ihm vollgesoffen, nicht wäre ausgekundschaftet und verraten worden, wofür der von den Märkischen sein Geld [Judaslohn!] dann genommen, so wär er gewarnt

worden, und sie hätten ihn noch nicht gefangen, denn er ist „mannlich“ und wehrhaft gewesen, hat sogar auf 20 Männer nichts geben, denn man konnte ihn weder schießen noch verwunden.
Und wie die Sage, soll er oftmals Kugeln in Hemden und Kleidern heimgetragen haben. Er hat auch hernach zu Cadolzburg im Gefängnis bekannt, daß er über 324 Stück Wild geschossen habe. Er habe auch drei Wildmeister und einen märkischen Bauern erschossen. Er ist „nach langer gefengnus“ nachmals von den Märkischen mit dem Schwert gerichtet worden.

## 154 DER UNHEIMLICHE GESELLE DES NAGELSCHMIEDS

Mal kam ein fremder Gesell zu einem Nagelschmied in Nürnberg und bat um Arbeit, stellte aber gleich die Bedingung, nur zwei Stunden des Tags arbeiten und die übrige Zeit für sich benützen zu wollen. Das befremdete den Meister. Er ging aber doch auf die Bedingung ein, mehr aus Neugierde, was an dem Menschen sei, als aus Hoffnung auf Gewinn.
Nachdem er dem Gesellen aufgetragen hatte, mit welcher Sorte von Nägeln er zu beginnen habe, machte sich dieser schon früh drei Uhr

an die Arbeit. Mit jedem Schlag flog ein Nagel vom Amboß, und schon nach einer halben Stunde lag ein großer Haufen Nägel da. Staunend sah ihm sein Nebengeselle zu; es wurde ihm ganz unheimlich zu Mut. Er weckte den Meister und sagte: „Wenn der Fremde noch eine Stunde arbeitet, ist aller Vorrat an Eisen verschmiedet!“ Neugierde trieb den Meister aus dem Bett, und er fand alles, wie ihm jener berichtete.
Der Nagelschmied hatte immer einen ordentlichen Lebenswandel geführt, und in Erwägung dessen sowie des Gewinnes beschwichtigte er sein Gewissen, sollte es auch bei dem Gesellen nicht mit rechten Dingen zugehen. Mit dem Schlag fünf Uhr warf dieser den Hammer weg, reinigte und bekleidete sich und war dann den ganzen Tag nicht mehr zu sehen. So ging's mehrere Wochen hindurch, und der Meister befand sich ganz gut dabei.
Eines Abends traf er seinen Gesellen in einem Wirtshaus vor dem Tor. Beide zechten munter miteinander, denn der Geselle hatte viel Geld und ließ wacker einschenken. Als es dunkel wurde und der Meister nach Hause gehen wollte, lud ihn der Gesell ein, eines seiner beiden im Hof stehenden Pferde zu besteigen und mit ihm nach Hause zu reiten. Das ließ sich der Meister gefallen. Kaum aber hatten sie die Pferde bestiegen – es war ein Schimmel und ein Rapp –, ging's in Sturmesschnelle über Berg und Tal, über Wald und Wasser, daß dem Meister Hören und Sehen verging. Des andern Tags lag er unverletzt auf dem Gipfel des fünf Stunden von Nürnberg entfernten Rothenberg. Der Gesell aber ließ sich nie wieder sehen.

## 155 DER SELTSAME SCHMIED AUS STRASSBURG oder SCHWARZKÜNSTLER

Am 17. Januar 1603 ist ein seltsamer Schmied von Straßburg hierher gekommen. Der hat seine Schmieden auf der [Insel] Schütt aufgeschlagen und den Schmieden und Schlossern ihren Amboß gehärtet. Er hatte niemand bei sich als sein Weib, das ihm „Handreichung that“ und härtete die größten „Amboß“ ganz allein. Aber er war ein Schwarzkünstler: Er ließ sein Zeug Tag und Nacht liegen und keinen Menschen dabei als Hüter. Und wer ihm was gestohlen hatte, der mußte es bei Tag wieder bringen, daß jedermann den Dieb sah.

## 156 TOT IM BETT oder ES GING DIE GEMEINE SAG

Am 17. August 1604 ist Hanns Mayr, der bei dem Molzen-Kaufmann am Fischbach als ein Hausknecht gedient hat, tot im Bett gefunden worden: Er hat beide Füß in die Höhe gekehrt, dabei sehr geblutet. Es ging die gemeine Sag, die Druden [= Vorlage: Druten] oder Unholde hätten ihn umgebracht, wie er denn oftmals gesagt haben soll, er hätte keine Ruhe vor ihnen, sie plagten ihn zu hart.

## 157 EIN ABERGLÄUBISCHER PFARRER

1606 starb als Emeritus in Nürnberg der ehemalige Pfarrer von Rüsselbach, Eucharius Hardung. Er hat bis zu seinem Tod fest behauptet, er sei von einer Zauberin, welche er wohl gekannt, verderbt worden, „maßen in solcher Pfarr [Rüsselbach] die Magie gar stark im Schwang ging ...“

## 158 DIE NICKEL-TOCHTER HEIRATET oder „IN DES TEUFELS NAMEN“

Am 16. Februar 1609 hat dem Friedrich Nickel seine Tochter Hochzeit gehabt. Er ist von Erfurt gewesen, hat in der Waaggasse gewohnt und viele vornehme Leut „darzu beruffen“ lassen. Als nun der Hochzeitstag herbeikam, rief er einen Zimmermann zu sich und fragte ihn, ob das Zimmer auch die Last [Vorlage hat: den Last] der eingeladenen Gäste ertragen könnte. Darauf hat der Zimmermann geantwortet: „Gar wohl!“ Und der Nickel hat gesagt: „Will es nicht halten, so falle es in des Teufels Namen ein!“ Wie er aber gebeten, so ist es ihm ergangen.

Als nun der Hochzeitstag kommen war, sind die Herren und Frauen, die dazu eingeladen waren, samt Braut und Bräutigam guter Dinge und lustig gewesen. Vor der Mahlzeit haben sie getanzt, daß das Haus „erschüttert“ wurde, und als sie über der Mahlzeit saßen und am fröhlichsten waren, auch sich nichts Böses besorgten, ist alles über einen Haufen gefallen. Und an die 20 Personen samt der Braut sind „todtgeblieben“.

# 159 DER „ZAUBERER“ GEORG BRUCKNER oder AUF SECHS JAHR DEM BÖSEN FEIND VERSCHRIEBEN

Am 8. Juli [1613] wurde Georg Bruckner, ein Büttnerssohn, aus Gnade mit dem Schwert gerichtet. Er hat sich zu den Schatzgräbern gesellt und allerlei Zauberei getrieben mit Zettelschreiben: für die Festigkeit, fürs Unsichtbarmachen und Büchsenversagen, für Spielen und Huren und anderes mehr. Sogar die Toten auf den Kirchhöfen wollte er ausgraben, ihnen die Finger und Zehen, auch Köpf und Hirnschalen nehmen, sie verbrennen und zu seiner Zauberei gebrauchen.

Er hat sich auch in einer hl. Christnacht an einem gewissen Ort, einem Kreuzweg, auf 6 Jahr dem Bösen Feind mit Leib und Seel – mit einer gewissen Bedingung – ergeben und mit seinem Blut verschrieben, wie er denn solches alles bekannt hat. Betete fleißig, und haute ihm der Henker den Kopf und Daumen an der rechten Hand zugleich hinweg.

Am 13. Juli ist Sebastian Brennecker, des „Sanduhrleins“, eines Feuerschloßmachers Sohn, des obigen Bruckners Mitgesell, aus Gnade enthauptet worden. Half ihm stehlen.

## 160 TOD BEIM FECHTEN oder EIN BEZAUBERTES HEMD

Nachdem Joachim Zapff, ein Messerschmiedsgesell, des Caspar Zapff, weiland Bürger und Baretlamacher, hinterlassener Sohn und ein Federfechter, etliche Jahre sein Handwerk zu Augsburg getrieben und gearbeitet und damit etwas Stattliches erobert und daneben ehrlich und künstlich gefochten und als Meister des Langen Schwerts manchen Ehrendank erlangt, ist er wieder hierher in sein Vaterland kommen.
Und am 18. Mai, am hl. Auffahrtstag dieses 1615. Jahrs, hat er „uff der Fechtschulle Jm Hailßbrunner Hoff", welche ein Marxbruder gehalten hat, auch gefochten. Und zwar gegen Jobst Pettermann, eines Schwabenwebers Sohn, der ihm Rapier [= Fechtwaffe, Degen] und Dolch aufgehoben. Und beim zweiten Fechtgang hat er dem Zapff das Rapier zum linken Nasenloch hineingestochen, daß es durch den Kopf und ober der Stirn wieder hinausgangen ist und der alsbald auf dem Platz umgefallen und binnen drei Stunden im selben Wirtshaus gestorben ist. Der Pettermann, weil er ritterlich „aus der Kunst gefochten" und den Stich redlich geführt, hat zwar den gegenwärtigen deputierten Schulherrn geloben müssen, nicht von hinnen zu weichen, ihm ist aber weiters keine Straf auferlegt worden, als daß er sich ein Jahr lang des Fechten enthalten sollte. Der Zapff ist am selben Tag gar schwermütig und traurig gewesen und hat nicht gerne gefochten. Doch wegen der Marxbrüder Hochmut hat er fechten müssen, da ihm dann dieses Unglück, welches er geahnt hatte, zugestoßen ist.
Er hat zu Augsburg eine Buhlschaft gehabt, eine Witfrau, welche ihm die ganze Zeit, als er „hie gewesen", zweimal auf den Bock „vonn hinnen hinauff" hat wollen holen lassen. Er aber hat allzeit fleißig gebetet und Gott um Hilfe angerufen, so daß der Bock ihn nicht hat heben können. Darum hat nachmals dieselbe Witfrau ihm ein Hemd geschenkt, das er an diesem Feiertag angelegt hat und das sie selber bezaubert gehabt, daß er durch „Gotteß Verhenngnuß" darin um sein junges Leben kommen ist.
Im Heilsbronner Hof ist der Tote am Samstag hernach aufgebahrt worden. Und als er auf der Bahr lag, hat er sehr geblutet. Von da ist er zum „Neuen Thor" [= Neutor] hinaus von den Messerern nach

St. Johannis getragen, dort unter seiner Eltern Grabstein ehrlich begraben und von vielen Leuten, auch von den Marxbrüdern selbst, sehr beklagt und beweint worden. Mit seiner Leich sind gangen 509 Mannspersonen, darunter zwei Herren aus dem Rat: Herr Ulrich Grundherr und Herr Georg Abraham Böhmer, die zwei verordneten Schulherrn, welche bei allen Fechtschulen, wenn nicht alle beide, so doch wenigstens einer, gegenwärtig sein müssen. Und sehr viele Weibspersonen. Ist auch sonst ein großes Zulaufen gewesen und alle Gassen voller Volk gestanden, welches den Leichenzug gesehen hat. Diesem Federfechter zu Ehren ist ein Lied gemacht und auch gedruckt worden, im Ton des Grafen von Serin [Zrinyi].

## 161 „SIEH, TEUFEL, DA HAST DU DEINE SPEISE!“

Dem Münzfälscher und Münzbeschneider Georg Carl Lamprecht von Mainbernheim († 1617) konnte nachgewiesen werden, daß er einst eine schwarze Henne gerupft, sie an eine dreifache Wegscheid mit sich genommen, in die Höh erhoben und diese Worte gesagt habe: „Sieh, Teufel, da hast du deine Speise, schaffe mir jetzt auch die meine!“

# 162 DER TURMHÜTER VOM FRÖSCHTURM oder DURCH ZAUBER ENTMANNT

Paulus Baur, Schuhmacher und Turmhüter auf dem Fröschturm, hatte sich, während er Witwer war, mit dem Marx Mendel sel. seiner Wittib, welche bei ihm ab und zugangen, fleischlicher Weise vermischt und mit derselben die Ehe gebrochen, ihr auch zugesagt, daß er sie zur Ehe nehmen und behalten wolle. Diese Zusage hat er aber nachmals nicht eingehalten, sondern eine andere, nämlich eine junge, ledige Dienstmagd, Margareta Finckin, genommen. Mit der hat er öffentlichen Kirchgang und Beilager gehalten. Deshalb ist die verstoßene Mendlin erzürnt und hat dem Bräutigam seine „Mannschafft" [= Potenz, Manneskraft] abgezaubert, daß er mit seiner jungen Braut das ehelich Werk und Trüllen [= lat.: coire] nicht hat verrichten können.

Darüber ist jeweils sein Gewissen aufgewacht und hat ihm Gottes Zorn, auch zeitliche und ewige Straf und Schande vorgehalten. Dabei ist er in solche Angst geraten, daß er am Freitag, dem 12. Februar dieses 1619. Jahrs, sich selbst mit einem Reißerlein, wie die Schuhmacher es zu gebrauchen pflegen, in den Bauch geritzt hat. Und wenn seine beiden Söhne ihm nit in den Arm gefallen und ihn gehalten hätten, hätte er aus Verzweiflung sich eigenhändig den Bauch aufgeschnitten und sich entleibt.

Daraufhin haben sie den Herrn Wolfgang Luder [hier: u, nicht ü!], Kaplan bei St. Sebald, holen lassen, welcher ihn mit Gottes Wort wider die Verzweiflung getröstet und vor der „Ewigen qual und pein" in der Ewigen Verdammnis gewarnt und mit Gottes Hilf wieder zurechtgebracht hat.

Weil er aber hernach im Kopf verwirrt war und wieder an sich Hand anlegen wollte, haben sie ihn am 30. März 1619 in dem nämlichen Fröschturm in ein Prisaun [= die Prison = Tollhaus; nürnb.: Presaun] und schließlich gar ins Gitter hineingesteckt und -gesperrt.

Nachmals, als er wieder zu rechtem Verstand und Gottseligkeit kommen, haben sie ihn wieder heraus und ganz frei gelassen. Da hat er wiederum zum Verrichten und zum Arbeiten angefangen, am 30. April. Aber seine „Mannschafft“ ist ihm nicht wieder kommen, und es hat das junge Weib der ... entraten müssen.

## 163 DER „ZUCKERBACHER“ oder FESTGEMACHT

Der sogenannte Zuckerbacher [= bäcker] hieß Paulus Götz und war von Mainbernheim gebürtig. Sonst nennt man ihn auch „den Sain Paulusen“. Er hat gar ein schrecklich End genommen, weil er so hart oder fest war. Sein Handrohr [= Flinte], auf welchem viel magische Buchstaben [= „viel characts“] waren, ist zusammen mit dem Gefangenen auf den Rothenberg [= Festung bei Schnaittach] gebracht worden.

## 164 FLECKLEINSBUBEN oder EIN BEZAUBERTER „ZETTUL“

Die Flecklein waren eine Art Amulett. Es heißt, die Fleckleinsbuben hätten „einen bezauberten Zettul oder Flecklein an dem bloßen Leib, in das Fleisch hinein geheilet, getragen“; dem sollen sie auch wirklich einen Sieg über eine Ansbacher Reiterpatrouille verdankt haben, weil von deren Schüssen in sie „nichts hineingegangen und sie föst waren“.

## 165 DER BUCKLIG HERR VON HERBERSTEIN ... 1658

Was der bucklete [= bucklige] Herr von Herberstein für ein ruchloses Leben geführt hat, ist stadtkundig. Und es wird von „wohlwißenden Personen“ berichtet, daß sich der Satan leibhaftig in seinem Haus habe sehen lassen.
Dort hat er auch beim Verschwinden nach einem Besuch dem Hund den Kopf umgedreht.

# 166 HANNS KRESS, DER TEUFELSBÜNDLER

Am 16. Oktober (1660) wurde Hanns Kreß, Bürger und Nagelschmied, der jüngst, am 13. September, gefänglich eingezogen worden war, nach seinem eigenen Bekenntnis, aus besonderer Gnade mit dem Schwert hingerichtet.
Sein Verbrechen war, daß er mit grausamer Gotteslästerung sich an der hohen Majestät Gottes vielfach vergriffen, indem er freventlich den Teufel angerufen hat, in dessen Namen er die allerschändlichsten Dinge verrichtete, die dem Namen Jesu zuwider sind. Und obwohl er schon von anderen deswegen gemahnt wurde, ist er doch bei seiner Meinung verharrt, hat auch den Teufel, wenn er an seine Arbeit gegangen ist, zu Hilf gerufen und in dessen Namen am hl. Karfreitag und sonst verbotene Arbeit verrichtet. Der Nagelschmied hat all sein Tun und seine Arbeit in des Teufels Namen angefangen, hat Nägel von einer Galgenkette gemacht . . . Deshalb konnte er mehr als sonst ihrer drei arbeiten. Dadurch ist der Name und die Ehr Gottes geschmäht, der höllische Geist dagegen in ruchloser Weis verehrt worden. Das hat er alles „umbständig" im Verhör bekannt und ausgesagt.
Sonst wird von ihm gemeldet, daß er im 23. Lebensjahr und im zweiten Jahr seiner Ehe mit dem Satan einen Bund geschlossen habe. Der sei auch so vertraulich mit ihm geworden, daß er mit ihm Mahlzeit gehalten und Essen und Trinken nach seinem Begehr gebracht habe.
Das war von einem Gesell, der bei ihm in der Werkstatt gewesen, ruchbar worden.
Auf der Richtstatt hat er fleißig gebetet, alle Anwesenden gesegnet und gesagt, sie sollten sich ein Exempel an ihm nehmen.

# 167 DAS VATERUNSER UM EIN KOPFSTÜCK

Als ein gewisser Lehrjunge abends zwischen Licht und Dunkel auf der sogenannten Schied [= Schütt?] – das ist ein weiter, geraumer Platz – seiner Gewohnheit nach müßig herumschweifte, begegnete ihm ein schwarzgekleidetes Männlein, das wie ein Handwerker ausschaute und fragte, ob er nicht Lust hätte, bei ihm sich in den Dienst

zu begeben. Er würde in ihm einen guten Meister und Herrn finden. Der Junge antwortete: „Ich habe schon einen Meister und brauche keinen anderen." Der falsche Meister versetzte: „Wenn du auch schon einen Meister hast, könntest du das, wofür ich dich brauche, doch wohl daneben verrichten und dennoch bei deinem jetzigen Meister bleiben. Ich würde dir auch einen guten Lohn machen, welchen du mit leichter Mühe täglich erwerben und einnehmen wirst." – „Was sollte denn", fragte der Lehrjunge, „das für eine Verrichtung und Belohnung sein?" – „Du sollst", spricht der vermeintliche Meister, „alle Abende, bei der Dämmerung, wie jetzt, nur an diesem Ort hier am Wasser ein Vaterunser beten. Und dafür zum Lohn täglich ein Kopfstück haben, welches du auf diesem Pfosten (oder Stock), der hier am Wasser steht, jeden Abend, sooft du hier das Vaterunser betest, finden wirst. Darfst aber die Zeit nicht versäumen und die Verrichtung auch niemals unterlassen!"
Der Junge denkt, wenn er so leicht ein Kopfstück verdienen könne und zwar mit dem Gebet, werde er solches, ohne dabei seine Handwerksarbeit zu vernachlässigen, mitnehmen. Er stimmt deshalb zu und verspricht, es gar fleißig zu tun.
Der verlarvte Meister fragt hierauf: „Wie heißt du?" Und als der Junge seinen Namen anzeigt, stellt er sich, als falle es ihm schwer, denselben zu behalten, und er sagt: „Ich fürchte, daß ich deinen Namen leicht vergessen könnte. Ich hätte es deshalb gern, wenn du ihn mir aufschreibst und dich dabei zu treulicher Beobachtung dessen verschreibst, was du mir jetzt gelobt hast." – „Ja", spricht der Junge, „wo hab ich hier Feder und Papier?" Der „betriegliche" Meister zieht sofort eine Feder hinterm Ohr hervor und reicht sie ihm zusammen mit einem Zettel Papier. Der Junge sagt: „Wenngleich Feder und Papier vorhanden sind, so ist ja keine Tinte dabei!" Der schalkhafte Meister versetzt: „Das stimmt zwar; allein es braucht's nicht, daß man's deswegen aufschiebt. Man kann schon einen Ausweg finden! Siehe, da hast du ein Messer! Ritze und schürfe nur an deinem Arm die Haut ein wenig auf, so wirst du, ohne sonderliche Schmerzen, bald so viel Blut bekommen, wie zur Aufzeichnung deines Namens nötig ist! Das kannst du dann anstatt der Tinte hernehmen."
Der Junge läßt sich bereden und durch den Lohn blenden. Er ritzt sich und schreibt seinen Namen auf den Zettel. Den nimmt der

listige Meister zu sich und verabschiedet sich, nachdem er wiederholt versprochen hatte, ihm alle Abend für das Sprechen des hl. Vaterunser ein Kopfstück zu bezahlen und nachdem er ihm sofort eines im voraus gereicht hatte.

Der Junge kommt seinem Versprechen alle Abend fleißig nach, das hl. Vaterunser am bestimmten Ort zu beten, um sein Kopfstück zu verdienen, welches auch alle Mal an der angegebenen Stelle bereitlag.

Dies gefiel ihm trefflich wohl. Er fing es aber an, übel zu verwenden, auf Naschereien, Spiel. Weil aber weder seine Mutter noch der Meister wußten, woher der Junge sein Geld bekäme, meinte jene, der Meister ließe ihm einen Verdienst zukommen. Und dieser dachte, es gäbe ihm's die Mutter. Deswegen gab er ihr auch einen Verweis und sagte, sie sollte es nicht tun, denn sie würde ihren Sohn nur damit verderben, weil der dadurch zum Müßiggang und in ein ruchlos-liederliches Leben geriete. Sie sollte es lieber sparen, bis er erwachsen sei. Sie beteuerte hoch und heilig, daß sie, eine arme Witwe, ihm nichts zu geben hätte, sondern bisher gemeint hätte, er, der Meister, ließe ihm vielleicht dasjenige, was er durch Arbeiten verdiente. Weil nun der Meister gleichfalls dazu „nein" sagte, beschlossen sie, den Jungen ernsthaft zu befragen, woher er das Geld bekäme; zumal zu besorgen (= befürchten) war, er könnte es vielleicht jemand entwenden. Da erzählte er frei und ganz willig, wie er alle Abend (nachdem er jemand versprochen, bei dem Stock am Wasser, den er auch der Mutter wies, ein Vaterunser etc. zu beten) ein Kopfstück „erhübe".

Der Mutter wurde sofort angst und bang, und der Handel schien ihr verdächtig. Sie fürchtete, daß nichts Gutes daruntersteckte. Zweifelte auch, ob gar darum gebetet würde. Insbesondere aber hatte sie auf das Blutverschreiben gar kein gutes Auge, weil sie meinte, daß das aus keiner menschlichen Eingebung gekommen sei. Darum ging sie zu dem damaligen vornehmsten Prediger dieses Ortes, Herrn Joh. Michael Dilherr [1604–1669] und erzählte ihm den ganzen Verlauf. Derselbe begehrte, sie sollte am anderen Tag wiederkommen und den Jungen samt dem Meister mitbringen. Welches sie tat.

Da nun der befragte Junge genau das zur Antwort gab, was am Tag zuvor die Mutter erzählt hatte, fragte der Herr Dilherr ihn, ob er meine, daß der kleine Mann ein rechter Mensch und Meister wäre. Der Junge sagte: „Das weiß ich nicht. Doch sah er gleich und wie ein anderer Mensch." Der Prediger versetzte: „Weil du ihm aber deinen Taufnamen mit Blut hast verschreiben müssen, so muß solches nichts Rechtes noch Christliches sein. Hast du wohl jemals gehört, daß ein Meister, wenn er einen Lehrjungen dingt und annimmt, von dem Jungen eine Verschreibung mit Blut gefordert hat?" Als der Junge dazu „nein" sagte, fuhr jener fort zu fragen, ob er denn mit diesem Handel aufhören und frei davon werden wolle und kein Geld mehr holen oder lieber in Gefahr stehen wolle, Eigentum des Bösen Feindes zu werden und diesem zu dienen.

Der Junge antwortete, er wolle mit diesen Sachen weiter nichts zu schaffen haben und „gelobte dabey an/diese seine freymütige Erklährung zu halten".

Hierauf hieß der Prediger ihn niederknien, betete mit ihm das hl. Vaterunser etc. und die Articul des allgemeinen christlichen Glaubens, befahl ihm auch, daß er daheim solches neben anderen erlernten Gebeten fleißig beten sollte. Er („gedachter Prediger") selbst schloß ihn auch sowohl in sein persönliches als in das öffentliche Kirchengebet mit ein.

Hernach ist der mit des Jungen Blut beschriebene Zettel in der Hauptkirche zu St. Sebald unter dem morgendlichen Chorgesang auf den Altar geworfen, dem Prediger heimgetragen und von demselben verwahrlich aufbehalten worden.

„Wie ich solches/so wol aus dem Munde/als aus der Feder einer fürnehmen Stands-Person/welcher dieses ruhmbesagter Prediger selbst erzehlt hat/erfahren/auch überdas von etlichen Andren/die noch am Leben/und sich solches Verlaufs sehr wol zu erinnern wissen/mich der Gewißheit versichert habe."

## 168 REGINA SCHILLERIN oder DER ÜBERWUNDENE TEUFEL

Es ist [1670] bereits ein dreiviertel Jahr her, als eine Magd wegen langer Finger [= Diebstahl] „in die Eisen" kommen ist. Und weil sie auf 1 Jahr und 20 Tage sich dem Teufel ergeben hat, wurde auf allen

Kanzeln für sie gebetet. Hieß Regina Schillerin, war von Augsburg und eines Schusters Tochter.
Der Edel und Ehrenvest Rat hier ließ sie nach Augsburg führen und gab dem Karrenmann 12 Gulden, und 2 Gulden zur Zehrung.
Endlich ist sie doch vom Herrn Magister Spizel, Augsburg, mit eifrigem Gebet vom Satan errettet und der Teufel gezwungen worden, ihre Handschrift, „so mit ihrem Blut geschrieben", wieder herzugeben.

## 169 DIE METISCHERIN oder FÜR LEBENSMITTEL DIE SEELE VERKAUFT

... wegen unterschiedlicher Diebstähle und anderer Untaten ist sie im März dieses Jahres [1692] „zu Heideck dem von selbigen Pflegamt gründlich ein gezogen Bericht nach" mit Ruten ausgestrichen worden. Diese Strafe aber, zu einiger Warnung und Besserung, hat bei ihr gar nichts gefruchtet, so daß sie gleich darauf wieder zu stehlen fortgefahren hat.
In der Vorstadt „Wehrd" hat sie am jüngstvergangenen Gründonnerstag in dem Wirtshaus „Zum Grünen Baum" aus einer Gastkammer verschiedenes Bettwerk gestohlen und an dem folgenden Ostertag aus der „Kuchen" etliche Stück zinnernes Geschirr entwendet, all dieses nach Fürth gebracht und an einen Juden verkauft. Zuvor schon hat sie sich auch von Gott schändlich abgewendet und mit dem Bösen Feind einen Bund gemacht und ihm ihre Seele dergestalt verpflichtet, daß er – wofern er ihr Geld geben würde, wenn sie es zu Lebensmitteln bedürftig wär – nach ihrem Tod mit ihrer Seel machen möchte, was er wolle ...
Also erkennen meine Herrn, die geschworenen Schöffen, daß diese Anna Maria Metischerin auf die gewöhnliche Richtstatt geführt und da als eine „vermehrte" [= mehrfache, notorische] Diebin, auch Gottesverächterin, die sich mit dem Satan in einen Bund eingelassen, aus Gnaden mit dem Schwert vom Leben zum Tod gebracht werden solle ...

## 170 DIESE ARME SÜNDERIN oder DEN HERRN KAPLAN ANGEHAUCHT

Diese arme Sünderin hat in der Früh [vor der Hinrichtung] eine Schüssel mit „wein Supen“ und fast „6 Protwürst“ verzehrt und eine Maß Wein dazu ausgetrunken. Der Henker [Hanns Michael Widmann d. Ä.] hat sich hart mit ihr getan, wie sie dann den Hals nicht hat wollen darstrecken, bis man sie mit Gewalt dazu gehalten hat.

Dieses Mensch hat den Herrn Melchior Riedel [= Rüdel], Kaplan bei St. Sebald, als der sie wieder zurechtgebracht hat, vor ihrer Bekehrung angehaucht, daß ihm der Kopf sehr geschwollen ist und er Zahnschmerzen gekriegt hat. Er hat's aber nicht gewußt woher. Als er wieder ins „Loch“ kommen ist, hat sie ihm's abgebeten und gesagt, daß sie ihm's getan.

## 171 SELBSTMORD oder VERHETZT DURCH DEN GELDTEUFEL?

Am 8. Juli 1686 erhängte sich Heinrich Straub, ein Kaufmann, der hinter dem Rathaus wohnte. Er war sehr reich, und man meinte, der Geldteufel hätte ihn dazu (zum Selbstmord) verhetzt.

# 172 DIE TEUFELSKUNST DES BÜTTELS oder DIE MAUS IM KOPF

Am 6. April 1696 ist Georg Roth, ein Büttel von Schwabach, neben etlichen Bürgern von seinem Kastner daselbst ausgesandt worden, „wegen der Vogelgarn zu streiffen". Als sie aber nach Mögeldorf kommen sind, hat der Büttel da beim markgräflichen Wildmeister getrunken und sich ziemlich berauscht; auch hat der Wildmeister ihm „Anreitzung gegeben", daß er auf dem Gleißhammer wegen dem ertrunkenen Taglöhner, Gabriel genannt, die Fraisch [hier: Fraischzeichen], nämlich einen Stein, abholen sollte. Das hat er getan und ist in das Schlößlein kommen, wo er einen Stein, von der Brucken gehauen hat.

Als aber die Inwohner dies gesehen, haben sie den Büttel in das Schlößlein gesperrt und „solches herein in die Stadt der Obrigkeit" wissen lassen. Da wurden alsbald auf „Herrn Befehl" vier Einspännige [= Stadtgardisten] hinausgesandt. Diese haben ihm anfangs ganz gütlich zugesprochen, er solle den Stein wieder hergeben. Er hat es aber nicht getan, sondern nur auf sie „geschändet" [= sie gescholten, geschmäht] und sich zur Wehr gestellt, indem er sich auf seine Teufelskunst verließ, die er bei sich hatte. Er hat auch einen und den anderen Einspännigen namens Lemmerman ziemlich beschädigt und zwei Pferde ebenfalls auch hart verletzt. Endlich wurde ihm seine Kunst eröffnet und er so von den Einspännigen gehauen, daß er das Aufstehen vergaß. Und in wenig Stunden, als er durch die hiesigen Schützen nach Wöhrd zum Stadtknecht gebracht worden war, ist er „rüllend und prüllend" gestorben.

Und als man ihn daselbst unter das Rathaus in ein Kämmerlein gelegt hat, ist in seiner Wunden am Kopf immerzu eine große Maus gesessen und hat aus der Wunden gesaugt.

Am Freitag hernach ist er in der Nacht „um 3 der großen Uhr" im Beisein etlicher Soldaten durch die Schützen auf den Neuen Kirchhof gebracht und da begraben worden.

## 173 OSTERN AUF DER SCHÜTT oder DEM TEUFEL ERGEBEN

Am 4. Mai 1697 hat man fünf junge Buben von Stadtknechten verhaften und „in die Eisen“ bringen lassen. Am folgenden Tag hat man zwei davon, die sich am zweiten Ostertag auf der Schütt dem Teufel sollen ergeben haben, „in die Lochgefängnuß“ geführt.

## 174 VOM BIERWIRT FISCHER oder DEM TEUFEL VERKAUFT UND VERSCHRIEBEN

Am Dienstag, dem 11. Mai 1697, hat ein Bauernsohn, Conrad Gebhart von Kleinreuth hinter der Vesten, 19 Jahre alt – Sohn des Bauern Conrad Gebhart von Kleinreuth –, auf Eingebung seines Beichtvaters ausgesagt, daß er von Paulus Fischer, einem hiesigen Bierwirt auf der Vesten, unweit des Turms Luginsland, der an der Oberen Söldnersgassen wohnhaft wäre, dem Bösen Feind verkauft worden sei. Und weil der Junge nicht hat schreiben können, hätte ihn der Fischer dem Bösen Feind verschrieben. Deswegen ist er in das Lochgefängnis, der Fischer aber auf den Turm Luginsland gebracht worden. Hernach, am 2. Juni in der Früh, ist er auf den Wasserturm geführt worden; „weilen sich aber an dem Fischer solches nicht befunden“, ist er dieser Haft entledigt und wieder auf freien Fuß gesetzt worden.

## 175 DER BÖSE FEIND IM LOCH oder DER HEIMGESUCHTE BAUERNJUNGE

Am 5. Juni 1697 wurde der Bauernjunge Conrad Gebhart von Kleinreuth, welcher beständig „auff dem Paulus Fischer verbleibet“ [= darauf verharrt], daß er ihn dem Bösen Feind verkauft habe, aus dem Lochgefängnis in das Zuchthaus gebracht. Er sagt auch aus, daß er am Samstag, dem 29., Sonntag, dem 30., Montag, dem 31. Mai „allezeit“ zur Nacht- und Mitternachtszeit mit großer Verwunderung von dem Bösen Feind geplagt und gemartert worden sei.

Am 6. Juni 1697 [Sonntag] sind zwei junge Knaben namens Lorenz Rummel, 13 Jahre alt, des Messerschmieds Hans Georg Rummel verlassener Sohn – „ist noch 8 Wochen im Mutterleib gelegen, wie sein Vater von der Mutter gezogen ist“ –, und Hans Christoph Weingarten, Sohn von Hans Weingarten, Arbeiter bei den „Silbern Dratziehern“, an die 16 Jahre alt, ins Lochgefängnis gebracht worden. Sie haben sich am ersten und zweiten hl. Osterfeiertag dem Bösen Feind ergeben und verschrieben.

Dort, im Lochgefängnis, ist ihnen der Böse Feind öfters erschienen und hat sie übel geplagt und ihnen hart zugesetzt. Deswegen ist ihnen H. M. Johann Conrad Feuerlein, Diaconus bei St. Sebald, zugeordnet worden, um diese zwei Buben durch Unterrichtung im geistlichen Glauben und durch fleißiges Gebet wieder von dem Bösen Feind zu erlösen. Deswegen wurden sie an besagtem Sonntagnachmittag in der Kinderlehr bei St. Sebald einer öffentlichen „gemein“ zwischen zwei Stadtknechten vor der Kanzel vorgestellt, auf welcher H. Feuerlein die Kinderlehr ausgelegt hat. Da haben sie dem Bösen Feind widersagt und versprochen, hinfort ein gottesfürchtigeres und besser Leben anzufangen. Und jedermann wurde dabei „vermahnet“, Gott in seinem Gebet inbrünstig anzurufen, daß sie aus der Gewalt des Teufels erlöst würden.

Hernach hat man in allen Kirchen, nach der Predigt und nach den Betstunden, ein „absonderlich gebet“ abgelesen. Die beiden Buben aber wurden am besagten Sonntagabend von dem Lochgefängnis in das Zuchthaus gebracht.

## 177 SOLDAT RUFT DEN TEUFEL

Am Montag, dem 16. Dezember 1726, ist ein Soldat auf der Bucherstraß auf der Wach gewesen. Der hat etliche Male dem Teufel gerufen, und seine Kameraden die haben's gehört. Sie haben es in der Kaserne angezeigt. So hat man ihn in die Stadt herein zum „Profossen" [früher: Verwalter der Militärgerichtsbarkeit, Stockmeister]. Wie es weitergeht, lehrt die Zeit.

## 178 DER „NUSSKASPAR"

. . . In einer Ortschaft im Knoblauchsland lebte vor vielen, vielen Jahren ein Bauer, „Nußkaspar" genannt, weil er die schönsten Nüsse auf seinen Nußbäumen hatte. Er trieb wie seine Nachbarn Gärtnerei und legte sich vorzüglich auf den Anbau jener Wurzel, die der Gegend den Namen gab. Allein, der gute Mann war kein Schoßkind des Glücks, und was er auch anfing – alles mißglückte ihm. Bald hatte er bedeutende Verluste durch böse Schulden, bald wurde er von Menschen heimgesucht, die es bequemer finden, auf anderer Kosten aus dem Stegreif zu leben; bald zerstörten Wind und Wetter seine schönsten Garten- und Feldfrüchte, oder es wurden ihm von neidischer Bosheit seine Nüsse abgeschlagen.
Dieses andauernde Mißgeschick mußte Kaspar endlich verdrießen und ihm die Lust nehmen, sich ferner zu plagen, zumal wenn er bemerkte, wie bei seinen Ortsnachbarn alles aufs beste gedieh und ihr Wohlstand täglich mehr emporblühte. Daher wurde er nach und nach in der Ausübung seines Gewerbes lässiger, fluchte und schwor mehr, als er betete, und ergab sich zuletzt dem Trunk so, daß er meistens, wenn er mit Knoblauch und anderen Gemüsearten zur Stadt gefahren war, leicht an Geld und mit schwerem Kopf nach Hause kehrte. Durch diesen Lebenswandel wurde nicht nur sein Körper, sondern auch sein Vermögen so zerrüttet, daß er ein Kapitälchen nach dem anderen aufnehmen mußte, dann von seinen Gläubigern hart bedrängt wurde und zu ihrer Befriedigung bald ein Grundstück oder das Wertvollste seines ohnehin kärglichen Hausrats zu veräußern sich genötigt sah.

Nach längerer Zeit war er am Silvestertag wie gar oft bis zum späten Abend in der Stadt geblieben, hatte sich einen tüchtigen Rausch angetrunken und taumelte den Burgberg herauf, um durch das Vestnertor heimzugehen. Unweit der Stelle, wo Christus am Ölberg abgebildet ist, setzte er sich rechts auf einen beschneiten Stein des Ölbergs, um auszuruhen, und schlief ein. Die Zerrbilder getäuschter Hoffnungen umgaukelten ihn in lebhaften Träumen, so daß er öfters auffuhr und gräßliche Flüche ausstieß.
Eben zeigte die Glocke vom nahen Sebaldusturm den Eintritt der Geisterstunde, als er abermals auffuhr und in einem Zustand zwischen Schlaf und Wachen zähneklappernd vor sich hin murmelte: „Will mich Gott nicht retten, so muß mir der Teufel helfen."
Mit diesen Worten entwand er sich dem Schlaf, rieb sich die Augen und wollte aufstehen. Allein, ein gewaltiger Schrecken donnerte ihn auf seinen kalten Sitz zurück, denn vor ihm stand ein Mann in Jägertracht, der ihn anredete: „Ei, Alterchen, was treibst du hier in frostiger Winternacht?" Kaspar gähnte und fragte: „Wo bin ich, Herr, und was begehrt Ihr von mir?"
Darauf der Jäger: „Ich hörte im Vorübergehen, daß du Hilfe bedarfst, und will sie leisten, wenn es in meinen Kräften steht, aber – ich will von dir darum gebeten sein."
Kaspar schilderte unter beständigen Verwünschungen seine traurige Lage, fiel auf die Knie und rief in unbegreiflicher Herzensangst: „Ich flehe Euch fußfällig an, helft mir, und wäret Ihr der Böse selbst. Mir ist es gleich, wenn nur geholfen wird; denn Gott hat mich ohnedies verlassen!" – „Nun wohl", entgegnete jener, „wenn du mir versprichst, weder deinem Weib noch einem anderen Menschen auch nur eine Silbe davon zu sagen, so will ich dein Beschützer sein und dir helfen. So kehre denn getrost heim, pflücke von dem großen Nußbaum, der in der linken Ecke deines Gartens steht, so viele Nüsse, wie dir beliebt; sie werden sich in Gold verwandeln und dich in den Stand setzen, nicht nur deine Schulden zu bezahlen, sondern auch dir ohne Mühe und Arbeit gutzutun. Doch wisse: Geht nur ein Wort von dieser Geschichte über deine Lippen, so sinkst du in deine frühere Armut zurück, wirst ein Raub der Verzweiflung und sollst auch im Grab keine Ruhe finden. Du wirst dann aus dem Grab in jeder Silvesternacht hervorgehen und an dieser Stelle hier ewig goldene Nüsse feilhalten, ja auch andere noch

mit hinabziehen in den Abgrund des Verderbens, und deine Seele ist mir verfallen!“ Mit diesen Worten verschwand er. Daß der freundliche Helfer der leibhaftige Gottseibeiuns war, ist leicht zu erraten. Kaspar war demnach in sehr schlimme Hände gefallen. Er ging noch halbtrunken mit schlotternden Knien nach Hause. Sein Weib, das ohnehin zu denen gehörte, denen Zanken und Murren zur anderen Natur geworden ist, empfing ihn vom Bett heraus mit Zank- und Schimpfreden. Er aber war stumm wie ein Fisch und dachte: „Schrei, du Zankteufel, soviel du willst; habe ich nur einmal die goldenen Nüsse, dann wirst du schon anders singen!“

Somit nahm er eine Laterne, zündete das Licht an und begab sich in das Gärtchen, stellte sich vor den bezeichneten Baum und schielte hinauf, um zu sehen, ob die Nüsse wirklich Gold seien. Endlich bestieg er zagend den Baum, als hinge ihm eine Zentnerlast an den Füßen, griff zitternd nach einer der Früchte, füllte dann so schnell wie möglich alle Taschen damit, und siehe – die Nüsse waren reines, funkelndes Gold. Hierauf versteckte er seinen Schatz in der Scheune und ging zu Bett. Mit Tagesanbruch schlich der steinreiche Ehemann, dessen Gewissen nun schon eingeschläfert war, still von der Seite seiner Xanthippe zum Geschenk des höllischen Jägers, um es teilweise in der nahen Stadt versilbern zu lassen. Er zahlte dann unter falschen Vorspiegelungen seine Schulden und lebte herrlich und in Freuden.

Aber dieses Glück sollte von nicht sehr langer Dauer sein; denn der gute „Nußkaspar“ vergaß im Taumel der Ausschweifungen nur zu bald, was er dem Meister Urian versprochen hatte. In einem traulichen Stündchen beichtete er seiner Gattin, die indessen der unvermutete Wohlstand ganz kirre gemacht und vollkommen versöhnt hatte, den ganzen Hergang der Sache. Als er nun am nächsten Morgen sein Geld herbeiholen wollte, siehe – da war der Beutel federleicht, und statt harter Taler war nur Kohlenstaub und statt der goldenen waren nur natürliche und größtenteils wurmstichige Nüsse im Schrank. So von der Höhe des Glücks in das bitterste Elend herabgeschleudert, war ihm das Leben eine unerträgliche Last, und er ermordete sich selbst.

Der Teufel aber hielt besser Wort als Kaspar; denn es ging alles in Erfüllung, was er ihm für den Fall des Treubruchs vorausgesagt hatte. Als der Silvesterabend wieder herbeikam, stand wirklich zur

Mitternachtsstunde ein kleines Bäuerlein in der Tracht der Knoblauchländler mit einer Kätze am Ölberg und ächzte leise unter verzweifeltem Händeringen: „Kauft Nüsse, kauft Nüsse!“
Viele Jahre nach diesem Ereignis saßen am Silvesterabend mehrere Bürger nicht weit vom Ölberg in dem Gasthaus „Zum Burggrafen“ bei einem Krüglein Weizenbier und sprachen von diesem und jenem. Unter ihnen befand sich auch ein redseliger Zinngießermeister, der wegen seines Charakters und seiner Klugheit in Ansehen stand. Der Faden der Unterhaltung drehte sich um die alte Sage vom „Nußkaspar“ am Ölberg. „Aberglauben, heidnische Finsternis!“ eiferte Meister Zinngießer, der Wortführer. „Wer wird so albern sein, an Teufel und Geister zu glauben?“ – „Was, Nachbar?“ fuhr ihm ein belesener Zirkelschmied in die Rede. „Habt Ihr denn nicht gelesen, daß Doktor Martin Luther dem Teufel das Tintenfaß nachgeworfen hat? Ist Euch nicht bekannt, daß der Satan Jesus in Versuchung führte?“ – „Das ist etwas anderes“, unterbrach ihn der Zinngießer, und als er weiterreden wollte, erscholl von der Wanduhr die zwölfte Stunde. Da schlug er unwillig in den Tisch hinein und schrie: „Damit Ihr aber seht, daß an der Sache nichts ist und ich jeden für einen Narren halte, der solche unsinnigen Dinge glaubt, so wollen wir uns an Ort und Stelle begeben, um uns zu überzeugen. Mein Hab und Gut setz’ ich daran, daß ich Euch auslachen werde!“ – Hierauf nahm er seine Pelzmütze und eilte der Tür zu. Aber von den übrigen Gästen machte keiner Miene, ihn zu begleiten.
Stockfinster war’s, und nur der schimmernde Schnee erleuchtete die Gegend. Da dünkte ihm wirklich, als ob er in der Nähe des Ölbergs die Gestalt eines Menschen gewahre, und er blieb stehen. Es fröstelte ihn allerdings nun etwas. Aber die Vorstellung, von den Freunden weidlich verspottet zu werden, wenn er unverrichteter Dinge zurückkäme, flößte ihm Mut ein, der Sache auf den Grund zu sehen. Also ging er langsam näher und rief mit lauter Stimme: „Wer da?“ Keine Antwort!
Plötzlich stand ein kleines, unheimliches Wesen ganz nahe vor ihm, stierte ihn mit Grabesaugen an und deutete mit dem Zeigefinger der rechten Hand in die vor ihm stehende Kätze. Unser Held war wie an den Boden geheftet und kreischte mit kaum verständlichen Lauten: „Alle guten Geister loben Gott den Herrn!“ Fast besinnungslos griff er dann in die Kätze, nahm aus dieser, was er mit seinen

zehn Fingern fassen konnte, und stürzte ohnmächtig zusammen. Als er wieder zur Besinnung gekommen war, blickte er um sich: Und als er weder vor noch hinter sich etwas mehr sah, bekam er wieder Mut und schämte sich seines Schreckens. Welches Erstaunen aber nahm die Stelle der Furcht ein, als er auf den beschneiten Boden blickte und glänzendes Gold ihm entgegenfunkelte. Schnell raffte er es zusammen und ging langsamen Schritts dem „Burggrafen" zu.

Die ganze Gesellschaft begrüßte ihn wie einen dem Leben Wiedergegebenen und war sehr auf die Erzählung seines Abenteuers gespannt, die er auch sogleich begann, indem er einige goldene Nüsse aus der Tasche nahm und auf den Tisch hinrollte. Da war auf einmal alle Großsprecherei verstummt, denn nicht ohne heimliches Grauen sah man die glänzenden Beweise vor Augen.

Der Zinngießer aber entfernte sich bald und suchte schwindelnd vor Freude sein Nachtlager. Allein der Schlaf floh ihn diese und noch manche Nacht, denn ihn quälten die Pläne, die er für die Zukunft schmiedete, die Sorge um die Erhaltung und Vermehrung des unheilvollen Mammons. Mit seinem Glück war zugleich das Unglück in seine vier Pfähle eingezogen, und aus dem zufriedenen Meister, dem die Arbeit sonst unter lustigem Gesang munter von der Hand ging, war jetzt ein griesgrämiger Sauertopf geworden, den sein Geschäft anekelte und die Mücke an der Wand ärgerte. Durch unkluge Unternehmungen verlor er manches schöne Kapitälchen,

und nach einigen Jahren bewahrheitete sich an ihm das Sprichwort: „Wie gewonnen, so zerronnen!"
Als er aber kaum mehr etwas hatte, wohin er sein Haupt legen könnte, zog er es vor, seinem jammervollen Leben zwischen Himmel und Erde mit Hilfe eines Stricks ein Ende zu machen.
So ging die Geschichte lange Zeit im Mund des Volks, und so haben wir sie getreulich nach dem Bericht hochbetagter Leute aufgezeichnet.

## 179 DAS DRUDENDRÜCKEN

Ein Schuster zu Nürnberg hatte einen neuen Gesellen bekommen; das war ein frischer Bursche von kräftiger Gestalt und gutem Aussehen. Nun verstrichen etliche Wochen, da fing unser Schustergeselle sichtbar abzumagern an, so daß er für alle, die ihn vorher gekannt hatten, jämmerlich anzuschauen war. Besonders des Morgens schlich er matt und armselig in die Werkstätte zur Arbeit und bekam noch dazu Scheltworte von seinem Meister oder Stichelreden von den Nebengesellen. Wie ihm nun das zu arg wurde, rückte er einmal heraus mit der Sprache und erzählte, wie er nachts von einer Drud gedrückt werde und es hier im Haus nicht länger mehr aushalten könne. Der Obergeselle, der dies hörte, sagte, da wäre zu helfen, er wüßte ein unfehlbares Mittel, so und so, das müßte ihm Ruhe schaffen.
Der Schustergeselle tat, wie ihm befohlen worden war. Des Nachts nämlich stellte er sich schlafend und horchte, als es zwölf schlug, ob sich die Drud einstellen werde. Auf einmal hörte er was vor der Tür rauschen, als wenn Papier zusammengedrückt würde, dann war's einen Augenblick still, plötzlich lautes Blasen durchs Schlüsselloch. Das war der Augenblick, in dem die Drud zu kommen und mit einem Plumps sich auf ihn zu werfen pflegte.
Diesmal kam ihr der Schustergeselle zuvor und schleuderte blitzschnell sein Kopfkissen auf den Boden. Gleich machte er Licht, um die Hexe zu sehen, die auf dem Kopfkissen sitzen sollte. Da lag aber nichts als ein winziges Strohhälmchen drauf, das er zerknickte und zum Fenster hinauswarf. Am anderen Morgen fand man die alte, häßliche Nachbarin des Schusters nackt mit gebrochenem Hals auf der Straße liegen.

## 180 DRUDEN-KORB oder DIE „GEISSLEDERERIN“

... Auch zeigte man jährlich am ersten Osterfeiertag öffentlich das unter dem Rathaus befindliche Lochgefängnis und in demselben den angeblichen Druden-Korb, in den eine alte Weibsperson, die man die „Geißledererin“ nannte, verbannt gewesen sein soll.

## 181 DES TEUFELS GROSSMUTTER AUF DEM MÖGELDORFER SCHLOSS oder DER MARTERSÄULENKOPF

I

Nah bei Nürnberg liegt Mögeldorf, in dem mancher Nürnberger Patrizier ein „Herrenhaus“ besaß. In einem derselben wohnte ein junger Patrizier von schöner Gestalt und Art, doch mit schwarzen, unheimlichen Augen. Niemand mochte mit ihm gern zu tun haben: Es hieß, er stehe mit dem Bösen im Bund. Er lebte über die Maßen liederlich und üppig, so daß er Geld und alles – bis auf sein Schlößchen – verlor. Das aber mochte niemand, denn man sagte, der Teufel kehre dort oft ein. Und um Mitternacht sah man die Fenster hell erleuchtet, als ob es brenne, ohne daß doch etwas geschah. Der Armgewordene lebte im Schloß, doch niemand konnte sagen, wovon er eigentlich den Tisch bestritt, weil alles ja verloren war.

Auf einmal aber änderte sich das alles. Ein schönes Weib ging aus und ein im Schloß, kaufte ein, bezahlte stets mit barem Geld und ging in Samt und Seide durch das Dorf. Ihn aber sah man selten. Nur abends ritt er mit der Schönen aus. Doch niemand begegnete ihnen gern, weil auf dergleichen Ritte stets eine stürmische Nacht zu folgen pflegte.

Auf solche Art und Weise vergingen wieder eine Reihe Jahre, in denen der Schloßherr überschnell zu altern schien, während die Schöne immer schöner wurde. Aber dann geschah plötzlich etwas Schreckliches: Der Mesner, der früh zum Morgenläuten ging, fand auf der Chorseite der Kirche an der Kirchhofsmauer einen Toten. Das gräßlich entstellte Gesicht war das des Schloßherrn, der in seinen Händen ein zerknittertes beschriebenes Blatt hielt. Der Pfarrer

nahm es an sich und las, daß er, der Schloßherr, mit dem Bösen einen Pakt geschlossen habe, der am andern Tag auslaufe. Um seine Seele zu retten, habe er sich auf den Friedhof geflüchtet, zu welchem der Teufel als einer geweihten Stätte keinen Zutritt habe, und er bitte, daß man ihn in geweihter Erde liegen lasse. Der Pfarrer schickte nach dem Totengräber. Schnell wurde an der Mauer eine Grube ausgehoben, der Tote mit Weihwasser besprengt und unter einem stillen Vaterunser beigesetzt. Und drauf das Grab geschlossen, so daß die Dörfler erst im Laufe des Tages erfuhren, was sich in der Nacht begeben hatte.
Der kommende Tag war trüb und unfreundlich. Am Abend aber zogen Gewitter auf, und nach und nach entwickelte sich ein Sturm. Der nahm von Stunde zu Stunde zu und wurde gegen Mitternacht so arg, wie sich die ältesten Leute nicht erinnern konnten, je einen erlebt zu haben. Als eben die Glocken anhuben, Mitternacht zu schlagen, da fuhr ein fürchterlicher Blitz nieder; der auf ihn folgende Donner machte die Erde erbeben, daß die Fenster klirrten und die Scheiben zersprangen. Man glaubte überall, es habe in den Kirchturm eingeschlagen, doch niemand wagte sich hinaus. Dann wurde es still. Und da kein Feuer gerufen wurde, ging man ins Bett. Am Morgen aber bemerkte man mit Staunen, daß in der Nacht die Kirchhofsmauer, dort, wo der Schloßherr begraben lag, nieder und auf das Grab geworfen war. Die in der Nähe Wohnenden sagten aus, es sei Mitternacht ein solcher Lärm gewesen, daß man hätte glauben müssen, der Teufel selber wäre los. Auch habe man die Zeit einen gar starken schwefligen Geruch wahrgenommen. Und jeder glaubte, der Teufel habe vor Wut, daß ihm sein Opfer ausgekommen sei, so schauerlich getobt.
Der Pfarrer ließ die Öffnung in der zerstörten Mauer durch einen geweihten Marterstein, der heute noch an der Mauer zu sehen ist, schließen. So wurde dem Teufel die Macht genommen, fortan an dieser Stelle noch einmal zu toben. Das schöne Weib ist aber mit allen Schätzen, die im Schloß vermutet worden sind, verschwunden. Man sagte im Dorf, daß sie des Teufels Großmutter gewesen sei, die in der Erscheinung einer schönen Frau den Schloßherrn habe verlocken und verführen müssen. In der vergangenen bösen Nacht sei sie mit ihrem Knecht auf den erwähnten [?] Rapphengsten durch alle Lüfte auf und wieder heim zur Hölle gefahren.

II

Der Mögeldorfer Gustav Speckhard hat dem alten Waisenhausvater Lotter für seine „Sagen, Legenden und Geschichten der Stadt Nürnberg“ (1899, S. 113) eine Sage über den Martersäulenkopf mitgeteilt, der in der östlichen Umfassungsmauer des alten Friedhofs zu Mögeldorf eingemauert ist.

Nach Speckhard lebte in Mögeldorf ein Gutsherr in Saus und Braus, bis er all sein Hab und Gut vertan hatte. Er verschrieb nach altbewährtem Rezept seine Seele dem Teufel. Und als nach Jahren der Gottseibeiuns sich seiner Seele bemächtigen wollte, floh der Gutsherr auf den geweihten Friedhof und starb hier. Der Pfarrer ließ ihn an Ort und Stelle beisetzen. Da kam in der nächsten Nacht ein fürchterliches Gewitter mit Donner und Blitz, und ein gewaltiger Schlag fuhr in der Nähe der Kirche nieder. Als man am anderen Tag nachsah, fand man die Friedhofsmauer an der Stelle, wo man den Gutsherrn eingegraben hatte, eingefallen und über das Grab geworfen. Der Pfarrer ließ daraufhin die Lücke in der Mauer mit einem geweihten Stein verschließen, damit der Böse nicht mehr eindringen konnte.

ZEICHEN und ZEITEN

## 182 WENN DIE PEGNITZ ANSCHWILLT oder KRIEG

Dieser Fluß entspringt im Bayreuthischen Oberland, nicht weit von Creußen . . . Sie entspringt aus zwei Quellen, wovon die eine der Foren- oder Forellenbrunnen und die andere der Heilige Brunnen heißt. Beide sprudeln unweit Lindenhardt.
Der gemeine Mann, der überall Vorbedeutungen künftiger Begebenheiten erblickt, glaubt, daß es Krieg bedeute, wenn die Pegnitz anschwillt und sich ungewöhnlich stark ergießt. Es ist dies um so ungereimter, da es beinahe alle Jahre zu geschehen pflegt.

## 183 EIN WEISER VATER oder DER PROPHEZEIENDE MARKGRAF

. . . Markgraf Friedrich, Burggraf zu Nürnberg, der hatte vier Söhne von seiner Gemahlin [Elisabeth], die eine Schwester Herzog Heinrichs von Bayern [– Landshut] war.
Den Söhnen sagte er jedem, was er für ein Mann wär, und Markgraf Albrecht prophezeite er, er würde ein Schiff zum Scheitern bringen und eins gewinnen.

## 184 DIE PEST oder DREIZEHN AUF EINEN SCHLAG

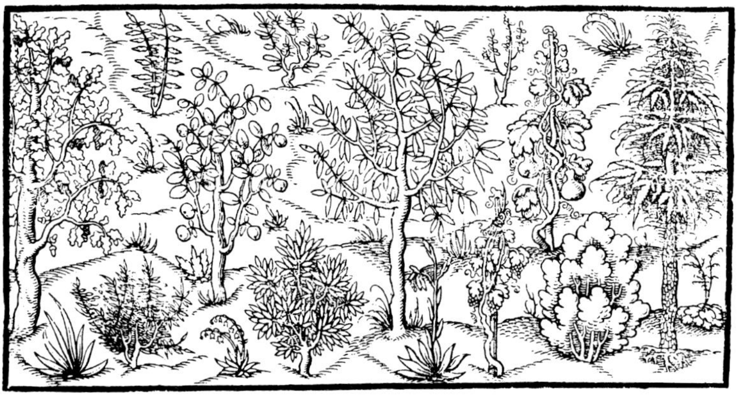

Anno 1426 blühten um „Nicolai" schon alle Frücht und Bäume, woraus ein großes Sterben erfolgte.
Wie grausam die Pest besonders zu Nürnberg gewütet hat, wo 13 [sic!] Personen [aus ein und demselben Haus] an einem Tag ihr Leben einbüßten, das kann man auf einem Stein im St.-Johannis-Friedhof lesen: „War das nit ein sehnlich- und jämmerliche Klag? Ich starb aus meinem Hauß selb dreyzehen auf ein Tag."

## 185 „VERWUNDERLICHE CREUTZ"

I
Anno 1503 erblickte man in Schwaben, Bayern und Salzburg „verwunderliche Creutz", sowohl in Kirchen, Häusern und an Wänden als auch besonders an den weißen Kleidern der Menschen. Einige dieser Kreuze waren schwarz, andere rot und einige gar bluttriefend anzusehen.
Auf diese Kreuze folgten zwei „erschröckliche Comet-Stern", die alles in Furcht gesetzt haben ...

II
Im Jahr 1503, am Freitag vor Urbani, da fiel aber ein Kreuz – so breit wie ein „rokenhalm" und so lang wie ein halber Finger – auf ein Tuch, das auf dem Laden der „Saitenmacherin" [s. Schmeller 2, Sp. 336: „Saiten, m., eine Art grober Zeug" (= Gewebe)] ausgebreitet war. Und war so gestaltet, als wär's von Öl. Und es war fein eben in den Linien, so, als wär es mit Fleiß [= absichtlich] geschnitten.

## 186 PIRCKHEIMER UND DER WAHRSAGER

Pirckheimer [1470 – 1530] zu Nürnberg ging einst mit einem Wahrsager in einem Garten spazieren. Dort sah der Wahrsager zwei Mädchen, welche das Gewächs im Garten begossen. Er bat sie, ihm und seinem Begleiter ein paar Würzgärtlein (= Sträuße) von wohlriechenden Blumen zu machen; er wolle ihnen in die Faust sehen und wahrsagen, wann sie Männer bekommen sollten. Das eine Mädchen ging davon und wollte sich nicht wahrsagen lassen. Das

andere ließ sich gern in die Hand sehen und gab ihm Würzgärtlein. Dann ging Pirckheimer mit dem Wahrsager fort.
Als sie aus dem Garten waren und weiter spazierten, fragte Pirckheimer, was er in des Mädchens Hand gelesen hätte, ob Böses oder Gutes. Der aber antwortete ganz traurig, das Mädchen würde nicht über acht Tage mehr leben. Darüber wunderte sich Pirckheimer sehr, weil das Mädchen frisch und gesund aussah. Aber ehe der achte Tag kam, erfuhr er, daß das Mädchen durch einen Unfall plötzlich das Leben verloren habe.

## 187 DER MANN IM KRISTALL

Einen anderen Fall hat der bekannte Spengler [Lazarus, 1479 – 1534, Nürnberger Ratsschreiber, Förderer der Reformation] aufbehalten, der Folgendes erzählt: zu ihm sei einst ein Bewohner der Stadt aus einer der ersten Familien Nürnbergs gekommen und habe in einem Tuch eingewickelt einen runden Kristall zu ihm gebracht. Von dem sagte er, er habe ihn von einem Fremden erhalten, den er vor vielen Jahren zufällig auf dem Markt getroffen und auf seine Bitte hin drei Tage in seinem Haus bewirtet habe. Beim Abschied habe der zum Dank ihm den Kristall zurückgelassen und ihm dabei gesagt: wenn er irgendetwas Verborgenes zu wissen verlange, solle er einen unschuldigen Knaben in denselben sehen lassen; und wenn er diesen nun befrage nach dem, was er sehe, werde derselbe, was er zu wissen begehre, erblicken und ihm anzeigen. Er bezeugte dabei, er sei in dieser Sache niemals betrogen worden, sondern habe viel Wunderbares durch die Vermittlung des Knaben erfahren, während andere Leute nichts als ein pures, schönes Glas gesehen hätten, außer seiner Hausfrau: Als sie mit einem Knaben schwanger war, habe sie nun gleichfalls die Gestalten (durch Vermittlung ihrer Frucht?) in ihm erblickt. Zuerst sei immer die Gestalt eines Mannes erschienen, in der Kleidung, wie sie damals üblich gewesen. Dann habe das übrige sich „sichtbarlich" hinzugefunden, nach dem man gefragt hat. Zuletzt, wenn alles erledigt war, sei die Gestalt des Mannes davongegangen und dann das übrige verschwunden. Die besagte Gestalt sei übrigens oft gesehen worden, wie sie die Stadt durchwandelte und in die Kirchen eintrat.

Die Sache war bald in Nürnberg ausgekommen [= bekannt geworden], so daß, wenn jemand die Wahrheit leugnete oder ein Vergehen verhehlte, man ihn mit dem Mann im Kristall zu bedrohen pflegte. Auch wurde einmal von Gelehrten ein Zweifel in ihrer Wissenschaft vor den Kristall gebracht und die Antwort im Kristall gelesen.

Das hatte der Inhaber nebst noch vielerlei anderem früher dem Berichterstatter erzählt. Seither waren ihm Skrupel aufgestiegen. Und er kam eines Tages zurück und sagte: Er glaube, es sei jetzt Zeit, „sich jedes weiteren Gebrauches des Krystalles abzuthun". Er sei nun überzeugt, er habe sich mit ihm nicht wenig versündigt und deshalb schon seit langem große Gewissensbisse verspürt. Darum habe er sich entschlossen, sich nicht weiter mehr damit zu schaffen zu machen. Darum übergebe er ihm [= Spengler], was er empfangen habe und gestatte ihm gern, damit anzufangen, was ihm beliebe. Spengler lobte ihn wegen dieses Entschlusses und übernahm den Kristall. Und nachdem er ihn in Stücke zerschlagen hatte, warf er ihn zugleich mit dem seidenen Tüchlein, worin er gewickelt war, in den Abtritt.

## 188 NEBENSONNEN

In diesem gegenwärtigen 1583. Jahr, am Dienstag, dem 9. April, haben bald nach Sonnenaufgang hier zu Nürnberg „und daselbst herum“ drei Sonnen am hellen Himmel oder Firmament sich sehen lassen: die zwei, die zu beiden Seiten neben der rechten hellscheinenden Sonne gestanden haben, sind etwas kleiner und dunkel gewesen, mit Rot und Grün vermischt, und haben weiße Strahlen von sich gegeben. Besonders aber die zur linken Hand hat einen langen zugespitzten weißen Strahl oder Schwanz, Mitternacht [= Norden] zu, geworfen. Über diesen beiden Sonnen hat sich ein großer schöner Regenbogen gezeigt, der die beiden Nebensonnen berührt hat. Und noch weiter drüber, mitten im Himmel, gegen den Niedergang [= Westen] zu, haben zwei andere, doch kleinere und ineinandergeschlossene Regenbögen sich sehen lassen . . . Das hat drei Stunden gedauert und ist von vielhundert Personen, nicht allein in der Stadt, sondern auch auf dem Land gesehen worden . . .
Eine gewisse Erfahrung bezeugt, daß solche Zeichen auch heimliche und in der Natur verborgene Bedeutungen haben und daß immer etwas Schreckliches darauf gefolgt ist.

Was z. B. auf die drei Sonnen, die 1508, 1524, ja auch zu unsern Zeiten – 1551 – gesehen worden sind, für „wunderbarlichs seltzams dings“ von Kriegen und Bündnissen zwischen großen Herren folgte, das kann ein jeder selbst in den Chroniken und Geschichtsbüchern finden und lesen.

## 189 DER WAHRSAGER SCHCOTUS ALS ZAUBERER [1587]

Der Wahrsager Schcotus [= Michael Scotus, Astrologe?], der bisher im Dienst und unter dem Schutz des Kaisers und des Markgrafen gestanden hatte, ist beim Kaiser in Ungnade gefallen.
Er hat einmal bei Veit Schuhe in der „Laufgassen“ gegessen. Zur gleichen Zeit ist aus dem Wirtshaus nebenan ein Bauer auf die Straße gegangen, um nach seinem Knecht zu schauen, der bei dem Ochsengespann hat bleiben müssen. Weil der Knecht geschlafen hat, hat er ihn hart angefahren. Deswegen hat ihm der Wahrsager ein „hirschhorn an sein stirn zaubert“, so daß er nicht mehr in die Wirtsstube zurückkehren konnte.
Es heißt, der Wahrsager sei in Böhmen geboren, habe zu Parisch (= Paris) in Frankreich „teufelskunsten gestudiert“ und sei ein sehr frommer Mann.
Der Rat zu Nürnberg ist gegen diesen Mann freundlich und zuvorkommend, nicht zuletzt deshalb, weil er von ihm etwas über zukünftige Dinge zu erfahren hofft. Aber „der teufl ist vergangener sachen wiesent und nit, was zukünftig geschehen soll“.

## 190 EIN NÜRNBERGER IN DER KAISERLICHEN FREIUNG oder PROPHEZEIUNG IN ROTH

Im Rathaus zu Roth, und zwar in der Amtsstube der beiden Brothüter, hat Conradt Pfintzing [aus dem vornehmen Nürnberger Patriziergeschlecht] am Freitag, dem 17. März 1587, zu den gerade anwesenden Bürgern gesagt: Er wisse keinen Fürsten im Reich, der mehr sündige als der Markgraf von Ansbach. Auch kenne er keine

Stadträte im Reich, die von Amts wegen mehr sündigen als diejenigen von Nürnberg. Aber bald werde Nürnberg durch den Markgrafen und der Markgraf wiederum durch Nürnberg bestraft werden.

Darüber hinaus hat er ihnen erzählt, daß . . . im „Venesberg" (= Venusberg) ein schlafender Mann im Harnisch liege und jährlich einmal frage, ob die Raben noch um den Berg fliegen; es soll ein Kaiser oder Markgraf sein.

## 191 PAULUS KETZEL oder UM EIN LEICHENTUCH

Anno 1588, den 11. August, starb zu Nürnberg Paulus Ketzel, ein junger, lediger Gesell, aber seines Alters bei 48 Jahr, der Letzte seines Namens und Stammes.
Mit einem anderen Junker hatte er den Abend zuvor auf der Herrentrinkstube – leichtfertig genug – um ein „Leichentuch" gespielt und es gewonnen. Darauf ist er in derselben Nacht gestorben und hat das nämliche Leichtuch für seine eigene Leich gebraucht. Der andre hat es zurichten und „deß Kezels Baar überschicken lassen".

## 192 „ERSCHRECKLICHE WUNDERWERCK"

Am 5. Oktober im 1591. Jahr um 2 auf der Großen Uhr, auf der Kleinen ungefähr um 8, ist dies Gesicht in den Wolken zu Nürnberg von vielen Personen gesehen worden. Anfangs ist der Himmel gar

hell gewesen, nachher ist er blutrot worden. Das hat nicht lang gewährt, sondern ist bald vergangen. Darauf haben sich weiße Spitzen gezeigt und sehen lassen.

Danach, um 6 auf der Großen Uhr, eine halbe Stunde vor Mitternacht, hat sich alles zusammengezogen und hat weiße Strahlen von sich gegeben und hat gefunkelt von Mitternacht her, als wenn es Feuer gewesen wär . . .

„Was durch diß gesicht bedeutet“, ist uns verborgen und steht in Gottes Händen. Und obgleich natürlich von Gelehrten über diese Dinge disputiert werden kann, so ist doch kein Zweifel, daß „alleweg“ etwas darauf erfolgt . . .

## 193 DREI REGENBOGEN UND EINE GROSSE FEUERKUGEL

Ein solch erschreckliches Wunderzeichen haben auch wir hier zu Nürnberg und auf dem Land am 12. und 13. Tag des Monats Februar 1593 gesehen, von 3 bis 4 Uhr nachmittags, gegen Niedergang der Sonne . . . Nämlich drei Regenbogen und eine große Feuerkugel sind hell von der Sonne hervorgekommen und gar schrecklich anzusehen gewesen. Was es aber bedeute, wird die Zeit und die Erfahrung weisen.

## 194 DAS „KARTENMALER-DURLA“, EINE GEWESENE JUNFGRAU oder DER GLOCKENSCHWENGEL BRICHT

Über die Dorothea, Hans Erb, dem Kartenmaler sel. seine Tochter, das „Kartenmaler-Durla“ genannt, ging ein bös „geschrey“ hier, als wär sie der Ehren nicht fromm.
Am Sonntag, dem 30. Juli [1610], als man in das Tagamt und zugleich dem „Kartenmaler-Durla“ zu ihrem Kirchgang in St. Sebald geläutet hat, den sie mit Georg Buchholz, des Schuhmachers Martin Buchholz am Weinmarkt Sohn, gehalten, einem überaus stolzen, hoffärtigen, jungen Schuhmacher, welchem der rechte Daumen abgehauen worden war, ist der Schwengel in der Chorglocke entzweigebrochen. Da hat man einen anderen daran gehängt, bis der zerbrochene wieder zusammengeschmelzt oder geschweißt und ganz gemacht worden war.
Deshalb ist diese Glocke dann am 10. August um 1 Uhr in der Nacht [in ihrer Eigenschaft als Feuerglocke] und am 11. August hernach zum Tagamt gar nicht geläutet worden, aber nachmals wieder ganz „verfertiget“ und geläutet worden.

## 195 WALDAMTMANN EBNER oder DER SCHRECKEN DER ARMEN

Anno 1615, zu Allerheiligen, als Wolf Christoph Kreß, Amtmann des Nürnberger Waldes St. Sebalder Pfarr, gestorben ist, ist Waldamtmann worden Hans Clemens Ebner. Der ist am Sonntag, dem 3. November des 16. Jahres, auch verstorben, so daß er das Waldamt nur 1 Jahr hat verwalten können.
Sein toter Leichnam ist geöffnet und es ist befunden worden, daß er eine steinharte Leber und ein Apostem [= Abszeß] und „Geschwer“ – so groß wie eine Faust – in der Seiten gehabt. Deswegen hat er sein Leben lassen müssen. Ebner ist hernach, am Donnerstag, dem 7. November, früh, bald nach dem Ratsläuten, auf einem Wagen von hinnen hinaus nach Eschenbach auf dem Gebirge, 5 Meilen von Nürnberg gelegen, geführt und da in der Herren Ebner Erbbegräbnis in der Kirchen begraben worden, wo Herr Johannes [rich-

tig: Martin] Welcker, Pfarrer daselbst, eine Leichenpredigt gehalten. Dieser Ebner ist den Armen Leuten nicht weniger als der Böse Feind und „gefähr“ gewesen. Denn er hat den armen Weibern nichts gegönnt, die von Thon, Klein- und Großreuth und andern umliegenden Dörfern Holz, Späne, „Zizen“ [= Fruchtzapfen des Nadelholzes, bes. von Fichten und Tannen; Nürnb. Mundart: Ziezn] und Äste, die sonst im Walde verfaulen, zusammengeklaubt und in Tüchern und Körben hereingetragen haben, um dasselbe auf der „Sew-Brucken“ feilzuhalten, zu verkaufen und ihren armen Kindern Brot dafür zu kaufen.
Das nämliche „Hölzlein“ [wohl: Leseholz] nahmen die Schützen unter den Toren und verteilten es unter sich. Hat also die Armen Leut und ihre Kinder weinen und Hunger leiden lassen, daß es zum Erbarmen gewesen. Hat auch gesagt: Er wolle das Holztragen abbringen und verwehren, oder Gott solle ihm das Leben nehmen. Auf diesen Wunsch des Waldamtmanns hin ist es nicht 8 Tage angestanden, da ist er krank geworden und nach wenigen Tagen verschieden. Hat also das Holztragen den Armen Leuten nicht wehren können.

## 196 DIE FLUCHENDE SCHNITTERIN oder VOM DONNER ERSCHLAGEN

Am 8. Juli 1617 ist vormittags schön warm Wetter gewesen. Aber eine Stund nach Mittag ist jählings der Himmel mit schwarzen Wolken überzogen und, ehe es angefangen zu regnen, hat es einen starken Donnerschlag getan. Dieser hat eine Schnitterin erschlagen, welche dem Heinrich Fischer, „Gastgeben“ zum „Gulden Hufeisen“ gegenüber von den „Sieben Türmen“, auf dessen Feld gegen die Große Reuth zu [heute: Stadtteil Großreuth] neben anderen geschnitten. Sie ist alsbald auf dem Acker umgefallen und tot liegenblieben. Man hat sie herein in den Zwinger unter dem Tiergärtnertor getragen, und am 9. Juli ist sie auf Befehl eines Ehrbaren Rats von den geschworenen Ärzten besichtigt worden, und man hat „befunden“, daß sie der Donnerstrahl hinten am Kopf versengt und der Hall sie getötet hat.

Sie ist von den Totengräbern auf einem Karren nach St. Johannis geführt und in die Gemeingrube gelegt worden. Nachdem man sie in eine alte grobe Kotzen eingenäht hatte, wurde den Totengräbern 28 Pfg. fürs Begraben geben.
Die andern, welche neben der Frau geschnitten hatten, sagten, daß sie, als man ein wenig zu lang mit der Frühsuppe ausblieb, habe sie dem Hagel und Donner geflucht und sie herbeigewünscht, welcher sie hernach auch mitten unter den Schnittern allein getroffen. Und den andern Schnittern ist, außer daß sie sehr erschrocken waren, kein Leid widerfahren.
Sie ist von dem Gebirg gewest, hat geheißen Anna Hummertin. Ihr Mann war vor 5 Wochen gestorben und hatte ihr nichts denn 4 Kinder hinterlassen. Darum ist sie hierher in die „Erndt“ gezogen, in der Hoffnung, „Geldlein“ zu verdienen, daß sie ihre armen Kinder könnte ernähren. Dazu ist sie aber nimmer kommen. Alle ihre „Blimelein“, die sie bei sich gehabt hat, sind in einer groben Blahen zusammengewickelt und mit ihr begraben worden.

## 197 SICH SELBST VERFLUCHT oder ABGEWÜRGT VOM FALSCHEN ARZT

Anno 1618, am 1. September, ist Hans Flexlein, ein Zimmermann und Schweinstecher in der Fischergassen, zu Johannis begraben worden. Er war 12 Tage zuvor auf einem Hochzeitsmahl bei dem „Gelben Löwen“ am „Paners Berg“ gewesen und ist mit seinem Bruder in Streit geraten und hat voller Zorn und Grimm getrunken und gesagt: Er wolle trinken und sollte er lauter Pestilenz hineinsaufen.

Darauf ist er auch krank geworden! Und weil er den Doktoren und Ärzten dieser Stadt nit getraut und sie verachtet hat, hat er sich hinab gen Fürth zu einem Doktor führen lassen, welchen die hiesigen Doctores nit für ratsam gehalten haben, und hat sich von dem kurieren lassen. Der aber hat ihn vollends abgewürgt. So hat man den Flexlein wieder von Fürth tot heraufgeführt und hier begraben.

## 198 EIN GEWÄCHS WIE EIN LÖWE

I

1631, während des Dreißigjährigen Kriegs, erschien an der Außenseite der Burg, unterhalb des Fünfeckigen Turms, ein sonderbares Gebilde: ein Gewächs, einem Löwen gleichend, zwei Mann hoch. Dies deutete man im Volk als Vorzeichen der Ankunft Gustav Adolfs, des „Löwen aus dem Norden“.

II

In diesem Jahr im Frühling hat sich hier an dem alten „fünfecketen Thurm“ auf der Veste unterhalb der untern Brustwehr – gegen das Feld hinaus von grünem Gemüs –, auf der Mauer wachsend, ein Gewächs gezeigt wie ein natürlicher Löw. Es hatte fast doppelte Mannshöhe, und weit und breit ist davon ein groß Geschrei gewesen.

Auch ist ein Kupfer [= Kupferstich] – wie hier vor Augen – gestochen worden. Und man hat daraus auf die Zukunft des Königs in Schweden Schlüsse gezogen.

## 199 EIN VORZEICHEN? oder BLUTROT UND KOHLSCHWARZ

Am 14. April [1645] hat sich die Sonne am Himmel etliche Mal verändert: bald war sie blutrot, bald kohlschwarz und wegen dieser Veränderung „gantz erschröcklich".

## 200 MICHALA AUS DER FINDEL oder VOR SEINEM TOD

Dieser Zeit war ein alberner Mensch, welchen man den Michala nannte und der von Kindesbeinen auf in der Findel erzogen worden war. Der war kurz vor dieser Brunst [1671] krank und zeigte sie an und verkündigte sie. Aber es wurde für nichts geachtet und in den Wind geschlagen. Starb bald nach dem Untergang der Kirche und dem großen vorhergesehenen Unglück.

## 201 JÄHER TOD BEIM KIRCHGANG oder ES GING DIE SAG . . .

Anno 1691, am Mittwoch, dem 10. November: Als Hans Wirth, Zimmermann und „fewer Schawer", in die St.-Sebalds-Kirchen gangen war, um seinem Sohn Valentin, auch ein Zimmermann, welcher am nämlichen Tag mit der Käuflin [= Krämerin, Kleinhändlerin] auf dem „Sewmarckt" – die „wander Eisin" genannt – seinen hochzeitlichen Kirchgang „zum Tag Ampt" halten wollte, zu seinem angehenden Ehestand Glück zu wünschen, ist er plötzlich niedergesunken, noch ehe er dem Sohn, der . . . zwischen den beiden „vätern" in der Kirche gestanden, hatte gratulieren können.
Er ist ins Mesner-Stübchen gebracht worden. Darin ist er ohne ein Wort und ohne Lebenszeichen alsbald gestorben. Auf einem Karren hat man ihn heim in seine Behausung beim „Bloben Stern" [= Blauen Stern] geführt. Und am Sonntag, dem 14. November, ist er auf dem St.-Johannis-Kirchhof begraben worden.

Es ging die Sage, er, Wirth, hätte geschworen, wenn er auf seines Sohnes Hochzeit fahren würde oder auf die Hochzeit auch nur einen Tritt ginge, so solle ihn Gott strafen.
Weil er dann seinen Schwur gebrochen, hat ihn Gott, ehe er den Kirchgang verrichtet, gestraft, daß er nicht auf die Hochzeit hat kommen können.

## 202 DIE BEIDEN FEURIGEN SONNEN

Im letzten Weltkrieg, im Jahr 1944, als die englischen und amerikanischen Flugzeuge ihre Bombenlasten auf die deutschen Städte warfen und das Elend und die Not der Leute zum Himmel schrie, sahen etliche über der Klosterruine in Gnadenberg ein seltsames Himmelswunder. Über dem westlichen Himmel stand die Sonne und neigte sich dem Untergang zu. Da erschien auf einmal eine zweite Sonne neben der am Himmel, und plötzlich fingen sie sich an zu drehen, aber gegeneinander, schnell und immer schneller, daß der Himmel davon weithin aufglühte wie die beiden feurigen Sonnen. Das seltsame Himmelsschauspiel dauerte fast eine Viertelstunde. Dann verschwand die eine Sonne in den roten Abendwolken.

Die Erscheinung wurde auch in den umliegenden Orten und in der Stadt Nürnberg gesehen. Die Leute deuteten die Erscheinung als ein Zeichen, daß der Krieg bald sein Ende finden würde, aber noch viel Brand und Blut über das Volk kommen werde.

# 203 EIN KLEINER ALLERSCHÖNSTER JÜNGLING oder TODANKÜNDIGUNG

Hier in dieser Stadt ist vor wenigen Jahren ein tugendhaftes gottesfürchtiges Weib gestorben. Vor Ihrem Ende hat sich die Tür „zusehend andrer Leute“ von selbst geöffnet. Und die kranke Frau hat drauf gesagt: „Schau! Da kommt ein kleiner allerschönster Jüngling, um mich abzuholen und winkt mir, ich solle ihm folgen.“
Eine Viertelstunde hernach ist sie entschlafen.

# VARIA

## 204 PAUL CRUZ oder BERGMÄNNCHEN ALS GÄSTE

Zu Nürnberg ist einer gewesen mit Namen Paul Cruz, der eine wunderbare Beschwörung gebraucht hat. In einen gewissen Plan hat er ein neues Tischlein gesetzt, ein weißes Tuch darauf gedeckt, zwei Milchschüßlein darauf gesetzt, ferner zwei Honigschüßlein, zwei Tellerchen und neun Messerchen. Weiter hat er eine schwarze Henne genommen und sie über einer Kohlpfanne zerrissen, so daß das Blut in das Essen hineingetropft ist. Hernach hat er davon ein Stück gegen Morgen, das andere gegen Abend geworfen und seine Verschwörung begonnen. Als dies geschehen war, ist er hinter einen grünen Baum gelaufen und hat gesehen, daß zwei Bergmännlein sich aus der Erde hervorgefunden haben, sich zu Tisch gesetzt und bei dem kostbaren Rauchwerk, das auch vorhanden gewesen ist, gleichsam gegessen haben.

Nun hat er ihnen Fragen vorgelegt, worauf sie geantwortet haben; ja, wenn er das oft getan hat, sind die kleinen Geschöpfe so vertraut geworden, daß sie auch zu ihm ins Haus zu Gast gekommen sind. Hat er nicht recht aufgewartet, so sind sie entweder nicht erschienen oder doch bald wieder verschwunden. Er hat auch endlich ihren König zuwege gebracht, der dann allein gekommen ist in einem roten Scharlachmäntelein. Darunter hat er ein Buch gehabt, das er auf den Tisch geworfen und seinem Banner erlaubt hat, so viel und so lange er wollte, drinnen zu lesen. Davon hat sich der Mensch große Weisheit und Geheimnisse eingebildet.

## 205 DIE WIESE MIT DEM GOLDHÜGEL oder DAS SANDZWERGLEIN

In der Nähe von Nürnberg ist eine große Wiese, in deren Mitte ein kleiner Hügel von rotem Sand. Obwohl viele Fuhren davon alljährlich weggebracht wurden, ist doch der Sand niemals weniger geworden.

Von diesem Hügel wird erzählt, es hätten einmal die Kinder dort gespielt, da sei ein altes Männlein mit eisgrauem Bart hervorgetreten. Das habe ihnen allerhand Zuckerbrot gegeben und sie durch

eine Öffnung in das Innere des Sandhügels geführt. Die Kinder seien furchtlos gefolgt, weil der Alte gar freundlich ausgesehen habe; er habe aber kein Wörtlein gesprochen. In dem Hügel seien die Kleinen über große Haufen Gold und Silber und hellglänzende Edelsteine gestiegen. Bei jedem Haufen sei der Mann stehengeblieben und habe darauf hingedeutet. Danach seien die Kinder von ihm wieder hinausgeführt worden, hätten auch zu Hause ihren Eltern alles erzählt, die es nicht glauben wollten, bis sich beim Auskleiden in den Schuhen der Kleinen goldene Münzen gefunden hätten.
Nachmals sollen die Nürnberger Kinder zuhauf an den Hügel gegangen sein, jedoch nie mehr das Männlein mit dem Bart gesehen haben.

## 206 GLOCKEN IM SEE oder VERSENKT

I

Als am 29. Juni 1449 der Markgraf Albrecht Achilles dem Nürnberger Rat seinen Absagebrief gesandt hatte, flohen die Bewohner der umliegenden Dörfer in die feste Stadt. Auch die Bauern von Mögeldorf machten sich hinein. Zurück blieben nur einige Greise und die beiden Dorfhauptleute, um das Letzte zu retten, was man unter den Umständen noch retten konnte: die Kirchenglocken. Denn der Markgraf hätte sie sicher fortgenommen und zu Mörsern [= schweres Geschütz] umgießen lassen. Man hatte sie noch herabgelassen und auf Schleifen geschleppt. Aber um sie in den Wald zu bringen, dazu reichten die Kräfte nicht aus, zumal der Weg bergan ging. Endlich kamen sie darauf, die Glocken in den See zu versenken, dessen tiefste Stelle zweimal kirchturm-hoch und mehr war. Das gelang ihnen auch. Doch sie waren kaum fertig, als die Truppen des Markgrafen schon kamen: Man ergriff die Greise und preßte ihnen bald ein Geständnis ab. Als das geschehen war, zündete man die Kirche und mit ihr das Dorf an und stieß die beiden Armen in den See, hinunter an der Stelle, wo die Glocken lagen.
Es waren zweihundert und mehr Jahre vergangen: Der See verlandete, und die Kirche hatte neue Glocken, als man in der Oberen Burg von den versenkten Glocken hörte und eine Gräfin Pohlheim sich Gedanken um sie machte. Sie ging nicht nur sehr oft hinunter

an das Ufer und schaute nach den Glocken aus, sie ließ am Ende sogar Wassertreter aus Holland kommen, denen sie unter großen Versprechen befahl, die Glocken wieder an das Tageslicht zu bringen. Die Wassertreter tauchten hinunter, kamen jedoch sehr bald zurück und sagten, wohl hätten sie die Glocken und den oberen Teil des Mantels unten wahrgenommen und schon die mitgenommenen Taue daran befestigen wollen, da hätten sie zwei Gerippe gesehen, die ihre Schädel hin und her gewiegt und mit den Knochenarmen nach ihnen fassen wollten. Drum hätten sie die Tiefe schleunigst verlassen müssen.

Seit dieser Zeit hat niemand mehr hinabzutauchen gewagt. Der See verlandete allmählich, und in den sumpfigen Wiesen bezeichnet nur ein einzelner Weidenbusch den Ort, an dem sie heute noch liegen.

II

Mögeldorf (bei Nürnberg) steht zwar noch, aber die alten Glocken seiner Kirche ruhen tief unter der Erde und haben wahrscheinlich keine Urständ mehr zu hoffen. Es heißt, daß die Mögeldorfer während der markgräflichen Fehden Anno 1448 ihre Glocken in einen nahen See versenkt haben, damit sie der Feind nicht fortschleppe. Der See ist heutzutage verschwunden. Aber die Glocken sind noch alleweil nicht gehoben.

## 207 DER TRACK VOR DEM SPITTLERTOR

Am vierten Pfingsttag [1500], als es 11 schlug, da flog aber der Track vor dem Spittlertor mehr als eine viertel Meil, wohl 70 Klafter hoch, bis zu der Stadt gen Nürnberg. War wohl 16 Schuh lang.

## 208 DER „WÖHRDER BARTHEL“

Ludwig Schnöd, Richter zu Wöhrd, verehrte der dortigen Kirche ein schönes silbernes Bild des heiligen Bartholomäus, ihres Schutzpatrons. Wegen dieses Bildes wurden die Wöhrder von alters her beschuldigt, sie würden es alljährlich auf einige Zeit versetzen und am Kirchweihfest wieder einlösen. Die Veranlassung zu dieser Sage war die Entwendung des „Silbernen Barthel“ durch den Mesner zu Wöhrd im Jahre 1540.

## 209 VERSEHEN AN EINEM SCHWEIN oder DAS BETTLERKIND

Am 8. August 1610, am Mittwoch, hat Martha, Hausfrau des Bettlers Hans Stark von Burk bei Forchheim, vor dem Tiergärtnertor

auf der Gassen ein Töchterlein geboren. Und kein Mensch war bei ihr. Anfänglich wollte sie auch niemand mit dem neugeborenen Kind, das sie in einem Schurzfleck am Arm „umbgetragen“ hat, in eine Stuben einlassen, obwohl sie „flehelich“ und weinend die Leute in den Gärten um Gottes Willen darum gebeten hat.
Das Kind ist am Leib offen gewesen, daß man Lung, Leber, Herz, Nieren, Gall, Gedärm gesehen. Das hat alles herausgelegen und ist schrecklich anzusehen gewesen. Ist sonst ein schönes volles Kind gewesen, das vom Herrn Wolfgang Luder [hier wieder: u], der damals Kaplan und Wöchner bei St. Sebald war, getauft und Margaretha genannt worden. Und man hat die Mutter mitsamt dem Kind ins Spital getragen. Darin ist das Kind hernach am zweiten Tag, dem 9. August, gestorben, früh zwischen 1 und 2. Es wurde abkonterfeit und auf dem Neuen Kirchhof in der Kindergruben begraben.
Man hat es geschnitten und befunden, daß es so geboren wurde. Und die Mutter hatte solches an einem aufgeschnittenen Schwein „ersehen gehabt“, das ihr Nachbar in ihrem Dorf gestochen und ausgenommen und auf das sie mit Lust gesehen.
Die Kindbetterin ist erst am 23. August aus dem Spital und wieder heimkommen.

## 210 EIN SCHATZFUND?

Man hat auch als gewiß ausgegeben und gesagt, daß bei der [länger] währenden Abräumung [?] [1673] ein großer Schatz gefunden worden sei, der in großem Reichtum bestand. Ob das stimmt, weiß ich nicht . . . Doch hat man nicht leiden wollen, daß etwas davon geredet wurde, „welches aus sonderlichem Bedencken geschehen seyn muß".

## 211 DIE „VERFLUCHTE JUNGFER“ oder BEIDE HÄNDE

Die Pegnitz bildet mit dem Mühlwasser die Insel Wöhrd in Nürnberg. Eine Gasse auf dem Wöhrd heißt „Die Verfluchte Jungfer“ (Ver’floucht Jungfer). Es lebte da eine Frau mit ihrer Tochter, wel-

che aber ihre Mutter schlecht behandelte. Einst stieß die tiefgekränkte Mutter den Fluch aus: „Dir wird die Hand aus dem Grab wachsen!“ Die Tochter starb noch vor der Mutter.
Eines Tages liefen die Kinder nach Haus und sagten: „Aus einem Grab auf dem Kirchhof ragen zwei Hände!“ Die Leute eilten da hin und fanden eine Leiche, welche die beiden Hände aus dem Grab streckte.

## 212 DER KINDLEINFRESSER

Wenn man früher durch das Laufer Tor in die Stadt Nürnberg hereinging, sah man sogleich linker Hand sowie auch in der Gegend des „Blauen Stern“ unweit vom Frauentor ein Haus, an welchem ein Mann angemalt war, der ein fürchterliches Aussehen und in beiden Händen kleine Kinder hatte, die er zu fressen schien . . .
Damit suchte man die Kinder furchtsam zu machen. Eltern, deren Kinder unruhig und ungehorsam gewesen waren, nahmen gewöhnlich ihre Zuflucht zum Drohen mit dem Kindleinfresser, den sie kommen lassen wollten und die Kinder fressen.

## 213 BAUCHAUFSCHNEIDERIN oder DIE EISENBÄRT

In Nürnberg herrschte noch von alten Zeiten her unter dem Volk die Gewohnheit, daß Mütter und Kinderwärterinnen ihren Kindern vormachten, in dieser Nacht [Fastnacht] komme die Eisenbärt und schneide allen bösen und ungehorsamen Kindern den Bauch auf, und sie werde eben dieses Schicksal treffen, wenn sie nicht fromm und folgsam seien.
Da sie durch diese unvernünftige Drohung die Kinder in Angst und Schrecken versetzten, so suchten sie sie durch die Gabe von Fastnachtküchlein zu besänftigen und zu trösten.
Noch heutigentags [18. Jh.] ist es gebräuchlich, an der Fastnacht Fastnachtküchlein unter gute Freunde und Kinder mit dem scherzhaften Beisatz zu verteilen: „daß die Eisenbärt nicht komme und den Bauch aufschneide!“

## 214 DER „WU-WU, WUWERLA“ KOMMT

Wenn hierzulande Leute, besonders aus dem niedrigen Volk, ihre unartigen und unbändigen Kinder beruhigen und ihnen Gehorsam einprägen wollen, fahren sie sie mit den im rauhen Ton gesprochenen Worten „Wu-wu“ an und jagen ihnen Furcht und Schrecken ein durch die Drohung, daß sie den „Wuwerla“, den sie als eine Art von bösem Geist ausgeben, kommen und sie von ihm züchtigen lassen werden.

## 215 DER WASSERGOGGERLORI

Früher gab es als Schreckgespenst für kleine Kinder den Wassergoggerlori.

# ANHANG

# GRUNDSÄTZLICHES

Dies ist der 2. Band einer geplanten mittelfränkischen Sagentrilogie. Band 1 – Mittelfränkische Sagen. Aus der Literatur – ist 1995 erschienen und im Rathaus zu Weißenburg bei einer Buchpräsentation zunächst den geladenen Gästen, darunter der Bezirksheimatpfleger Dr. Kurt Töpner, Staatssekretär Rudolf Klinger und Bezirkstagsvizepräsident Fritz Körber sowie der Generaldirektor der bayerischen Staatsbibliotheken, Prof. Dr. Eberhard Dünninger, vorgestellt worden. Nun steht noch der 3. Band aus – Mittelfränkische Sagen. Aus dem Volksmund (Arbeitstitel). Gefördert wird das gesamte Projekt durch einen Forschungsauftrag der Bayerischen Landesstiftung, durch den Bezirk Mittelfranken und die Hermann-Gutmann-Stiftung, Weißenburg.

Während sich diverse Thematik in verschiedenen Städten ähnelt (z. B. Frühzeit-„Fabeleien") und hier wie dort in etwa gleich stark vertreten ist, besteht ein gewaltiger Unterschied bei der Heiligenüberlieferung: „Nicht bloß in Regensburg, auch fast überall sonst gibt es weit mehr Heiligenkulte als in N. Den Grund suche ich in der Kirchenpolitik des Stadtrats, der allein auf die zwei Pfarreien, Kirchen und Heiligen St. Sebald und St. Lorenz setzte und neben ihnen nichts aufkommen ließ" (Borst, Schr. v. 14. 2. 1999).

Ich betrachte es als Glücksfall, daß Prof. Dr. Arno Borst, der ursprünglich – nach seiner Arbeit von 1966 – eine leider nicht realisierte kritische Edition der Sebaldslegenden plante, mir nun (1999) seine üppigen Sebaldsunterlagen überließ: Fragmente, aber auch den kompletten Text von „Es was ain kunek". So konnte ich mir mühsame Archivrecherchen ersparen und gleich aus der Quelle schöpfen.

Ich widmete den Geschichten um Sebald besonders viel Aufmerksamkeit, denn: „Wie die meisten Heiligenlegenden sind die Sebaldsviten von großem, bisher kaum beachtetem historischen Quellenwert, indes weniger für die Lebenszeit des Heiligen, von dem sie erzählen, als vielmehr für die geschichtliche Umwelt, in der sie geschrieben wurden" (Borst, S. 22).

Dem Mangel an anderen „Heiligenstories" steht eine überreiche und lebendige Chroniklliteratur gegenüber. Viele Sagen, die ich daraus entnommen habe, sind „überprüfbar": die darin vorkommenden Leute haben wirklich gelebt [nur schade, daß es, laut K. Kohn, aus dem 17. und 18. Jahrhundert keine Einwohnerlisten gibt], und die angegebenen Örtlichkeiten sind heute noch bekannt oder rekonstruierbar, s. z. B. die Sage Nr. 151 (Ausbruch aus dem Loch), die uns in die Bauzeit der Lochwasserleitung zurückführt.
Bei den Anmerkungen wird auf den historischen Hintergrund, die greifbare Realität, besonders eingegangen.

# QUELLEN und LITERATUR

## A) ARCHIVALIEN

| | | |
|---|---|---|
| BSB | = | Bayer. Staatsbibliothek München |
| cgm | = | codex germanicus monacensis |
| clm | = | codex latinus monacensis |
| cod. | = | codex |
| Hs. | = | Handschrift (Mz.: Hss.) |
| LB Karlsruhe | = | Badische Landesbibliothek |
| LB Weimar | = | Thüringische Landesbibliothek (Herzogin Anna Amalia Bibliothek/ Stiftung Weimarer Klassik) |
| LKA Nürnberg | = | Landeskirchenamt Nürnberg |
| Ms./Mss. | = | Manuskript/e |
| Q. | = | Sign. der beiden Luder-Bände in der LB Weimar |
| Rep. | = | Repertorium |
| Rst. | = | Reichsstadt |
| StA | = | Staatsarchiv Amberg |
| StadtAN | = | Stadtarchiv Nürnberg |
| StadtBN | = | Stadtbibliothek Nürnberg |
| StAN | = | Staatsarchiv Nürnberg |

Amberg StA: Bestand Oberster Lehenhof München Nr. 1456.
Halsgericht Treffelstein. Anno 1572 (die Geschichten von der Strelsin, s. Sagen Nr. 146 – 148, wurden entnommen aus Thieser, S. 182, 183, 185).

Karlsruhe LB: Hs. 437: Christoph Roßhirt ... fol. 368 r: Von den Schwarzkünstlern [Nürnberger Faustgeschichten]. Aber keine einzige Nürnberger Faustsage darin, nur in N. kursierende Faustgeschichten. – Entstehungszeit zwischen 1575 und 1586. Auf diese Handschrift wies erstmals Wilhelm Meyer 1895 hin.

München BSB:

cgm 2068: Nürnbergische Chronica von Johann Schmidt. 1636 als Schulmeister in Feucht, dort vermutl. bis 1645 (wie aus den Feuchter Rechnungen hervorgeht, die er schrieb). Deshalb besonders ergiebig für Feucht, mehr noch als Lüder. Später von anderer Hand weitergeführt bis 1731.
Schmidt erklärt ausdrücklich, er habe aus 4 – nicht näher genannten Vorlagen – kompiliert (Bock, in: MVGN 47, 1956 [= Bock, Lüder], S. 303). Bock,
S. 55 wertet: „der umsichtige, außerstädtische Ereignisse besonders beachtende Johann Schmid ..."

cgm 2072: z. B. Bl. 430: Liebeszauber 1544

| | |
|---|---|
| cgm 3578: | „Dieser Chronist scheint ... für Wöhrd stärker interessiert" (Bock, S. 140). Berichtet ausführlich und anschaulich. Ausführlich, aber nicht langatmig und verworren, wie gelegentlich bei Lüder (z. B. in dessen Bronauer-Sex-Geschichte).<br>Keine einzige der von mir hier aufgenommenen Sagen aus cgm 3578 kommt bei J. Dünninger vor. Dabei sind sie so geschlossen-schlicht und klar erzählt. Sie sind für mich Musterbeispiele chronikalischer Überlieferung, z. B. die Sage vom seltsamen Schmied aus Straßburg oder die von der Regina Schillerin (Sage Nr. 155 und 168). |
| Nürnberg:<br>StadtBN: | |
| a) Amb. 17.2° | Joh. Leonhard Beck, Chronik, Hs. nach 1700. Beck hat sich „mit dem Ausschreiben einer einzigen älteren Chronik begnügt" (Bock, Lüder, S. 303). |
| b) Amb. 31.2° | Nürnberger Chronik von 1601 – 1701, so Kunstmann, S. XII (weitgehend gleichlautend das äußerlich weniger ansprechende Rep. 52 a, 170 des STAN). „Schöne Chronik", so Bock, Lüder, S. 306. |
| c) Amb. 177.2° | |
| d) Amb. 178.2° | |
| e) Amb. 616.2°: | Nürnberger Chronik 17. Jh., Bd. 2, von Hans Starck, vermutlich Genannter von 1591 – 1629 (Bd. 1 – Amb. 615.2° - wurde nicht benützt).<br>Zu Starck s. Bock, Lüder, S. 304 ff. – Weitgehende Übereinstimmung Starcks mit Lüder. |
| f) Amb. 617.2°: | Starck, Bd. 3. (Letzter Band der Chronik)<br>(Starck ist für mich der Chronist mit dem meisten Gemüt; vor allem deshalb mag ich ihn besonders gern. Man lese z. B. bei Bock, S. 16 die rührende Geschichte vom Bettelmann, der am Stefanstag, trotz größter Not, den Brauch des Pfefferns nicht vergißt. Oder die erschütternde Geschichte von der Bettlerin und ihrem Kind; s. vorne Nr. 209). |
| g) Solg. Ms. 37.2° | (auch Codex Solger), f. 271 v. – 277 v.<br>Darin Lebensbild: „Es was ain kunek zu Tennemarck". Entstanden um 1380 – 85. Abschrift u. a. 1438 von dem Augsburger Geistlichen Stephan Hüttaus.<br>(Adam Rudolf Solger, 1693 – 1770, Stadtbibliothekar.<br>Bekannt als gr. Bibliophiler. Seine dritte große Sammlung (6 850 Bde.) an seltenen Drucken und bibliophilen Raritäten sowie 96 wertvollen Hss. gelangt 1766 für 15 000 fl. an die Stadtbibliothek). |
| STAN: | Nürnberger Handschriftensammlung: Rep. 52 a, 46-53:<br>Wolfgang Lüder, Nürnberger Chronik (Hs. nach 1600). |
| I | = Bd. 46 (von Anfang bis 1549) |
| II | = Bd. 47 (von 1550 – 1570) |
| III | = Bd. 48 (1571 – 1589) |
| IV | = Bd. 49 (1590 – 1600) |
| V | = Bd. 50 (1601 – 1606) |

| | | |
|---|---|---|
| VI | = | Bd. 51 (1607 – 1609) |
| VII | = | Bd. 52 (1610 – 1611) |
| VIII | = | Bd. 53 (1612 – 1615) |

s. Bock, Lüder. S. 297 – 312.

Lüders Hauptwerk, „mit dem er sich um unsere Kenntnis vieler Einzelheiten des Nürnberger alltäglichen Lebens seiner Zeit sehr verdient gemacht hat, ist die vielbändige Chronik der Stadt ... Wie oft diese ... bekannte und beliebte Chronik abgeschrieben worden ist, wissen wir nicht. Doch kennen wir heute noch zwei ganz verschieden ausgestattete Niederschriften, von der einen 8, von der anderen nur 2 Bände. Beide sind sie unvollständig, aber sie ergänzen einander in glücklichster Weise. Nach den Aufbewahrungsorten müssen wir sie die Nürnberger und die Weimarer Handschrift nennen“ (Bock, Lüder, S. 289 f.).
„Der Wert der Lüder-Chronik liegt durchaus im Bericht über die eigene Zeit des Chronisten. Um 1600 wird er zusehends reichhaltiger ...“ (wie oben, S. 301).
Charakteristisch für Lüder, der sich – gottlob – nicht scheut, Subjekives in seinen Text einfließen zu lassen, ist „seine Vorliebe für all das, was wir heute unter dem Begriff Volkskunde zusammenfassen“ (wie oben, S. 302). Insofern bietet sich seine Chronik, eine schier unerschöpfliche Quelle, für weitere Forschungen und wissenschaftliche Arbeiten an.

<u>Weimar LB:</u> Luder [!] Q 132 (Abfassungszeit 1596 – 1613 bzw. 1624)
Luder Q 133 (endet 1619)
s. Lüder, unter StAN

## B) LITERATUR

Acta Sanctorum Bollandiana (= Acta SS, sonst: AASS). Hrsg. von Jean Bolland und Gottfried Henschen, danach von den Bollandisten. 1643 ff. (Die Bände der Acta SS erscheinen fortlaufend bis ins 20. Jh. hinein, bisher Bd. 1 – 67. Das Werk ist jedoch noch nicht abgeschlossen. Nach den Namenstagen der Heiligen und Seligen und somit nach Monaten geordnet. Bis incl. 3. Oktober, Erscheinungsjahr 1770, ist der Erscheinungsort Antwerpen. Neuerdings Brüssel, Tongerloo (nur 1 Bd.), Paris). Acta SS, Bd. 3 (1737), 19. August, S. 762 – 775: De Sancto Sebaldo Eremita

Baechtold-Stäubli, Hanns: Handwörterbuch des deutschen Aberglaubens. 10 Bde. (Bd. 10 ist Registerband), Berlin und Leipzig 1927 – 42 (= HdA)

Baedeker, Karl: Nürnberg. Baedekers Stadtführer. Ostfildern-Kemnat und München 1996

Barbeck, Hugo (1851 – 1907): Als Nürnberg freie Reichsstadt war. Geschichten, Sagen und Legenden aus Nürnbergs vergangenen Tagen. Nürnberg 1895

Bauch, Andreas (1908 – 1985): Der heilige Sebald. In: Bavaria Sancta, Bd. 3, 1973, S. 156 – 169

Bauer, Franz (1901 – 1969): Alt-Nürnberg. Sagen, Geschichten und Legenden. 4. Aufl. München 1964

Bavaria. Landes- und Volkskunde des Königreichs Bayern. 3. Bd.: Oberfranken-Mittelfranken. München (1864)–1865. Mittelfranken speziell in: 3, 2 (s. bes. S. 900–944: Volkssage und Aberglauben in Mittelfranken, von Eduard Fentsch, und S. 944–984: Volkssitte…); s. auch 3, 1, S. 267 ff.: Volkssage und Volksglaube in Oberfranken. Mit einigen mittelfränkischen Sagen!

Bavaria Antiqua, s. Schwemmer, Wilhelm

Bavaria Sancta: Zeugen christlichen Glaubens in Bayern. Hrsg. von Georg Schwaiger. 3 Bde., Regensburg 1970, 1971 und 1973 (zu Sebald s. Bd. 3, S. 156–169, Beitrag von Andreas Bauch)

Bayerische Kunstdenkmale, s. Fehring/Ress

Behringer, Wolfgang: Hexenverfolgung in Bayern. Volksmagie, Glaubenseifer und Staatsräson in der Frühen Neuzeit. 3. Aufl. München 1997

Bock, Friedrich (1886–1964): Zur Volkskunde der Reichsstadt Nürnberg. Lesefrüchte und Untersuchungen. Beiträge zur Volkstumsforschung. Würzburg 1959 (mir unentbehrlich)

Bock, Friedrich: Der Chronist Wolfgang Lüder. In: MVGN, Bd. 47, 1956, S. 297–342 (= Bock, Lüder)

Böck, Emmi: Regensburger Stadtsagen, Legenden und Mirakel. Regensburg 1982

Böck, Emmi: Sagen aus Mittelfranken. Aus der Literatur. Nürnberg 1995

Böck, Emmi: Sagen und Legenden aus Eichstätt und Umgebung. 2. Aufl. Eichstätt 1985 (1. Aufl. 1977)

Böck, Emmi, s. Schöppner/Böck

Borst, Arno (* 1925): Die Sebaldslegenden in der mittelalterlichen Geschichte Nürnbergs. Sonderdruck aus dem Jahrbuch für Fränkische Landesforschung, Bd. 26, Jg. 1966, S. 19–178, Neustadt a. d. Aisch [1967]

Brückner, Wolfgang: Volkserzählung und Reformation. Ein Handbuch zur Tradierung und Funktion von Erzählstoffen und Erzählliteratur im Protestantismus. Berlin 1974

Buchner, Franz: Missionstaufe und Taufbrunnen in deutschen Gebieten. Geschichtliches und Volkskundliches. In: Volk und Volkstum. Jahrbuch für Volkskunde … hrsg. von Georg Schreiber [1] 1936, S. 201–212

Curiosa, Handwerker-Epitaphien, Patriziergräber auf dem St.-Johanniskirchhof zu Nürnberg. Neu überarb. und erweiterte Gesamtausgabe der bisherigen Broschüren und Handwerkerepitaphien. Nürnberg 1991

Dehio, Georg: Handbuch der deutschen Kunstdenkmäler. Franken. München 1979

Deichsler, Heinrich (1430–1506/07): s. CFS, Bd. 4 und 5. („Der erste Teil der Deichslerschen Chronik ist weitestgehend eine Abschrift der ‚Nürnberger Jahrbücher des 15. Jh.', die von Deichsler zusammengestellt wurden. Die Zeit ab 1487 hat er selbst verfasst", Stadtlexikon N., S. 201)

Die Chroniken der fränkischen Städte. 1349–1516: Nürnberg, Bd. 1–5, Leipzig 1862–1874. Unveränderter Neudruck: Göttingen 1961–1969 (= CFS). s. Deichsler, Jahrbücher, Meisterlin … (die Nürnberg-Bände finden sich auch in der Reihe: Die Chroniken der deutschen Städte vom 14. bis ins. 16. Jh., 36 Bde., Leipzig – Stuttgart – Gotha 1862– 1931, und zwar als Bd. 1–3, 1862/64 und Bd. 10–11, 1872/74)

Die Handschriften der Stadtbibliothek Nürnberg. Bd. 1 (die dt. mittelalterl. Hss.), bearb. von Karin Schneider. Wiesbaden 1965

Dittmar, Franz: 400 Ausflüge in die Umgegend von Nürnberg und Fürth (mit 4 Generalstabskarten …). Nürnberg 1897

Dünninger, Josef (1905–1994): Fränkische Sagen vom 15. bis zum Ende des 18. Jahrhunderts. Wiesbaden – Nendeln 1979 (Reprint der 2. Auflage Kulmbach 1964); (1. Aufl. Kulmbach 1963)

Ebran von Wildenberg, Hans: Chronik von den Fürsten aus Bayern. Hrsg. von Friedrich Roth. In der Reihe: QE NF, Bd. 2, Abt. 1, München 1905. Neudruck: Aalen 1969

Falckenstein, Johann Heinrich von (1677–1760): Antiquitates et Memorabilia Nordgaviae Veteris Oder: Nordgauische Alterthümer und Merckwürdigkeiten [beim 2. und 3. Teil: „des Burggrafthums Nürnberg"]. 4 Teile: 1. Teil Schwaben 1734 (u. a. über heidn. Götzendienst, Druiden) – 2. Teil Schwabach und Leipzig 1735 (u. a. genealog. Tabellen, Wappen). Teil 1 und 2 in einem Band. – 3. Teil: Schwabach und Leipzig 1743 (Ursprung des Burggrafentums Nürnberg). – [4. Teil] Codex diplomaticus ... Neustadt a. d. Aisch und Leipzig 1788 (posthum)

Falckenstein, Johann Heinrich von: Antiquitates Nordgavienses, oder Nordgauische Alterthümer und Merckwürdigkeiten / aufgesucht in der Aureatensischen Kirche / oder Hochfürstlichen Hochstifft Eichstett ... Fortgesetzt in dem Hochwürdigen Dom-Capitel..., denen in der Eichstettischen Dioeces gelegenen Collegiat-Stifftern, Rural-Decanaten, wie auch Manns- und Frauen-Clöstern ... 2 Teile (in einem Bd.) Frankfurt und Leipzig 1733 (hierin u. a. etwas über den hl. Sebald)

Fehring, Günther P./Ress, Anton: Die Stadt Nürnberg. 2. Aufl., bearb. von Wilhelm Schwemmer (Bayerische Kunstdenkmale Bd. 10, Kurzinventar), München 1977

Fentsch, Eduard (1814–1877): Volkssage und Volksglauben in Mittelfranken. In: Bavaria, Bd. 3, 2. Abt., S. 999–994

Fränkische Bibliographie. Schrifttumsnachweis zur historischen Landeskunde Frankens bis zum Jahre 1945. Hrsg. von Gerhard Pfeiffer. 4 Bde. 1965–1978 Bd. II/2 Nürnberg. Würzburg 1970 Bd. IV: Nachträge und Berichtigungen, Autoren-, Anonymen-, Stichwortregister. Neustadt a. d. Aisch 1978

Francisci, Erasmus (1627–1694): Höllischer Proteus. Nürnberg 1690. (Kompilationsliteratur)

Füssel, Stephan: „Eine erschröcklich Geschicht ordentlich verfasset." Nürnberg und der Faust-Stoff. In: MVGN, Bd. 80, 1993, S. 161–179. S. 174–177 über Roßhirts Nürnberger Faustgeschichten

Gärtner, Georg: Rund um Nürnberg. Streifzüge im Nürnberger Burgfrieden. Nürnberg 1926 (darin z. B. S. 146 ff.: Pillenreuth)

Grimm (Brüder): Deutsche Sagen. Vollständige Ausgabe 2 Bde. in 1. Bd., Stuttgart 1974 (nach dem Text der 3. Aufl. von 1891)

Hampe, Theodor (1866–1933): Aus den Nürnberger Malefizbüchern. In: Bayerischer Heimatschutz 23, 1927, S. 98–111 (= Hampe 1)

Hampe, Theodor: Die letzte Amtsverrichtung (13. Nov. 1617) des Nürnberger Scharfrichters Franz Schmidt. In: MVGN Bd. 26, 1926, S. 321–326 (= Hampe 4)

Hampe, Theodor: Die Nürnberger Malefizbücher als Quellen der reichsstädtischen Sittengeschichte vom 14. bis zum 18. Jahrhundert. (Neujahrsbll. der Gesellschaft für Fränkische Geschichte, 17). Bamberg 1927 (= Hampe 2)

Hampe, Theodor: Die Nürnberger Malefizbücher als volkskundliche Quelle. In: Bayerischer Heimatschutz, 21. Jg. 1925, S. 52–59 (= Hampe 3)

Handwörterbuch des Aberglaubens, s. Baechtold-Stäubli

Hemmerle, Josef: Die Benediktinerklöster in Bayern. Reihe: Germania Benedictina. Bd. 2. Augsburg 1970 (darin S. 197–200 über das Schottenkloster N.)

Hofmann, Hanns Hubert: Der Historische Atlas von Bayern, Teil Franken. Aufbau und Quellen. In: Jb. für Fränk. Landesforschung 11/12, 1953

Hofmann Hanns Hubert: Nürnberg. Gründung und Frühgeschichte. In: Jb. für Fränk. Landesforschung 10, 1950, S. 1–35

Hofmann, Hanns Hubert: Nürnberg-Fürth (= Historischer Atlas von Bayern, Teil Franken, Reihe 1, Heft 4), München 1954

Hotz, Joachim († 1983): Aus Frankens Kunst und Geschichte. Mittelfranken. Lichtenfels [1976]
Kapfhammer, Günther (1937–1993): Bayerische Sagen. Sagen aus Altbayern, Schwaben und Franken. 3. Aufl. Düsseldorf-Köln 1975 (1. Aufl. 1971, 2. Aufl. 1972)
Kramer, Heinrich (= Institoris): „Nürnberger Hexenhammer" 1491. (Staatsarchiv Nürnberg Nr. D 251). Reprint Hildesheim 1990. Hrsg. und eingeleitet mit Transkription von Günter Jerouschek)
Kunstdenkmäler, s. Die Kunstdenkmäler
Kunstmann, Hartmut H.: Zauberwahn und Hexenprozeß in der Reichsstadt Nürnberg. Bd. 1 der Nürnberger Werkstücke zur Stadt- und Landesgeschichte, einer Schriftenreihe des Stadtarchivs Nürnberg 1970 (Diss. Mainz 1970)
Kusch, Eugen: Nürnberg. Lebensbild einer Stadt. Mit einem neuen Kapitel „1945–1989" von Christian Köster. 5. Aufl. Nürnberg 1989
Lammert, Gottfried: Volksmedizin und Medizinischer Aberglaube. In Bayern und den angrenzenden Gebieten: Neudruck der Ausgabe Würzburg 1869: München 1969
Lotter, J. M.: Sagen, Legenden und Geschichten der Stadt Nürnberg. Nürnberg 1899
Maas, Herbert: Asuu und ned andersch. Deftiges und Deutliches über Nürnberger Wörter. Nürnberg 1991 (Besprechung von Robert Schuh in: MVGN, Bd. 80, 1993, S. 259 f.)
Maas, Herbert: Wou die Hasen Hoosn und die Hosen Huusn haaßn. Ein Nürnberger Wörterbuch. 6. Aufl. Nürnberg [1992]
Maas, Herbert / Zahn, Benedict Wilhelm: Bäiderla af alli Subbm. Die Sprichwörtersammlung des Benedict Wilhelm Zahn, Nürnberg 1997 (Verlag Stadtarchiv N.)
Maister Franntz, s. Schmidt, Franz
Malter, Wilhelm: Mittelfranken. Nürnberger Umland. 3. Aufl. Nürnberg 1974
Mayer, Friedrich (1804–1857): Nürnberg und seine Merkwürdigkeiten. Nürnberg 1980 (Nachdruck der Ausgabe von 1849)
Meisterlin, Sigismund OSB (um 1435 – um 1491): Chronik der Reichsstadt Nürnberg. 1488. In: CFS, Bd. 3, Leipzig 1864
Merian, Matthäus (1593–1650): Topographia Franconiae. Frankfurt 1648
Meyer, Wilhelm: Nürnberger Faustgeschichten. (Abhandlungen der Bayer. Akad. der Wissensch., 20. Bd., II. Abt.) München 1897, S. 323 – 402
Münster, Sebastian (1488–1552): Cosmographey Oder beschreibung Aller Länder, herrschafftenn und fürnemesten Stetten des gantzen Erdbodens (1544; insgesamt 46, davon 27 dt. Auflagen, zuletzt 1650; mit zahlreichen Holzschnitten und Karten). Reprint der Ausgabe Basel 1588: Grünwald bei München 1977
Nopitsch, Christian Conrad (1759–1838): Wegweiser für Freunde in Nürnberg, oder topographische Beschreibung der Reichsstadt Nürnberg. Neustadt a. d. Aisch 1992 (Nachdruck der Ausgabe Nürnberg 1801). Buchbesprechung von Herbert Maas in MVGN, Bd. 80, 1993, S. 272 f.
Norica. Beiträge zur Nürnberger Geschichte. Bibliotheksdirektor Friedrich Bock zu seinem 75. Geburtstag die Stadt Nürnberg. Hrsg. von der Stadtbibliothek (Nürnberg) 1961. (Enthält S. 9–12 Verzeichnis der Publikationen von Fr. Bock)
Nork, F.: Die Sitten und Gebräuche der Deutschen. Stuttgart 1849
Nürnberg zu Fuß. 20 Stadtteilrundgänge durch Geschichte und Gegenwart (mit Fürth und Erlangen). Hamburg 1988
Nürnberger Faustgeschichten, s. Füssel, Meyer, Roßhirt sowie Archivalien
Nürnberger Totengeläutbücher. Bd. 1: St. Sebald. 1439–1517. Bearb. von Helene Burger. Neustadt a. d. Aisch 1961
Nürnberger Totengeläutbücher. Bd. 3: St. Sebald 1517–1572. wie oben, 1972

Nürnberger Totengeläutbücher. Bd. 2: St. Lorenz 1454–1517, wie oben, 1967
Nürnbergisches Pfarrerbuch, s. Simon, Matthias
Panzer, Friedrich (1794–1854): Bayerische Sagen und Bräuche. Beitrag zur deutschen Mythologie. 2 Bde., München 1848 und 1855, s. Peuckert
Petzoldt, Leander: Deutsche Volkssagen. München 1979 (= DVS)
Petzoldt, Leander: Historische Sagen. Bd. 1: Fahrten, Abenteuer und merkwürdige Begebenheiten. München 1976 (darin z. B. über Herzog Ernst) (= HS 1)
Petzoldt, Leander: Historische Sagen. Bd. 2: Ritter, Räuber und geistliche Herren. München 1977 (darin z. B. Nr. 478 und Anmerkung zu Eppelein von Gailingen) (= HS 2)
Peuckert, Will-Erich: Neuausgabe von Panzers „Bayerische Sagen und Bräuche". Göttingen 1954 und 1956. In vorliegender Ausgabe wird nach dieser Neuausgabe zitiert (= Panzer)
Pfeiffer, Gerhard (1905–1996): Die Anfänge der Egidienkirche zu N. Ein Beitrag zur ältesten Stadtgeschichte. In: MVGN 37, 1940, S. 53, 308
Pfeiffer, Gerhard, s. Fränkische Bibliographie
Pfeiffer, Gerhard / Schwemmer, Wilhelm: Geschichte Nürnbergs in Bilddokumenten. 4., erweiterte Aufl. München 1996. Sonderausgabe für die Sparkasse N. Erweiterte Fassung von Rudolf Endres. (Nur dieses Werk von Pfeiffer wird zitiert)
Pfeiffer, Gerhard (Hrsg.): Nürnberg – Geschichte einer europäischen Stadt. München 1971 (Textband)
Priem, Johann Paul (1815–1890): Nürnberger Sagen und Geschichten. 4. Aufl. Nürnberg und Leipzig o. J. [1906]
Rader, Matthaeus SJ (1561–1634): Bavaria Sancta. 3 Teile (München 1615, 1624 und 1627) und ein Anhangsband, die sog. Bavaria Pia (1628). Nachdruck der Erstausgabe 1704, s. auch Rassler
Raff, Helene: Fränkische Sagen und Legenden. Altötting 1946
Rassler, Maximilian SJ (1645 – 1719): [M. Raders] Heiliges Bayer-Land Aus dem Lateinischen Vor Hundert Jahren ... In gegenwärtigen Stand gebracht. Von R. P. Maximilian Rassler. Schmutztitel: Das Heilige/Selige und Gottselige Bayer-Land / In drey Theil abgetheilt. Augsburg 1714
Reicke, Emil (1865–1950): Geschichte der Reichsstadt Nürnberg von dem ersten urkundlichen Nachweis ihres Bestehens bis zu ihrem Übergang an das Königreich Bayern (1806). Nürnberg 1896 (Neudruck Neustadt a. d. Aisch 1983)
Roßhirt, Christoph (Lehrer bei St. Sebald), s. Nürnberger Faustgeschichten. 1575 (s. auch MVGN, Bd. 80, Nürnberg 1993, darin Stephan Füssel ...)
Roth, Elisabeth: Volkskultur in Franken. Bd. 1: Kult und Kunst. Hrsg. Klaus Guth. Bamberg/Würzburg 1980 (darin u. a. „Got und der lieb Her S. Sebolt." Nürnbergs Stadtpatron in Legende und Chronik)
Rücker, Elisabeth: Die schedelsche weltchronik. Das größte Buchunternehmen der Dürerzeit. München 1973
Schedel, Hartmann (1440–1540): Das Buch der Chroniken und Geschichten ... von Anbeginn der Welt bis auf diese unsere Zeit [= „Weltchronik"]. Inkunabel. Nürnberg 1493 (in Lat. – Liber Chronicarum – sowie in Deutsch und mit über 1800 Holzschnitten, bei A. Koberger erschienen). Reprint München-Grünwald 1975
Schieber, Martin: Die Geschichte des Klosters Pillenreuth. In: MVGN, Bd. 80, 1993, S. 1 – 115
Schmeller, Johann Andreas (1785–1852): Bayerisches Wörterbuch. 3. Neudruck der von Georg Karl Frommann bearbeiteten 2. Ausgabe München 1872 – 1877. Aalen 1973

Schmidt, Franz: (* um 1555, + 1634) Maister Franntzn Schmidts Nachrichter inn Nürnberg all sein Richten. Nach der Handschrift hrsg. von Albrecht Keller, Leipzig 1913. Neudruck Neustadt a. d. Aisch 1979 mit einer Einleitung von Prof. Dr. Wolfgang Leiser, Erlangen. (Bereits 1801 hatte in Nürnberg J.M.F. von Endter die nämlichen Aufzeichnungen hrsg.)

Schneider, Karin, s. Die Handschriften ...

Schöppner, Alexander (Taufname: Johannes, Alexander war sein Klostername; 1820–1860): Bayrische Sagen, 3 Bde. München 1979 (nach der Volksausgabe München 1874); zu Schöppner s. auch Emmi Böck, Cor unum, 42, Jg., Heft 1, Würzburg 1984 (erste Biografie über ihn!)

Schöppner/Böck: Bayerische Legenden. Regensburg 1984

Schwaiger, Georg, s. Bavaria Sancta

Schwemmer, Wilhelm (1901–1983): Alt-Nürnberger Herrensitze, Offenhäuser. 2. Aufl. München 1983. (In der Reihe der Bayer. Vereinsbank: Bavaria Antiqua. Verborgene Kostbarkeiten der bayer. Kulturgeschichte)

Sieghardt, August (1887–1961): Nürnberg. Wesen und Schicksal einer Stadt. Nürnberg 1950

Siehe der Stein schreit aus der Mauer. Geschichte und Kultur der Juden in Bayern. Ausstellungskatalog GNM, Nürnberg 1988

Simon, Matthias (1893–1972): Nürnbergisches Pfarrerbuch. Die evangelisch-lutherische Geistlichkeit der Reichsstadt Nürnberg und ihres Gebiets 1524 – 1806

Stadtlexikon Nürnberg. Hrsg. Michael Diefenbacher und Rudolf Endres (Redaktionsteam vom Stadtarchiv N.). 2. Aufl. Nürnberg 2000

St. Lorenz. Sagen und Legenden (Mitteilungsblatt des Vereins zur Erhaltung der St. Lorenzkirche in N. Neue Folge 15, 2. Aufl., November 1977)

Stritzke, Karl (1890–?): Es war einmal. Nürnberger Sagen und Geschichten. 5. Aufl. Nürnberg 1959. Heftige Kritik in MVGN 68, 1981 – Übles Machwerk!

Thieser, Bernd: Hexenprozesse in der Oberpfalz. [Innentitel: Die Oberpfalz im Zusammenhang des Hexenprozeßgeschehens im Süddeutschen Raum während des 16. und 17. Jahrhunderts]. Bayreuth 1987 (ab S. 181 viele mittelfränkische Orte erwähnt!)

Thomann, Günther u. a.: Hexenwahn – Hexenverfolgung. Zeugnisse aus der Stadtbibliothek und dem Stadtarchiv Nürnberg. 1987

Totengeläutbuch, s. Nürnberger Totengeläutbücher

Weyer, Johannes (auch: Weier, Wierus; 1515–1588): De praestigiis daemonum. Basel 1563

Wildner, Christian (1849–1912): Nürnberger Sagen, Geschichten und Gedichte. München 1913 (posthum)

Wittmann, Leonhard: Flurdenkmale des Stadt- und Landkreises Nürnberg. In der Reihe: Das Steinkreuz, Jg. 19, Heft 1/2, Nürnberg 1963

Wörterbuch der dt. Volkskunde. Neu bearbeitet von Richard Beitl. 3. Aufl. Stuttgart 1974 (= WdV)

Würfel, Andreas (1718–1769): Geschichte des ehemaligen Nonnen Klosters zu Pillenreuth Maria Schiedung genannt, in dem Nürnbergischen Gebiete, aus des Klosters Urkunden zusammen getragen ... Altdorf 1764

Zahn, Benedict Wilhelm (1738 – 1819), s. Maas, Herbert

Zeichen am Himmel. Flugblätter des 16. Jahrhunderts. Katalog der Grafischen Sammlung des GNM Nürnberg, 1982

## C) PERIODIKA

Altnürnberger Landschaft. Die Arbeitsgemeinschaft zur Erforschung der Heimatgeschichte und zur Pflege des Heimatgedankens konstituierte sich bereits 1951. Die „Mitteilungen" (= MANL) (Hefte) 1, 1952 ff. Zum Gründungsjahr s. „40 Jahre Altnürnberger Landschaft", Sonderheft 1991/2 (lfd. Nr. 38), S. 14 – 25. Die Gründung der AL geht u. a. zurück auf Staatsarchivdirektor Fritz Schnelbögl, Dr. Wilhelm Schwemmer, Direktor der Kunstsammlungen der Stadt Nürnberg, Schulleiter Hanns Seibold ... s. auch Stadtlexikon N, S. 65. Im Sonderheft: S. 84 – 98: Autoren und ihre Berichte. In den MANL der Jahre 1952 – 1990, S. 99 – 100: Die Sonderhefte 1953 – 1991; S. 101 – 102: Die Bände der Schriftenreihe 1952 – 1991. Register für die Jahrgänge 1 – 4, 1955; zu 5 – 8: 1959.
Erscheinungsort der MANL derzeit: Simmelsdorf.

Jahrbuch für fränkische Landesforschung 1, 1935 ff. (Unterbrechung: nach 8/9, 1943 folgt 10/1950). Register 1 – 17, 1959; 18 – 30, 1983; 31 – 40, 1991.

Jahresbericht des Histor. Vereins im Rezat-Kreis. 1, 1830, Nürnberg. Ab der 8. Ausgabe (für das Jahr 1837, Nürnberg: 1938): Jahresbericht des Histor. Vereins in Mittelfranken. Ab Jg. 10 (Druckjahr: 1841): Ansbach. Ab 33, 1865: ... von Mittelfranken; ab 38, 1871/72: ... für Mittelfranken (s. dazu Wilhelm Engel, Frankenland, Wegweiser in das Landesgeschichtl. Schrifttum, Heft 2: Die Jahresberichte des Historischen Vereins für Mittelfranken. (Mit Hinweisen auf den Inhalt der Abhandlungen [bis 1940/41], Würzburg 1949).
Verzeichnis der in den Jahresberichten 1 – 50 (1830 – 1920) erschienenen Abhandlungen und Aufsätze: 1903.
Index für die ersten 30 Jahresberichte: 1863. Übersicht über die Bde. 31 – 46 (1863 – 1898): 1900.
Der Bd. 88, 1975/76 – bearbeitet von Emma Foertsch – ist ein extra Registerband zu den Bdn. 31, 1963 – 86, 1971/72. – Seit 1956 Jahrbuch.

Mitteilungen des Vereins für Geschichte der Stadt Nürnberg (= MVGN). Ein landesgeschichtliches Jahrbuch mit Aufsätzen und Reszensionsteil. 1, 1879 ff. („Unterbrechung zwischen 39, 1944 und 40, 1949; hier – und nicht nur hier – unerheblich, da schon früher nicht immer jährlich 1 Heft bzw. heute 1 Band erschienen ist", Mitt. von Brun Appel, 8.3.2001). Register 1 – 10, 1951; 11 – 43, 1953; 44 – 50. 1961; 51 – 60, 1981; 61 – 70, 1992.

# INHALTS- und HERKUNFTSANGABEN

| | | |
|---|---|---|
| 1 | Nürnberg – eine Gründung von Ebran von Wildenberg, S. 33 Norix? | |
| 2 | Zu Noremberg | Aventin, Chronik, Buch 1, Kap. 53, S. 135 |
| 3 | Dem Ptolemaeus sein Segodunum? | Falckenstein, Antiqu. et Memorabilia, Teil 2, S. 411 f. |
| 4 | Etliche meinen … | Schedel, Buch 1, Bl. 100 |
| 5 | Vom Ursprung Nürnbergs oder Drusus Nero | Diederichs/Hinze, S. 197 (Zentralarchiv der dt. Volkserzählung, Aufnahme um 1890 von Leidinger) |
| 6 | Als eine Jungfrau gebar oder Zwölf Jahre zuvor | Meisterlin, S. 45 f. (in CFS, Bd. 3) |
| 7 | Nürnberg, die Hauptstadt der Noriker | Merian, S. 65 |
| 8 | Der erste Anfang … | Falckenstein, Antiqu. et Memorabilia, Teil 2, S. 410 |
| 9 | Mörderei um Nürnberg | Münster, Buch 3, S. 916 |
| 10 | Wo König Adelger gehaust hat | VHVO, Bd. 17, 1856, S. 80 |
| 11 | Nürnberg eine Karlsgründung? | Merian, S. 42 |
| 12 | Nürnberg eine Gründung der Roßtaler? oder Die große Glocke | Schlund, Zenngrund. Sagen. 1983, S. 60 |
| 13 | Vom Harzwald | Münster, Buch 3, S. 915 |
| 14 | Wunder des hl. Sebald | Friedr. Mayer, S. 45 |
| 15 | St. Sebald von königlichem Stamm oder Ein Bauer? | Merian, S. 70 |
| 16 | Sebald verschmäht die Ehe oder Manches Abenteuer mit dem Teufel | Kusch, S. 7 |
| 17 | Es war ein König zu Dänemark | StadtBN: Solg. Ms. 37. 2 ° (Es was ain kunek); die gesamte Sebaldlegende: Bl. 271 v – 277 v |
| 18 | Danach kam er nach Nürnberg oder Feuer aus Eiszapfen | wie oben |
| 19 | Der Wagner als Fischkäufer oder Die Augen ausgestochen | wie oben |
| 20 | Die verlorenen Ochsen oder Licht aus brennenden Fingern | wie oben |
| 21 | Und als ihm der Tod nahte oder Gespannwunder | wie oben |
| 22 | Die Frau mit dem eisernen Reif | wie oben |
| 23 | Das hölzerne Kirchlein oder Das wild Feuer | wie oben |
| 24 | Mißachtung im Schottenkloster oder „Eja, Ihr Grüssiger!“ | wie oben |
| 25 | Ein Schluck für den Toten oder Die verdiente Maulschelle | Stritzke, S. 98 |

| | | |
|---|---|---|
| 26 | Ein Sarabaita oder Schmähung an der Totenbahre | |
| | Version I | Ms.-Sammlung Borst (clm 901: Meisterlin, Non minoris I (1483), Kap. 11). Übersetzt von Robert Köhler, Ingolstadt |
| | Version II | Ms.-Sammlung Borst (clm 23877: Meisterlin, Non minoris II (nach 1488), Kap. 11). Übersetzt von Robert Köhler |
| 27 | St. Sebolt will nit zu St. Egidien bleiben oder Niemand als die Engel | |
| | Version I | Es was ain kunek |
| | Version II | Ms.-Sammlung Borst (LKA Nbg., Rep. 14 St. Sebald, cod. 465: Czu den zeiten) |
| 28 | Die Bäuerin von Poppenreuth oder Der versteinerte Käs | Es was ain kunek |
| 29 | Die Frau aus Erlbach oder Feiertagsfrevel | wie oben |
| 30 | Die Rompilger oder St. Sebolt stritt selber mit | wie oben |
| 31 | Die Ahnfrau und ihr Enkel oder Mit Wachs aufgewogen | wie oben |
| 32 | Die Frau aus der Sutten oder Auf allen Vieren | wie oben |
| 33 | Siech oder Ein Vierdung Wachs | wie oben |
| 34 | Ein Priester von St. Lorenz | wie oben |
| 35 | Ein Nürnberger zu Schiff oder St. Sebald wehrt den Winden | Ms.-Sammlung Borst (clm 23877: Meisterlin II, Kap. 11). Übersetzt von Robert Köhler |
| 36 | Ein Kürschnergesell wird von einer Nadel im Hals befreit | Ms.-Sammlung Borst (LKA Nbg., Rep. 14 St. Sebald, cod. 465) |
| 37 | Ein Raisigknecht oder Vom Pferd geschlagen | Ms.-Sammlung Borst (Meisterlin, Non minoris II, dt. Übersetzung) |
| 38 | Nothelfer der schwangeren Frauen oder Kopfreliquiar | Ms.-Sammlung Borst |
| 39 | Am Sebaldstag oder Nürnbergs Aufstieg | Ms.-Sammlung Borst (LKA Nbg., Rep. 14 St. Sebald, cod. 465) |
| 40 | Die hl. Achahildis als Gründerin vom Klösterle? | Gärtner, S. 146 |
| 41 | Das Willibaldsbrünnlein | L. Wittmann, S. 56 |
| 42 | Karl der Große im Tiefen Brunnen | |
| | Version I | Schöppner 1, Nr. 21 |
| | Version II | Schönwerth 3, S. 358 |
| 43 | Die Kunigundenlinde im Burghof | Schöppner 2, Nr. 636 vgl. auch 1, Nr. 136 |
| 44 | Warum Nürnberg Rüdenberg genannt worden ist oder Der Rüde, ein Schwarzkünstler | Adolf Schwammberger, Fürther Sagen, 4. Aufl. 1971, S. 22 |

| | | |
|---|---|---|
| 45 | Wo der Name Wöhrd herkommen soll | Merian, S. 66 |
| 46 | Der Kaiser und der Freihartsbub | Bavaria, Bd. 3, 2, S. 907 |
| 47 | Unheilszeichen oder Brand während der Taufe | |
| | Version I | Johann Hübner, Polit. Historia. Teil 4, 1708, S. 121 f. |
| | Version II | Jahrbücher des 15. Jh., S. 126 (in CFS, Bd. 4) |
| 48 | Kindertausch oder König Wenzel, ein Schusterssohn? | Jahrbücher des 15. Jh., S. 126 (in CFS, Bd. 4) |
| 49 | König Wenzel in Nürnberg oder Span vom Heiligen Kreuz | Schöppner 2, Nr. 643 |
| 50 | Die Auerbacher Messe oder Verkauft an die Nürnberger | Peuckert, Nr. 497 (aus: Zs. Opf. 4, 1910, 20) |
| 51 | Eine große Kinderversammlung im Stadtgraben oder „Die Kaiserlein" | Priem [1906], S. 177 f. |
| 52 | Gustav Adolf und sein Lederkoller | Lotter, S. 428 f. |
| 53 | Der „Schüsselesstein" oder Napoleon | L. Wittmann, S. 39 f. |
| 54 | Herzog Ernst | Petzoldt, HS 1, Nr. 243, daraus S. 259 – 261 (Text nach dem Volksbuch von Herzog Ernst) |
| 55 | Die Söhne des Burggrafen oder Die Rache der Sensenschmiede | |
| | Version I | Kapfhammer, S. 233 f. (aus Christoph Gottlieb Murr, 1778) |
| | Version II | Schöppner 2, Nr. 637 |
| 56 | Verhängnisvolle Liebe zum Burggrafen oder Die Gräfin von Orlamünde | Grimm, Nr. 585 |
| 57 | Wie ein geläufiges Nürnberger Sprichwort entstanden ist | Bavaria 3, 2, S. 909 |
| 58 | Ein erfahrener Nürnberger Krieger oder Jedem Mann ein Ei … | Petzoldt, HS 2, Nr. 500 (Gg. Brünnert 1893), vgl. auch Meisterlin, S. 122 (in CFS, Bd. 3) |
| 59 | Eppele und die Bauersfrau oder „Ka Galing z'hoch" | Diederichs/Hinze, S. 262 f. (Brückner 1929) |
| 60 | Der dumme Schmied und der Raubritter | Bauer, S. 20 |
| 61 | Der rettende Sprung oder „Die Nürnberger hängen keinen …" | Diederichs/Hinze, S. 218 f. (aus Barbeck 1895) |
| 62 | Der kühne Raubritter | Friedr. Mayer, S. 46 |
| 63 | Apelle Vocales oder Heppele von Galen | J. Dünninger, Nr. 73 (Joh. Gg. Keyßler 1751) |
| 64 | Eppelein zündet Nürnberg an | Stritzke, S. 82 |
| 65 | Die Hinrichtung | Grimm, Nr. 130 |
| 66 | Ein greulicher Feind der Nürnberger oder Kunz Schott | Schöppner 3, Nr. 1152 |

| | | |
|---|---|---|
| 67 | Wie Götz von Berlichingen durch die Nürnberger seine Hand verlor | Petzoldt, HS 1, Nr. 224 (aus der Lebensbeschreibung des Ritters Götz von B.) |
| 68 | Das Spital „Zum Heiligen Geist“ oder Der „Grindige Heinz“ | |
| | Version I | Diederichs/Hinze, S. 212 ff. (Priem 1872) |
| | Version II | Schöppner 3, Nr. 1145 |
| 69 | Anton Tetzels Verrat | Lotter, S. 198 ff. |
| 70 | Pontius Pilatus in Nürnberg | Bavaria 3,2, S. 915 f. |
| 71 | Woher der Name „Judenbühl“ gekommen sein soll | L. Wittmann, S. 62 |
| 72 | Aufruhr oder Judenpogrom 1348 | Diederichs/Hinze, S. 214 ff. (aus Barbeck 1895) |
| 73 | Ein „Prophet“ in Nürnberg | Kapfhammer, S. 234 u. 236 (Büttner 1807) |
| 74 | Ein Riese | Kapfhammer, S. 236 (Büttner 1807) |
| 75 | Brunst in Almoshof oder Ein Fürther Jude als Feuerbanner | |
| | Version I | Bock, S. 58 f. |
| | Version II | StAN: Rst. Nbg. Handschriften, Rep. 52 a, Nr. 53, Bl. 584 v – 587 r u. 587 v – 588 r (= Lüder, Bd.8) |
| 76 | Woher die Redensart „Närrischer Wallenstein“ kommt | Bock, S. 126 |
| 77 | Der Dudelsackpfeifer | Priem, S. 111 ff. |
| 78 | Die Kapelle in Altenfurt | |
| | Version I | Falckenstein, Antiqu. et Memorabilia, Teil 2, S. 192 f. |
| | Version II | J. Dünninger, Nr. 1 (Meisterlin 1488) |
| 79 | Wiedergutmachung des Gebannten oder Kruzifix am Himmel | Würfel, Pillenreuth, S. 8 f. |
| 80 | Der Baum mit dem Kruzifix oder „Bildenreuth“ | Dittmar, S. 27 |
| 81 | Ein alter blinder Mann oder Weissagung | Würfel, Pillenreuth, S. 9 f. |
| 82 | Vom Ursprung der Kartause zu Nürnberg oder Unfall in Rom | Schöppner 3, Nr. 1146; auch bei Schöppner/Böck, Nr. 126 |
| 83 | Die drei Baumeister von St. Lorenz oder Der „Alte“ | Schöppner 2, Nr. 639 |
| 84 | Der goldene Becher oder Unschuldig hingerichtet | |
| | Version I | Priem, S. 25 f. |
| | Version II | Friedr. Mayer, S 46 |
| 85 | Der „Silberne Herrgott“ oder Die Herrgottschwärzer | Schöppner 3, Nr. 1143 |
| 86 | Spuk im Klarakloster | Lotter, S. 77 f. |
| 87 | Soviel Türme wie das Jahr Tage hat | |
| | Version I | Der Mainbote von Ofr., 1927, S. 60 |
| | Version II | Kusch, S. 25 |

| | | |
|---|---|---|
| 88 | Ein schlaues Geschenk oder Vom „Sinbeln Turn“ | Jahrbücher des 15. Jh., S. 132 (in CFS, Bd. 4) |
| 89 | Das Heimliche Gericht oder Die Eiserne Jungfrau | Maas/Zahn, S. 54 |
| 90 | „Horch, da klingt's hohl!“ | Stritzke, S. 24 |
| 91 | Alte Jungfern oder Den Weißen Turm fegen | Maas/Zahn, S. 140 |
| 92 | Die Ratte | |
| | Version I | Schöppner 2, Nr. 641 |
| | Version II | Friedr. Mayer, S. 46 |
| 93 | Der „Schusserbub“ und „Teufelsbrünnlein“ | |
| | Version I | Schöppner 2, Nr. 640 |
| | Version II | Die Schwarzen Führer, S. 189 f. |
| 94 | Das „Lausbubenkäpple“ | |
| | Version I | St. Lorenz. Sagen u. Gesch., S. 13 |
| | Version II | Friedr. Mayer, S. 46 |
| 95 | Scheintot oder Pferdeköpfe als Wahrzeichen | Panzer 2, Nr. 300 |
| 96 | Eine kleine Figur oder Totgeworfen mit dem Stößel | |
| | Version I | Friedr. Mayer, S. 47 |
| | Version II | Stritzke, S. 40 f. |
| 97 | Der Kunstschmied oder Glücksbringer | |
| | Version I | Die Schwarzen Führer, S. 186 f. |
| | Version II | Sieghardt, S. 89 |
| 98 | Vom Ring am Schönen Brunnen oder Kinderwunsch | Bauer, S. 76 f. |
| 99 | Vom Schönen Brunnen oder Wo in Franken die kleinen Kinder herkommen | |
| | Version I | Lotter, S. 212 |
| | Version II | Die Stimme Frankens. Nr. 2, 32. Jg., 1966, S. 55 |
| | Version III | Maas/Zahn, S. 82 |
| | Version IV | Stritzke, S. 51 |
| 100 | „Zum Schwedenkrug“ | Lotter, S. 425 ff., näherhin S. 426 f. |
| 101 | Im „Kreuzle“ oder Der Schuß nach dem eisernen Herrgott | Stritzke, S. 149 |
| 102 | Der Nagel im Totenschädel | |
| | Version I | Nürnberg zu Fuß, S. 96 |
| | Version II | Stritzke, S. 125 |
| 103 | Die „Verfluchten Jungfern“ oder Fremde Pilger angelockt | Schöppner 3, Nr. 1313 |
| 104 | Der Spuk im Spital oder Die „Närrsch Gusterti“ | Bauer, S. 90 ff. |
| 105 | Wie die Gusterti gebannt wurde | Bauer, S. 91 |
| 106 | Die Gusterti im Wald | Bauer, S. 91 f. |

| | | |
|---|---|---|
| 107 | Geistermesse oder „Wahrhaftige Geschicht“ | |
| | Version I | Enoch Widman, Die Hofer Chronik [1592], S. 113 f. |
| | Version II | J. Dünninger, S. 125 (nach Würfel, 1756) |
| | Version III | Schöppner 3, Nr. 1147 |
| 108 | Das Weiblein mit den goldenen Nüssen | Lotter, S. 132 f. |
| 109 | Spuk im Tucherschen Haus in der Judengasse | Bock, S. 43 (nach „W. Pirckheimer, Briefwechsel, Bd. 2, S. 557, nach Ratsbuch“) |
| 110 | Die Gebeine aus der Gemeingrube | Bock, S. 48 (cgm 2070, zum Jahr 1569) |
| 111 | In der Judengasse oder Die Hausglocke beim Prünsterer | BSB: cgm 3587, Bl. 65 r (zum Jahr 1630) |
| 112 | Jämmerlich geheult oder Ein Gespenst | J. Dünninger, Nr. 37 (aus Lüder 6) |
| 113 | Gespenster bei St. Sebald oder Ein großer Fall | BSB: cgm 3587 (zum Jahr 1609) |
| 114 | Blökt wie ein Kalb | BSB: cgm 3587 (zum Jahr 1609) |
| 115 | Ein Prediger geht um oder Verschworen in die Lachen hinterm Dutzendteich | Bock, S. 47 („cgm 3587, Bl. 141 v“) |
| 116 | Das „Jungfr. Ketherrlein“ | BSB: cgm 2068, S. 739 f. (auch bei J. Dünninger, Nr. 60) |
| 117 | Gespenst bei der Egidienkirche | StAN: Rst. Nbg. Handschriften, Nr. 172, Bl. 114 r |
| 118 | Ein kleines Männlein in der Glocken | Bock, S. 43 f. („Erlg. 1567, 995“) |
| 119 | Das Spukhaus in Zippeleshof | |
| | Version I | Bock, S. 45 |
| | Version II | BSB: cgm 2068, S. 840 f. (zum Jahr 1663) |
| 120 | Maßfrevel? oder Die Pfragnerin als Poltergeist | J. Dünninger, Nr. 61 (cgm 2068, S. 871) |
| 121 | Die böse Wirtin von Schweinau | Schöppner 3, Nr. 1322 |
| 122 | Schreckgespenst oder Tod auf dem Fischmarkt | BSB: cgm 3587, Bl. 284 v (zum Jahr 1666) |
| 123 | Nach dem Tod vom „Vickes“ und Warum er umgehen hat müssen | BSB: cgm 3587, Bl. 292 v (zum Jahr 1669) |
| 124 | Die drei Wiedergänger zu Wöhrd | J. Dünninger, Nr. 62 (cgm 2068, S. 908) |
| 125 | Ein Familiargeist beim Goldschmied | Schöppner 1, Nr. 140 |
| 126 | Der Apotheker zu Gostenhof | J. Dünninger, Nr. 64 (cgm 2068, S. 962) |
| 127 | Mehlführerin als böser Geist | J. Dünninger, Nr. 63 (cgm 2068, S. 961) |
| 128 | Das Mägdlein von Wöhrd oder Begegnung mit einem Gespenst | BSB: cgm 2068, S. 969 |
| 129 | Einer veruntreut einen Kirchenstein oder Spuk „beim Lindwurm“ | Bock, S. 48 („Amb. 31.2°, 872“) |
| 130 | Unerklärliches Läuten oder Der rote Sand | BSB: cgm 2068, S. 1040 (auch bei J. Dünninger, Nr. 65) |
| 131 | Das Gespenst im Oberen Wöhrd | J. Dünninger, Nr. 66 (cgm 2068, S. 1068) |
| 132 | Der Ohnekopf | E. Francisci, S. 399 ff. |

| | | |
|---|---|---|
| 133 | Inzest oder Der Geist des Zirkelschmieds | BSB: cgm 2068, S. 1219 f. |
| 134 | Die Schwedenwacht | Schöppner 3, Nr. 1315 |
| 135 | Der Spuk unter der Stiege im „Schwarzen Bären“ | Schöppner 3, Nr. 1317 |
| 136 | Der Geist in der Kanne | Schöppner 3, Nr. 1318 |
| 137 | „Das Liegende Kreuz“ oder „Das Grüne Engelein“ | L. Wittmann, S. 54 |
| 138 | Die Teufelswette oder Der Ring um die Säule | |
| | Version I | Die Schwarzen Führer, S. 178 f. |
| | Version II | Friedr. Mayer, S. 45 |
| 139 | „Trocken-“ oder „Trudensteg“ | Sieghardt, S. 322 f. |
| 140 | Der Teufel im Katharinenkloster | Bock, S. 42 |
| 141 | Schatzhebung im Turmhof oberhalb der Bleiche | |
| | Version I | J. Dünninger, Nr. 9 |
| | Version II | J. Dünninger, S. 120 (nach Joh. Weier 1575) |
| 142 | Liebeszauber oder Unsinnig geworden | BSB: cgm 2072, S. 430 |
| 143 | Mittel gegen den Teufel oder „Säudreck“ | Hampe 3, S. 58 |
| 144 | Ein Nürnberger Reformator oder Osianders Grab | Petzoldt, HS 2, Nr. 373 |
| 145 | Der Stadtknecht im Gostenhof | J. Dünninger, Nr. 19 (aus Seb. Koppitz, Nürnbergische Chronica, 1567) |
| 146 | Ein Fleck aus seiner Hosen oder Als sie weinte … | Thieser, S. 179 u. S. 183 f. |
| 147 | Der Teufel schlägt zu oder Milch von einer roten Kuh | Thieser, S. 185 |
| 148 | Wie man den Teufel bannt | Thieser, S. 182 f. |
| 149 | Die Aurholtin oder Einen durchgebrannten Mann wieder herzaubern | Bock, S. 60 |
| 150 | Der Teufel auf dem Abort | Bock, S. 50 f. |
| 151 | Ausbruch aus dem „Loch“ oder Er hat mehr können als Brotessen | |
| | Version I | StadtBN: Amb. 616. 2°, Bl. 31 v – 33 r (= Starck 2) |
| | Version II | StAN: Rst. Nbg. Handschriften, Nr. 48, Bl. 191 v – 192 r (= Lüder 3) |
| 152 | Der Dieb vom Galgen oder Aus Galgenkette Ringe gemacht | StAN: Rst. Nbg. Handschriften, Nr. 48, Bl. 370 v (= Lüder 3) |
| 153 | Ein Wildschütz zum Gleißhämmerlein oder Man konnte ihn weder schießen noch verwunden | StAN: Rst. Nbg. Handschriften, Nr. 48, Bl. 371 r – 372 r (= Lüder 3) |
| 154 | Der unheimliche Geselle des Nagelschmieds | Panzer 2, Nr. 294 |

| | | |
|---|---|---|
| 155 | Der seltsame Schmied aus Straßburg oder Schwarzkünstler | BSB: cgm 3587, Bl. 64 |
| 156 | Tot im Bett oder Es ging die gemeine Sag | BSB: cgm 3587, Bl. 68 |
| 157 | Ein abergläubischer Pfarrer | Bock, S. 63 |
| 158 | Die Nickel-Tochter heiratet oder „In des Teufels Namen" | StadtBN: Amb. 31.2°, S. 79 f. |
| 159 | Der „Zauberer" Georg Bruckner oder Auf sechs Jahr dem Bösen Feind verschrieben | wie oben, S. 174 |
| 160 | Tod beim Fechten oder Ein bezaubertes Hemd | StAN: Rst. Nbg. Handschriften, Nr. 53, Bl. 580 r – 581 v (= Lüder 8) |
| 161 | „Sieh, Teufel, da hast du deine Speise!" | Hampe 3, S. 59 |
| 162 | Der Turmhüter vom Fröschturm oder Durch Zauber entmannt | LB Weimar: Q 133, 298 r (= Luder) |
| 163 | Der „Zuckerbacher" oder festgemacht | BSB: cgm 2068, S. 689 (zum Jahr 1646) |
| 164 | Fleckleinsbuben oder Ein bezauberter „Zettul" | MVGN, Bd. 45, 1954, S. 26 |
| 165 | Der bucklig Herr von Herberstein … 1658 | BSB: cgm 2068, S. 779 |
| 166 | Hanns Kreß, der Teufelsbündler | BSB: cgm 2068, S. 815 f. |
| 167 | Das Vaterunser um ein Kopfstück | E. Francisci, S. 140 ff. |
| 168 | Regina Schillerin oder Der überwundene Teufel | BSB: cgm 3587, Bl. 294 r |
| 169 | Die Metischerin oder Für Lebensmittel die Seele verkauft | StadtBN: Amb. 17. 2°, Bl. 457 v (Joh. Leonh. Beck) |
| 170 | Diese arme Sünderin oder Den Herrn Kaplan angehaucht | wie oben, Bl. 458 r |
| 171 | Selbstmord oder Verhetzt durch den Geldteufel? | BSB: cgm 2068, S. 1040 |
| 172 | Die Teufelskunst des Büttels oder Die Maus im Kopf | StadtBN: Amb. 31.2°, S. 999 f. |
| 173 | Ostern auf der Schütt oder Dem Teufel ergeben | StadtBN: Amb. 31.2°, S. 1023 |
| 174 | Vom Bierwirt Fischer oder Dem Teufel verkauft und verschrieben | StadtBN: Amb. 178.2° (zum 11. 5. 1697) |
| 175 | Der Böse Feind im Loch oder Der heimgesuchte Bauernjunge | StadtBN: Amb. 178.2° (zum 5. 6. 1697) |
| 176 | Kinderlehr für Teufelsbündler | StadtBN: Amb. 31.2°, S. 1025 f. |
| 177 | Soldat ruft den Teufel | BSB: cgm 2068, S. 1256 (zum Jahr 1726) |
| 178 | Der „Nußkaspar" | Schöppner 2, Nr. 634 |
| 179 | Das Drudendrücken | Schöppner 3, Nr. 1316 |
| 180 | Druden-Korb oder Die „Geißledererin" | Maas/Zahn, S. 143 |
| 181 | Des Teufels Großmutter auf dem Mögeldorfer Schloß oder Martersäulenkopf | |

| | | |
|---|---|---|
| | Version I | Peuckert, Nr. 154 |
| | Version II | L. Wittmann, S. 65 |
| 182 | Wenn die Pegnitz anschwillt oder Krieg | Diederichs/Hinze, S. 200 f. (Murr 1801) |
| 183 | Ein weiser Vater oder Der prophezeiende Markgraf | Ebran von Wildenberg, S. 154 |
| 184 | Die Pest oder Dreizehn auf einen Schlag | Godin, Deß Staatischen Regenspurgs Erster Theil, 34. Kap., S. 330, Regensburg 1729 |
| 185 | „Verwunderliche Creutz" | |
| | Version I | wie oben, S. 315 |
| | Version II | Deichsler, S. 662 (in CFS, Bd. 5) |
| 186 | Pirckheimer und der Wahrsager | Diederichs/Hinze, S. 224 (Pröhle 1879) |
| 187 | Der Mann im Kristall | Nork, S. 647 ff. |
| 188 | Nebensonnen | Zeichen am Himmel, S. 65 |
| 189 | Der Wahrsager Schcotus als Zauberer [1587] | Damals bei uns in Roth. Heft 3, S. 19 [1995?] |
| 190 | Ein Nürnberger in der Kaiserlichen Freiung oder Prophezeiung in Roth | wie oben, S. 11 |
| 191 | Paulus Ketzel oder Um ein Leichentuch | StAN: Rst. Nbg. Handschriften, Nr. 48, Bl. 580 v – 581 r (= Lüder 3) |
| 192 | „Erschreckliche Wunderwerck" | Zeichen am Himmel, S. 75 |
| 193 | Drei Regenbogen und eine große Feuerkugel | wie oben, S. 77 |
| 194 | Das „Kartenmaler-Durla", eine gewesene Jungfrau oder Der Glockenschwengel bricht | StAN: Rst. Nbg. Handschriften, Nr. 52, Bl. 77 r – v (= Lüder 7) |
| 195 | Waldamtmann Ebner oder Der Schrecken der Armen | LB Weimar: Q 133, 67 v – 68 r (Luder) |
| 196 | Die fluchende Schnitterin oder Vom Donner erschlagen | LB Weimar: Q 133, 129 v – 130 r (= Luder) |
| 197 | Sich selbst verflucht oder Abgewürgt vom falschen Arzt | LB Weimar: Q 133, 256 r – v (Luder) |
| 198 | Ein Gewächs wie ein Löwe | |
| | Version I | Bock, S. 64 f. |
| | Version II | StadtBN: Amb. 31.2°, S. 280 |
| 199 | Ein Vorzeichen? oder Blutrot und kohlschwarz | BSB: cgm 2068, S. 685 (zum 14. 4. 1645) |
| 200 | Michala aus der Findel oder Vor seinem Tod | BSB: cgm 2068, S. 927 |
| 201 | Jäher Tod beim Kirchgang oder Es ging die Sag … | LB Weimar: Q 133, 358 r (= Luder) |
| 202 | Die beiden feurigen Sonnen | Jürgen Ludl, Opf. Sagen. Zulassungsarbeit München [1979] |
| 203 | Ein kleiner allerschönster Jüngling oder Todankündigung | E. Francisci, S. 646 |
| 204 | Paul Cruz oder Bergmännchen als Gäste | Schöppner 1, Nr. 139 |
| 205 | Die Wiese mit dem Goldhügel oder Das Sandzwerglein | Schöppner 3, Nr. 1320 |

| | | |
|---|---|---|
| 206 | Glocken im See oder Versenkt | |
| | Version I | Peuckert, Nr. 463 |
| | Version II | Bavaria 3, 2, S. 918 |
| 207 | Der Track vor dem Spittlertor | Deichsler, S. 618 (in CFS, Bd. 5) |
| 208 | Der „Wöhrder Barthel“ | Schöppner 2, Nr. 647 (vgl. auch Priem, S. 248 f.) |
| 209 | Versehen an einem Schwein oder Das Bettlerkind | StadtBN: Amb. 617.2°, Bl. 330 r – v (= Starck 3) |
| 210 | Ein Schatzfund? | BSB: cgm 2068, S. 927 |
| 211 | Die „Verfluchte Jungfer“ oder Beide Hände | Panzer 2, Nr. 300 |
| 212 | Der Kindleinfresser | Maas/Zahn, S. 105 f. |
| 213 | Bauchaufschneiderin oder Die Eisenbärt | wie oben, S. 66 f. |
| 214 | Der „Wu-Wu, Wuwerla“ kommt | wie oben, S. 106 |
| 215 | Der Wassergoggerlori | Maas, Wou de Hasen ..., S. 130 |

# ANMERKUNGEN

**1 ff.** „Die erstmals bei Sigismund Meisterlin nachweisbare Gründungssage humanistischer N Gelehrter führt die Entstehung N auf die Römerzeit zurück und gibt N damit eine ähnliche Würde wie den alten Römerstädten Augsburg und Regensburg [s. Böck, Regensb. Stadtsagen, Nr. 1–23] ... Als Gründer N gilt der spätere römische Ks. Tiberius Claudius Nero (14–37) oder sein Bruder Drusus Nero ...“ (Stadtlexikon N., S. 386; auf S. 387 reizvolle farbige Abb. des kaiserlichen Lagers von Tiberius Nero als Keimzelle Nürnbergs; aus der Neubauerschen Chronik, um 1613, Standort: StadtAN).

**2** „An der östlichen Außenseite des Margaretenturms befinden sich einige stark verwitterte Plastiken in sekundärer Anbringung. Diese Figuren, die vermutlich von einem schon lange abgebrochenen Burgportal dorthin überführt wurden, haben den volkstümlichen Namen ‚Heidenturm‘ verursacht. Eine der archaischen Sitzfiguren könnte man wegen einer ‚Keule‘ für einen Herkules gehalten haben“ (K. Kohn, Schr. vom 25. 3. 1999).
Früher glaubte man übrigens, der Heidenturm sei ein alter Dianatempel mit heidnischen Figuren.

**10** „493 habe der sagenhafte Bayernherzog Adalger den römischen Landvogt vertrieben“, zitiert das Stadtlexikon N., S. 386 eine pseudo-wissenschaftliche Variante der Nürnberger Frühzeit.

**14** Auf den Reliefs an Vischers Sebaldsgrab befindet sich das Käswunder nicht! Da irrt Friedrich Mayer gleich zweifach: „wie er aus Stein Käse macht“ (S. 45) heißt es bei ihm. Wo findet sich da seine Quelle? Ich kenne keine, die dies überliefert.
Auf den beiden Seiten der Tumba sind dargestellt: Das Brot-/Weinwunder, das Ketzer-, das Eiszapfen- und das Geblendetenwunder. „Die vier Reliefs an den Langseiten der Tumba wurden wahrscheinlich um 1514 von dem jüngeren Peter Vischer gegossen“ (Borst, S. 152).

**15** „Sebald war keine Erfindung der Legende, sondern eine geschichtliche Gestalt. Daß er wirklich gelebt hat, wird durch seine Gebeine, sein Grab und drei Annalenwerke des 11. Jhs. so gut bezeugt, wie es in dieser quellenarmen Epoche möglich ist ... Über Sebalds Heimat gibt uns nicht einmal sein Name Auskunft ... Man weiß ferner nicht, ob Sebald Adliger oder Bauer, Weltgeistlicher, Mönch oder Eremit war ...“
Vermutlich stand er „in jener religiösen Reformbewegung des 10. und 11. Jhs., die die abendländische Kirche allenthalben aus feudalen, adligen, königlichen Bindungen lösen wollte“, vermutet Borst, S. 23.
Er wurde vor 1072 beigesetzt, denn in dieses Jahr fällt die erste authentische Nachricht über ihn und seine Wunder am Grab durch den Chronisten Lampert von Hersfeld (wie oben, S. 24). Sein Festtag ist am 19. August; 1425 wurde er heiliggesprochen. „Weil Sebalds Leben und Sterben tatsächlich mit der Gründung Nürnberg zusammenhing, war er hier immer allgegenwärtig und vertrat Ansehen und Geschichte seiner Stadt so umfassend wie kein anderer Patron im deutschen Spätmittelalter“ (Borst, S. 171 f.).

**16 u. 17** „ ... der folgende Zug ist überraschend neu. Bisher war in den Legenden nie davon die Rede, daß Sebald einmal zur Heirat bestimmt gewesen sei; diese Versuchung gehörte indes zum Leben eines vornehmen, königlichen Heiligen ...“ (Borst, S. 63).

Seine „Predigt zur Enthaltsamkeit" in der Hochzeitsnacht erinnert etwas an den Arbeo-Text vom Emmeramspilger (s. Böck, Regensburger Stadtsagen, Nr. 48 / I). Übrigens wußte schon Falckenstein (Antiquitates et Memorabilia Nordgaviae veteris ..., Teil 1, S. 249 f.) um die Eheflüchtigkeit Sebalds.
Ein „alter Alexius" ist auch der bei Rader, Bavaria Pia, S. 115 f. aufgeführte Anonymus Geisenfeldensis, der möglicherweise identisch ist mit dem sel. Heinrich von Ebrantshausen (Hallertau). Eheflüchtig sind desgleichen Aurelia (Regensburg) und Edigna von Puch ...

**19** „Diese Erzählung wandelt nicht nur das ältere Motiv ab, daß Sebald einem Spötter das Auge ausschlug; sie ist hochpolitisch gemeint. Zwischen 1365 und 1385 besaßen die hohenzollerschen Burggrafen noch einmal das Amt des Nürnberger Schultheißen und damit nominell die Hoch- und Marktgerichtsbarkeit. Die faktische Kontrolle des Marktes oblag seit langem dem Stadtrat, der z. B. für den Fischverkauf eigene Ordnungen erließ. Nach diesen Vorschriften bestanden im frühen 14. Jh. auf dem Nürnberger Fischmarkt wirklich Vorkaufsrechte ... Aber auf solche Fälle ließ sich die harte Bestrafung des Wagners nicht gründen, zumal das Augenausstechen im Nürnberg des 14. Jhs. selten angedroht, später nur bei Aufruhr und ähnlich schweren Verbrechen häufiger angewandt wurde ... Das Urteil des Burggrafen widersprach ... dem Wesen des öffentlichen Marktes und hätte höchstens den Fischer und Verkäufer, niemals den Käufer treffen dürfen. Wie man den Fall auch drehte, er war himmelschreiendes Unrecht. Das taten jene Burggrafen, die jetzt Schultheißen bleiben wollten; sie hatten schon früher gefrevelt und den Heiligen beleidigt! Man wird nicht leicht in einer spätmittelalterlichen Legende so viel politische Aktualität finden" (Borst, S. 64 f.).

**20** Auch von dem irischen Heiligen Patrick wird erzählt, seine nachts leuchtenden Finger hätten die verirrten Tiere eines Knechtes aufgespürt (Borst, S. 66).
Zum Motiv von den aufleuchtenden Fingern s. Böck, Regensburger Stadtsagen, S. 480 f., Anm. 119.

**21** Aus dem mittelfränkischen Raum kennen wir das Gespannwunder u. a. im Zusammenhang mit Gunthildis von Laubenthal (bei Suffersheim) und von der hl. Walburga (Eichstätt, bis 1972 Mfr.). Zu den zahlreichen Gespannwundern im übrigen bayerischen Raum s. Böck / Schöppner, Bayer. Legenden, S. 272 f. (Anm.).

**23 u. 27** „Nur nach dem Blitzschlag, also gezwungen durch höhere Gewalt, brachte man, wie die Legende fortfährt, die Reliquien hinüber nach St. Egidien. Die Spannungen zwischen Sebaldspfarrei und Schottenkloster waren im späten 14. Jh. stark, weil die Mönche, wie die Bürger meinten, nicht vorbildlich lebten und sich städtischem Zugriff entzogen. Die fürchterlichen Folgen dieser Zuchtlosigkeit sah man nun", in der Legende „Eya, ir grüssiger" (Borst, S. 66). Obwohl der Konvent gelobte, Sebald künftig „allzeit" zu ehren, trugen ihn Engel „wieder in seine noch unfertige Kirche, ‚wann er wolt nur da sein'. Deutlicher konnte kaum gesagt werden, daß die Stadt den Schottenmönchen ... ihre Sonderstellung lieber heute als morgen entzogen hätte" (wie oben).
„Der Gründung der dem heutigen Bau von St. Sebald vorausgehenden St.-Peters-Kapelle erfolgte wohl im 11. Jh. von der Mutterkirche in Poppenreuth aus. Der Titelheilige wurde in der Peterskapelle begraben, und schon in den 1070er Jahren wird von Wallfahrten zu seinem Grabe berichtet. Der um 1230 an der Stelle der Peterskapelle begonnene Neubau der heutigen Sebalduskirche wird 1255 erstmals als Pfarrkirche bezeichnet" (Pfeiffer, S. 32).

**26** „Der Übeltäter war ein Ketzer, der wie die Beginen und Begarden in evangelischer Armut, zusammen mit Gesinnungsgenossen, am Ort des späteren Egidienklosters hauste, ein Lollardus. Man kannte in Nürnberg derartige Laiengemeinschaften; 1379 waren sechs Frauen und ein Mann als Ketzer verbrannt worden ... Auf diese Weise neutralisierte Meisterlin die für Nürnbergs Ansehen lästige Episode [Benediktiner als Täter]. Daß solche Häretiker noch später als die Benediktiner nach Nürnberg gekommen sein müßten, fiel nicht ins Gewicht; die Ketzer mochten wechseln, die Ketzerei blieb sich durch die Jahrhunderte hindurch gleich" (Borst, S. 125).

**28** „Das Motiv muß in bäuerlichen Gegenden weit verbreitet gewesen sein. Dasselbe Käsemirakel wird 1657 aus St. Hermann bei Bischofsmais im Bayerischen Wald berichtet" (Borst, S. 67).

**30** Rücksichtslos bestrafte Sebald „auch die Straßenräuber, die seit etwa 1345 die Nürnberger Nachbarschaft und den Fernhandel unsicher machten; bisweilen vergriffen sie sich sogar an Wallfahrern" (Borst, S. 67).
Borst vermerkt auch einen Hinweis von Karl Kohn über die Hinrichtung eines Räubers, der 1390 im Wald bei Roth Pilger überfallen hatte („Staatsarchiv Nürnberg, Rep. 54, Nr. 177, f. 390 v").
zu Helfer im Kampf bzw. in der Schlacht s. Böck, Regensburger Stadtsagen, Nr. 179 und bes. Nr. 181 (hl. Emmeram).

**32** „ ... sogar der Sebalder Pfarrer Krauter mußte gestehen, daß er seinen Patron unterschätzte. Er hatte es für unmöglich gehalten, daß Sebald einer Frau helfen könne, die seit sechs Jahren an Arm und Bein gelähmt im neuen Heilig-Geist-Spital in der Sutten lag ... Durch unsere Legende ist das Wort [Sutten] mindestens hundert Jahre früher belegt, als Reicke, S. 188 vermuten läßt" (Borst. S. 68). Der früheste Beleg stammt – nach H. Maas (in MVGN 76, 1989, S. 151) –, anläßlich einer Stiftung eines Seelgeräts, aus dem Jahre 1387. Wenn man aber Borst folgt – was ich bereitwillig tue, da ich seinen fundierten Recherchen vertraue – und das Lebensbild mit Hilfe mehrerer Indizien in die Jahre um 1380 – 85 datiert (Borst, S. 60), könnte der früheste Beleg doch noch etwas weiter zurückliegen als 1387.
Schmeller übrigens, Bd. 2, Sp. 340 weiß dazu: „Die Sutten- oder Krankenstube des ... neuen Spitals zum heil. Geist in Nürnberg wird schon im latein. Stiftungsbrief ‚Sutta' ... genannt [1339]."

**34** „Die Legende behandelt diesen Fall mit sehr viel Diskretion und läßt uns kaum erraten, wen sie [mit dem Skeptiker] meint. Da aber von keinem Lorenzer Kaplan des 14. Jhs. bekannt ist, daß er später eine Stelle außerhalb Nürnbergs versah, bleibt der Verdacht wohl am Lorenzer Pfarrer selbst hängen, an dem Bamberger Domherrn Konrad von Stör, der seine Nürnberger Pfarrstelle zwischen 1384 und 1396 (wegen Krankheit?) aufgab und 1412 starb" (Borst, S. 68).

**38** Priem, S. 18 weiß von der Prozession, die „in den früheren Jahrhunderten bis zur Reformation" am Sebaldustag abgehalten wurde: „ ... das Volk, das den Zug in gr. Menge begleitete, kroch häufig unter dem Sarge durch, um nach dem Aberglauben jener Zeit dadurch von Kopf- und Rückenschmerzen befreit zu sein."

**39** Vermutlich wurde 1397 – nach Bamberger Vorbild (Heinrich) – der Schädel des Heiligen aus dem Sarkophag genommen und „in jenes Kopfreliquiar gefaßt, von dessen

Umzügen seit 1414 öfter berichtet wird" (Borst, S. 76). 1425 wurde ein neues Reliquiar beschafft; das alte war 1451 noch im Kirchenschatz neben dem neuen vorhanden. „Als der römische König Maximilian I. 1489 zum ersten Mal in Nürnberg einzog, wurde er mit dem seit Siegmunds Zeit vertrauten Ritus empfangen; die Geistlichkeit kam ihm mit dem Kopfreliquiar Sebalds und anderer Heiliger entgegen und sang ihm dann in der Sebaldskirche das Tedeum" (Borst, S. 129).
„Das Kopfreliquiar des hl. Sebaldus existiert seit 1806 nicht mehr; der Schädel des Heiligen ist erst seit 1832 wieder mit den übrigen Gebeinen im Sebaldus-Grabmal vereinigt, nachdem er einige Jahrzehnte im Staatsarchiv (!) aufbewahrt worden war (s. MVGN 68, 1981, S. 109 – 121)" (K. Kohn, Schr. vom 25. 3. 1999).
„Zweimal wurde der Silberschrein von Dieben aufgebrochen (1461 und 1506). Seit rst. Zeit gehört es zur herausragendsten Traditionspflege in St. Sebald, den Rechts- und Festakt der Öffnung des Reliquienschreins mit Visitation der Gebeine des Stadtheiligen bis in die Gegenwart zu pflegen ..." (Stadtlexikon N., S. 970).

**41** „Ein ... Willibaldsbrunnen, dessen schon Falkenstein gedenkt, ist bei Nürnberg ‚hinter der Bärenschanze' urkundlich 1485 bezeugt" (Buchner, S. 205).
K. Kohn, Schr. vom 25. 3. 1999, vermutet: „Das Willibaldsbrünnlein ist heute obertägig nicht mehr sichtbar; damit wird es auch aus dem Gedächtnis der Leute gekommen sein."
An weiteren in N. besonders verehrten Heiligen – außer dem Stadtpatron und Willibald – sind der römische Märtyrer Laurentius (Lorenz) zu nennen und Deocarus von Herrieden, „der dritte Stadtheilige Nürnbergs" (Hans Lenski, Diakon bei St. Lorenz, Schr. vom 24. 8. 1999).
„Die zugehörige Legende [im Martyrologium] erzählte nicht viel aus Deocars Leben, um so mehr von seinen Gebeinen" (Borst, S. 94).
Die wenigen Legenden, die erst in der Neuzeit um Deocar „gemacht" wurden, zeigen ihn merkwürdigerweise als Augenpatron wie Sebald. Entsprechende Darstellung auf dem Altarflügel am Deocarus-Altar in der Lorenzkirche. – Daß (der bronzene) Sebald auf der Westseite vom Vischer-Grab selbst an einen blinden Greis erinnert – nicht nur durch seinen überdimensionalen Stab – ist beeindruckend und sei ergänzend erwähnt.

**42** Der Tiefe Brunnen: inmitten des Burgvorhofs der Kaiserburg, vom Brunnenhaus überbaut. Der tief in den Felsen getriebene Brunnenschacht (53 m) stammt vermutlich noch aus dem 12. Jh. und stellt ein technisches Meisterwerk seiner Zeit dar. Brunnenhaus: der Unterbau aus Sandsteinquadern (bez. 1563) trägt ein 1951 erneuertes Fachwerkobergeschoß mit Satteldach.
„Wenn man ein Glas Wasser hinabschüttet, so kann man 30 bis 32 zählen, ehe man das Auffallen höret" (Nopitsch, S. 19). „Im Belagerungsfall war der Brunnen die einzige Wasserquelle der Burg" (Stadtlexikon N., S. 1077).

**43** In der Mitte des Inneren Burghofs stand bis 1934 (?) die „Tausendjährige Linde", die – oder eine Vorgängerin – der Überlieferung nach von der Kaiserin Kunigunde gepflanzt worden sein soll. Sie ist aus dem Nürnberger Brauchtum kaum wegzudenken. „Unter ihr fand vermutlich das Hofgericht statt. Zur Sommersonnenwende 1455, bei der Hochzeit Philipp Pirckheimers, tanzte man ‚unter der großen Linde', wie Albrecht Dürer berichtet, dessen Vater daran teilnahm, kurz nachdem er aus Ungarn eingewandert war" (Burgführer 1957, S. 13 f.).

**47** „Der Verfasser vergißt, daß Karl selbst einer der Sieben war..." (CFS, Bd. 4. S. 126).

48 „Ein H[erman] Coeler findet sich im Handwerkerbuch Nr. 234 Nbg. A. (Bl. 76) unter der Rubrik ‚Slosser, sporrer' [= Sporenmacher] ‚pisser' mit der Jahrzahl 1432 als Meister eingetragen. Nach der Altersangabe ... dürfte dieser gemeint sein", vermutet der Verfasser der Anmerkungen (CFS, Bd. 4, S. 126).
Dr. Bruno Lengenfelder, Diözesanarchivar, Eichstätt, sucht allerdings vergeblich: „Den Schlosser Koeler habe ich weder in St. Lorenz noch in St. Sebald gefunden" (Schr. vom 14.4.1999).
Dagegen wird er im Fall Hirschvogel fündig: „Der Tod des Bartholomäus Hirschvogel scheint in beiden Pfarreien eingetragen worden zu sein:
1486: ‚Bartholomeuß Hirsvogel am Montag vor Katerina' (= 20. Nov.) St. Lorenz 1457 – 1517, S. 123, 2398
1486: im Zeitraum 20. Sept. bis 20. Dez.: ‚Barthol. Hirschvogel',
St. Sebald 1439 – 1517, S. 112, 3559."

49 „Zu diesem heute seltsam erscheinenden Wunsch muß gesagt werden, daß Nikolaus (I.) Muffel, der Gemahl Barbaras, ein großer Liebhaber von Reliquien war. Diesen Sammeleifer hat er seinem Enkel Nikolaus (III.) vererbt, der übrigens diese Geschichte aufgezeichnet hat" in seinem „Gedenkbuch, das er für seine Kinder und Enkel geschrieben hat und am 20. Dezember 1468 abschloß – zwei Monate vor seinem schimpflichen Tod am Galgen" (F. Bauer, Alt-Nürnberg, S. 148 f.). – Meine Vorlage ist Schöppner 2, Nr. 643 (nach Oefele u. a.).
Bei Bauer, S. 149 heißt der Ritter von Plumenrod, nicht von Blumeratz. „Der königliche Hofmeister Cristan von Plumenrod kommt anläßlich einer Wundergeschichte mit dem Span vom Kreuze Christi vor in den Chroniken der Fränkischen Städte, 5. Bd., 1874 (Neudruck 1961), S. 743" (K. Kohn, Schr. vom 17.9.1999). Meine Vorlage hat: Egydienhof, während Bauer, S. 147 „Dilligenhof" schreibt; s. Anm. Nr. 130.

53 „Diese Sage mag noch eine leise Erinnerung daran sein, daß hier einst wirklich ein Kaiser vorbeigekommen ist, der dann zum Napoleon wurde; es war Konrad II., der 1024 in Mögeldorf genächtigt hat. Er kam von Schwarzenbruck. Heute ist eine Verbindung zwischen den beiden Orten nicht mehr vorhanden ..."
(L. Wittmann, S. 40).

54 „Im Volksbuch bzw. der Sage von Herzog Ernst vermischen sich historische und heroische Elemente mit fabulösen Abenteuern. Auch in der namengebenden Gestalt des historischen Herzogs von Schwaben (1007–1030) vereinigen sich verschiedene historische Persönlichkeiten bzw. Schichten: Die Empörung Liudolfs von Schwaben gegen seinen Vater Otto I. (10. Jh.); die Aufstände Ernsts II. von Schwaben gegen seinen Stiefvater Konrad II. (11. Jh.) sowie die Auseinandersetzungen Heinrichs des Löwen mit Friedrich Barbarossa (12. Jh.). Damit sind zugleich die verbindenden Motive angedeutet: der Widerstand des Helden gegen einen Mächtigeren; der Konflikt zwischen Vater und (Stief-)Sohn; die Stellung der Mutter zwischen Sohn und Gatten; die Freundestreue Wetzels ..." (Petzoldt, HS 1, Anm. Nr. 243).
Um nicht die diversen Handlungsstränge des Volksbuchs ausbreiten zu müssen, kürzte ich meine Vorlage, so daß die Ereignisse in Nürnberg sich stärker konturieren.

55 „Die Sage mit den Söhnen des Burggrafen hat wahrscheinlich ihren Ursprung darin, daß man die sogenannten ‚Schmiedezinse' im Stadtteil St. Lorenz als eine Strafe für den angeblichen Mord ausgab. Alle Versuche einer Lokalisierung der Örtlichkeit sind deshalb gegenstandslos" (K. Kohn, vom 29.9.1998).

Priem, S. 67f. dagegen präzisiert: „Noch heutigen Tages wird das ehemalige Leykam'sche Bräuhaus am Jakobsplatz (L. Nr. 1277) ‚das Schlößchen' genannt und als jenes Jagdhaus der Burggrafen bezeichnet, von dem die Sage spricht. Im Hofe der früheren Wirtschaft zum Mondschein auf dem sogenannten Most [sonst auch: Moos] (L. Nr. 1416) sind noch Spuren eines Freskogemäldes in einer Mauernische zu sehen, welches die erzählte Begebenheit darstellt und von dem sich eine Kopie in Wasserfarben auf der Nürnberger Stadtbibliothek befindet ..." – „Die Gegend, in der die Mordtat begangen wurde, hat man später zur Erinnerung an diese so unerhörte Grausamkeit die ‚kleine Türkei' genannt ..." (Lotter, S. 142).
„Das Gasthaus zum Mondschein war in Gostenhof, wo noch nach dem Zweiten Weltkrieg eine Gasse danach benannt war. Diese Gasse ist beim Bau eines großen Kaufhauses kassiert worden ... Von dem Gemälde weiß ich nichts, wohl aber von einer Martersäule, die sich im 18. Jahrhundert in der Mostgasse befand (s. Kupferstich von Schad) und das sagenhafte Ereignis thematisierte" (Kohn, Schr. vom 15.9.1998). vgl. auch Nopitsch, S. 147.

**56** Meistens lautet der Name der „kindsmordenden" Gräfin Kunigunde. Bei Grimm, Nr. 585 heißt sie Beatrix.
In Großgründlach, in der evang. Kirche (ehem. St. Lorenz), „finden sich mehrere Grabdenkmäler, darunter ein schon stark abgetretener, ehemals liegender Stein, den man lange Zeit der 1385 [Dehio, S. 326 hat: 1382] verstorbenen Gräfin Kunigunde von Orlamünde, der durch ihre Erscheinungen bekannten ‚Weißen Frau' der Hohenzollern, zuschrieb" (Baedeker, Nürnberg, S. 108).
s. auch Martin Wähler, Die weiße Frau. Vom Glauben des Volkes an den lebenden Leichnam. Kulmbach 1984 (Faksimiledruck der 1. Aufl. Erfurt 1931).

**59** Die Geschichte von der Bäuerin wird vermutlich im Volkslied, wo sie allerdings nur knapp aufgegriffen wird, ihren Ursprung haben. vgl. Priem. S. 104 und Anm. 60.

**60** Im Volkslied, „das im 16. Jh. bei Matthäus Frank in Augsburg als Fliegendes Blatt unter dem Titel ‚Das schön New Lied von dem Eppele von Geilingen' erschien" (Priem, S. 102), steht der Schmied nicht als Übertölpelter da: Eppelein zahlt ihm sogleich seinen Lohn aus und hält sich schadlos durch den Raub eines silbernen Vogelhauses.

**61 – 63** Nach Priem, S. 106 „steht der Sage von diesem Sprung auch der Umstand entgegen, daß der fünfeckige Turm samt der Freiung zu jener Zeit nicht im Besitz der Stadt war, sondern zum Schloß des Burggrafen gehörte".
Äußerst skeptisch bei diesem Riesensprung zeigen sich Maas/Zahn, S. 48 f.
„Dergleichen Sagen von gewaltigen Sprüngen sind in Deutschland vielfach ausgestreut, und öfter durch sogenannte Wahrzeichen angedeutet, so in Heidelberg auf dem Plateau des Schlosses, in München in der Residenz [wo genau?], auf der Roßtrappe, in Giebichenstein bei Halle ..." (Friedr. Mayer, S. 47). Mir sind außerdem bekannt: der Steinberg bei Würzburg (Schöppner, Nr. 1340) – Raitersaich bei Roßtal (Böck, Sagen Mfr., Aus der Lit., Nr. 131) sowie Erkenbrechtshausen; vgl. auch Schöppner 1, Nr. 152.

**66** „Die Gegend um den Tiefgraben [Erlenstegen] war von jeher etwas verrufen, denn die große Handelsstraße nach dem Osten [nach Böhmen und nach Eger] gab allerhand lichtscheuem Gesindel den Hinweis, wo es seinem dunklen Gewerbe am besten nachgehen könnte. Ob dies sich nun um Kunz Schott handelte, der dem Patrizier Dörrer hier auflauerte und ihm die Hand abhackte ..., immer war die Stelle zur Ausführung

eines Verbrechens günstig" (L. Wittmann, S. 36). – Kusch, S. 139 f. behauptet, Kunz Schott sei „niemals gefangen" und 1505 sogar zum Ritter geschlagen worden. vgl. Stadtlexikon N., S. 950: „Die Acht über den Fehdeführer wurde aufgehoben."
In der Chronik cgm 2068, S. 840 finden wir ein weiteres Beispiel: Am 20. April 1663, am 2. Ostertag, als Herrn Joh. Seb. Tuchers Eheweib von ihren Gütern nach Nürnberg fahren wollte, ist sie unterwegs zwischen Rückersdorf und Erlenstegen von einem Mörder angefallen und mit einem Streithammer sehr beschädigt worden. Am andern Tag hat sie „alhier" ein totes Kind zur Welt gebracht und ist bald drauf auch gestorben.

67 Heute steht z. B. die Fa. O. Bock in Duderstadt auf dem „brandneuen Stand" der Handprothetik.
Zu Jagsthausen: Museum in der historischen Götzenburg mit der berühmten eisernen Hand.

71 Die nämliche Örtlichkeit wird später abermals bemüht: für ein aus Haß und Hysterie erdachtes Ritualmordgeschehen: „1497 … wurden allhier 18 Juden, in deren Kellern 4 Christenknäblein jämmerlich ermordet, welches durch ein Judenmägdlein an Tag kommen ist, auf dem Judenbühl vor dem Laufertor (dem heutigen Maxfeld) verbrannt" (Hampe 2, S. 24).

72 Nürnberg beherbergte seit dem frühen Mittelalter eine bedeutende Judengemeinde. Über die Lage und Ausdehnung der jüdischen Siedlung vor dem Pogrom von 1349 s. MVGN 65, 1978, S. 89 f. (Karl Kohn, Das hochmittelalterliche Judenviertel Nürnbergs. Eine topografische Rekonstruktion).

73 „Unter den Einzelfällen von durchtriebener Hochstapelei habe ich dem ‚seltsamen Propheten Hans Vatter von Mellingen' [meine Vorlage hat irrig: Vetter] und seinem wunderlichen Treiben … bereits vor Jahren eine besondere Abhandlung gewidmet [im Unterhaltungsbl. des „Fränkischen Kurier" vom 1., 9., 16. und 23. 10. 1910]. Er hatte sich mit seinem Trick des Selbstbindens, mit Geisterspuk und Bußpredigten durch ganz Deutschland durchgeschwindelt, bis er dann in Nürnberg entlarvt und schließlich mit Ruten ausgehauen wurde (1562)" (Hampe 2, S. 47).
„Die Betrugsgeschichte des Fesselungskünstlers Hans Vatter 1562 wird ausführlich in einer Nürnberger Chronik behandelt (Stadtarchiv N., Rep. F 1, Nr. 37, S. 702 – 709)" (K. Kohn, Schr. vom 8. 6. 1999).

74 „Das Gasthaus zum Bitterholz [auch Bitterholt] war früher in der Karlstr. 1. Der Name ist eine Verballhornung. Der erste Wirt hieß Burkhart Zeyderlein, genannt Pittrolt [Bitrold] (1522). Aus seinem (später unverstandenen) Beinamen wurde dann die obige Bezeichnung" (K. Kohn, Schr. vom 19. 11. 1998). Ab 1641 überwiegt die Form „Bitterholz" (Maas/Zahn, S. 145). War dort eine Art Anschlagtafel angebracht? Denn Maas/Zahn erwähnen ein Aushängeschild, „in welchem ein abgebrochener Baumstamm vorgestellet wird".

75 „Der Stromersche Ansitz in Almoshof war früher in der Almoshofer Hauptstraße 84. Kriegsverlust!" (K. Kohn, Schr. vom 8. 6. 1999).
Bock, S. 58 f. erwähnt mehrere Fälle von „Feuerstillen". Oft erweist sich ein Jude und das Hebräische als besonders hilfreich, wenn es darum geht, das Feuer zu löschen oder wenigstens einzudämmen.

77 „Der Dudelsackpfeiferbrunnen stand jahrhundertelang an der Einmündung der Ebnersgasse in die Heugasse [exakt: Heugäßchen]. Im Zweiten Weltkrieg wurde diese Gegend völlig zerstört (‚Steppe'); beim Wiederaufbau wurde die Ebnersgasse aufgelassen, die Heugasse um einen Parkplatz erweitert, so daß für den Brunnen kein Platz mehr war. Deshalb fand dieser einen neuen Standplatz am Unschlittplatz, wo er heute noch zu finden ist" (K. Kohn, Schr. vom 8. 6. 1999). Er entstand 1880 als Bronze-Nachguß eines Holzmodells von etwa 1550.
„Der Dudelsackpfeiferbrunnen im Hof des Anwesens Lammsgasse 14 ist ein eigenständiges Werk und nicht mit dem vorigen zu verwechseln" (Kohn, wie oben). vgl. Stadtlexikon N., S. 225.
„Das Haus Breite Gasse 73 hieß früher ‚Haus zur Sackpfeife'; darauf nahm das Fresko Bezug. Alle Häuser dieser Gegend sind dem Zweiten Weltkrieg zum Opfer gefallen. Das Färbersbrücklein, eine dreibogige Überquerung des vorletzten Stadtgrabens, ist heute noch vorhanden (im Untergrund), aber nicht mehr sichtbar" (K. Kohn, Schr. vom 17. 9. 1999).
Die Elende Gasse (seit dem 19. Jh. Rosental) existiert noch unter dem jüngeren Namen im Stadtteil St. Sebald (wie oben).

78 „ … Eine andere Sage bringt den hl. Sebaldus mit Altenfurt in Verbindung, als habe er hier als Einsiedler gelebt" (Malter 3, S. 96). vgl. J. Dünninger, Fränkische Sagen, Nr. 1 und Anm., s. unbedingt Borst. S. 164.
Die romanische Rundkapelle St. Johannes d. T. und St. Katharina in Altenfurt (Rundbau nach 1140, Apsis 2. Hälfte 13. Jh.) – vielleicht eine ehemalige Taufkapelle – ist der älteste Sakralbau des Gebiets und zugleich „eines der merkwürdigsten Baudenkmale Bayerns" überhaupt (Malter 3, S. 95). „Im Jahre 1225, bei der ersten urkundlichen Erwähnung, gehörte die Kapelle dem Nürnberger Schottenkloster von St. Egidien, in dessen Besitz sie vermutlich von Anfang an gewesen war" (Hotz, S. 186, mit Abb. S. 187); vgl. Hemmerle, S. 198.
Lage: Südöstlich von Nürnberg, nah der Autobahnausfahrt Nürnberg-Fischbach bzw. Nürnberg-Langwasser. Unweit der Regensburger Straße. S-Bahn bis Fischbach.
Detaillierter Standort: in einem kleinen idyllischen Park mit Weiher im Winkel Oelser- / Löwenbergstraße. Unmittelbar hinter dem Altenfurter Schlößchen, dem ehemaligen Scheurlschen Herrensitz (Oelser Straße 13).

79 „In der Dekade zwischen 1340 und 1350 entstanden die letzten der vorreformatorischen Frauenklöster im späteren Machtbereich der Reichsstadt Nürnberg, nämlich das Kloster Himmelthron in Großgründlach und die closen zu der Pillenreut. Während H. von Anfang an als Zisterze gegründet wurde, nahmen die Nonnen von Pillenreuth erst im Jahre 1379 eine feste Regel an … (Schieber, S. 3).
In einer deutschen Übersetzung der kaiserlichen Bestätigungsurkunde „wird ebenfalls das Jahr 1341 als Gründungsjahr der Klause genannt. Die Tradition Pillenreuths selbst geht also von diesem Jahr als Anfang aus" (wie oben, S. 4, Anm. 26).
„Würfel führt in seiner Klostergeschichte zwei Gründungslegenden an. Eine überlieferte Kaspar Brusch …, die andere nannte Würfel eine Relation aus des Klosters Saalbüchern … An drei Stellen weichen die Berichte voneinander ab oder ergänzen sich. Bruschius nannte die fünf Hofdamen Ludwigs des Bayern beim Namen … Das Bild des Kreuzes erschien bei Bruschius an einer Eiche, im anderen Bericht am Himmel. In dem von Würfel tradierten Text ist der St.-Lukas-Tag der Tag der ersten Hl. Messe an dem für das Kloster ausersehenen Ort" (wie oben, S. 4).

80 „Elisabetha Vispeckina, Adelheide Zolnerina, Christina Venatrice, Kunegunde ab Ottensees ac Osanna Osterreicherina bildeten angeblich die erste geistliche Gemeinschaft in Pillenreuth“ (Schieber, S. 10).
„Die Herleitung von Bild des Kreuzes zu Bildenreuth und dann zu Wilden- oder Pillenreuth können wir völlig ausschließen“ (wie oben, S. 11). „Würfels eigene Deutung, der Name leite sich von der gerodeten Wildnis des Waldes her, ist gut gemeint, aber heute überholt“ (wie oben, S. 11, Anm. 72).
Da meine Vorlage – Dittmar, der offenbar vage Bruschius folgt – die Namen der 5 Hofdamen falsch wiedergibt, ersetze ich sie durch die richtigen Namen.

82 Borst, S. 58, Anm. 153 erwähnt – anhand einer Stadtrechnung von 1382 –, Marquard Mendel sei vom Rat in einer „heimlichen sache“ nach Rom geschickt worden. Hatte diese Angelegenheit etwas mit der Klausnerin zu tun, mit der Mendel offensichtlich schon seit Jahren vertraut war?

83 Der „Alte“: Priem, S. 249 definiert: „Damit ist der nördliche, 1498 vollendete [Turm], gemeint, dessen Dach bis zum Mauerkranz herab 1865 in Folge eines Blitzstrahls abbrannte.“

84 Das Motiv vom verschwundenen wertvollen Gegenstand und von dem zu Unrecht Beschuldigten findet sich häufig in der Sage. Kusch, S. 252 bringt diese Geschichte irrigerweise mit dem berühmten Kraftschen Sakramentshaus von St. Lorenz in Verbindung (wohl weil es auch die Stiftung eines Imhoff ist), während sie dem Johannes-Altar (Wandfeld nV) zugeordnet werden muß: „Es sind die Gereons-Reliquien, die ab 1370 in Nürnberg aufbewahrt wurden. Da diese Knochen auch nach Einführung der Reformation im Altar blieben, waren sie die einzig sichtbaren Gebeine in der St. Lorenzkirche. Die Pfarrer dieser Kirche haben ganz sicher nach der Reformation die Heiligenlegende nicht weitererzählt, so daß die Bevölkerung den wahren Ursprung der Gebeine vergaß“ (Diakon Hans Lenski, Pfarramt St. Lorenz, Schr. vom 24. 8. 1999).
Die Geschichte soll sich 1386 ereignet haben. „Indeß kommt eine ähnliche Sage schon im Jahre 1332 [oder 1337?] vor, wo es sich statt des Bechers um eine goldene Kette handelt …“ (Priem, S. 30 f.). Während die früheste Sage den Schürstab und die von 1386 den Imhoff zugeordnet wird, bringt man eine dritte Variante (1447 bzw. 1477) – Kleinodien verschwinden – mit den Waldstromer in Verbindung (nach Priem, S. 33 ff.).
Priem, S. 35 vermutet: „Der Umstand, daß nach den Schürstab die Imhof Besitzer des bezeichneten Hauses [Bankier Kohnsches Haus bei St. Lorenz] waren, mag wohl die Veranlassung gegeben haben, daß die Sage auf diese letzteren übertragen wurde.“

85 Der Kruzifix hängt seit 1542 – bis heute – vor einem Fenster des Westchors der Sebalduskirche.
„Auf der Bronzetafel von 1625 mit der Renovierungsinschrift (lateinisch) wird der Familienname ‚Starck‘ geschrieben. Da die Familie im 18. Jh. ausgestorben ist, müssen wir diese Schreibweise als authentisch hinnehmen. Die Gebrüder Johann und Georg Starck haben im oben genannten Jahr eine Renovierung (am Kreuzesholz) durchführen lassen“, teilt mir K. Kohn mit (Schr. vom 25. 3. 1999), der sich intensiv mit den Irrtümern über die Entstehungszeit, die Stifter und den ausführenden Künstler beschäftigt hat und diesen in Veit Stoß zu sehen glaubt; s. seinen Aufsatz in den MVGN 68, 1981, S. 297 – 308 (Abb. zwischen S.302 und 303), dem Klaus Pechstein (MVGN 70, 1983, S. 1 – 7) und Heinz Stafski (MVGN 70, 1983, S. 8 – 12) heftige Gegendarstellungen folgen lassen. s. Maas/Zahn, S. 8; da erwähnt der Bearbeiter „einen frühen Beleg für Herr-

gottschwärzer aus dem Jahr 1689 ... (StadtAN Nr. 59, B. 302)", auf den ihn K. Kohn aufmerksam gemacht hat. Bernd Windsheimer, in: Nürnberg zu Fuß, S. 280 verallgemeinert: „‚Närmbärcha Herrgottsschwärza' bezog sich auf den Nürnberger Trick, Goldmadonnen und Kruzifixe durch Aufziehen einer dicken Rußschicht vor den plündernden Schweden zu schützen."
Nach Nopitsch, S. 94 soll die Löffelholzische Kapelle in der Sebaldskirche auf dem nämlichen Platz stehen, auf welchem die alte Peterskapelle stand.

**87** „Bis zum zweiten Weltkrieg waren noch 88 Mauertürme erhalten. Von diesen wurden im Krieg 31 total zerstört, 29 schwer und 28 leicht beschädigt; seit 1945 Instandsetzung mit Ausnahme der total zerstörten" (Dehio, S. 613 f.).

**88** „Der Sinwel-Thurn (Thurm am Vestnerthor in Nürnberg, der, vor den übrigen Thorthürmen, in runder Form erbaut worden war) heißt dem gemeinen Mann gewöhnlich der Simpelthurn" (Schmeller 2, Sp. 291). Staufischer Bergfried des 12. Jhs.; auch „Turm in der Mitte" genannt.
K. Kohn (Schr. vom 29. 9. 1988) führt aus: „Der Sinwelturm ist der höchste und einzige runde Turm auf der Nürnberger Burg, während das Vestnertor etwa 35 m nördlich von diesem Turm den Außenzugang zur Burg ermöglicht." (Bei Kusch, S. 91 will Wenzel den Schlüssel des Vestnertors!)
„Der Sinwelturm ist der höchste, der niederste, der dickste und der dünnste der Nürnberger Türme", verrät Sieghardt, S. 210, und er empfiehlt: „warum, möge man sich von einem Nürnberger erklären lassen".
Christian Wildner war Türmer dort und hat in seinem Büchlein (S. 94 ff.) ein Kapitel über diesen Turm aufgenommen. Bei ihm: Sinwellturm.

**89** Die „Story" über die in Nürnberg zu keiner Zeit verwendete „Eiserne Jungfrau" erörtert ausführlich Ernst Mummenhoff, Fröschturm und Eiserne Jungfrau, in MVGN 13, 1899, S. 274 ff. „Ein geschäftstüchtiger Antiquar hatte dieses angebliche Folterinstrument um 1860 geschaffen und die Geschichte gefälscht" (Kunstmann, S. 148).
Ausführlich darüber und interessant im Stadtlexikon N., S. 241; vgl. Nopitsch, S. 45 f.: „ ... das heimliche Gericht oder die sog. eiserne Jungfrau ..., welche die Malefikanten mit breiten Handsäbeln zu kleinen Stücken gehauen, welche die Fische in verborgenen Wassern verschluckten, daher das Sprichwort entstanden ist: man schicke die armen Sünder nach Fischen."

**91** „Die in den germ. Zeugnissen ... kaum erscheinende Gestalt der alten Jungfrau ist in allen Jhh. dem Spott und der Geringschätzung des Volkes ausgesetzt gewesen, obwohl die Kirche mit der Höherbewertung des ehelosen Lebens (Zölibat) eigentlich den entgegengesetzten Erfolg erwarten mußte. Viele Lieder und Sprüche schildern das Jenseits der a. J. So unfruchtbar wie im Leben bleibt ihr Tun nach dem Tode. In Tirol ist es sprichwörtlich: ‚Die alten Diendln und die alten Roß kommen aufs Moos.' In ödem Moor oder auf Bergen müssen sie Felsen putzen, Schnee sieben oder Hosenlätze dreschen ..." (WdV, S. 420 f.); s. auch Lammert, S. 153: „Wie man von der Ehelosigkeit (Hagestolziat) überhaupt dachte, bezeugt eine Nürnberger Parömie: ‚Alte Jungfern müssen mit den Bärten alter Junggesellen den weissen Thurm fegen'." s. L. Laistner, Nebelsagen, Stuttgart 1879, S.227 ff. (zahlreiche Beispiele) und vgl. Schmeller 1, Sp. 868 (auch viele Beispiele). Es fehlt, was mich bei Schmeller als Oberpfälzer wundert, die Sage vom Haidweiher bei Kümmersbruck; s. Böck, Sagen Opf., Aus der Literatur, Nr. 56.

93 „In der Ecke zwischen zwei Strebepfeilern des Nordturms der Lorenzkirche befindet sich ein Brunnenbecken mit Schutzgitter und Schwenkauslauf, an seiner Rückwand eine neugotische, von einer Fiale bekrönte Rundsäule mit dem Wappen der Stadt N und dem Rost des hl. Laurentius. Auf den Schrägen der Verdachung sitzt rechts ein geflügelter Drache und links ein Teufel, der einen Schuljungen ergreift. Der 1888 nach dem Entwurf von Friedrich Wanderer in Sandstein aufgerichtete Brunnen nimmt Bezug auf die Sage vom Schusserbuben ..." (Stadtlexikon N., S. 1069).

94 Die eigenwillige Form des Blechknaufs auf dem Chordach der Lorenzkirche gab wohl Veranlassung dafür, die Sage vom Schusserbuben (s. Anm. 93) weiterzuspinnen: „Als ihn der Teufel durch die Luft forttrug, soll der Kleine seine Kappe verloren haben, die dann an der Blitzableiterstange des Chordaches hängenblieb und dort noch heute als ‚Lausbubenkäpple' zu sehen ist" (Stadtlexikon N., S. 1070).

95 „Erzählungen von der ‚erweckten Scheintoten' waren bereits der Antike geläufig... Die bekannteste Ausprägung hat die Geschichte in der Kölner Lokalsage von Richmodis von Aducht gefunden ... Der Chronist [Koelhoff] datiert das Geschehen auf das Jahr 1400 ... In Köln wurde die Sage dann mit dem Hauswahrzeichen der zwei Pferdeköpfe verknüpft und ausgeschmückt, woraus sich weitere, parallele Ortssagen entwickelten ..." (Petzoldt, DVS, S. 387, Anm. 203). F. Bauer, S. 107 ff. ordnet die Sage – in einer erzählerischen Fassung – dem Nassauerhaus gegenüber der Lorenzkirche zu.

96 „Am Haus L. 149 = An der Karlsbrücke 8 befand sich das Relief eines in einem Mörser stampfenden Mannes. Es hielt das Andenken an eine Apotheke wach, die sich in der 1. Hälfte des 16. Jahrhunderts hier befand. Das Haus wurde in der Wilhelminischen Zeit durch einen Neubau ersetzt, in den das Relief übernommen wurde. Der 2. Weltkrieg machte dem Anwesen samt Relief ein Ende. Heute steht dort ein charakterloser Neubau mit Flachdach" (K. Kohn, Schr. vom 25. 3. 1999).

100 Lotter, S. 427 zieht Bilanz: „Krug und Schachspiel sind nicht mehr vorhanden. Niemand weiß, wo sie hingekommen. Der Schild ‚zum Schwedenkrug' ist in ein Nachbarhaus gewandert, das sicher keinen Anspruch darauf machen kann. Aus dem Wirtshause ist ein Bäckerhaus geworden. Geblieben ist ihm nur das Gemälde der Feldschlacht, das indes kaum mehr zu erkennen ist. Als Zierde dient dem Hause noch eine hölzerne Madonna mit dem Christuskinde."
Die arg historisierende Sage wurde von Priem erst in die zweite Auflage integriert; s. d. „Das Wirtshaus ‚zur goldenen Ente' kann ich erstmals 1600 nachweisen. Die Adresse war früher L. 21 = Oberer Bergauerplatz 2; das Haus hat den Zweiten Weltkrieg nicht überlebt; heute befindet sich an seiner Stelle ein Parkplatz" (K. Kohn, Schr. vom 8. 2. 1999).

107 „Schon im 6. Jh. bringt Gregor von Tours in seinem Buch ‚De gloria confessorum' die Geschichte von der Geistermesse. Ursprünglich eine Legende, die vom Gottesdienst der Engel erzählt, den ein Heiliger belauscht, wandelt sich die Erzählung zur Sage. Nun sind es Tote, dämonisch und böse, die ihre nächtliche Mette abhalten, und der Lebende, der zufällig Zeuge wird, kann sich gerade noch vor der Wut der Toten retten ..." (Petzoldt, DVS, S. 385, Anm. Nr. 190 a).
s. zudem: Bernward Deneke, Legende und Volkssage. Untersuchungen zur Erzählung vom Geistergottesdienst. Diss., Frankfurt a. Main 1958. Die Geschichte erweist sich als sog. Wandersage, die man, leicht verändert, an vielen Orten auch zu erzählen weiß.

Zu Version I: Kapfhammer, S. 230 f. hat: Geistermesse in Nürnberg und gibt die Hofer Chronik des Enoch Widmann (1551–1615), zitiert nach J. Dünninger, Sagen, Nr. 21, an. Allerdings hat Dünninger das Wort Nürnberg nicht in der Überschrift und auch nicht im Text. Auch in der Anmerkung (S. 125) findet sich kein Hinweis darauf als Handlungsort. Im Register jedoch reiht J. Dünninger diese Sage von der Geistermesse unter Hof ein, wohin sie auch gehört: Hof hat ein Oberes Tor und, wie Nürnberg, eine Lorenzkirche! Kapfhammer hat also sua sponte leichtfertig das Ganze Nürnberg zugeordnet, wohl, weil es in den meisten Nürnberger Sagenbüchern abgedruckt ist. Im Unterschied zu Dünninger bringt Grimm, Nr. 176 eine Zeitangabe: um das Jahr 1516 und einen Schlußabsatz: „Nach mündlichen Erzählungen ...".
Version II und III sind vom Inhalt her identisch: 1430 – junge Witwe Imhof – Eintritt ins Klarissenkloster.

108 „Die Schlacht im Wald (oder bei St. Peter) fand am 19. Juni 1502 statt und endete mit einer verheerenden Niederlage der Nürnberger. St. Peter war einer von vier Siechköbeln ..., und zwar [der] an der Regensburger Straße. Heute steht davon nur noch die alte Peterskapelle.
Im Germanischen Nationalmuseum befindet sich ein großformatiges Gemälde, das diese Schlacht zeitgenössisch darstellt" (K. Kohn, Schr. vom 15. 9. 1998).

109 „Das Tuchersche Haus in der Judengasse könnte die sog. ‚Wunderburg' sein, für welche ich 1490 Anton und Sebald Tucher nachgewiesen habe. Adresse: S. 1122 = Wunderburggasse 4", vermutet K. Kohn (Schr. vom 8.2.1999) in bescheidener Souveränität. s. Kunstmann, S. 36 f., der ausführlich das Verhalten des Rats bei dem ominösen Geschehen im Tucherhaus schildert.

110 Erstmals in den Quellen des 15. Jh. auftauchend, sind die Garküchen „wahrscheinlich schon wesentlich älter als die vier sog. ‚Hauptg.' am Weißen Turm, am Laufer Schlagturm, am Milchmarkt ... und am Lorenzer Graben (heute: Theatergasse) ..." (Stadtlexikon N., S. 322).
„Eine andere Garküche wurde 1569 an dem Eck des Lorenzergrabens, der großen Waage gegen über, gebaut" (Nopitsch, S. 48 f.).

111 Auch damals schon grassierte die Schaulust: „Nach Stadtb. Nbg., Will I, 237, Bl. 179 versammelten sich die Neugierigen in Massen – man sprach von 200 bis 300 Menschen –, und die Polizei mußte aufgeboten werden" (Bock, S. 140, Anm. 9).
In meiner Chronik-Vorlage findet sich die Profession des Hauseigentümers nicht, im Unterschied zum Lüder-Text (wie oben). „Der Kandelgießer Leonhard Prünsterer († 1607) besaß das Haus S. 1032 a = Judengasse 26" (K. Kohn, Schr. vom 8.2.1999). vgl. unbedingt Stadtlexikon N., S. 847: Die P. ausgestorben um 1500?
Bock, S. 43 bemerkt: „ ... daß um 1600 die Hausglocken schon vielfach an die Stellen der Türklopfer getreten waren."
Kunstmann, S. 104 ff. berichtet von Dorothea Kauffmännin, einer Dienstmagd der Familie des Wolf Gabriel Romedi, die 1692 behauptete, daß sie für das immerwährende unerklärliche Glockenläuten im Hause verantwortlich sei, was sie in den Verdacht einer Hexe brachte.

114 Der Junge, der sich „selbst erhängt" hat, hieß Phillip Gumpert und stammte aus Kühedorf [?], s. in: StadtBN, Amb. 31. 2°, S. 79. Da auch: Metzgersjung, in meiner Vorlage dagegen: Metzgerssohn.

**116** Vorlage hat: Ketherrlein, nicht – wie bei J. Dünninger, Nr. 60 – Kebherrlein. Vielleicht von Katharina?

**118** Wer am Dreifaltigkeitssonntag (= Trinitatis), dem „Goldenen Sonntag" – 8 Tage nach Pfingsten – geboren wurde, ist ein Goldensonntagskind. Diese sind Glückskinder und sehen mehr als andere.
Auch die 1598 hingerichtete „Betrügerin aus Habsucht", Elisabeth Aurholtin, hat von sich behauptet, sie wäre ein „gulden Sonntagskind" (Hampe 2, S. 64).

**119** „Auch die ernsthafte Rechtswissenschaft hat sich mit der Frage der Spukhäuser beschäftigt, z. B. K. F. Romanus: ... Brechung der Miethe aus Furcht für (!) Gespenster. Lpz. 1703 (Neudruck Halle 1737)" (Bock, S. 140).
In Version II heißt es in der Archivalie: Intercessionsschreiben. Ich setzte stattdessen: Fürbittschreiben. – Ein Büchsenmann kommt auch vor in Rst. Nbg. Hss., Rep. 52 a, Nr. 53 (StAN): Brunst in Almoshof.

**120** „Aus dem 17. und 18. Jh. gibt es in Nürnberg keine Einwohnerlisten. Die Pfragnerin Etlin wird als Selbstmörderin wahrscheinlich in den diversen Nürnberger Chroniken erwähnt sein" (K. Kohn, Schr. vom 31. 8. 1998).
Aber am 8. 2. 1999 ergänzt er: „Die Selbstmörderin von 1666 war die Frau des Pfragners Hans Otto († 1647), die sich in folgender Ehe mit dem Pfragner Peter Fischer verheiratete. Die Pfragnerei befand sich im Hause L. 852 = Königstraße 78; das Haus ist ein Neubau des 19. Jahrhunderts." Wieso aber hieß sie „Etlin"?

**124** Diese merkwürdige Geschichte scheint mir fragmentarisch, wenn auch Dr. Dieter Kudorfer von der Bayerischen Staatsbibliothek am 9. 1. 1998 auf meine Vermutung hin, sie müsse sich wohl über mehrere Seiten hinziehen (wegen der Werkmeisterstelle), versichert: „Der Vorgang beginnt erst auf dieser Seite [908]." Wer aber ist der Werkmeister, der ohne „Vorankündigung" in der Sage auftaucht? Wird er wirklich nicht zuvor schon aufgeführt? (J. Dünninger, Nr. 62 hat da offenbar keine Skrupel gehabt, er druckt die Sage ab, so wie sie auf S. 908 steht, auch mit dem Werkmeister „ex machina" und ohne Kommentar). Dr. Kudorfer erläutert weiterhin: „Die fragliche Schreibung ist Függesen, also ein deklinierter Personenname." Wenn ich dieser Anregung folge – J. Dünninger tat es nicht, sondern hat immer: Függesen – und beim Akkusativ im letzten Absatz Függes setze, kommt die Assoziation zur „Vickes"-Sage (s. Nr. 123): Sie handelt im nämlichen Jahr, auch in Wöhrd, und lautlich ist nicht allzuviel Unterschied zwischen Vickes und Függes. Sind beide identisch?
Beim Scharfrichter, mit dem der Werkmeister befreundet war, wird es sich um Hanns Michael Widmann d. Ä. gehandelt haben, der, wie andere seines Gewerbes auch, vom Hexenwahn infiziert gewesen sein muß, weshalb ihm 1692 (im Fall der Dorothea Kauffmännin) der Rat eine strenge Ermahnung erteilte (Kunstmann, S. 131), vor allem wegen versuchter Teufelsaustreibung (wie oben, S. 106).

**128** Später heißt es von dem Mädchen, es sei vom Teufel besessen; als der Pfarrer mit ihm betet, „sportzt sie gegen ihm aus"; sie kommt noch ins Gefängnis (Bock, S. 52).
Einige Fälle von Besessenheit sind, wie dieser hier, in Verbindung mit Zügen des Volksglaubens und Motiven der Volkssage interessant.

**129** „Dem Rat war es peinlich, wenn Standesgenossen [wie der Prediger Pickel] auf solche Art ins Gerede kamen: so, als man Anfang 1687 von dem verstorbenen Gabriel

Nützel munkelte, er gehe um, ‚daß man ihn öffentlich gesehen; man hat es aber keines Wortes haben wollen, wie denn der Irrabader [= Bader in der Irrerstraße] deswegen in Turm kommen, daß er gesagt, er habe es gesehen' " (Bock, S. 47).
„Gabriel Nützel starb im Januar 1687 ‚am alten Weinmarkt', wie das Ratstotenbuch 48 angibt. Das Haus kann ich nicht nachweisen", bedauert K. Kohn (Schr. vom 17.9.1999).
Vermutlich der nämliche Gabriel Nützel begegnet uns als einer der Samthimmelträger beim Einzug Kaiser Leopold I. in Nürnberg am 6.8.1658 (Pfeiffer, Bilddokumente, Abb. Nr. 26).

**130** „Die heutige Theresienstraße hieß in reichsstädtischer Zeit Egidiengasse, Dillinggasse oder St. Gilgengasse. Alle Namen beziehen sich auf den hl. Egidius (frz. Gilles), den Kirchenpatron des gleichnamigen Klosters in Nürnberg. Da die Straße zum Kloster hinführte, erhielt sie den Namen danach.
Das Haus ‚Zum Geharnischten Rößlein' stand bis zum Zweiten Weltkrieg in der Theresienstraße 13; die Fläche wurde nach der Totalzerstörung des Hauses zu einer Grünfläche umgewandelt" (K. Kohn, Schr. vom 15.9.1998).

**132** „Im Jahr 1441 errichtete man in Nürnberg die Richtstätte vor dem Frauentor. Dort verblieb sie bis zum Ende der Reichsstadt. Die Richtstätte selbst hieß Raben- oder Krüppelstein. Der Ort, an dem sie sich befand, nannte man Galgenhof" (Kunstmann, S. 165).
zu Feuerglocke s. Maas/Zahn, S. 25.

**133** J. Dünninger (Sage Nr. 67) bringt von der ganzen Geschichte nur knappe 5 Zeilen; als Überschrift hat er: „Selbstmörder als Wiedergänger", vom Inzest kein einziges Wort, obwohl doch die sozialgeschichtlich bedeutsame Handlung davon abhängt. Man merkt, daß ihm das ganze Geschehen peinlich ist, zu indiskret, ein Tabu-Thema. So reduziert er bis zum Äußersten. Von dem lebendigen Kolorit des 18. Jahrhunderts bleibt da freilich nichts mehr. Auch die Volksmeinung, daß die Tochter nicht hat ruhen können, weil sie ihren Bruder fälschlich angegeben habe, fehlt bei Dünninger. Den Tag des Selbstmordes vom Vater gibt er mit 10. Nov. (1721) an, in der Handschrift cgm 2068 steht: 26. November. Seitenangabe bei Dünninger: 1292, bei Bock: 1220. Richtig: 1219f.
In cgm 3587, Bl. 68 wird für das Jahr 1604 von einem Bauern berichtet, der sich – auch einen Tag vor seiner Hinrichtung – im Lochgefängnis erhängt hat: „haben ihn die Schürgen zum Galgen geführt und h i n e i n geworffen." Bei Bock, S. 64 las ich noch für das Jahr 1766 von einer 84jährigen, der Hexerei verdächtigten Greisin: „An den Galgen geworffen". s. auch Meister Franz, S. 26 u. 78.
Bock, S. 49: „Nach dem Tod erscheint er [= der Zirkelschmied] im Gefängnis und im Haus, dort [?] auch die mittlerweile hingerichtete Tochter." Allerdings geht aus der Textvorlage nicht hervor, wo die Tochter umgehen muß. Nur die Tatsache, daß … wird beiläufig erwähnt.
Zeitlich paßt die Geschichte nicht zusammen, stimmt nicht. Die Tochter kann nicht am 20. Oktober [1721] schwanger „in die Eisen geführt" werden und am 19. September entbinden! Wenn es ziemlich am Ende des Textes heißt, daß der Bruder endlich am 10. Januar 1722 entlassen wurde und daß sie „über die 30 Wochen innegelegen" sind (im Gefängnis), läßt sich daraus auch nicht die genaue Zeit der jeweiligen Einlieferung in die Haft erschließen, zumal ja die Tochter (durch Hinrichtung am 30. Dezember) und der Vater (durch Selbstmord am 26. November) eher „ausschieden" und sie auch eher hineingekommen waren. Ab wann muß man also die etwa 7 Monate Haft ansetzen, nachdem sich der Oktober eindeutig als falsch erwiesen hat als Termin der Einlieferung?

Übrigens ist das älteste deutsche Flugblatt gegen die „Franzosenkrankheit" vor 1490 gedruckt worden vom Nürnberger Formschneider Wolfgang H a m e r (s. Kusch, S. 209). Ein Vorfahre unserer Angeklagten?
Von der Tochter heißt es im Text: „Sie liegt bei St. Peter und Paul begraben." Aus dem Jahr 1660 (cgm 2068, S. 816) wird überliefert, daß eine Brandstifterin mit dem Schwert hingerichtet und „hernach bey St. Peter anatomirt worden" ist; s. auch Maas/Zahn, S. 45: Kirchhof bei St. Peter für Hingerichtete.
St. Peter war neben St. Johannis, St. Jobst und St. Leonhard einer der 4 Siechköbel, die an den Ausfallstraßen lagen und mit denen der Magistrat einst seine Bürger vor der eingeschleppten Lepra schützen wollte: Befallene Wanderer wurden schon vor den Mauern der Stadt abgefangen und in diesen Leprosenhäusern isoliert. (Die mittelalterliche Kapelle St. Peter dieses früheren Leprosenhauses hat sich übrigens in der Kapellenstr. 2, Südstadt, vollständig erhalten.)
Im Keller des gotischen Saalbaues vom Alten Rathaus sind „die sog. Lochgefängisse. Zwei Reihen rechteckiger, innen holzverkleideter Zellen mit eisenbeschlagenen Türen; an der Nordostecke als ‚Kapelle' bezeichnete gewölbte Folterkammer mit Resten des Instrumentariums" (Dehio, S. 615).
Bock bringt in seiner erfreulichen kleinen Volkskunde neben drei anderen Gedichten über das Lochgefängnis in Nürnberg – das älteste aus der Zeit zwischen 1520 und 1526 – auch ein Lied voller Galgenhumor. Es stammt vermutlich von der Helfferichin (Hampe 2, S. 16 hat: Heftrichin), die samt ihrem Sohn am 14. 11. 1719 wegen Diebstahls enthauptet wird, wie die Malefizbücher zu diesem Tag übereinstimmend berichten (s. Bock, S. 79 ff. und S. 151, Anm. 29). Das Lied beschreibt also das Gefängnisleben im Loch – der Gefängniswärter wird scherzhaft „Wirt zum Grünen Frosch" genannt – etwa 2 Jahre bevor die von unserer Inzest-Geschichte Betroffenen „einsitzen". Wer weiß, ob die in dem Helfferich-Lied erwähnte „Model" (= Magdalena) nicht identisch ist mit der Tochter des Lochhüters in der Sage (und nicht – wie Bock, S. 151 vermutet – die Magd des Lochwirts)!
„Neben solcher Gefängnispoesie stehen, wie heute, so auch früher, die kurzen Inschriften, wie sie die Häftlinge an die Zellenwände zu kritzeln pflegen. Das Städtische Hochbauamt Nürnberg hat kürzlich im Lochgefängnis die erhaltenen Überreste dieser kleinen Denkmale photographisch aufnehmen lassen. Die meisten sind schwer verstümmelt, einige aber, die er auf die Zeit um 1500 datiert, hat Archivdirektor Prof. G. Pfeiffer doch noch entziffern können" (Bock, S. 81). „Aufnahmen und Entzifferungen im Stadtarchiv Nürnberg" (wie oben, S. 151, Anm. 38).
Zu Löw (= Henkersknecht, der u. a. die Leute zum Pranger oder zur Ausweisung aus der Stadt zu führen hatte) vgl. Löwengrube (Gefängnis in Wien, auch München.) Dazu und zu Bettelrichter s. Maas/Zahn, S. 44 f.

**136** Während meine Vorlage (Schöppner) keinen Wirtshausnamen bringt, lokalisiert Bauer, Alt-Nürnberg, S. 198: „In der Wirtschaft ‚Zum Goldenen Bären' zwischen dem Frauentor und dem Sterntor, gleich hinter der Mauer ...". K. Kohn (Schr. vom 25. 3. 1999) wird auch hierzu fündig: „Eine Wirtschaft zum Bären habe ich im Anwesen L. 844 gefunden. Dieses Haus wurde im frühen 20. Jahrhundert durch einen Neubau ersetzt, der wiederum nach dem 2. Weltkrieg einem erneuten Neubau weichen mußte. Die frühere Bezeichnung war Königstraße 85; bis zur Stadtmauer waren nur wenige Meter. Das Frauentor mit dem großen dicken Rundturm war schräg gegenüber."

**138** s. auch Joh. Alexander Doederlein, Antiquitates in Nordgavia Romanae ..., Nürnberg 1731, S. 33.

**139** „… Der Kettensteg, Nachfolger des von Dürer gezeichneten ‚Trockensteges', ist noch immer eine offizielle, begehbare Überführung. Allerdings hat der Steg heute einen festen Halt, während die ersten Fußgänger 1824 den für ‚lebensgefährlich', erachteten Steg noch zum Schwanken bringen konnten" (Nürnberg zu Fuß, S. 55).

**142** Bereits 1406 ging der Rat gegen eine gewisse Gerhaus wegen verübten Liebeszaubers vor (Kunstmann, S. 28), und 1468 wurde eine Zauberin, Elß Kramerin, beschuldigt (und dann auch gebrandmarkt), daß sie ihren wohl ungetreuen Liebhaber auf einem Bock zu sich hat holen lassen (wie oben, S. 30). vgl. auch Sage Nr. 160.
Ebenfalls um Liebeszauber dürfte es sich bei Barbara Wunderin gehandelt haben, die verdächtig war (1518), dem Müllersknecht Hermann Schmirer von der Fischmühle etwas angetan zu haben (wie oben, S.38).
Mit dem Inbegriff der Unappetitlichkeit von Liebeszauber (Gründlinge in der Vagina!) verbindet sich der Name Els Gernoltin, die die so „vorbereiteten" Fische gebacken und Männern gegeben hat, daß diese „sie sollten lieb haben"; s. Kunstmann, S. 39 f.
Und „als 1611 ein Kellner im Gasthof Bitterholt wahnsinnig wurde, hieß es, ein Mädchen, das ihn seiner Braut abspenstig machen wollte, hätte ihm ein Tränklein beigebracht" (Bock, S. 59).

**143** Die früheste Nachricht von Zauberei in Nürnberg ist für das Jahr 1300 überliefert, als ein gewisser „Gugellin, der zauberische Dinge getrieben hatte", auf ewig der Stadt verwiesen wurde (Kunstmann, S. 27). Der erste große Prozeß wegen Zauberei und Hexerei tritt uns 1520 entgegen (Prozeß gegen Els Gernoltin, die Schwarze Els) (wie oben, S. 39).

**144** Andreas Osiander (1498 – 1552) war ein bedeutender Hebraist seiner Zeit, hatte er sein „Handwerk" doch als Schüler Böschensteins und Reuchlins an der Universität Ingolstadt gelernt. Ab 1520 in N. Lehrer für Hebräisch, ab 1522 Prediger in St. Lorenz. Theologischer Führer der Reformation in N., weshalb er 1542 auch zur Einführung der Reformation in Pfalz-Neuburg berufen wurde. Er rief durch seine von der lutherischen abweichende Rechtfertigungslehre heftige Streitigkeiten hervor (G. Pfeiffer, S. 53), die erst durch die Konkordienformel beigelegt wurden. Als Gegner des Interims, in dem er, wie viele andere Geistliche auch, einen Rückfall in die alte Kirchenordnung sieht, verläßt er Nürnberg und wird 1548 Professor in Königsberg in Preußen, wo er – 1549 war er noch Vizepräsident des Bistums Samland geworden – 1552 stirbt.
In seiner Schrift „Ob es wahr und glaublich sey" weist er als erster christlicher Gelehrter die Unglaubwürdigkeit der Ritualmordbeschuldigungen nach und zeigt sich als mutiger Verteidiger der Juden.
Warum verleumdeten ihn seine Gegner, forderten sogar seine Verbrennung, und warum verspotteten ihn die Nürnberger Schembartläufer des Jahres 1539? Warum gar hatte ihn angeblich – ebenso wie in Regensburg meinen hochverehrten Aventin – der Teufel geholt? Vermutlich wegen seiner radikal-konsequenten Glaubenshaltung und wegen seines Einsatzes und seiner Offenheit den Juden gegenüber: „Getaufter Jude" wurde er beschimpft.

**149** Zu der überaus fragwürdigen und schillernden Person der Elisabeth Aurholt aus Vilseck, einer „stelzbeinigen Näherin" (Hampe 2, S. 63), die man, da sie nur ein Bein gehabt, zur Richtstätte hinaustragen mußte, s. Meister Franz, S. 45 ff., Bock, S. 53 f. und 60 f. sowie Kunstmann, S. 84.
Sie befaßte sich u. a. mit Teufelsbeschwörung und – angeblich mit Hilfe einer in ihrem rechten Bein verheilten weißen Otter – mit Schatzgräberei.

**150** „Es gab damals [1577] in Nbg. acht öffentl. Bedürfnisanstalten, die schon um 1470 Endres Tucher in seinem Baumeisterbuch ..., S. 113 als ‚gemeine heimliche Gemächer' nennt; das oben im Text ‚bei der Fischergasse am Steg' erwähnte heißt bei Tucher ‚beim Schießgraben'" (Bock, S. 142, Anm. 44).
Ob es sich hier nicht um eine halluzinatorische „Stimme" handelt, die die Selbstverstümmelung gebietet, wie man es bei Schizophrenen und bei Hebephrenen kennt? Litt der Lehrling unter Hebephrenie?

**151** Am 10.6.1999 rufe ich spontan beim Pfarramt in Kirchensittenbach an. Pfarrer Johannes Ziegler und seine Frau Esther haben noch nichts von dem Kircheneinbrecher Reinle gehört; sie teilen mir jedoch mit, daß die Kirchenbücher schon so weit zurückreichen, daß sie aber nach Regensburg gekommen sind. Interessant ist ihre Auskunft: „Es gibt das ‚Kirchenloch'; Einstieg oben auf dem Berg. Man meint, der Gang führt zur Kirche. Das Loch ist verschüttet. Man weiß nicht, ob der Gang wirklich zur Kirche geführt hat." Wenn ja, hat es der Einbrecher aus dem 16. Jh. wohl nicht besonders schwer gehabt.
Sicher hat der Hans Reinle oder Reinla auch einen anderen Dieb aus Kirchensittenbach gekannt, den Krämer Georg Geyer, der 1584 „zum Schloß Hilboldtstein" mit dem Strang gerichtet wurde (Meister Franz, S.16).
Bemerkenswert ist, daß auch die berüchtigte, 1598 mit dem Schwert gerichtete Betrügerin Elisabeth Aurholt „zue Kirch Sipenbach" einen Schatz graben wollte (wie oben, S. 46).
Meine Vorlage I (aus der Stadtbibliothek N.) findet sich schon bei Hampe 2 lesbar abgedruckt. Wäre ich eher auf diese Übertragung gestoßen, dann hätte ich mir meine eigene – nicht wenig mühsame – ersparen können.
Allerdings hat Hampe 2, S. 86: Kob, während ich Kab den Vorzug gebe (wohl kaum Rab?).
In dem Text aus dem Staatsarchiv N. steht, im Unterschied zu dem hier als Version I komplett aufgenommenen aus der Stadtbibliothek: 12. Juni und eindeutig Rab, und es werden die „kuppfernen röhren Zu dem Springenden Brunnen Im Rathhauß Im Hoffe" erwähnt.
Neben den Brunnen wurden seit dem 14. Jh. Quellwasseranlagen und die Felsengänge zur Wassergewinnung genutzt (Stadtlexikon N., S. 1160).
Der Wassergang zwischen Rathaus und Burgbastionen (Teil eines ganzen Gangsystems), in dem früher die Rohre der Lochwasserleitung verliefen, ist noch zugänglich: Eingang: Obere Schmiedstr. 52. An der Wand sind heute noch steinerne Konsolen zu sehen, an denen die Wasserleitung dranhing.
„Die Lochwasserleitung, bereits 1459 als Röhre am Milchmarkt (heute: Albrecht-Dürer-Platz) belegt, wurde im 16. Jh. als unterirdischer Wassergang von der Burg zum Rathaus fertiggestellt, wo sie bei den Lochgefängnissen mündete. Zufluß erhielt die Lochwasserleitung aus dem Stadtgraben vor dem Tiergärtnertor und hinter dem Sinnwellturm sowie aus dem Burgberg. Bis ins 16. Jh. mündete die Leitung in einen Brunnenkasten beim heutigen Albrecht-Dürer-Platz 3 ... 1543 ist dann die heute noch sichtbare unterirdische Lochwasserleitung endgültig gezogen. Sie speiste einen Brunnen, der bis 1891 in der südöstl. Ecke des Rathaushofs stand" (Stadtlexikon N., S. 638).

**152** „Holz, Kette, Nägel, Strick vom Galgen sind von der Antike bis heute rücksichtslos erstrebte und teuer bezahlte Talismane ...
Die Vorstellung von der unverbrauchten mag. Lebenskraft von Justifizierten führte nach zahlreichen Pressemeldungen zu Bestellungen aus aller Welt um ‚Teile der Stricke, mit denen die in den Nürnberger Prozessen Verurteilten hingerichtet wurden'..." (WdV, S. 247 f.).

„Meister Franz" verzeichnet unter dem 16. Oktober 1582: „Ein Baurnknecht, so zum Statthilpoltstein, ein ketten aus dem Galgen gestolen, und zwey Weyber gnommen, alhie mit Ruten ausgestrichen."

**153** 1516 bereits unterstand sich eine Frau, Anna Bairin, die „Passauer Kunst" des „Festmachens" vorwegnehmend, „Geschosse zu segnen". War jemand dieser Zauberkunst teilhaftig geworden, so hatte er bei kriegerischen Auseinandersetzungen mit Unverwundbarkeit und eigener Treffsicherheit rechnen können (Kunstmann, S. 38).
Auch der Münzfälscher Georg Carl Lamprecht (†1617) gab zu, daß er ein geheimnisvolles Pulver zum Schutz vor dem Erschießen besessen habe; auch ein Stück einer Hirnschale, menschliche Knochen, Haut und Fleisch wollte er als Schutz gegen Kugeln verwendet haben (wie oben, S. 89):
Leichenteile sind bevorzugte Requisiten bei jeder Art von Zauber, wie wir auch von dem berüchtigten Hexenverfolger und „Teufelsbanner" Friedrich Stigler wissen, der vermutlich beim Eichstätter Henker Leonhard Imm gelernt hatte und 1590 selbst mit dem Schwert gerichtet wurde (s. Kunstmann, S. 74 f.).

**155** Eine Art Vorgänger des Straßburger Schmieds erwähnt Kunstmann, S. 31: „Im Jahr 1480 hatte der Rat einen Zauberer, namens Hans Pressel, verhaftet, der im Ruf stand, verschwundene Dinge wieder herbeischaffen oder zumindest den Ort ihres Verbleibs angeben zu können."

**156** „Der ‚Molzen am Fischbach' dürfte Leonhard Mulz am Fischbach sein; moderne Adresse: L. 353 = Karolinenstraße 25; es war früher das Wirtshaus zum Mondschein. Über das Gewerbe des Leonhard Mulz sagen meine Quellen nichts aus", informiert mich K. Kohn (Schr. vom 8.2.1999).

**158** Georg Hager der Jüngere (1552–1634), Schuhmacher und einer der führenden Vertreter des Meistergesangs in N. um 1600, machte aus der Geschichte ein Lied, verlegte sie aber nach Erfurt, dem Heimatort Nickels.

**159** zu Bruckner s. die Aufzeichnungen des Scharfrichters Franz Schmidt (bei ihm: Prückner), S. 73 f.: „ ... welcher gar ungerathen, zum Öfftermals uff den thurn gelegen, mit versprechen gut zu thun, sich herabgelogen." Weiter führt „Meister Franz" aus, daß er zu Schnaittach aus dem Gefängnis ausgebrochen sei, auf dem Markt „ein kram mit gestickten stümpffen erbrochen" und diese dann versetzt habe ... Als er im Loch gelegen, habe er angegeben, wie er vom Nachtwächter [richtig wohl: Nachrichter] zu Krems etwas „für das wundhauen" bekommen, welches er habe essen müssen, aber nimmermehr an Gott denken. Als er, begnadigt, auf einen Turm gekommen ist und man ihn an 4 Ketten gelegt hat, hat er diese zerbrochen. – Das Wüten und Toben dieses Teufelsbündlers während seiner Turmhaft, das er selbst dem Rumoren des Satans in sich zuschrieb, war so laut, daß der in der Nähe wohnende Herr Holzschuher deswegen nicht schlafen konnte (Hampe 2, S. 66).
Bruckners Gefährte, Bastla Brennecker (bei Franz Schmidt: Bernecker), hat „Beckenkästen" mit offensichtlich falschen Schlüsseln auf- und dann wieder zugesperrt und daraus Korn gestohlen. Die „Becken" veranschlagten den Verlust binnen 7 Wochen mit weit über 100 fl.
„Der Vater des hingerichteten Sebastian Brennecker hatte offensichtlich einen Übernamen: an einer Stelle (Stadtarchiv N., Rep. F 1, Nr. 113, Bl. 137) wird er ‚Sandehrle' genannt, an anderer Stelle (Stadtarchiv N., Rep. F 1, Nr. 50, 2. Teil, Bl. 57) ‚Sand-

ührlein'" (K. Kohn, Schr. vom 8.6.1999). In meiner Vorlage: „Sanduhrlein" (aber sehr schwer zu entziffern).

160 Die Redensart „Es stinkt in der Fechtschul" (= die Sache geht schief, entspricht nicht der Ankündigung oder Erwartung), „so wie auch der Ausdruck fechten gehen, wodurch Handwerksbursche [sic] das Sammeln eines milden Zehrpfennings [sic] bezeichnen, stammt vermutlich noch aus der Zeit, wo, namentlich in Nürnberg und Breslau, eigene Fechterspiele und Fechtschulen bestanden, zu denen diese hin und her reisten" (Schmeller 1, Sp. 688).
N. scheint damals große Bedeutung zugekommen zu sein, so bringt Schmeller (wie oben) z.B. den Hinweis, daß ein „fürnemer fechter von Nürnberg, so Kammeysen gehaissen", von Dr. Minderer zu Augsburg (1620) geheilt worden sei.
„Marxbrüder (ehmals in Nürnberg) Federfechter, Klopffechter. Duae factiones lanistarum, quarum una a S. Marco, altera a penna cognomen habet ..." (Schmeller 1, Sp. 1657).
„Der Heilsbronner Hof war die Niederlassung des gleichnamigen Klosters in der Stadt Nürnberg. Er befand sich nördlich von der Stadtpfarrkirche St. Lorenz und bestand aus einem großen, allseitig freistehenden und ummauerten Komplex mit mehreren Häusern, Gärten und einer Kapelle. Die Gebäude einschließlich der romanischen [Nikolaus-] Kapelle wurden in der Mitte des 19. Jahrhunderts niedergelegt. Das Grundstück wurde in seinem Südteil zur öffentlichen Verkehrsfläche gezogen, während der Nordteil mit einem Bankgebäude bebaut wurde. Über den Heilsbronner Hof gibt es eine umfängliche Arbeit von Kurt Müller (+), deren maschinenschriftliches Manuskript im Stadtarchiv Nürnberg verwahrt wird" (K. Kohn, Schr. vom 19.11.1998).
„Ein eigentliches Fechthaus hat es in Nürnberg seit dem 17. Jahrhundert [1628] auf der Insel Schütt gegeben; es wurde am Anfang des 19. Jahrhunderts abgetragen. Fechtveranstaltungen wurden aber auch im Wirtshaus zum ‚Goldenen Stern' in der Neutorstraße und im Heilsbronner Hof [Schaufechten] abgehalten" (wie oben). Wie man der Sage entnehmen kann, hat schon 1615 eine Fechtschule im Heilsbronner Hof bestanden! Bereits 1587 erwähnt Meister Franz, S. 93 einen Wirt „im Halßbronners Hoff".
Ein Kupferstich (18. Jh.) bei G. Pfeiffer, S. 226 zeigt, wie der Hof etwa 1623 ausgesehen haben mag. Eine Radierung von Boener, um 1705, bildet auch die Nikolauskapelle ab (Stadtlexikon N., S. 432).
„Jobst Pettermann hat am ‚Schwabenberg' (heute Webersplatz) gewohnt, sein Haus wird 1637 nach seinem Tode verkauft (Stadtarchiv, Rep. B 14/I, Band 152, Bl. 262 f.)" (K. Kohn, Schr. vom 8.6.1999).
Die Messerer oder Messerschmiede, denen Zapf zugehörte, waren eine eigene, mit besonderen Freiheiten begabte Handwerkerzunft in Nürnberg. Sie standen „in nicht geringem Ansehen und gutem Wohlstand. Sie hielten zuweilen öffentlich ihren Schwerdt-Tanz, z.B. im Jahre 1600, welchen Böner in seinen Handwerks-Umzügen und Tänzen in Kupfer gestochen abbildet ..." (Maas/Zahn, S. 33).

161 Mit G. C. Lamprecht hat sich die Literatur ausführlich befaßt; s. Hampe 2, S. 52 und Kunstmann, S. 88 ff. sowie S. 167. Meister Franz, S. 80 (Nr. 300) schildert seine grausigste Hinrichtung, der Hampe in den MVGN, Bd. 26, 1926, S. 321 – 326 einen Beitrag widmet: „Des Nürnberger Scharfrichters Franz Schmidt letzte Amtsverrichtung (13. Nov. 1617)."

162 Fröschturm: am Schwabenberg oder den Sieben Zeilen. „Turm der nördl. Stadtumwallung, der im 19. Jh. eingelegt wurde. Diente ebenfalls als Gefängnisturm" (K. Kohn, Schr. vom 8.2.1999) wie der nach völliger Zerstörung im 2. Weltkrieg wieder

aufgebaute Turm Luginsland (1377) auf der Veste, an der östl. Schmalseite der Kaiserstallung; in ihm war z.B. der Findling Kaspar Hauser eine Zeitlang festgehalten worden. Oder wie das Männereisen (auch Männerschuldturm) zwischen zwei Pegnitzarmen (Spitalbrücke und Heubrücke) auf der Vorderen Insel Schütt, „mit der ältesten Profaninschrift von 1323“ (K. Kohn, Schr. vom 25.3.1999). Und wie schließlich der Wasserturm am nördl. Pegnitzufer neben dem Weinstadel, unweit vom Henkersteg. Auch er, wie der Männerschuldturm, ein erhaltener Teil der vorletzten Stadtumwallung (um 1320/25).

Ich lese oder, besser, vermute: Kotter, Kötterlein (Behälter für Wahnsinnige), s. Schmeller 1, Sp. 1312. Aber der mit alten Schriften vertraute Brun Appel meint: einfach Gitter.

Die 3 Auslassungspunkte in der letzten Zeile der Geschichte finden sich so in der Vorlage und sind zu ergänzen etwa durch Unzucht, Hurerei oder dgl.

„Schmeller 1, Sp. 661 gibt für ‚trüllen‘ an: bezaubern, betrügen, kuppeln. Hier aber heißt es zweifellos ‚coire‘ “ (Bock, S. 145, Anm. 109).

„Störung im Triebleben, Abnehmen der Potenz oder gar Impotenz führte man seit jeher auf das Wirken der Hexen zurück“ (Kunstmann, S. 86); so wird 1608 eine Wahrsagerin, Brigitta Wolfin, von dem Bader im Rosenbad, Conrad Mayer, beschuldigt, ihn bezaubert und um seine „mannschaft“ gebracht zu haben. „Über die vielen Mittel aus d. Tierreich zum Anhexen der Impotenz ausführlich: Zs. d. Vereins f. Volkskunde 42/1933, S. 146 ff.“ (Bock, S. 145).

Man kannte aber auch Mittel, einem seine „Mannschaft“ wiederzubringen: So machte – um 1622 – der Mittlere Wirt in Gründlach, Hans Weigel, einen Trank aus Weißer Wegwarte, Feilwurz, einem „Schmidtzünder-Abfeilig“ von einem Glockenschwengel sowie noch etwas weiß Geriebenem (Hampe 2, S. 57; danach Bock, S. 60).

**163 u. 164** zum Festmachen s. Anm. Nr. 153.

**166** Bock, S. 51 hat, wie ich – nach cgm 2068, S. 815 f.– : Kreß. Dagegen in „Staatsarch. Nbg., Rep. 52 a, 172, Bl. 112 r“: Heß statt Kreß (Bock, S. 142, Anm. 45).

**168** Bei Kunstmann, S. 102 und 103 heißt die Schillerin „Regina Sibylla“. Im September 1669 erfolgte ihre Gefangennahme; das Verfahren dauerte über ein halbes Jahr. „Wichtigster Anklagepunkt war, daß sie sich dem Teufel ergeben hatte ... Im Stadtarchiv Nürnberg ist unter dem 7. September 1669 ein Gutachten des ihr als Beichtvater zugeordneten Andreas Unglenk [seit 1666 Diakon bei St. Lorenz] vorhanden. Auch Ärzte zog der Rat bei, da man zuerst glaubte, die Leiden der Schillerin seien körperlicher Natur ...

Ein von Geistlichen und Juristen befürworteter Versuch, sie aus dem Teufelsbund zu lösen, schien fehlgeschlagen zu sein, da am 16. Dezember 1669 berichtet wird, daß die Schillerin erneut dem Teufel untertänig sei. Der Rat hatte vorher noch angeordnet, daß für sie in allen Kirchen gebetet werden soll. Bis man am 14. März 1670 zu dem Ergebnis kam, die Schillerin unverrichteter Dinge nach Augsburg zu bringen, beschäftigte ihr Fall noch oft den Rat ...“ (Kunstmann, S. 102 ff.).

„Eine besondere Zierde seines Standes“ war der protestantische Verfolgungsbefürworter Pfarrer Gottlieb (Theophil) Spitzel (auch Spizel, Spicelius) [1639 – 91], der – als „teufelsgläubiger Atheistenfresser“ – die Augsburger Hexenhinrichtungen der 1680er Jahre rechtfertigte. Er korrespondierte auch mit Leibniz und Spener; 1703 wurde er in einer Schrift des Frühaufklärers Chr. Thomasius attackiert (Behringer, S. 35 f.).

Eine Antwort der Staats- und Stadtbibliothek Augsburg (Dr. Helmut Gier, Bibliotheksdirektor, Schr. vom 3.8.1999) bestätigt mich in meiner Vermutung: „Bei unserem Handschriftenband 2° Cod Aug 288 handelt es sich in der Tat um eine umfängliche zusammengebundene Sammlung von Akten und Schriftstücken zum Fall Regina Schiller, die nach Ausweis des Exlibris aus der Bibliothek von Theophil Spizel stammt. Spizel war im übrigen als erster Anhänger Speners in Augsburg eine durchaus bedeutende Persönlichkeit, der auch schon von Dietrich Blaufuß [1971] eine ganze Dissertation gewidmet wurde."

**172** Der Grenzsteinforscher Dr. Karl Röttel (Rebdorf bei Eichstätt) führt zu Fraisch und Fraischzeichen aus (Schr. vom Febr. 1999): „Von den innerhalb des Altlandkreises Nürnberg liegenden 44 brandenburg-onolzbachischen Orten gehören 24 mit der Fraisch (Hochgerichtsbarkeit) in das Oberamt Schwabach und 20 zum Oberamt Burgthann.
Zur zweiten Gruppe zählt Gleißhammer. Im Land mit nürnbergischer Fraisch lagen also Enklaven, über die die Ansbacher Markgrafen die Hochgerichtsbarkeit ausübten.
An Grenzen gibt es immer Probleme: jeder Teil möchte den jeweiligen Fall (Mord ...) in seine Hand bekommen, weil damit (neben Machtdemonstration) Geldeinnahmen verbunden waren! Es kommt also häufig zum Wettlauf um einen Erschlagenen. Wem es nicht glückt, den Leichnam im Triumph zum jeweiligen Amt zu bringen, dem bleibt nur übrig, durch feierliche Mitnahme eines Fraischzeichens am Tatort den Hochgerichtsanspruch geltend zu machen. Aber die Partei, die am frühesten erschienen ist und den Leichnam erbeutet hat, versäumt es nicht, den Tatort zu bewachen und die Mitnahme eines Fraischpfandes mit Waffengewalt verhindern zu lassen ..."
K. Kohn, der sich auch als Grenzsteinforscher betätigt hat, definiert es konziser: „Ein Fraischzeichen, meist ein Finger, wird einem auf unnatürliche Weise zu Tode gekommenen Menschen abgeschnitten, zugleich als Realbeleg für den Todesfall und zum Beweis der Hochgerichtsbarkeit durch den Gerichtsherrn" (Schr. vom 8.2.1999).
Gleißhammer, das noch 1807 mit 106 Einwohnern, mit Bauernhöfen, Landarbeitern und dem Schloßherrn des Wasserschlosses eine intakte dörfliche Sozialstruktur aufwies, wurde, durch die Industrie revolutioniert, zu einem typischen Arbeiterviertel, das 1885 an die Stadt überging. Das nach dem Nürnberger Bierbrauer Johann Zeltner benannte, aber bereits im Jahre 1313 beschriebene Schloß und die über den Zeltnerweiher in ein Tor- und Basteigebäude führende Brücke sind die in der Sage erwähnten Handlungsplätze.
zu Gleißhammer s. die anschaulichen Ausführungen in Nürnberg zu Fuß, S. 176 ff.

**174 u. 175** „Paulus Vischer war Eigentümer des Hauses zum Hahnenkamm (= Obere Söldnersgasse 1). Das Haus lag gegenüber dem Turm Luginsland, der bekanntlich an die Kaiserstallung angrenzt. Paulus Vischer starb 1698" (K. Kohn, Schr. vom 25.3.1999). Der des Seelenverkaufs verdächtigte Bierwirt überlebte also die Anklage nicht lang.

**176** Bei dem Geistlichen M. Joh. Conrad Feuerlein handelt es sich um den 1656 in Eschenau bei Erlangen geborenen Pfarrerssohn, der 1697 Diakon bei St. Sebald war, bevor er am 2. September des nämlichen Jahres seine neue Predigerstelle bei St. Egidien antrat. Seine in der „Kinderlehr" gezeigte „lebendige Frömmigkeit" gegenüber dem äußerlichen Gewohnheitschristentum läßt ihn als Vertreter des Halleschen Pietismus erkennen (Herzensbekehrung!). Dazu paßt auch gut, daß wir ihn als Gründer des Nördlinger Waisenhauses kennen.

**180** Als 1671 im Barfüßerkloster ein Brand ausbrach, geriet einer „von dem Geißlederer Geschlecht", dessen Vater bereits 1650 gehenkt worden war, in Verdacht und wurde ins Gefängnis „eingesetzet". Weil man aber nichts aus ihm herausbringen konnte, wurde er der Stadt verwiesen (cgm 2068, S. 927). Über die Geißledererin in der Sage konnte ich nichts eruieren.

**181** Nach L. Wittmann, S. 65 stammt der „Kopf einer hochgotischen Martersäule aus der Zeit um 1500 ... Das Bild ist aus rotem Sandstein, 1,50 m hoch, 1,10 m breit. Der Stein hat Zinnenbekrönung. Unter einem Kielbogen ist stark verwittert eine Golgatha-Darstellung zu erkennen... Die Sage bemächtigte sich natürlich auch bald dieser Steinplatte. Einesteils sagt man, man hätte damit die Pest hinausmauern wollen ... Ursprünglich ging an der Stelle der Friedhofsmauer ein Türlein ins Freie ...“

**187** „So lautet der Bericht von diesem Vorgang, ohne Zweifel mit Wahrhaftigkeit aufgefaßt, aber zu wenig von den näheren Umständen enthaltend; überdem außer der Angabe des Inhabers, durch keinen weiteren Zeugenbeweis unterstützt, und darum nicht hinreichend, um ein irgend sicheres Urtheil über die Sache zu fällen“ (Nork, S. 649).

**189** „Veit Schuhe besaß das Haus Innere Laufer Gasse 28, ein Eckhaus gegenüber dem Laufer Schlagturm (einem Torturm der inneren Stadtumwallung), wo er auch 1553 starb. Das fragliche Haus kann ich allerdings nicht als Wirtshaus nachweisen“ (K. Kohn, Schr. vom 8. 6. 1999).

**191** Die Herrentrinkstube befand sich im 1. Obergeschoß der Kleinen oder Unteren Waage, auch Fronwaage (Winklerstr. 22) bei St. Sebald und diente den Zusammenkünften des Patriziats an gewissen Tagen. Heute steht an Stelle dieses dem 2. Weltkrieg völlig zum Opfer gefallenen Waaggebäudes der Saal der Industrie- und Handelskammer. „Zur Erinnerung an früher hat man am Neubau eine Kopie des berühmten Waagreliefs von Adam Kraft (1497) angebracht“ (K. Kohn, Schr. vom 25. 3. 1999). vgl. Nopitsch, S. 46 und 62.

**194** Der Glockenschwengel galt im Volksaberglauben als geweihtes Metall, das zur Arznei bresthafter Leute (z. B. bei Impotenz) zu gebrauchen sei. Welche Symbolik steckt aber dahinter, wenn beim Kirchgang einer wohl nicht mehr jungfräulichen Braut der Glockenschwengel bricht?
Vermutlich stammte das „Kartenmaler-Durla“ aus einem „Geschlecht“ von Kartenmalern: 1555 vermerken die Nürnberger Totengeläutbücher III St. Sebald, S. 199 den Tod von einer „Barbara Hannß Erbin, kartenmalerin“.

**195** Die Freiherren Ebner von Eschenbach können ihr Bestehen bis zum Jahr 1256 nachweisen. „Von Eschenbach“ nennen sich die Ebner seit 1508. Eine große Anzahl bedeutender Männer aus dem Geschlecht standen in der Reichsstadt an leitender Stelle, z. B. war der Reichsschultheiß und Vorderste Losunger Hieronymus Ebner (1477 – 1532) ein Vorkämpfer der Reformation. Die Ebnersche Gruft (1559) im Chor der evang. Pfarrkirche [ehem. St. Paul] zu Eschenbach; dort auch ihr Schloß.

**196** „Das Wirtshaus zum Goldenen Hufeisen gab es zweimal in der Altstadt: Wunderburggasse 17 und Mittlere Kreuzgasse 25“ (K. Kohn, Schr. vom 19. 11. 1998). vgl. Nopitsch, S. 44 (Verzeichnis der Gasthöfe ...).
„Die ‚Sieben Türme‘ waren ebenfalls ein Wirtshausname. Das zugehörige Etablissement befand sich einst in der Irrerstraße 20“ (wie oben). Sie sind schon 1577 als Wirtshaus bezeugt (Hampe 2, S. 102).
Da die Wunderburggasse bei der Judengasse nicht recht zur Lokalisierung in der Sage paßt (gegenüber von den „Sieben Türmen“), dürfte sich das „Gulden Hufeisen“ des Heinrich Fischer in der Mittleren Kreuzgasse 25 befunden haben.

Gebirg: Weil es um Bayreuth, Kulmbach, Wunsiedel ... häufig bergauf und bergab geht, „hieß Nordostbayern zu Markgrafenzeiten auch ‚Land auf dem Gebürg'" (Bayern Franken Preußen, eine historische Doppelbeziehung. Prospekt, Nürnberg 1999, S. 76).
vgl. auch Sage Nr. 195: da wird der unbarmherzige Waldamtmann nach seinem Tod „nach Eschenbach auf dem Gebirge" geführt. – Die Schnitterin war wahrscheinlich aus dieser Gegend und nicht aus dem alpinen Raum.
Gemeingrube: Aus Maas/Zahn, S. 95 erfahren wir: „Zur Beerdigung armer Leute, welche keine eigene Grabstätte besizen oder in anderer Grab-Eigentümer Gräber nicht aufgenommen werden, ist auf den Nürnberger Kirchhöfen ein eigener Platz bestimmet, welcher die Gemein-Grub genennet wird. Die auf dem Kirchhof zu St. Johannis befindliche beschreibet Trechsel (Groskopf genannt) in seinem ‚Verneuerten Gedächtnis' [1736], S. 375."

**197** „Der ‚Panerberg' [hier: Paners Berg], heute Paniersplatz, ist tatsächlich eine von Süden bzw. Südosten nach Norden hin ziehende Steigung" (K. Kohn, Schr. vom 8.2.1999). Auf alten Karten auch Bonersberg. „Das Gasthaus hieß ‚zum gelben Löwen'; es befand sich früher im Anwesen S. 682 = Schildgasse 26."

**198** Offenbar handelte es sich bei dem Gebilde um einen Bewuchs aus Flechten. „Daß man dies im Volk als Vorzeichen der Ankunft Gustav Adolfs, des ‚Löwen aus dem Norden' deutete, war den Herrn höchst peinlich, wie alles Gerede über Außenpolitik, und so ließen sie sich's einiges Geld kosten und das sonderbare Naturgebilde abkratzen. Es war aber eigentlich zu spät, denn schon hatte ein Geschäftstüchtiger ein Bild davon radiert mit einem Gedicht" (Bock, S. 65).

**201** Säumarkt = Trödelmarkt: „Im Mittelalter wurden auf dieser Pegnitzinsel [bei der heutigen Karlsbrücke] tatsächlich Schweine verkauft. Seit dem 16. Jh. kamen dort ortsfeste Kramläden auf ... (K. Kohn, Schr. vom 25.3.1999). s. auch Nopitsch, S. 140. „Das Wirtshaus zum blauen Stern kommt dreimal vor: hinter St. Clara, auf dem Laufer Platz (beide sind noch nicht präzise lokalisiert) und in der Oberen Schmiedgasse 58" (wie oben, Schr. vom 19.11.1998). vgl. Nopitsch, S. 50 (Verzeichnis der Gasthöfe ...)

**205** „Als Deutschherrnwiese wurde das bis 1806 im Besitz der Deutschordenskommende Nürnberg befindliche Areal südlich des Pegnitzbogens bei der Kleinweidenmühle zwischen dem Kontumazgarten und dem Himpfelshof bezeichnet. Seit 1929 ... Exerzierplatz ..." (Stadtlexikon N., S. 210 f.). Heute – bis auf das westlich gelegene Sportgelände – völlig überbaut; s. unbedingt L. Wittmann, S. 55 f.

**208** Ausführlich bei Priem, S. 248 f. (nach Murr). Bei Priem heißt der Stifter, „der von 1509 bis 1515 Richter in Wöhrd" war, Schödd. Der Name des unehrlichen Mesners: Fritz Embler.

**209** Der namhafte Viszeral-, Gefäß- und Thoraxchirurg Prof. Dr. H. Denecke, Schweinfurt, erläutert zur embryonalen Entwicklungsstörung des Bettlerkinds (Schr. vom 22.3.1999): „Im Prinzip gibt es drei Arten von Brustkorb- und Bauchverschlußanomalien:
1. Omphalozele (entspricht einem sog. Nabelschnurbruch).
Darunter versteht man einen Vorfall (Eventeration) von Bauchinhalt in die Nabelschnur durch eine wechselnd große angeborene Lücke in der Bauchwand. Wenn eine solche

Anomalie besteht, sind die vor die Bauchwand gestülpten Organe von der durchsichtigen weißlichen Nabelschnurhaut noch überzogen.
2. Gastroschisis.
Die Bauchorgane sind durch den angeborenen Bauchwanddefekt bereits während der Schwangerschaft vorgefallen. Der Defekt kann verschieden groß sein, von wenigen Zentimetern bis zum großen Defekt von Brustbein (Schwertfortsatz) bis zur Symphyse.
3. Mediane Bauchwandspalte.
Eine obere mediane Bauchwandspalte ist ein Defekt zwischen Nabel und Schwertfortsatz. Oft ist sie verbunden mit einem Nabelschnurbruch und einer unteren Brustbeinspalte. Schwerste Komplikation ist dann das gleichzeitige Vorkommen eines Vorfalles des Herzens und des Herzbeutels.
Bei Ihrer geschilderten Geschichte kann es sich um die letztere Form gehandelt haben. Allerdings wäre es auch möglich, daß bei einer Gastroschisis das vordere Zwerchfell nicht völlig geschlossen ist. In diesem Falle würde man nicht nur Darm, Leber mit Galle usw., sondern auch den unteren Teil des Herzbeutels und die unteren Anteile beider Lungen vom Defekt aus einsehen können. Da erwähnt wurde: ‚Das Kind ist am Leib offen gewesen ...‘, möchte ich glauben, daß also eine Gastroschisis mit unvollständigem vorderem Zwerchfellverschluß vorgelegen hatte.
Darüber hinaus haben wir uns bei Prof. Keil, Vorstand des Instituts für Geschichte der Medizin in Würzburg, wegen des ‚Versehens‘, erkundigt. Der im Mittelalter häufig gebrauchte Begriff des ‚Versehens‘ einer Schwangeren wurde zur Erklärung von Geburtsanomalien herangezogen und geht auf jüdischen Einfluß zurück. Dort wird als durchaus möglich angesehen, daß äußere Einflüsse auf ein im Inneren wachsendes Kind einwirken können. Heute wird dies natürlich völlig anders gesehen, und es sind allenfalls wirkliche Noxen, wie beispielsweise Infekte, die auf die intrauterine Entwicklung einwirken können. Zu der mittelalterlichen Annahme eines ‚Versehens‘ hat wohl auch die Tatsache beigetragen, daß durch psychische Schreckzustände vorzeitige Geburten ausgelöst werden könnten. Das ist heute nach wir vor eine in der Geburtshilfe bekannte Tatsache.“
„Das Versehen der Schwangeren gehört zu den Elementargedanken der Völker“ (WdV, S. 853). Bis in unsere Tage hört man immer wieder diesbezügliche Berichte.
„Handlungen und vor allem Gesichtseindrücke sind es, die böse und gute Wirkung nach sich ziehen ... Der Glaube beruht auf der tiefen Überzeugung von der Sympathie und ‚mystischen Partizipation‘, die in der Welt überhaupt, aber zwischen Mutter und Kind ganz besonders waltet ...“ (wie oben, S. 853 f.)

**211** Lotter, S. 449 (ihm hat es Christian Wildner mitgeteilt [s. Wildner, S. 60] ) lokalisiert: „Da, wo jetzt die Maschinenbaufabrik von Klett & Co. steht, von der Vorstadt Wöhrd bis zum Einfluß der Pegnitz in die Stadt, waren einst gar schöne und prächtige Gärten mit schloßähnlichen Häusern. Das ‚Um den Graben Gehen‘ war hier zu ende, denn es führte keine Brücke über die Pegnitz; es war deshalb an diesem Orte sehr wenig Verkehr. Dieses Areal bezeichnete der Nürnberger ‚bei der verfluchten Jungfer‘. Es war dort, trotz der paradiesähnlichen Gärten, stets unheimlich ...“

**212** „... bei dem im 15. und 16. Jh. in Nürnberg gewöhnlich gewesenen Schönbartlaufen wurde öfters eine sog. Hölle zum Schauspiel auf Schleifen mitgeführet, welche mancherlei komische, satyrische und lächerliche Gegenstände vorstellte. Im Jahr 1508 sahe man auf einer solchen Hölle einen ... 1½ Gaden hohen Kindleinfresser“ (Maas/Zahn, S. 105). vgl. Nopitsch, S. 78

# STICHWÖRTER


Abbildung (Bildnis, Abkonterfei, Gemälde) 55, 74, 95, 100, (198), (209), 212
Abbildung, steinerne 2, 96, 99/IV
Abdruck, von Pferdehufen 62, 63, 65
Abtreibung 132
Aderlaß 75
Allerseelen, als Sterbetag 107/III
Alte/r 81, 84, 102, 151
Amulett (Art) 164, (172)
Analphabet, als Teufelsbündler 174
Apostem (= Abszeß) 195
Arme (Leute) 75, 97, 195, (196)
Arzt (aus Fürth), ungeeignet 197
Auerbacher Messe 50
aufwiegen, mit Wachs 31
Aufruhr 72
Augen, ausstechen (als Strafe) 19
Augenwunder 19, 24, 26, 29, vgl. Sebaldswunder (ident.)
Aushauen (Strafe) 142, 152
Außenseiter 70 – 76
Ausweisung (aus Nürnberg) 73, (168)

Bahrrecht 160 (?)
Bannen (von Geist), s. Geisterbanner
Bannort 105, 115, 123, 126, 127, 135, 136
barfuß (Heiliger geht ...) 17, (Rompilger) 30
Bart (Heiligen am ... zupfen) 24, 26
–, wächst um Tisch 42
Barthaare junger Gesellen (als Bürste) 91
Bauchaufschneiderin (Kinderschreck) 213
Bauchwandspalte, mediane, s. Anm. 209
Baum, unfruchtbarem (Teufelsbannung unter ...) 148
Baumblüte, verfrüht 184
Baumeistersage 83
Becher, goldener (verschwunden) 84
Bekehrung ... 170, (176)
Belagerung 64, 57, (67)
Berchtgestalt 213
bergentrückt (42), 190
Bergmännchen als Gäste 204
Berührungsreliquiar (Kopf-) 38
Beschwörung (auch Verschwörung) 115, 123, 124, 126, 127, 149, 204
Beschwörung der Bergmännchen 204
Besessenheit 128 (?)
Bettlerkind (Mißgeburt) 209
Birkengertlein (zum Züchtigen des Teufels) 148
Blinder 19, 29, (prophezeit) 81
Blut als „Tinte" 167, 168
Blutregen 185 (?)
„Blutverschreiben" (bei Teufelspakt) 159, 167, 168
Bock, schwarzer (u. Geiß, weiße) 44
Bock (Teufel) 160
Bock, will Federfechter aufheben 160
Brand (Feuer) 23, 47, 64, 75, 200
–, vorhergesagt 200
–, während der Taufe 47
Bratwürste als Henkersmahlzeit 170
Brauch 135 (Stöbern), 213 (Fastnacht)
Brot, Laib (zur Brandabwehr) 75
Brunnen
–, auf der Burg 42
–, des Heiligen 41
–, unterm Galgen 133
–, vergiftet (gefährl. Ammenmärchen über Juden) 72
Brustkorb- und Bauchverschluß-Anomalien, s. Anm. 209
Buch (von Bergmännchen) 204
Buchstaben, magische 163
Büchsenversagen 159
Büchsenmann ... 119
Buhlschaft, teuflische 160

„Cacodemon" 141
Christnacht 159

Daumen, abgehauen (Leibstrafe) 194, vgl. auch 159
„Die Nürnberger haben vor Spalt den Hirs verschüttet" (Redensart) 57
„Die Nürnberger hängen keinen ..." (Redensart) 61

Dieb/in (84), 115, 155, 168, 169, (170)
Dieb, muß Gestohlenes zurückbringen 155
Diebsbanner 155
„dinglich" (= Weißzeug) 75
Doctores (aus Nürnberg), mißachtet 197
Donner (vom ... erschlagen!) 196
Drache, s. Track
Drud/en (= Alpdämon) 156, 179, (180)
Drud als Strohhalm 179
Drudendrücken 156 (tödlich), 179
Drudenkorb 180

Ehebrecher (Witwer als ...) 162
eheflüchtig 16, 17, 149, 176
Ehemann, durchgebrannt, s. eheflüchtig
Ehemann (alten) ermordet 102
Eid, falscher 123
Eier als Lohn 58
eingemauert (Mensch) 86, 92
Eisenbärt, die (Kinderschreck) 213
Eiserne Jungfrau 89
Eiszapfen, nähren Feuer 18
Engel 27
Entwicklungsstörung, embryonale 209
Eppelein als Brandstifter 64
Eppeleins Streiche 59 – 65
Ertrunkener 172
exotische Leute 54

Familiargeist 125
Fechten 160
Federfechter 160
Feiertagsfrevel 29, 166
fest machen / fest sein, gegen Kugeln, s. kugelfest
Feuer, aus Eiszapfen 18
Feuerbanner 75, vgl. auch Brand
Findelkinder (Zug der F. am Johannistag) 96
Finger, leuchten (bei einem Bauern) 20
Fleck aus Hose (als Zaubermittel) 146
Fleckleinsbuben 164
Fluchen 93, 196
Fraisch 172, s. auch Anm.
Franziskaner als Teufelsbanner 135
Frühsuppe, bleibt zu lang aus 196

Galgen
–, Dinge vom G. sind orendistisch 152
–, in den G. werfen 133, s. unbedingt Anm. dazu
Galgenkette 152, 166
Gang, unterirdischer 42, 86, 151
Gastroschisis, s. Anm. 209
Gattenmord 102
Gebet, errettet vorm Teufel (145), 168
Geburt, auf der Straße 209
Geburtsanomalien 209
Geburtshelfer, heiliger 38
Gefängnis („Eisen", Fröschturm, „Loch", Luginsland, Wasserturm, Zuchthaus (?) u. a.) 69, 152, 153, 162, 170, 173 – 176
Geiß (Gespenst/Spuk) 123
Geist, streckt 2 Finger in die Höh 123
Geisterbanner (Beschwörer) 105, 123, 126, 135, 136, 204
Geistermesse 197
Geistlicher, als Ungetüm 119
Geldteufel 171
Gelübde 29, 30, 31, 33, 36, 37
Gemeingrube 196
Gespannwunder 21, 27
Gespenst: außer dem einschläg. Kap. „Geister u. Gespenster" s. die Nrn. 86, (140)
Gespensterprozession 113
Gewitter 181, 196
Glaskugel s. Kristall
Glocke
–, haben wollen 12
–, läutet von selbst 111, 118, 130
–, Männlein in der 118
–, solange sie läutet, darf jede Ehefrau ihren Mann prügeln 50
–, versenkt 206
Glockenschwengel, bricht 194
Gotteslästerung 101, 166
Grab 55, (56), 181, s. zudem Sebaldsgrab
Grabinschrift 184
Gründungssage 1, 3 – 9, 11, 12

Hand aus dem Grab 211
Handlesen 186
Hebammenmittel 118

hebräische Buchstaben 75
Heilige: 40 (Achaldis), 41 (Willibald), s. zudem Sebald
Heiligenhaupt (Reliquiar) 38
Heiligenlegenden, s. Sebaldswunder
Heiliges Kreuz, Span davon 49
Heimliches Gericht 89
Hemd, bezaubertes 160
Henkersmahlzeit 170
Henne, schwarze 161, 204
„Herrgottschwärzer“ (Spitznamen der Nürnberger) 85
Hexe, als Strohhälmchen 179
Hexenmeister 63
Hexenprozeß 146 (auch 147, 148)
Himmelserscheinung, -zeichen 185, 188, 192, 193, (196), 199, 202
Hinrichtung (59), 65, 66, 73, 84, 89, 132, 133, 153, 159, (163 ?), 166, 169, 170 vgl. auch 92 (Verurteilung)
Hirnschale 118, 159
–, Hebammenmittel 118
–, Zaubermittel in der Schwarzen Kunst 159
Hufabdruck (von Eppeleins Pferd) 62, 63, 65
Hunnen 8

Impotenz, angezaubert 162
Inzest 133

„Jedem Mann ein Ei …“ (Redensart) 58
Jude/n
–, als Feuerbanner 75
–, als Händler/Hehler 169
–, verbrannt 71
–, als Warner 72
Judenpogrom 71, 72
Jungfer, verfluchte (Hand wächst aus Grab) 211
Jungfern, alte 91
Jungfrau, feurige 116
–, gebiert 6
Jungfrauen, locken 103
„Justizopfer“ 84

Käse als Opfergabe 28
Kaiser im Brunnen 42
–, schlafender (im Berg) 190
„Kaiserlein“ (Lebkuchen) 51
Kaisersage (Kaiser im Berg) 190
Kaiserschnitt, bei Geburt von Banner 123
Kaminkehrer als Geisterbanner 136
Karfreitag 166
Karfunkelstein 54
Karlsgründung 11, 78
Kinderbringer (Storch) 99
Kinderlehre für Teufelsbündler 176
Kinderschreck 212 – 215
Kindertausch, durch Königin 48
Kinderversammlung 51
Kinderwunsch 98, (99/IV)
Kindleinfresser 212
Kindsmord 56, 132, vgl. 96 (Totschlag)
Kindsnöten, in 38
Kirchenbau (Kapellen-) (23), 27, 54, 78 – 81, 82
Klostergründung / -stiftung 40, 79, 80, 82
Kollegenneid 83
kopflos 115, 132
Kranke, Sieche 31 – 33, 37, s. auch Besessenheit, Blinder u. Pest
Krankheit, als Strafe 29, (34)
Kreuze, bluttriefend (fallen vom Himmel) 185
Kreuzweg 159, (161)
Kriegsmann in Schwedentracht (Geist) 134
Kristall 141, 187
kugelfest 153, (159), 163, 164
Kunstneid, Art von 83

„Lachen wie der Geist im Schwarzen Bären“ (Redensart) 135
Lästerer, versinkt in Erdboden 14
„Lausbubenkäpple“ (93), 94
Lebkuchen, s. „Kaiserlein“
Leiche von Reformator, vertauscht 144
Liebeszauber 142
Lied (auf einen Marxbruder) 160
Linde 43, 68
Lochhüters Gesinde 151, vgl. 133
Löwe (Flechtengewächs?) 198

Männlein, kleines 118, s. zudem Bergmännchen und Sandzwerglein
Magie 157, (163)
Marxbruder 160

Maßfrevel 120, 121
Mehl streuen (beim Teufelfangen) 123
„mehr können als Brot essen“ (Redensart) 151
Messerer (Zunft) 72, 160, 176
„Metzen und Strichholz“ (Maß) 120
Mißgeburt 209
Mobilien, verbrannt 75
–, veruntreut 123
Mutterfluch 211

Nonne (samt Kind), eingemauert 86
Nothelfer der Schwangeren 38
Nürnberg, seine Namen 1, 4, 5, 7, 44, 45

Ohnekopf, der (Gespenst) 132
Opfergabe, ausgetauscht 28
Opfergaben 28, 30, 31. 33, (36), 37
Ostern (51), 82, 169, 173, 176, 180

Paris als Studienort 17, 189
Pest 77, 184
Pfarrer, abergläubischer 157
Pferde, s. Tiere
Pferdeköpfe als Wahrzeichen 95
Pfingsten 207
Poltergeist 119, 120
Pontius Pilatus, sein Geburtsort 70
Prophezeiung (Weissagung, Voraussage ...) 73 (falsche), 81, 183, 186, 187, 190, 200

Redensart 57, 58, 61, 76, 91, 135, 151
Reif, eiserner 22
Reliquien (49), 87
Richtstätte (auch Galgen), vgl. Hinrichtung
Riese 74
Ring aus Galgenkette 152
–, um Säule (in Kaiserkapelle) 138
Rockenstube (Heimgang von der ...) 146

„Säudreck ...“ (Segensspruch gegen den Teufel) 143
Sand, roter 130, 205
Sandzwerglein 205
Sarg, ominöser 144
Satansbande, angebliche 73
Schäfer als Banner 123
Scharfrichter (Henker) 66, 84, 124, 159, 170
Schatz 141, 210
Schatzhebung 141
scheintot 95
Schütz als Banner 123
Schuh, gesotten (bei Zauber) 149
„Schusserbub“ 93, 94
schwanger 38, 133, 187, (209)
Schwangere, ihr Nothelfer 38
schwarz (Farbe) 44, 141, 160, 161, 167
Schwarzkünstler 44, 155, (189)
Schwede/n 52, 101, 134, 198
Schwur 148
Sebald, als Helfer im Kampf 30
–, als „Schläger“ 24 – 26
–, als Wundertäter 14, 18 – 20, 22, 24 – 38
–, eheflüchtig 16, 17
–, läuft barfuß 17
–, Nothelfer der schwangeren Frauen 38
–, seine Herkunft 15, 17
Sebaldsgrab 21 – 23, 25 – 28, 30 – 33, 36, (39)
Sebaldshaupt (Reliquiar) 38
Sebaldsschrein 39
Sebaldstag 39
Sebaldswunder 14, 18 – 22, 24 – 38
Selbstmord 114, 120, 162 (Versuch), 171
Selbstverfluchung 42, 93, 94, 145, (158), 195 – 197
Selbstverstümmelung 150
Sensen- und Sichelhandel 55
„Silberner Barthel“ 208
Sonntagskind, goldenes 118
Spitalgründung 68
Spitznamen der Nürnberger 85
Spukhaus 119 (auch 104, 109, 111, 118, 120, 121, 123, 124, 126, 127, 129, (130), 131, 133, 135, 136)
Stadtgründung 1, 3 – 5, 7 – 9, 11, 12
Stein, geweihter (als Mauerverschluß) 181
Stifter (von Kirche, Kloster ...) 68, (78) – 80, 82
Storch als Kinderbringer 99

Teufel, ängstigt Nonnen 140
–, als Mann in Jägertracht 178
–, als Maus in Wunde 172
–, als (verlarvter) „Meister" 167
–, als Schmiedgeselle 154
–, als Tischgenosse 166
–, am Kreuzweg 159
–, auf dem Abort 150
–, aus seiner Gewalt erlöst (167), 168
–, bei Arbeit zu Hilfe gerufen 166
–, bei Schatzhebung (141)
–, Beschwörung in seinem Namen 148
–, besucht Exulanten 165
–, bindet „Propheten" (angeblich) 73
–, dreht einem den Hals um 94
–, gibt mit Blut beschriebenen Zettel zurück 167, 168
–, hält Mahlzeit mit Teufelsbündler 166
–, Heiliger hat Abenteuer mit ihm 16
–, holt Schusserbuben 93, 94
–, holt Stadtknecht (fast) 145
–, ihm Seele verkauft gegen Lebensmittel 169
–, ihn abschmieren (schlagen?) 148
–, ihn überwunden 168
–, im Glas 148
–, im Kloster 140
–, im „Loch" 175, 176
–, in ruchloser Weise verehrt 166
–, in seinem Namen (148), 158
–, mag Milch von einer schwarzen Kuh 147
–, Mittel gegen ihn 143, 148
–, nascht wie ein junges Ferkel 147
–, präsentiert sich im Apothekerhaus 126
–, schlägt zu 147
–, schwarze Henne seine Speise 161
–, Segensspruch gegen ihn 143
–, seine Großmutter 181
–, treibt zu Selbstverstümmelung 150
–, unzufrieden mit Speise 147
–, von a n d e r e n ihm verschrieben/verkauft 174, 175
–, wird gezwungen, Bündnisbeleg zurückzugeben 167, 168
–, zerreißt Reformator 144
–, zündet Haus an 147

Teufelsbann 148
Teufelsbündler/Teufelsbündnis 165, 166, 168, 169, 173, 174, 176, (178), 181
Teufelsbuhlschaft (148), 181
Teufelskunst 172, vgl. 189 (Studium der T.)
Teufelswette 138
Tiere:
– Adler 6
– Bock, schwarzer 44 (Tier), 160 (Teufel)
– Fisch 19, 122
– Geiß, weiße 44
– Henne, schwarze 161, 204
– Hund 69, 141, 165, s. zudem Jagd- u. Wolfshund sowie Rüden
– Hund, schwarzer 141
– Jagdhund 55
– Kalb 114
– Katze, schwarze 141
– Klepper 75
– Kuh 123, 147
– Kuh, rote 147
– Kuh, schwarze 147
– Löwe (Gewächs wie ein ...) 198
– Maus 172
– Ochsen 20, 21, 27, 189
– Pferd/e 30, 37, 55, 62, 63, 67, 79, 80, 82, 95, 154, 172, s. auch Klepper, Roß
– Raben 190
– Rappe 154, 181 (?)
– Ratten 92
– Roß 42, 43, 58, 60 – 62, 65, 153
– Rüden 55
– Schimmel 154
– Schwein 75, 209
– Storch 99
– Ungeziefer 102
– Vögel (79)
– Wild 153
– Wolfshunde 55
– Würmer 102
Totennadel sieden 149
Totenschädel, Nagel darin 102
Track, fliegender 207
Turm fegen (Aufgabe der alten Jungfern) 91

umgehen, s. „Geister u. Gespenster“, u. a. 115, 121, 123
Unglück 134, 200
Unheilszeichen 47, (185)
Unholde, bringen Hausknecht um 156
Unkraut (= Epilepsie) 128
unsichtbar machen 159
Unterdrückung der Armen 195
unterschiedliche Gestalt (bei Gespenst) 116
unverwundbar (= fest) 153, 163, 164
Ursprung der Bayern 1

Verrat 54, 69, 153
Verschwörung, s. Beschwörung, auch Bannort u. Geisterbanner
versehen an einem Schwein 209
versteinert (Opfergabe) 28
Vierdung (Maß) 33
Volksetymologie 45
Voraussage, s. Prophezeiung
Vorbedeutung, ( Vorzeichen) 47, 182, 184, (185), 188, 192 – 194, 198, 199, 202

Wachsopfer 31, 33, 37
Wahrsagen 186, (187), 189
Wahrzeichen 95, 100, (151)
Walburgisnacht 42
Wallfahrt 30, vgl. auch Sebaldsgrab
Wassergoggerlori (Kinderschreck) 215
„weise Frau“ 68
Weissagung, s. Prophezeiung
Wiedergänger, s. generell „Geister u. Gespenster“, u. a. (123), 124
Wildes Heer 137
Wildfeuer 23
Wildschütz, unverwundbar 153
Wöhrder Barthel 208
Wunder, s. Sebaldswunder
Wuwerla (Kinderschreck) 214

Zauberei 149, 157, 159, 160, 162, 164, 189, s. auch Festmachen u. Teufelsbündler, Teufelskunst, Schwarzkünstler
Zettel, bezauberter 164
Zettelschreiben 159, (auch 167, 168)
Zunft 72, (160)
Zwerge, s. Sandzwerglein

# PERSONEN

Die Zahlen hinter den einzelnen Personen verweisen auf die Sagennummern. (Abk.: Bgf. = Burggraf, Gf. = Graf, Gem. = Gemahl(in), Hzg. = Herzog, Kf. = Kurfürst, Kg. = König, Ks. = Kaiser, Mgf. = Markgraf). Schrägstriche werden grundsätzlich bei Regierungsjahren angewandt, um sie von Lebensjahren zu unterscheiden.


Abraham, Ben Ismael (ratstreuer Jude, 14. Jh., legendär?) 72

Achahildis v. Wendelstein, sel. 40

Adelger (myth. bayer. Kg.) 10

Adelheid (Gem. v. Ks. Otto I. u. Mutter v. Hzg. Ernst in der Sage) 54

Agnes v. Orlamünde (sonst durchweg: Kunigunde) 56

Albrecht (Mgf. v. Brandenburg, Hochmeister d. Dt. Ordens 1511, erster Hzg. in Preußen 1525; 1490–1568) 144

Albrecht III. Achilles (Mgf. v. Brandenburg – Ansbach 1440, 1464 auch v. Kulmbach, Kf. v. Brandenburg 1470. Sohn v. Friedr. VI., Bgf. zu N., u. Elisabeth v. Bayern-Landshut. 1414–1486) 57, 206

Albrecht d. Schöne (Bgf. v. N. 1341; Sohn v. Bgf. Friedrich IV.; 1319– 1361) 56

Ammon, Jakob (Bauernjunge aus Klaushof, † 1666) 122

Apelle Vocales (Hexenmeister), s. Eppelein

Attila (Hunnenkg., † 453) 7

Aurholt, Elisabeth (betrügerische „Zauberin“, † 1598/hingerichtet) 149

Aventin [= Johannes Turmair] (bayer. Historiker, 1477–1534) 3

Balthasar, Nickel (oder N., B.? Königsberger?, 16. Jh.) 144

Baur, Paulus (sexbesessener Schuhmacher u. Turmhüter auf dem Fröschturm) 162

Bavarus (sagenhafter Bayernfürst u. Heerführer aus Armenien) 1

Berlichingen, Götz v. (Ritter u. berühmter Bauernführer, 1480 – 1562) 67

Blumeratz, Christian v., s. Plumenrod

Böhmer, Gg. Abraham („verordneter Schulherr“ an Fechtschulen) 160

Brennecker, Sebastian (Sohn eines Feuerschloßmachers, † 1613/enthauptet) 159

Bruckner, Georg (Büttnerssohn u. „Zauberer“, † 1613/enthauptet) 159

Buchholz, Georg (Schuhmacher, Sohn v. Martin B., Heirat 1610) 194

Buchholz, Martin (Schuhmacher am Weinmarkt) 194

Carolus, s. Karl der Gr.

Celtis, Konrad (dt. Humanist, poeta laureatus, 1459 – 1508) 2

Christoph v. Orth, s. Orth

Conrad I. (ostfränk. Kg. 911/18, zuvor seit 906 Hzg. in Franken. In der Sage: „Kaiser“) 9

Copronymus, s. Wenzel

Cruz [sonst auch: Creuz], Paul (Beschwörer) 204

Cyrill (Pater, sagenhaft) 138

Dilherr, Michael (1604–1669, Prediger bei St. Sebald) 167

Dörrer (Derrer), Wilhelm (Ratsherr u. Bürgermeister, Opfer d. Kunz Schott) 66

Drusus, s. Drusus Nero

Drusus Nero (Stifter u. Baumeister der Stadt N., myth., Bruder v. Tiberius Nero) 4, 5, (7)

Dümler, Leonhard (Löffelholzscher Untertan, Bewohner eines Spukhauses, 17. Jh.) 119

Ebner, Hans Clemens (Waldamtmann, † 1616) 195
Egidius, hl. (der Legende nach Zeitgenosse des hl. Sebald) 26
Elisabeth (Gem. v. Bgf. Friedrich VI. v. N. u. Schw. v. Hzg. Heinrich v. Bayern-Landshut) 183
Elßpiesin (Elisabeth piesin, Spießin) sel. Klausnerin in Rom) 82
Endres, Ulrich (im Obern Wöhrd, 17. Jh.) 131
Eppelein v. Gailingen (auch Ekkelein, Eppela, Eppele, Eppelin ... ) (fränk. Raubritter, erbitterter Gegner der Nürnberger, † 1381/gerädert u. enthauptet bei Neumarkt) 59 – 65
Erb, Dorothea (übelbeleumundete Kartenmalerstochter, Heirat 1610) 194
Erb, Hans (Kartenmaler, Vater v. Dorothea E., † vor 1610) 194
Ernst (Hzg., sagenhaft) 54
Eschenbach, Christian (1618 – 1690; ab 1659 Pfr. in Wöhrd) 124
Etlin, die (Pfragnerin unweit des Frauentors: Haus L. 852 = Königstr. 78. Verheir. mit dem Pfragner Hans Otto, † 1647, dann mit dem Pfragner Peter Fischer. – Selbstmord 1666) 120

Feuerlein, Joh. Conrad (1656 – 1718, Diakon bei St. Sebald 1688/97; Vertreter d. Halleschen Pietismus) 176
Finckin, Margareta (jg. Dienstmagd u. Beischläferin) 162
Fischbeckin, Elisabetha (kaiserl. Hofdame) 80
Fischer, Georg (Schafdieb, 16. Jh.) 143
Fischer, Heinrich („Gastgeb" „zum Gulden Hufeisen") 196
Fischer [Vischer], Paulus (Bierwirt vom „Hahnenkamm" auf d. Veste, † 1698) 174, 175
Flexlein, Hans (Zimmermann u. Schweinstecher i. d. Fischergassen, † 1618) 197
Frank, Antoni (Riese aus „Gellern") 74
Friedrich III. (röm.-dt. Kg. 1440, Ks. 1452; 1415 – 1493) 51
Friedrich VI. (Bgf. v. N. 1397, als Mgf. u. Kf. v. Brandenburg seit 1415: Friedrich I., 1371 – 1440) 183
Friedrich (III.) d. Schöne (Hzg. v. Österreich 1298, röm.-dt. Kg. 1314, v. Ludwig d. Bayern, seinem Vetter, anerkannt als Mitkg. 1325. 1289 – 1330) 58
Függes(en?) (umgehender Geist) identisch mit „Vickes"?, s. d.

Gabriel (ertrunkener Taglöhner) 172
Gebhart, Conrad (Bauernsohn v. Kleinreuth) 174, 175
Gebhart, Conrad (Vater v. Obigem) 174
Geisbart, Rudel (Harnischmacher, Anführer der aufgebrachten Handwerker 1348, urkundl. belegt) 72
Geißledererin (verbannte alte Weibsperson) 180
Götz, Paulus (der „Zuckerbacher" aus Marktbernheim, ein „Festgemachter", † um 1646 / hingerichtet) 163
Gottfried, „ein tapferer Mann" (12. Jh.?) 45
Grindige Heinz, der, s. Groß, Konrad
Groß, Konrad (Gr. ist der spätere Familienname des Geschlechts d. Hainzen, * um 1280 – 1356) 68, 79
Grundherr, von (Rat) 72
Grundherr, Ulrich („verordneter Schulherr" an Fechtschulen) 160
Günther von Schwarzburg, s. Schwarzburg
Gustav [II.] Adolf (schwed. Kg. 1611; 1594 – 1632) 52, 100, 198

Hager (Dienstmann) 56
Hainz, Konrad, s. Groß, Konrad
Hamer, ... (Sohn von Georg H.) 133
Hamer, Georg (Zirkelschmied, des Inzests beschuldigt, † 1721/Suizid) 133
Hamer, Margaretha Barbara (Tochter v. Obigem, † 1721/ hingerichtet) 133
Hard(t)ung, Eucharius (abergläub. Pfr. v. Rüsselbach, † 1606) 157
Hayder, s. Hager
Heinrich II., der Heilige (als Hzg. v. Bayern: Heinrich IV. 995, röm.-dt. Kg.

1002, Ks. 1014; Gemahl d. hl. Kunigunde. 973–1024, 1146 heiliggesprochen) 53
Heinrich IV. (röm.-dt. Kg. 1056, Ks. 1084; 1050 – 1106) 44, 45
Heinrich V. (röm.-dt. Kg. 1106 u. Ks. 1111, Sohn v. Obigem; 1086–1125) 44, 45
Heinrich d. Reiche (Hzg. v. Bayern-Landshut 1393; 1386 – 1450) 183
„Henrich" (= Heinrich I., ostfränk.-dt. Kg. 919; um 875–936; in der Sage: Ks.) 9
Herberstein, Herr v. (österreich. Exulant) 165
Herkules (Vater v. Norix, myth.) 1, 2
Herkules Alemannicus (dt. Kg., myth., Vater v. Noricus) 3, s. oben, wohl beide identisch
Hirschvogel, Bartholomäus († 1486) 48
Hummertin, Anna (arme Wwe. u. Schnitterin, 1617 v. Blitz erschlagen) 196

Imhöfin („verwittibt", geb. Mendlin) 107
Imhoff (auch: Imhof, Im Hof; N. Patriziergeschlecht) 84

Jägerin, Christina (kaiserl. Hofdame) 80

Kab, Hans (oder Rab?, Fronbote, dann Wächter im „Loch", 16. Jh.) 151
Karl IV. („Böhmenkönig" u. röm.-dt. Kg. 1346, Ks. 1355. Unter ihm d. N. Handwerkeraufstand 1348/49. Vater v. Wenzel; 1316 – 1378) 72
Karl d. Große (fränk. Kg. 768, Ks. 800; 747 – 814) 11, 42, 78
„Kartenmalers-Durla", s. Erb, Dorothea
Kasimir (Mgf. v. Brandenburg-Ansbach-Kulmbach 1515/27) 66
Katharina, hl. (Märtyrerin) 78
Ketzel, Paulus (der Letzte seines Stammes, † 1588) 191
Koeler (Sporenmacher u. Torschließer, um 1428) 48
Kolerin, Barbara (eheliche Hausfrau d. Nik. I. Muffel) 49
Konrad, s. Conrad I.
Krauter, Albrecht (alias Ulrich) (aus ratsfäh. N. Familie. 1355/79 Pfr. bei St. Sebald, erbaute 1361/79 dessen Ostchor. War auch Pfr. in Poppenreuth. 1379 Eintritt in d. Kartause Grünau im Spessart) 30, 32
Kreß, Hans (Bürger u. Nagelschmied, Teufelsbündler, † 1660/ hingerichtet) 166
Kreß, Wolf Christoph (Waldamtmann, † 1615) 195
Kuhn, Paulus (jg. Kunstschmied) 97
Kunigunde, hl. (Gem. v. Ks. Heinrich II; um 975–1033, 1200 heiliggesprochen) 43

Lamprecht, Georg Carl (Müller u. Münzfälscher aus Mainbernheim, †1617/hingerichtet, verbrannt bei lebendigem Leib) 161
Lemmermann (Einspänniger) 172
Leo III. (Papst 795–816) 78
Leopold I. (Hzg. v. Österreich 1298, Bruder v. Friedrich d. Schönen, 1290–1326) 58
Lotter, Johann Michael (Waisenhausvater u. Sagenhrsg.) 181
Ludwig IV. der Bayer (Hzg. v. Bayern 1294, röm.-dt. Kg. 1314, Ks. 1328. Sohn v. Ludwig d. Strengen u. Margareta von Holland, um 1283–1347, Grab in der Münchener Frauenkirche) 58, 72, (79), 80
Lüder (auch Luder), Wolfgang (1599 Diakon bei St. Sebald, 1606 auch Gefängnisseelsorger, 1624 Schaffer. Verfasser einer mehrbänd. wertvollen Chronik. – Als Geburtsort gilt Weiden, jedoch bisher nicht belegt; 1551–1624. Grab Nr. 2048 auf d. Johannisfriedhof) 162, 209
Luther, Martin (Reformator, 1483–1546) 178

Mayr, Hanns (Hausknecht beim „Molzen", † 1604) 56
„Mehlführerin", die (in der Schmiedgasse) 127
Mendel, Marquard (aus N. Patrizierfamilie, stiftet 1380 die Kartause Marienzell. † 1385) 82

Mendel Marx 162
Mendlin (Wwe. des Marx Mendel, „Verhältnis“ des Turmhüters Paulus Baur) 162
Mendlin, geb. („damals verwittibte Imhöfin“) 107
Metischerin, Anna Maria (notor. Diebin und Gottesverächterin, † 1692/hingerichtet) 169, 170
Michala („alberner Mensch“ aus der Findel, † um 1671) 200
Molz (wohl Mulz?, Kaufmann am Fischbach) 156
Moritzin, die (Wwe. zu „Almspach“, 16. Jh.) 146, 148
Muffel, Barbara (geb. Koler, † 1442, Ehefrau des Nikolaus M.) 49
Muffel, Nikolaus I. (Schultheiß u. „Liebkind“ bei Kg. Wenzel I., Ehemann v. Barbara M.) 49
Muffel, Nikolaus [auch Niklas) III. (ungetreuer Vorderster Losunger, Enkel v. Barbara M., 1410–1469, hingerichtet) 87

Napoleon I. Bonaparte (frz. Ks. 1804, 1769–1821) 53
Nero, s. Drusus Nero
Nickel, Friedrich (aus Erfurt, Brautvater, wohnhaft i. d. Waaggasse) 158
Noricus (Stammvater d. Bajuwaren, Sohn v. Herkules Alemannicus, myth.) 3
Norix (Sohn vom Starken Herkules, myth.) 1, vgl. Noricus (ident.)
Nützel, Gabriel (Kirchenpfleger, † 1687) 129

Oesterreicherin, Osanna (kaiserl. Hofdame) 80
Orlamünde, Agnes v. (sonst meist: Kunigunde) 56
Orlamünde, Otto IV. v. (d. letzte Gf. v. O., † 1340) 56
Orth, Christoph v. (Monatsreuter) 75
Osiander, Andreas (protest. Theologe, Reformator. 1498 – 1552) 144
Ottensoos (auch Schweppermann), Kunigunde v. (kaiserl. Hofdame) 80
Otto I. d. Große (in d. Sage Stiefvater v. Hzg. Ernst. Dt. Kg. 936, Ks. 962; 912–973) 54

Paumgartner, Andreas Georg († 1679, Grab auf d. Johannisfriedhof) 102
Peller, Christoph Martin (Junker, wohnhaft am Weinmarkt) 76
Pet(t)ermann, Jobst (Sohn eines Schwabenwebers u. Federfechter, sein Haus am „Schwabenberg“ wird nach seinem Tod 1637 verkauft) 160
„Pfauentritt“ (legendärer Helfershelfer v. Rudel Geisbart beim Aufstand 1348) 72
Pfintzing (sonst durchweg: Pfinzing), Conrad (aus N. Patriziergeschlecht, seit 1575 im „Asyl“ in Roth, † 1598) 190
Pickel, Paul (Prediger bei St. Lorenz, † 1628) 115
Pirckheimer, Willibald (Humanist, Mitglied des N. Rats, 1470–1530) 186
Plumenrod, Cristan (Hofmeister bei Kg. Wenzel, Ritter) 49
Pohlheim, Gräfin (in der Oberen Burg zu Mögeldorf) 206
Pontius Pilatus (röm. Landpfleger in Palästina) 70
Prünsterer, Leonhard (Kandelgießer in d. Judengasse 26, † 1607) 111
Ptolemäus, Claudius (griech. Astronom, Mathematiker u. Geograf in Alexandria, um 90 – um 160) 3

Rab, N. (?) (Bierbrauerknecht u. Ziegelgesell aus Wöhrd) 128
Reheberger (durchgebrannter Ehemann) 149
Rehebergerin (adelige Dame, Auftraggeberin der Aurholtin, 16. Jh.) 149
Reinle, Hans (notor. Dieb u. Ausbrecher, aus Kirchensittenbach, 16. Jh.) 151
Rieter, Ludwig (Rat; Schwager v. Friedrich Stromer) 75
Roth, Georg (Büttel aus Schwabach) 172
Rüde, der (Schwarzkünstler) 44
Rüdel (Riedel), Melchior (Kaplan bei St. Sebald, 1678 Diakon. 1634–1694) 170

Rummel, Hans Georg (eheflücht. Messerschmied, Vater v. Lorenz R.) 176
Rummel, Lorenz (13 J. alt, „Teufelsbündler") 176

Sch., Connen (Bauer zu Laufamholz, 16. Jh.) 146
Schcotus (Wahrsager, 16. Jh.) 189
Schedel, Hartmann (N. Stadtarzt, Humanist, als Chronist Autor d. „Weltchronik" 1493, ab 1482 Mitglied des Größeren Rats, 1440 – 1514) 87
Schelhammer, Johann (1562 Lorenz-Prediger; zeitweise, so lange dieses Amt bestand, auch Superintendent; anfangs Philippist, dann entschiedener Lutheraner; 1535 – 1605) 110
Schiller, Regina (Schusterstochter aus Augsburg; Diebin und Teufelsbündlerin) 168
„Schneider zum Gleißhämmerlein" (Wildschütz, gefangen 1582) 153
Schnöd, Ludwig (Richter zu Wöhrd) 208
Schott [von Schottenstein], Kunz (Pfleger zu Rothenberg, brutaler Fehdeführer) 66
Schuhe, Veit (Besitzer? des Hauses Innere Laufer Gasse 28; † 1553) 189
Schwarzburg, Günther von (1304 – 1349, Gegenkg. 1349 zu Karl IV.) 72
Schweppermann, Seyfried (sagenhafter Feldhauptmann, um 1260 – um 1337) 58
Sebald, hl. (auch St. Sebolt) (Stadtpatron Nürnbergs, † vor 1070) 14 – 39
Serin, Gf. von (= Seriny) (Befreier Otto III. v. Ndb. aus dem Kerker Ladislaus' v. Siebenbürgen; davon gibt es ein Lied) 160
Speckhard, Gustav (Mögeldorfer Gewährsmann für Lotter) 181
Spengler, Lazarus (1479 – 1534, N. Ratsschreiber, Förderer der Reformation) 187
Spizel (Spizelius), Gottlieb (1639 – 1692; 1661 Diakon bei St. Jakob in Augsburg, 1682 ebd. Pfr., 1690 sen.min.) 168
Starck, Georg (veranlaßt 1625 eine Renovierung des „Silbernen Herrgotts") 85
Starck, Johann (Bruder v. Georg) 85
Stark, Hans (Bettler aus Burk) 209
Stark, Margaretha (Bettlerskind, 1610 geboren, mit embryonaler Entwicklungsstörung, als Frühchen gestorben) 209
Stark, Martha (Hausfrau des Bettlers Hans Stark, entbindet in N. auf der Gasse ein am Leib offenes Kind) 209
Stengel (Schuster/in in N.) 48
Straub, Heinrich (Kaufmann; † 1686/ Selbstmord) 171
Strelsin, Catharina (als Hexe verdächtigt, Hexenprozeß 1572) 146 – 148
Stromer, Gertraud (Jungfrau, unglücklich verliebt in einen Imhoff; Warnerin bei Geistermesse) 107
Stromer, Wolf Friedrich (Geschlechter u. Witwer in N.; Ansitz in der Almoshofer Hauptstr. 84 zu Almoshof: Kriegsverlust. 1615 Brandstifter in Almoshof) 75
Süßler (Jude aus Fürth, Feuerbanner beim Almoshofer Brand) 75

Tetzel, Anton (verrät. Losunger) 69
Tiberius Nero (Ks., Bruder von Drusus Nero) 4

Vatter, Hanns (schwindler. „Prophet" aus Mellingen, Fesselungskünstler) 73
Veit (Knecht der Imhoff, Gestalt d. Sage) 84
„Vickes" (umgehender Wirt der „Roten Rose", 17. Jh.) 123, (auch 124?)
Vispeckina, Elisabetha (kaiserl. Hofdame) 80

Wallenstein [eigentl.: Waldstein], Albrecht Eusebius Wenzel (böhm. Adeliger, kaiserl. Feldherr, seit 1625 Hzg. v. Friedland; 1583 – 1634, in Eger ermordet) 76
„wander Eisin", die (Käuflin auf dem Säumarkt, Heirat 1691) 201
Weberin, die (christl. Matron aus Wöhrd als Wiedergängerin) 124

Weingarten, Hans (Arbeiter bei den Silberdrahtziehern) 176
Weingarten, Hans Christoph (16 jähr. Sohn v. Obigem; als Teufelsbündler verdächtigt) 176
Weiß, Wilhelm (Besitzer der Schenke „Zur Goldenen Ente“) 100
Welcker (sonst: Wölcker), Martin 1563–1635; Sohn eines Pfr. u. der verwitw. ehemal. Marienburger Nonne Barbara von der Grün; 1603 Pfr. in Eschenbach, 1630 Ruhestand) 195
Wenzel (auch Wenceslaus, Wentzellaus u. Wentzlaw) (Sohn v. Kg. Karl IV.; Kg. v. Böhmen 1363, röm.-dt. Kg. 1376/1400; 1361–1419) 47–50, 88
Wetzel (in d. Sage: Genosse u. Vetter v. Hzg. Ernst) 54
Widmann d.Ä., Hanns Michael (N. Henker u. Zaubereianhänger) 170
Willibald, hl. (angelsächs. Pilgermönch, Missionar in Deutschld.; Priesterweihe 740, 741 Bischofsweihe, beides durch Bonifatius. Erster Bischof v. Eichstätt. Seine Biografin: die Heidenheimer Nonne Hugeburc, um 780; um 700–787?; Fest d. Hl.: 7. Juli) 41
Wirth, Hans (Zimmermann u. „fewer-Schawer“, † 1691) 201
Wirth, Valentin (Sohn v. Obigem, auch Zimmermann. Heirat 1691) 201
Wurmstein, Wolf v. (Neffe vom Eppelein) 64

Zapff, Caspar („Baretlamacher“) 160
Zapff, Joachim (Sohn v. Obigem, Messerschmiedgesell u. Federfechter mit trag. Ende, † 1615) 160
Zollnerin, Adelheid (kaiserl. Hofdame) 80
Zrinyi s. Serin

# ORTE

A = Ansbach, AO = Amtl. Ortsverzeichnis von Bayern, AS = Amberg/Sulzbach, D. = Dorf, E = Einöde, EH = Erlangen-Höchstadt, F = Fürth, Fl. = Fluß, FO = LK Forchheim, LK = Landkreis, Kd. = Kirchdorf, M. = Markt, Mfr. = Mittelfranken, Ndb. = Niederbayern, NL = Nürnberger Land, NW = Neustadt a.d. Aisch-Bad Windsheim, Obb. = Oberbayern, Ofr. = Oberfranken, Opf. = Oberpfalz, Pfd. = Pfarrdorf, R = Roth, SAD = Schwandorf, Schl. = Schloß, Schw. = Schwaben, St. = Stadt, Stl. = Stadtteil, Ufr. = Unterfranken, W. = Weiler, WUG = Weißenburg-Gunzenhausen.


„Adelgersburg", s. „Hilboldstein"
Amberg (kreisfr. St/Opf.) 10
Ammerthal (Pfd/LK AS, Opf., unweit von Amberg) 10
Armenien (Land in Vorderasien ) 1
Auerbach i. d. Opf. (St/LK AS) 50
Augsburg (kreisfr. St. an Lech u. Wertach, Schw.) 123, 133, 160, 168

Bamberg (kreisfr. St. in Ofr.) 54
Bayern (heute größtes dt. Bundesland) 185
Bayreuthisches Oberland 182
Burgfarrnbach, s. Farrnbach
Böhmen (Kernland von Tschechien) 11, 49, 189
Brunn (Pfd. bei Emskirchen, LK NW, Mfr.) 66
Burggaillenreuth (D. bei Ebermannstadt/LK FO, Ofr.) 65
Burk (Pfd. bei Forchheim/Ofr.) 209

Cadolzburg (M/F, im Rangau) 66, 153
Cham (St. am Regen u. am Chamb, Opf.) 10
Creußen (St/Ofr., LK Bayreuth) 182

Dänemark (Land) 15, 17
Deutschland (Land) 54
Dinkelsbühl (St. a.d. Wörnitz, LK A/Mfr.) 55
Donau (europ. Strom) 5
Donauwörth (St. a. d. Wörnitz u. unweit d. Lechmündg., Schw.) 55

Erfurt (St. in Thüringen, a. d. Gera) 158
Erlbach, Markt (LK NW, Mfr.) 29
Eschenbach (Pfd/NL, i. d. Hersbrucker Alb) 195

Farrnbach (= wohl Burg- oder Kirchfarrnbach) 122
Forellenbrunnen, der (bei Lindenhardt/Ofr.) 182
Frankreich (Land im Westen Europas) 16, 17, 189
Fürth (kreisfr. St. am Zusammenfl. v. Rednitz u. Pegnitz) 44, 75, 169, 197

„Gebirg" („Land auf" bzw. „unter dem Gebirg") 195, 196
Gellern (= wohl Geldern, unweit v. Kevelaer) 74
Gnadenberg (Pfd. mit Klosterruine bei Berg, LK M, Opf.) 202

Hausen (Pfd/ FO, Ofr.) 70
Heideck(St/R) 57, 169
Heilige Brunnen, der (bei Lindenhardt) 182
Hersbruck (St/NL, a. d. Pegnitz) 123
„Hilboldstein" 10
Himmelkron (ehem. Zisterzienserinnenkloster, LK Kulmbach/Ofr.) 56
Himmelthron, s. „Zum Himmelthron"
[Hof] (kreisfr. St. a. d. Saale, Ofr.) 107
Holland (= Niederlande) 206

Jerusalem (Hptst. v. Israel) 70
Jura („Gebirge" in Franken, geol. Formation d. Mesozoikums) 59

Kastl (M/AS, Opf., a. d. Lauterach) 10
Kirchensittenbach (Pfd/NL) 151
Klaushof (W. bei Langenzenn/F, Mfr.) 122
Königsberg (Hafenst. a. d. Ostsee, frühere Hauptst. d. Provinz Ostpreußen) 144
Kühedorf (D. bei Büchenbach/R, Mfr.), s. Anm. 114

Landshut (kreisfr. St. a. d. Isar, Ndb.) 67
Lauf a. d. Pegnitz (St. im NL) 61
Lauterhofen (M/NM, Opf., hier Ursprung der Lauterach) 10
Lindenhardt (bei Creußen, LK Bayreuth, Ofr., a. d. Fichtennohe) 182

Mainbernheim (St/LK Kitzingen, Ufr.) 161, 163
Mellingen (bei Weimar) 73
Mühldorf a. Inn (kreisfr. St/Obb.) 58
Muggendorf (im Wiesenttal, LK FO, Ofr.) 65

Nabburg (St. a. d. Naab, LK SAD, Opf.) 10
Neumarkt (St./Opf.) 65
Neustadt a. d. Aisch (kreisfr. St., Mfr.) 66
Nordgau, der (auch Norcoa, Nordgaw, Norkhau) 1, 5, 10, 11
Noricum 8

NÜRNBERG:

- Almoshof (D. im Knoblauchsland, 1923 zu N. eingemeindet) 75
- „Almspach“ 146, 148
- Alte, der (Turm v. St. Lorenz) 83
- Altenfurt (a. d. Straße nach Regensburg, im Gebiet d. Lorenzer Reichswaldes; eingemeindet 1972) 11, 78
- Alter Milchmarkt (heute: Albrecht-Dürer-Platz) 151
- Alter Nürnberger Turm (= „Alt-Nürnberg“ = Fünfeckturm) 69

- Barfüßerkirche (= Franziskaner-, i. d. Lorenzer Altstadt, 1671 abgebrannt) 129, (200)
- „Bei den Verfluchten Jungfern“ (Wald) 103
- Benediktinerkloster (= St. Egidien) 26
- Bleiche, die (welche?, die Neubleiche?) 141
- „Bildenreuth“ = Pillenreuth, s. d.
- Bucherstraß ( a. d. alten Fernhandelsstr. über Erlangen, Forchheim u. Bamberg nach Leipzig, Erfurt u. Lübeck) 177
- Burg (gelegentlich auch: Schloß) (am NW-Rand d. Altstadt) 1, 4, 5, 9, 19, 26, 42, 43, 45, 46, 51, 62, 63, 65, 88, 90, 108, 138, 198, s. zudem Veste
- Burgberg 178
- (Burg) brunnen, s. Tiefer Brunnen
- Burggrafenburg (aus d. sal. Königsburg hervorgegangen, zerstört 1420) 90
- Burghof (Schloß-) 43, 62
- Burgkapelle (neben dem Inneren Burgtor; stauf. Doppelkapelle, besteht aus d. kryptaartigen Margareten- und d. darüber liegenden Kaiserkapelle) 138

- Castrum Noricum 8, 78

- „Deutsches Haus“ (auch Dt. Ordenshaus, im W. d. Stadt, bei St. Jakob, nahe beim Weißen Turm) 55, 68
- Dominikanerkloster (= Predigerkl., a. d. Burgstr., abgegangen) 72
- Dutzendteich ( Weiher im Lorenzer Reichswald. Künstl. Anlage aus den 1430er Jahren. Ab dem 16. Jh. mittels Dämmen in verschied. Weiher geteilt. Heute: Volkspark D., Naherholungsgebiet) 115

- Egidiengasse (auch: Aegidien-, heute: Theresienstr.) 130
- Egidienhof (Platz vor d. Egidienkirche) 49
- Egidienkirche (mit Wolfgangs-, Eucharius- u. Tetzelkapelle) 117
- Egidienkloster (Benediktiner-; ehem. Schottenkl., Kastler Reform. Auflösung d. Egidienkl. 1525, anschließ. Melanchthon-Gymnasium in den Räumen d. ehem. Kl.) 23, 26, 27

– „Eisen“, die (= „Männer“- u. „Weiber“-, 2 Türme an d. Schuldbrücke auf d. Insel Schütt) 133, 168, 173
– Elende Gasse (im Stl. St. Sebald, vom Inneren Laufer Platz zum Spitzenberg, 1809/10 umbenannt in Rosental) 77
– Elisabethspital (im Deutschen Haus) 68
– Engelhardsgasse (in der Lor. Altst., Verbindung von Jakobsplatz zur Frauentormauer) 55
– „Engelschörlein“ (Bez. für Löffelholzische Kapelle in St. Sebald) 85
– Erlenstegen (Stl. von N., an der Schnittstelle von „Goldener Straße“ nach Prag u. Tiefgraben, 1216 erstmals genannt, eingemeindet 1899) 66

– Färbersbrücklein (auf dem Steig, steinernes Brücklein über den Fischbach, 1540 erbaut) 77
– Feuchter Straße 78
– Findel (= Findelhaus; Waisenhaus im säkular. Franziskanerkloster a. d. Pegnitz; brannte 1671 ab, wurde bis 1673 wieder aufgebaut. Daraus ist 1900 d. städt. Waisenhaus in d. Reuterbrunnenstraße hervorgegangen) 133, 200
– Fischbach (Bach durch N., verdohlt) 156
– Fischbach (Stadtteil im O. von N., am Lorenzer Reichswald, eingemeindet 1972) 53
– Fischergasse ( beim Steg) 150, 197
– Fischmarkt (im NW des Hauptmarkts, bis 1809 benannt nach Sondermarkt) 122
– Fleischbrücke ( steinerne Brücke über d. engste Stelle d. Pegnitzdurchfl. durch N.; Name nach den bei d. F. in d. Pegnitz liegenden Fleischbänken) 118
– Fleischhaus (am Hauptmarkt, vermutlich hallenartige Überdachung der Fleischbänke, 1570/71 abgerissen, Neubau) 72
– Frauengäßlein (in der Lor. Altstadt, vom Kornmarkt zur Färberstr.) 114
– Frauentor (ehem. Haupttor in Richtung SO: Regensburger Str.; markanter Teil d. Befestigungsrings gegenüber v. Hbf.) 110, 120, 212
– Fröschturm (auch „Falknersturm“, Turm d. nördl. Stadterweiterung, in d. hohen Stadtmauer d. Egidienviertels. Diente auch als Gefängnis u. Narrenhäuslein. 1877 eingelegt) 89, 162
– Fünfeckturm (auch „Alt-Nürnberg“ u. „Nerothurm“; der Überlieferung nach als Bergfried d. Burggrafenburg im 11. Jh. errichtet. Ältestes Bauwerk v. N.; nach dem Krieg wiederaufgebaut) 62, 90, 198

– Gasthäuser:
„Bitterholz“ (auch „Bitterholt“, Karlstr. 1, ehem. S. 118) 74
„Blauer Stern“ (Sterngasse 30 / L. 891, beim Frauentor) 212
„Blober Stern“ (welcher?) 201
Garküche (am Eck vom Lorenzer Graben, d. Neuen Waag gegenüber; eine d. sog. Hauptgarküchen) 110
„Geharnischtes Rößlein“ (in d. Egidiengasse; Gasthaus?) 130
„Gelber Löwe“ (am „Paners Berg“) 197
„Goldener Bär“ (beim Frauentor; früh. Bez.: Königstr. 85 / L. 844) 136
„Gulden Hufeisen“ (Mittlere Kreuzgasse 25?) 196
Herrentrinkstube (in der Fronwaage; ehem. Winklerstr. 22, 1497/98 dort eingerichtet) 191
„Kreuzle“ (aus d. Pilgerherberge „Heilig Kreuz“ hervorgegangene Bierschenke in St. Johannis, vor dem Neutor) 101
„Rote Rose“ (beim Wollentor in Wöhrd) 123
„Schwarzer Adler“ (Weinschenke beim Färbersbrücklein) 77
„Schwarzer Bär“ (in d. Laufer Gasse) 135
„Sieben Türme“, die (Irrerstr. 20 / S. 323; schon 1577 als Wirtshaus bezeugt) 196
„Zum Burggrafen“ 178
„Zum Grünen Baum“ (Wöhrd) 169
„Zum Hahnenkamm“ (Bierwirtschaft auf d. Veste, Obere Söldnersgasse 1 / S. 625) 174

„Zum Mondschein“ („Auf dem Moos“/ „Most“, heut Mostgasse) 55
„Zum Schwedenkrug“ (Ob. Bergauerplatz 2/L. 21) 100
„Zur Goldenen Ente“ (Ob. Bergauerplatz 2/L. 21) 100
– Gebirg ... 195, 196
– „Geisweg“ (unterhalb d. Burg) 108
– Gleishämmerlein 153
– Gleißhammer (eingemeindet 1899) 172, s. auch oben
– „Goldhügel“ 41, 205 (ident.?)
– Gostenhof (vor dem Spittlertor gelegene Vorstadt, 1825 eingemeindet) 126, 145
– Große Reuth, s. Großreuth
– Großgründlach (im Knoblauchsland. 1021 erstmals erwähnt, ältester Stadtteil N., 1972 eingemeindet) 68
– Großreuth hinter der Veste (h. d. V.) (Rodungsdorf im Knoblauchsland, eingemeindet 1892) 195, 196
– Gründlach, s. Großgründlach
– Grüner oder Hauptmarkt (= Hauptmarkt) 99
– „Grünes Ängerlein“ (Waldwiese) 137

– Hallerhütte (bei Wöhrd?) 128
– Hallertörlein (Fußgängerdurchlaß in d. Stadtbefestigung zur Hallerwiese) 134, 139
– Häuser, Ansitze u. a.:
„beim Lindwurm“ (Königstr. 12) 129
Groß (Plobenhof) 68
Haus zum Hahnenkamm (Ob. Söldnersgasse 1) 174
Imhoff (gegenüber d. Lorenzkirche) 84
Kohler (am Heumarkt) 64
Muffel (St. Egidienhof) 49
Nützel („beim Lindwurm“) 129
Peller (auf d. Weinmarkt) 76
Pellerschlößchen (in Fischbach) 53
Pettermann (am „Schwabenberg“) 160
Prünsterer, Leonhard (Judengasse 26) 111
Schuhe, Veit (Innere Laufer Gasse 28) 189 (wirklich Hausbesitzer?)
Stromerscher Ansitz (in Almoshof) 75
Tucher (Judengasse) 109, vermutlich ident. mit der „Wunderburg“?
Vischer, Paulus (Ob. Söldnersgasse 1) 174
„Wunderburg“, die (Wunderburggasse 4)
(Tucher) 109
„Zur Sackpfeife“ (Breite Gasse 73) 77
– Hauptmarkt (zw. Fleischbrücke u. Plobenhofstr. im S. sowie den Rathausbauten im N.; auf d. Areal d. 1349 zerstörten Judenviertels) 99
– Heidenturm (auch Margareten-, obsolet: Dianatempel; Chorturm d. roman. Burgkapelle mit Bauplastik a. d. Stirnseite) 5
– Heilig-Geist-Spital (=Neues Spital mit Kirche) (östl. d. Museumsbrücke auf d. westl. Vorderen Insel Schütt, an bzw. über der Pegnitz) 68, 104, 105
– Heilig-Kreuz-Pilgerspital (in St. Johannis, um 1852/53 gestiftet, 1818 aufgelöst. Herrenhaus, Kapelle u. d. aus d. Pilgerherberge hervorgegangene Gastwirtschaft fielen 1943/45 Bomben zum Opfer) 101
– Heilsbronner Hof (nördl. d. Lorenzer Platzes; ursprüngl. Pfleg- u. Wirtschaftshof d. Zisterzienserklosters Heilsbronn, zeitweilig Gasthaus und Fechtschule, bis 1628. Areal im Zweiten Weltkrieg nahezu vollständig zerstört) 160
– Herpersdorf (südl. Stl., eingemeindet 1972) 79
– Heumarkt (1833 in Theresienplatz umbenannt) 64
– Himmelthron (Zisterzienserinnenkloster, abgegangen. Zuerst 1343 im Heiliggeist-Spital eingerichtet, 1348 in die Burg zu Großgründlach verlegt) 68

– Insel Schütt (Vordere – mit Spital – und Hintere) 155, 167, 173
– Jakobskirche (ursprüngl. kgl. Eigenkirche; aus einer Kapelle d. Deutschordenskommende hervorgegangen) 55
– Johannesaltar (in d. Lorenzkirche, Wandfeld nV. Stiftung d. Familie Imhoff) 84

– Johannisfriedhof (Johannisstr. 53–57, früher auch „Prediger-Kirchhof“. Der älteste Teil schloß sich um 1230/58 an den früheren Siechkobel St. Johannis an. Von 1519 bis über die Mitte d. 19. Jh. hinaus obligator. Begräbnisstätte für d. Toten d. Sebalder Stadtseite. Einer d. bedeutendsten Friedhöfe Europas) 101, 102, 160, 184, 196, 197, 201
– Johanniskirche (1377/95, auf d. Johannisfriedhof. Vom Krieg weitgehend unberührt geblieben. Nachfolgebau einer kl. got. Johanniskirche beim 1234 erstmals genannten Leprosenhaus) 102
– „Judenbühl“ (früherer Name vom Maxfeld; Bereich d. heutigen Stadtparks, eingemeindet 1825) 71
– Judengasse (im Judenviertel, vom Theresienplatz zum Laufer Schlagturm) 72, 109, 111

– Kaiserburg (Hohenstaufenburg, am Nordrand d. Altstadt, auf d. westl. Burgfelsen. Mit Innerem Burghof, Palas, Kemenate, Vorhof, Innerem Burgtor, Burgkapelle, Tiefem Brunnen, Sinwellturm, Hasenburg ...) 90
– Kaiserkapelle (obere Kapelle in d. doppelgeschoss. roman. Burgkapelle) 5, 138
– Kaiserstraße (von d. Königstr. zum Josephsplatz) 96
– Karlsbrücke (Barockbrücke zw. Fleisch- u. Maxbrücke. Schließt das Wörthgebiet flußaufwärts ab. Durchquert als Verlängerung der Karlstr. den Trödelmarkt u. mündet in d. Kaiserstr. Früher auch Brücke am Säumarkt, Lange Brücke, Hangende Brücke, ABC-Brücke) 96
– Karlstraße 96
– Kartause, s. Kartäuserkloster
– Kartäuserkloster (gegr. 1380 als Marienzell, Cella Beatae Mariae; 1857 zog das GNM in das Kl. ein) 82, 86
– Katharinenaltar (in Altenfurt) 78
– Katharinenkloster (1295 als Dominikanerinnenkl. bestätigt. Hervorgegangen aus einem Siechenhaus. 1596 ausgestorben. Kirche heute immer noch, seit d. verheer. Luftangriff v. 2.1.1945 auf d. Altstadt, Ruine (Konzerte!). Hauptbau d. Kl. dagegen als neues Zentrum d. Stadtbibliothek wiederhergestellt) 140
– Ketteler-Siedlung (im S. d. Trierer Straße, unweit vom Südfriedhof) 137
– Kirchen, s. auch unter St.
– Klarakloster (ursprüngl. Reuerinnenkl., 1279 Klarissen. Konvent 1596 ausgestorben. Klostergebäude, mit Ausnahme des Silberturms, 1899 abgebrochen. Die Klosterkirche, Ecke Königstr. 62: schwere Kriegsschäden. Wiederaufbau 1948/53) 86, 107
– Kleinreuth h. d. V. (Rodungsort im Knoblauchsland, nordwestl. v. Großreuth, 1899 eingemeindet) 174, 175, 195
– Kleinweidenmühle (a. d. Pegnitz, bei St. Johannis; heute Stadtdistrikt, 1825 eingemeindet. Um 1980 Abriß d. Gebäude d. Kl. mit Ausnahme d. ehem. Papiermühle) 41
– Klösterle (Klause, dann Augustinerchorfrauenstift in Pillenreuth) 40, (79), 80, (81)
– Knoblauchsland (Gemüsebauernlandschaft, ehem. Rodungsgebiet zw. Regnitz, Pegnitz u. d. Reichswald) 178
– Kornburg (Stadtteil im S. v. N., 1972 eingemeindet) 79, 80
– Kraftshof (Rodungsort im Knoblauchsland, eingemeindet 1930) 75
– Kreuzgasse (zw. Unschlittplatz u. Westtormauer) 139

– Laufamholz (östl. Stadtbezirk, südl. d. Pegnitztals, 1938 eingemeindet) 146
– Laufer Tor (Stadtmauertor; bis auf den „Dicken Turm“ abgegangen 73, 212
– Laufgasse (= Laufer Gasse, alte Ausfallstr. nach O.) 135, 189
– „Lausbubenkäpple“, das 94
– Leihhaus (im ehem. Klarakloster) 86
– „Loch“, das (auch Lochgefängnis. 1332/40 erbaut. Verliesart. Untersuchungsgefängnis mit Folterkammer

unter dem Alten Rathaus, in d. ehem. Brotstuben d. Brothauses) 124, 133, 151, 170, 173-176, 180
- Lochwasserleitung 151 mit Anm.
- Löffelholzische Kapelle (in St. Sebald) 85
- Lorenzer Graben 110
- Lorenzer Platz (bei d. Lorenzkirche) 94
- Lorenzkirchhof 110
- Lorenzkirche (die 2. Haupt- u. Pfarrkirche v. N., hochgot. Basilika; im Zweiten Weltkrieg schwere Schäden, ab 1945 Wiederaufbau) 110, 115
- Lorenzpfarrhof 34, 89, 84, 92, 94
- Luginsland ( im O. d. Burg; am Beginn d. hohen Stadtmauer d. ehem. Egidienviertels. Ursprüngl. zur städt. Beobachtung der feindl. Markgrafenburg. Auch Gefängnisturm. Nach Kriegszerstörung 1954/55 wiederaufgebaut. Heute als Teil d. Kaiserstallung genützt) 174

- „Männereisen“ (1323; auch Männerschuldturm, „Faulturm“; Stadtmauer d. vorletzten Stadtumwallung auf der Vorderen Insel Schütt, am N-Ufer d. südl. Pegnitzarmes, gegenüber vom „Weibereisen“). Besteht heute noch, s. „Eisen“
- Malmsbach b. Schwaig, s. „Almspach“
- Margaret(h)enchor (= Heidenturm; Chorturm d. roman. Burgkapelle neben d. inneren Burgtor) 5
- Margaretenkapelle (unterer Teil d. stauf. Doppelkapelle) 5
- Margaretenturm (Heidenturm, Anbau an d. Burgkapelle) 5
- Marienzell (Kartause, s. Kartäuserkloster) 82
- Martinskapelle („auf dem Bühel“) 78
- Maxfeld (Stl. d. Nordstadt; Name seit 1855) 71
- Mögeldorf (östl. Stadtbezirk, eingemeindet 1899) 172, 181, 206
- Moos (heute verballhornt: Most, Mostgasse. Im Jakober Viertel hinter dem früheren Hof d. Dt. Ordens, geht v. d. Schlotfegergasse auf d. Stadtmauer zu) 55
- Moritzkapelle (1313 aus d. Judenviertel zum Sebaldsfriedhof transloziert. Nach Profanierung div. Nutzung. Nördl. angebaut war das N. Traditionslokal „Bratwurstglöcklein“, auch „Zum Blauen Glöcklein“) 151
- Mühlwasser 211

- „Neroberg“ 4, 5
- Neue Waag (auch Große o. Obere Waag, zw. Lorenz- und Klarakirche) 110
- Neuer Kirchhof 172, 209 (Kindergrube)
- Neues Spital, s. Heilig-Geist-Spital
- Neutor (Torturm mit einem der 4 Dicken Türme, besterhalt. Waffenhof, führt nach St. Johannis hinaus) 101, 160
- „Norixperg“ (Berg mit Burg) 1
- Nürnberger Wälder (Reichswald: Lorenzer u. Sebalder Forst) 10, 43, 53, 55, 78, 79, 80, 103, 172, 195

- Obere Söldnersgasse (i. d. Sebalder Altstadt, v. d. Burgstr. zum Paniersplatz) 108, 174
- Oberer Bergauerplatz 100
- Oberer Wöhrd 45, 131
- Ölberg (kl. Str. unterhalb d. aus d. gewachsenen Felsen aufsteigenden Burg) 178
- „Ohrenstock“ (auf d. Fleischbrücke) 118

- Panersberg (= Boners-, Poners-, = Paniersplatz, unterhalb d. Vestnertormauer, v. d. Tetzelgasse zur Ob. u. Unt. Söldnersgasse) 197
- Pegnitz (Fluß durch N.) 5, 139, [210], 211 sowie 182 (überregional)
- Pellerschlößchen (Herrensitz in Fischbach, heute Eigentum d. Stadtgemeinde N.) 53
- Peunt (= Bauhof) (unweit der Kunsthalle) 61
- Pfarrgasse (zw. Lorenzer Platz u. Bergauerpl.) 100
- Pillenreuth (südl. Stl. v. N., eingemeindet 1972) (79), (80), (81)

- Plobenhof (= Plauenhof = d. „Blaue Hof“ beim Hauptmarkt) 68

- Rangierbahnhof (eingemeindet 1905) 137
- Rathaus 60, 72, 151, 180
- Rathausbrunnen, s. Lochwasserleitung
- Reichswald (scherzhaft: „des Reiches Streusandbüchse“ u. „Steckerlwald“; 1957 NSG, 1979 zum Bannwald erklärt), s. Nürnberger Wälder
- Reuterbrünnlein, s. Willibaldbrünnlein
- Reuterbrunnenstraße 41
- Rudenberg (Rüden-) 44, 45

- Säumarkt (auf einer v. 2 Pegnitzarmen gebildeten kl. Insel zw. Schleifersteg u. Henkersteg. Dort schon im 15. Jh. Schweinemarkt. Heute als Trödelmarkt bekannt: am 2. Samstag im Mai u. Sept. findet dort Deutschlands größter Flohmarkt statt: der Trempala) 201
- Schanzen, die (welche? vermutlich d. „Stern“- u. d. „Jakobsschanze“ in St. Johannis) 101
- „Schlösschen“ (ehem. Burggrafenhof / Ecke Engelhardsgasse, so Nopitsch, S. 147) 55
- Schmiedgasse (beim Spittlertor, „wo ehedessen die Sensenschmiede gewohnt haben sollen“, Nopitsch, S. 150) 127
- Schniegling (ing-Ort im W. v. N., eingemeindet 1899) 42
- Schöner Brunnen (auch Goldener Brunnen, Brunnenpyramide auf d. Hauptmarkt) 97 – 99
- Schottenkloster s. Egidienkloster
- „Schüsselesstein“ (Felsplatte mit Mulde, bei Fischbach) 53
- Schütt, s. Insel Schütt
- Schulhaus, protestant. (auf d. Lorenzer Platz, bis 1914) 94
- „Schusserbub“ (am „Teufelsbrünnlein“) 93, (94)
- Schwabenberg (Teil d. Treibbergs, bis 1809/10 Sch., dann Webersplatz, sonst auch „Sieben Zeilen“) 89
- Schweinau (eingemeindet 1899) 121
- Sebalder Forst (Reichswald) 105
- Sebaldskirchhof 151
- Sebaldsgrab 14, 21, 22, (23), 28, 30 – 33, 36, (39),
- s. zudem 25 – 27
- Sebaldskirche 14, (27), (28), 46, 47, 76, 85, 113,
- (162), 167, 170, 176, (178), 194, 201, 209
- Sewmarckt, s. Säumarkt
- Sinwellturm (stauf. Bergfried d. 12. Jh., hinter d. Kaiserstallung, erhielt erst nach 1500 seine heutige Gestalt) 88
- Spital [Neues] (= Heilig-Geist-Spital, a. d. Pegnitz) 32, 68
- Spittlertor (an der SW-Ecke d. Stadtbefestigung, seit 1377 nachgewiesen. War Haupttor in Richtung Schwabach, Rothenburg o. d. T., Donauwörth; gehört zum äußeren sog. letzten Mauerring um die heutige Altstadt) 127, 134, 207
- (Spitzenberg) (seit den 14. Jh. ist d. Bezeichnung Sp. für d. Gegend zw. dem Sand u. d. Wöhrder Türlein belegt) 112
- St. Egidien, s. Egidienkloster
- St. Egidienhof, s. Egidienhof
- St.-Egidien-Kirche, s. Egidienkirche
- St.-Elisabethen-Spital, s. Elisabethspital
- St. Johannis, s. Johannisfriedhof
- St.-Jakob-Kirche, s. Jakobskirche
- St.-Katharinen-Kloster, s. Katharinenkloster
- St.-Klara-Kloster, s. Klarakloster
- St.-Lorenz-Kirche, s. Lorenzkirche
- St.-Lorenz-Kirchhof, s. Lorenzkirchhof
- St. Margaret(h)en-Chor, s. Margaretenchor
- St. Margareten-Kapelle, s. Margaretenkapelle
- St. Margareten-Turm, s. Margaretenturm
- St.-Martin-Kapelle, s. Martinskapelle
- St.-Moritz-Kapelle, s. Moritzkapelle
- St. Peter = Peterskapelle (kl. Vorläufer der Sebaldskirche) 26

– St. Peter (entstand im Zusammenhang mit d. gleichnamigen Siechkobel; südöstl. vor d. Frauentor, a. d. Fernhandelsstraße nach Regensburg. Im Zweiten Weltkrieg zerstört; Peterskapelle nur wenig beschädigt. – Die „Schlacht im Wald“ fand v. a. südl. d. Siechkobels St. Peter statt) 108
– St. Peter am Wald 119, s. St. Peter (Siechkobel...) ident.
– St. Peter u. Paul 133, s. St. Peter (Siechkobel ...), ident.
– St.-Sebalds-Friedhof, s. Sebaldsfriedhof
– St.-Sebalds-Kirche, s. Sebaldskirche
– St.-Sebald-Pfarrhof, s. Sebaldspfarrhof
– St.-Walpurgis-Kapelle, s. Walpurgiskapelle
– Sutte (Krankenstube im Spital) 32
– Synagoge (auf den Grundmauern d. 1349 zerstörten S. wurde die Frauenkirche errichtet) 72

– Tändelmarkt (alter „Säumarckt“, heute Trödelmarkt auf der Pegnitzinsel bei d. Karlsbrücke) 45
– „Teufelsbrünnlein“ (Brunnenbecken am Nordturm d. Lorenzkirche) 93
– Thon (Rodungsort im Knoblauchsland, 1899 eingemeindet) 195
– Tiefer Brunnen (auf d. Veste, in d. Mitte d. Vorhofs zur Kaiserburg) 42
– Tiergärtnertor (unterhalb d. Kaiserburg, eines d. 5 Haupttore der Stadt: nach NW, Richtung Bamberg, Thüringen, Sachsen) 48, 69, 108, 151, 196, 209
– Trockensteg (innerhalb d. letzten Stadtbefestigung am Pegnitzausfluß unterhalb der Fronveste. Seit 1825 dort der Kettensteg) 139
– „Trudensteg“, s. Trockensteg
– Tuchmacher-Kapellein (sic) (= Annenkapelle od. St. Anna, östl. d. Lorenzer Kirchhofs in die Friedhofsmauer eingebunden; erbaut 1511, abgebrochen 1807) 115

– Unterer Wöhrd 45

– „Verfloucht Jungfer“, die (Gasse auf d. Insel Wöhrd) 95, 211
– „Verfluchten Jungfern“, bei den (Wald „in der Nähe v. N.“) 103
– Veste 2, 9, 10, 47, 88, 174, 198, s. zudem Burg
– Vestnertor (auch Burgtor, sicherte den nördl. Zugang zur Burg u. gehörte in rst. Zeit zu den 5 Haupttoren der Stadtbefestigung) 178

– Waaggasse (vom Hauptmarkt zur Augustinerstr.) 158
– Walpurgiskapelle (auch Walburgis-, früher Otmar-. Chorturmkirche mit Wehrturm. War d. Burgkapelle d. Burggrafenburg. Nach Kriegszerstörung bis 1960 wiedererrichtet) 90
– Wasserturm (Teil d. vorletzten Stadtbefestigung. Stadtmauerturm am nördl. Pegnitzufer, beim Henkersteg) 174
– „Weibereisen“ (am Pegnitzeinfluß, auf d. Vorderen Insel Schütt, südl. d. Pegnitz, Teil d. vorletzten Stadtbefestigung, Anfang d. 19. Jh. abgebrochen), s. „Eisen“
– Weinmarkt 76, 194
– Weißer Turm (Torturm d. inneren Spittlertors; Rest der vorletzten Stadtmauer im Jakober Viertel) 91
– „Wildenreuth“ (= Pillenreuth) 80
– Willibaldsbrünnlein (unweit der Kleinweidenmühle) 41
– Wöhrd (Vorstadt, 1273 erstmals erwähnt; 1818 eingemeindet, 1825 Angliederung d. W. Friedhofs) 104, 106, 123, 124, 128, 141, 169, 172, 208
– Wöhrd (Insel) (95), 211
– Wöhrd, Oberer, s. Oberer Wöhrd
– Wöhrd, Unterer, s. Unterer Wöhrd
– Wollentor (in d. „Wollvorstadt“ Wöhrd) 123
– Worzeldorf (südwestl. d. Kornbergs; durch d. Straßendorf führte einst die sog. Venetianerstraße nach Italien. Eingemeindet 1972) 79

– Zabelshof, s. Zerzabelshof

– Zerzabelshof (im Tal d. Goldbachs, ursprüngl. eine Forsthube mit Zeidelgut. Stl. seit 1923) 119
– Zeughaus (rst. Waffenarsenal, Pfannenschmiedsgasse 24) 52
– Zippeleshof, s. Zerzabelshof
– „Zum Heiligen Geist“, s. Heilig-Geist-Spital
– „Zum Heiligen Kreuz“, s. Heilig-Kreuz-Pilgerspital
– „Zum Himmelthron“ 68
– Zwinger 196

Oberes Tor (in Hof) 107
Orlamünde 56
(Ottensoos) (Pfd/NL) 80

Paris (St. in Frankreich, a. d. Seine) 17, 189
Pegnitz (re. Nebenfl. d. Rednitz; entspringt auf d. Fränk. Alb oberhalb d. Stadt P. Unterhalb d. Orts nimmt sie die (stärkere) Fichtennohe (aus dem Lindenhardter Forst) auf. Vereinigt sich unterhalb von Fürth/Poppenreuth mit d. Rednitz zur Regnitz) 8, 182, [210], 211
Plassenburg (Burg bei Kulmbach/Ofr.) 56
Polen (Land im östl. Mitteleuropa) 100
Poppenreuth (Pfd. bei Fürth, Mfr.) 28

Regensburg (kreisfr. St. an Donau u. Regen, Opf.) 4
Regnitz (Fl., entsteht aus der Vereinigung von Pegnitz u. Rednitz) 8
Rhein (europ. Strom) 5
Ries (Landschaftsbecken zw. Schwäb. u. Fränk. Alb) 5
Rom (Hauptst. v. Italien, am Tiber) 30, 39, 82, 138
Roßtal (M/F) 10, 12
Roth (kreisfr. St. am Zusammenfl. von Roth u. Rednitz, Mfr.) 30, 190
Rothenberg, der (Anhöhe mit Feste über dem Schnaittachtal) 66, 154
Rüsselbach (so nicht im AO!; wohl: Ober-, bei Igensdorf, LK FO, Ofr.) 157
Russland (Land) 53

Sachsen (dt. Bundesland) 73
Salza 54
Salzburg (St. in Österreich, a. d. Salzach) 185
Schwabach (kreisfr. St. a. d. Mündg. der Schwabach in die Rednitz) 123, 172, 185
Schwaben (Land) 185
Schweinshaupten (Pfd. bei Bundorf, LK Haßberge) 99
Segodunum 3
Spalt (St. a. d. Fränk. Rezat, Mfr.) 57
Speyer (St. am Rhein) 57
St. Lorenz (Kirche in Hof) 107
St. Lorenz (in Muggendorf; heute ev. Pfarrkirche, ehem. St. Laurentius) 65
Straßburg (St. im Elsaß, a. d. Ill) 155
Streitberg (M. mit gleichnam. Burgruine im Wiesenttal) 66

Thüringen (dt. Bundesland) 5, 7
Trainmeusel (D. bei M. Wiesenttal, LK FO, Ofr.) 64, 65
Trier (St. a. d. Mosel) 74

Venedig (St. in Norditalien, an der Adria) 7
„Venesberg“ (=Venusberg) 190

Weimar (St. im Thüringer Becken) 73
Wendelstein (M/R, Mfr.) 40
Wiesent (Fl. in der Fränkischen Schweiz) 65

# BILDNACHWEIS

Titelentwurf von Helmut Bauer, Fotodesigner, nach einem Holzschnitt aus Hartmann Schedels Weltchronik
Umschlagrückseite: Nürnberger Ratssiegel, Kusch, S. 7

| | |
|---|---|
| Nr. 1: | Bau einer Stadt. Holzschnitt aus Sebastian Münster, 3. Buch |
| Nr. 5: | Romanische Doppelkapelle mit dem „Heidenturm". StadtAN: Sign. A 75/I/145, Radierung von J. A. Boener, um 1700 |
| Nr. 6: | Ältestes Nürnberger Ratssiegel. Kusch, S. 7 |
| Nr. 9: | Schmiede (im Berg): aus Münster, 4. Buch |
| Nr. 11: | Karl der Große: aus Münster, 3. Buch |
| Nr. 13: | Harzbaum: aus Münster, 3. Buch |
| Nr. 15: | Eremit an Quelle: aus Schedel |
| Nr. 21: | Legendentext aus „Es was ain kunek ...". StadtBN: Solger, Ms. 37.2° |
| Nr. 30: | St. Sebald wie auf Umschlag |
| Nr. 35: | Schiff im Sturm: aus Münster, 3. Buch |
| Nr. 41: | Bischof am Taufstein: aus Münster, 3. Buch, auch im 4. Buch |
| Nr. 42: | Karl der Große: aus Münster, 2. Buch |
| Nr. 43: | Frau mit Kranz auf Söller: aus Münster, 3. Buch |
| Nr. 49: | Böhmischer König: aus Schedel |
| Nr. 52: | Tod gegen Ritter. Von Hans Holbein d. J. |
| Nr. 54: | Wunderliche Leute des Herzogs Ernst: aus Schedel |
| Nr. 55: | Gekreuzte Sensen (Vignette): aus Münster, 3. Buch |
| Nr. 55/II: | Bienenkörbe der Zeidler: aus Münster, 4. Buch |
| Nr. 58: | Ritter mit Roß: aus Münster, 4. Buch |
| Nr. 59: | Ritter Eppelein (Porträt). GNM: P 26 924 |
| Nr. 65: | Freiung auf der Burg. StadtAN: Sign. A 75/I/145, Kupferstich von Joh. Adam Delsenbach, 1716 |
| Nr. 72: | Juden im Feuer: aus Schedel |
| Nr. 75/I: | Bauernhofidylle: aus Münster, 3. Buch |
| Nr. 75/II: | Jude (Vignette): aus Münster, 2. Buch, auch im 3. Buch |
| Nr. 76: | Pellerhaus. StadtAN: Sign. A 75/I/465: Stich von J. Riegel, nach einer Zeichnung von F. Rothbart, um 1850 |
| Nr. 78: | Jagd bei Altenfurt. StadtAN: Sign. A 75/I/276 |
| Nr. 81: | Alter Mann, mit Stock: aus Münster, 3. Buch |
| Nr. 86: | Königinstraße von der Klara- bis zur Lorenzkirche. StadtAN: Sign. A 75/I/62: Kupferstich von J. A. Graf, 1680/88 |
| Nr. 88: | Burgansicht, Südseite. StadtAN: Sign. Nagel 13 292 |
| Nr. 95: | Nassauerhaus. StadtAN: Sign. A 75/I/479. Anonym. Stich um 1845 |
| Nr. 99/I: | Störche (Vignette). s. Böck, Sagen Mfr., 1995, Nr. 67 (aus Meisner-Kieser, Polit. Schatzkästlein ...) |
| Nr. 99/III: | Schöner Brunnen. GNM: SP 8817 |
| Nr. 102: | 3 Totenschädel: aus Münster |
| Nr. 107/II: | Klostergarten von St. Klara. StadtAN, o. Sign. |
| Nr. 114: | Selbstmörder: aus Münster, 3. Buch |
| Nr. 118: | Fleischbrücke ... StadtAN: Sign. A 75/I/195 |
| Nr. 122: | Fische: aus Münster, 3. Buch |

Nr. 123: Teufelswesen (aus der Reihe von Herzog Ernsts abartigen Menschen): aus Schedel

Nr. 125: Geschmeide: aus Münster, 3. Buch

Nr. 133: Jost Amman, Handwerkerdarstellung (Zirkelschmied), Holzschnitt, 1568: aus StadtBN

Nr. 133: Folterszene. Anonymes Flugblatt, 16. Jh., im Hexenkatalog Hamburg 1979, S. 78

Nr. 135: Bär (Vignette): aus Münster, 4. Buch

Nr. 139: Trockensteg. StadtAN: Sign. A 75/I/200 (Radierung J. A. Boener, um 1700)

Nr. 144: Andreas Osiander (Porträt). StadtAN: Sign. Repro – 163/IV (Ölgemälde, wohl von Georg Pencz, 1544. Heute: Rom, Vatikan. Bibliothek)

Nr. 151/I: Kirchensittenbach, Kirche und Friedhofsumwallung. StAN: aus dem Pfinzing-Atlas, Aquarell, 1591

Nr. 151/II: Renaissance-Brunnen: aus Münster, 2. Buch, auch im 6. Buch

Nr. 153: Wildschütz, aus Münster, 3. Buch

Nr. 158: Schreittanz, aus Schedel

Nr. 160: Heilsbronner Hof. StadtBN: Kupferstich von J. P. Henkel, im Verlag A. J. Trautner (Schilderung einer Fechtschule der Klopffechter aus dem Jahr 1623)

Nr. 162: Aufgeputzte Frau: aus Münster, 3. Buch

Nr. 168: Pinienzapfen als Symbol für Augsburg: bei G. Kapfhammer, Augsburger Stadtsagen. Regensburg, 1985, S. 28 (aus Marcus Welser, Rerum Augustanorum, Venedig 1594)

Nr. 171: Aufgehängt: aus Münster, 3. Buch

Nr. 176: Silberdrahtzieher. StadtBN: lavierte Federzeichnung im Hausbuch der Mendelschen Zwölfbrüderstiftung, um 1425

Nr. 178: Zwiebel (Vignette): aus Münster, 2. Buch

Nr. 184: Blühende Bäume: aus Münster, 3. Buch

Nr. 186: Willibald Pirckheimer. Kupferstich von Albrecht Dürer, 1524 (GNM)

Nr. 188: Nebensonnen. GNM: HB 2804 (auch im Katalog „Zeichen am Himmel", 1982). Gedruckt in Nürnberg durch Matthes Rauch, Briefmaler

Nr. 190: Rabe. Aus Kapfhammer, Augsburger Stadtsagen, S. 125 (aus Paul von Stetten … 1758)

Nr. 192: „Erschreckliche Wunderwerck". GNM: HB 2797 (auch im Katalog, wie Nr. 188). Gedruckt in Nürnberg bei Wolf Drechsel

Nr. 196: Schnitter: aus Münster, 5. Buch

Nr. 198: Löwe am Fünfeckturm. Kupferstich 1631 (GNM) (Abb. bei Barbeck, Kulturgeschichtl. Bilder aus Nürnbergs Vergangenheit [14 Hefte]. Nürnberg 1894–1902: in Heft 13, Bl. 12)

Nr. 202: Sonne: aus Schedel

Nr. 207: Track: aus Johann Vintler, Buch der Tugend. Augsburg 1486 (BSB München, Inkunabel, Sign.: 2 Inc. c. q. 1852)

Nr. 209: Wolfgang Lüder (Porträt). Aus dem Stadtarchiv Weiden/Opf.

Schlußvignette: Reichsinsignien, aus Schedel

# DANK

Neben vielen anderen uneigennützigen Helfern – Leihgebern, wie Prof. Dr. Arno Borst und Prof. Dr. Eberhard Dünninger; großzügigen Schenkern, wie dem Verlag C. H. Beck, dessen Mitarbeiterin Bettina Corßen-Melzer mir ein langgesuchtes, für meine Arbeit unentbehrliches Werk überließ, und treuen Mahnern (Bezirksheimatpfleger Dr. Kurt Töpner) – bin ich vor allem Karl Kohn zu Dank verpflichtet. Er gab mir auf unzählige Fragen sachkundige Antwort und half mit seinen exakten Auskünften, daß ich mit Nürnberg vertraut wurde und meine Liebe zur Arbeit wuchs.

In den Archiven und Bibliotheken fand ich Hilfe vor allem bei: Brun Appel (seit 1999 i. R.) und Dr. Bruno Lengenfelder (Diözesanarchiv Eichstätt) – Dr. Dieter Kudorfer (Staatsbibliothek München), ferner bei Heinrich Hofmann (Stadtbibliothek Nürnberg) und Dr. Peter Fleischmann (Staatsarchiv Nürnberg; seit 2000 Direktor des Staatsarchivs Augsburg) sowie Jürgen Weber (Herzogin Anna Amalia Bibliothek, Weimar).

Auf freundliches Interesse stieß ich auch bei Toni Boesch im alten Zeidelgut von Pillenreuth. Last not least danke ich Doris Burkhard-Berezov aus Bruck an der Lechmündung für die Erledigung der Schreibarbeiten.

## Im Hofmann Verlag Nürnberg, dem Verlag mit über 100 Titeln zur Geschichte und Kultur Nürnbergs und Frankens, sind ferner erschienen:

Emmi Böck

### Sagen aus Mittelfranken

(herausgegeben 1995)

*Ganzleinen mit Schutzumschlag, 354 Seiten mit vielen Illustrationen, Format 14 x 22 cm;*
*ISBN 3-87191-198-4*

Mit diesem Band aus der „Werkstatt" der namhaften Sagenforscherin Emmi Böck – er ist der erste einer geplanten Sagentrilogie – liegt erstmals eine ganz Mittelfranken erfassende Sagensammlung vor: Aus den verschiedensten Publikationen – aus alten Chroniken ebenso wie aus neueren heimatkundlichen Zeitungsbeilagen – wählte die „sagenhafteste Frau Bayerns" mit 418 Texten das aus, was ihr charakteristisch für das Land zu sein scheint: Drei Fräulein-Sagen, Glocken-, Steinkreuz-, Verirrtensagen..., und – was ihr zudem besonders gefällt: Unheimliche Geschichten, wie die vom „ungerechten" Richter oder vom Werwolf, historische Reminiszenzen (z. B. vom Wappen der Seckendorff und dem Herkommen der Hohenlohe), Überlieferungen von Hexenzauber und Geisterbann, von Teufelsspuk und dem „Mann aus dem Hemd"...

# „Hinreißende Dokumentationen und Geschichte und Geschichten"

## Reihe „Nürnberger Erinnerungen"

bisher erschienen Band 1 bis 13
Format: 24 x 22 cm, Ganzleinenband mit Schutzumschlag – reich bebildert (s/w)

**Nürnberger Erinnerungen 1**
**„Nürnberg 1920 – 1945"**
192 S., ISBN-Nr. 3-87191-016-3

**Nürnberger Erinnerungen 2**
**„Nürnberg 1920 – 1945"**
192 S., ISBN-Nr. 3-87191-046-5

**Nürnberger Erinnerungen 3**
**„Nürnberg 1920 – 1945"**
192 S., ISBN-Nr. 3-87191-109-7

**Nürnberger Erinnerungen 4**
**„Nürnberg nach 1945"**
148 S., ISBN-Nr. 3-87191-148-8

**Nürnberger Erinnerungen 5**
**„Stadt der Reichsparteitage"**
216 S., ISBN-Nr. 3-87191-165-8

**Nürnberger Erinnerungen 6**
**„Verkehr und Technik"**
228 S., ISBN-Nr. 3-87191-176-3

**Nürnberger Erinnerungen 7**
**„Ereignisse der Jahre 1976 – 1990"**
200 S., ISBN-Nr. 3-87191-185-2

**Nürnberger Erinnerungen 8**
**„Sport in Nürnberg"**
180 S., ISBN-Nr. 3-87191-213-1

**Nürnberger Erinnerungen 9**
**„Bilder, Daten und Ereignisse aus über 100 Jahren"**
192 S., ISBN-Nr. 3-87191-244-1

**Nürnberger Erinnerungen 10**
**„Rund um die Altstadt – Nürnbergs Vorstädte"**
216 S., ISBN-Nr. 3-87191-253-0

**Nürnberger Erinnerungen 11**
**„Unbekannte Altstadt"**
200 S., ISBN-Nr. 3-87191-268-9

**Nürnberger Erinnerungen 12**
**„Panoramen, Übersichts- und Luftaufnahmen seit 1865"**
152 S., ISBN-Nr. 3-87191-278-6

**Nürnberger Erinnerungen 13**
**„Die Menschen in den Bildern"**
152 S., ISBN-Nr. 3-87191-311-1

**3x Nürnberg – Nürnberger Stadtansichten vor und nach der großen Zerstörung – und heute**
272 S., ISBN-Nr. 3-87191-124-0
Format: 24 x 22 cm, Ganzleinenband mit Schutzumschlag – reich bebildert (s/w)

**Im Wandel – Nürnberg vor 100 Jahren – Fotografien von Ferdinand Schmidt**
264 S., ISBN-Nr. 3-87191-269-7
Format: 23,5 x 22,5 cm, Ganzleinenband mit Schutzumschlag – reich bebildert (s/w)

**Nürnberg – Geschichte und Geschichten**
254 S., ISBN-Nr. 3-87191-032-5
Format: 16 x 24 cm, Festeinband mit Bildern und Illustrationen (farbig und s/w)

## Reihe „Frankens gute Namen" – Kurzbiografien berühmter Franken

bisher erschienen Band 1 bis 5
je 48 Seiten, Format: 12 x 19 cm, Festeinband reich bebildert (s/w)

**Band 1 – Ludwig Erhard**
ISBN-Nr. 3-87191-287-5
**Band 2 – Gustav Schickedanz**
ISBN-Nr. 3-87191-288-3
**Band 3 – Michael Wolgemut**
ISBN-Nr. 3-87191-285-9
**Band 4 – Johann Sigmund Schuckert**
ISBN-Nr. 3-87191-289-1
**Band 5 – Johann Adam Delsenbach**
ISBN-Nr. 3-87191-286-7

# „Die schönsten Bildbände“

Format: 23 x 30 cm, Ganzleinenband mit Schutzumschlag – reich bebildert (farbig und s/w)

**Nürnberg – Romantik einer Stadt**
116 S., ISBN-Nr. 3-87191-081-3
(siehe Abbildung)

**Die Burg zu Nürnberg**
128 S., ISBN-Nr. 3-87191-123-2

**Die Nürnberger Kirchen**
128 S., ISBN-Nr. 3-87191-174-7

**Glasfensterkunst in St. Lorenz**
120 S., ISBN-Nr. 3-87191-200-X

**Fürth – Bilder einer Stadt**
124 S., ISBN-Nr. 3-87191-074-0

**Regnitzreise – Ein Flußbilderbuch**
104 S., ISBN-Nr. 3-87191-267-0

**Knoblauchsland**
124 S., ISBN-Nr. 3-87191-139-9

**Frankens gemütliche Ecke**
136 S., ISBN-Nr. 3-87191-083-X

**Augenblicke in der Fränkischen Schweiz**
128 S., ISBN-Nr. 3-87191-231-X

## Reihe „Schlösser und Burgen“

bisher erschienen Band 1 bis 3
Format: 23 x 30 cm, Ganzleinenband mit Schutzumschlag – reich bebildert (farbig und s/w)

**Schlösser und Burgen in Unterfranken**
224 S., ISBN-Nr. 3-87191-309-X

**Schlösser und Burgen in Mittelfranken**
200 S., ISBN-Nr. 3-87191-186-0
(vergriffen)

**Schlösser und Burgen in Oberfranken**
208 S., ISBN-Nr. 3-87191-212-3

*Zu beziehen über den Buchhandel.*